Peter
Millar

Eiserne
Mauer

Thriller

Ins Deutsche übertragen von
Rainer Schumacher

W0332278

BASTEI
LÜBBE

BASTEI LÜBBE TASCHENBUCH
Band 15 358

1. Auflage: August 2005

Vollständige Taschenbuchausgabe

Bastei Lübbe Taschenbücher in der
Verlagsgruppe Lübbe

Deutsche Erstveröffentlichung
Originaltitel: London Wall
© 2005 by Peter Millar und
Verlagsgruppe Lübbe GmbH & Co. KG, Bergisch Gladbach
© für die deutschsprachige Ausgabe 2005 by
Verlagsgruppe Lübbe GmbH & Co. KG, Bergisch Gladbach
Lektorat: Jan Wielpütz und Stefan Bauer
Titelbild: Photonica/Getty Images
Umschlaggestaltung: Bianca Sebastian
Satz: hanseatenSatz-bremen, Bremen
Druck und Verarbeitung: GGP Media GmbH, Pößneck
Printed in Germany
ISBN 3-404-15358-8

Sie finden uns im Internet unter
www.luebbe.de

Der Preis dieses Bandes versteht sich einschließlich
der gesetzlichen Mehrwertsteuer.

*Für meinen leider verstorbenen Freund Alex Margan,
der mich damals mit der Seele einer immer noch
geteilten Stadt bekannt gemacht hat, sowie für
alle Stammkunden der Kneipe ›Metzer Eck‹,
Prenzlauer Berg, in den 80er Jahren.*

Die wissen ja Bescheid.

»... auch wenn Gott die Vergangenheit nicht ändern kann, Historiker können es; vielleicht toleriert Er ihre Existenz, weil sie Ihm in dieser Hinsicht nützlich sein können.«

Samuel Butler, *Erewhon oder Jenseits der Berge* (1901)

»Wenn das deutsche Volk die Waffen niederlegte, würden die Sowjets ganz Ost- und Südosteuropa zuzüglich des größten Teiles des Reiches besetzen. Vor diesem einschließlich der Sowjetunion riesigen Territorium würde sich sofort ein eiserner Vorhang heruntersenken ... (Mit der Sowjetunion) hat eine Weltmacht die europäische Bühne betreten, die in Wladiwostok im Osten beginnt und im Westen nicht ruhen wird, bis sie auch Großbritannien unter ihre Diktatur gezwungen hat.«

Joseph Goebbels, *Das Reich*, 23. Februar 1945

»Ich muss Ihnen sagen, dass eine sozialistische Politik für die britische Vorstellung von Freiheit eine Abscheulichkeit darstellt. Sie fordert einen einheitlichen Staat, dem jeder bei allem, was er tut, Gehorsam schuldet. Hat solch ein Staat seine Macht erst einmal gesichert, wird er allen vorschreiben, was sie zu tun und zu lassen haben: wo sie arbeiten, an was sie arbeiten, wo sie hingehen und was sie sagen dürfen, welche Ansichten sie zu vertreten haben, wo ihre Ehefrauen sich anstellen müssen, um die staatlichen Rationen abzuholen, und welche Erziehung ihre Kinder bekommen werden. Ein sozialistischer Staat kann sich keine Opposition leisten – kein sozialistisches System kommt ohne eine politische Polizei aus. Sie müssen auf irgendeine Form von Gestapo zurückgreifen.«

Winston Churchill, Rundfunkrede zur Parlamentswahl, Mai 1945

PROLOG

Nebel hält jeden zum Narren. Man sieht Gestalten in den Schatten, wo es weder Schatten noch Gestalten gibt. Bei Nebel kann man, ohne es zu merken, mit der Wirklichkeit zusammenstoßen … oder mit etwas Schlimmerem.

Sein Herz klopfte, und sein Puls dröhnte laut in seinen Ohren. Wenn er es wagte, atmete er in kurzen, schnaufenden Zügen. Der Nebel war bereits tief in seine Lungen eingedrungen. Die Ziegelmauer in seinem Rücken war kalt, feucht und schleimig von Schimmel, die zerbrochenen Pflastersteine unter seinen Füßen schlüpfrig und tückisch. Ein falscher Schritt, und er würde stürzen, und wenn er stürzte, würden sie ihn in einer Minute haben.

Er inhalierte die faulige Nachtluft wie ein Hase, der nach dem Geruch des Fuchses schnüffelt. Wie weit waren sie noch von ihm entfernt? Das hier waren ihre Straßen. Ihre Stadt. Ihr gottverdammter Nebel. Irgendwo in diesem Ziegellabyrinth hatte Jack the Ripper ein Dutzend junger Frauen ausgeweidet. Sie hatten sich wohl ähnlich gefühlt, als das Raubtier sie in die Enge getrieben hatte.

Schritte hallten durch den undurchsichtigen gelbgrauen Schleier hinter ihm. Unregelmäßig. Zögernd. Jene, die ihn verfolgten, achteten genau wie er auf jedes noch so leise Geräusch in einer Welt ohne Sicht. Sie waren ganz in der Nähe, näher, als er für möglich gehalten hätte. Er konnte nicht mit Sicherheit sagen, wie viele es waren. Drei, vielleicht vier, womöglich aber auch mehr. Auf jeden Fall waren es genug, um ihn zur Strecke zu bringen.

Er wollte loslaufen, doch das Geräusch rennender Füße wäre wie ein Richtfeuer gewesen, selbst wenn er gewusst hätte, welche Richtung er einschlagen musste. Angestrengt lauschte er, drehte den Kopf langsam von einer Seite zur anderen und spitzte die Ohren, als wären sie Radarschüsseln – doch da war nichts, nur der leichte Nieselregen, der unsichtbar auf die nasse Straße fiel. Dann drang ein unheimliches Surren aus dem Nebel, das fast ein vorsichtiges Flüstern hätte sein können. Vielleicht handelte es sich aber auch nur um das ferne Geräusch von Autoreifen auf dem nassen Asphalt. Das Geräusch verhallte wieder.

Der Mann drückte sich an die schleimige Wand hinter ihm, schob seinen Fuß leise über das Pflaster und hielt den Atem an. Dann tastete er sich langsam die nassen Ziegelsteine entlang, bis er ein Fenster erreichte, eine kalte Glasscheibe, hinter der es beruhigend dunkel war. Kein noch so schwacher Lichtschein würde ihn verraten, wenn er daran vorüberglitt.

Neben dem Fenster befand sich eine alte Holztür, von der die Farbe abbröckelte. Dann folgte ein weiteres Fenster, hinter dem es ebenfalls dunkel war. Dann wieder eine Tür. Selbst bei strahlendem Tageslicht konnte man sich in diesen Straßen mit ihren langen Reihen identischer Häuser verirren, zwischen denen nur hier und da eine mit Schutt gefüllte Lücke aufklaffte wie die Überreste eines verfaulten Zahns: das noch vorhandene Erbe des deutschen Blitzes ... oder der Befreiung ... was auch immer.

Natürlich konnte der Mann sich zwischen den Trümmern verstecken, doch nicht auf ewig. Der Sonnenaufgang war noch Stunden entfernt. Er stellte sich vor, wie er taub vor Kälte hinter irgendeinem eingefallenen Schornstein kauerte, bis er im ersten grauen Tageslicht erkannte, dass seine Verfolger schon die ganze Zeit über neben ihm hockten und ihn nun spöttisch angrinsten.

Er blieb abrupt stehen und hörte schwach, ganz schwach, wie außer seinen Schritten andere ebenfalls verstummten. Sie hatten beinahe wie ein Echo geklungen, aber nicht ganz. Dafür war das Geräusch zu nahe gewesen. Unwillkürlich hielt der Mann den Atem an, und mit der ernüchternden Beiläufigkeit eines alten Freundes, der einem die Hand auf die Schulter legt, bevor er einem die schlechte Neuigkeit überbringt, sagte irgendjemand in Furcht erregender Nähe laut seinen Namen.

Da rannte der Mann los. Natürlich wusste er, dass sie genau das beabsichtigt hatten. Füße platschten auf das nasse Pflaster, seine und ihre, ein plötzliches lautes Geräusch nach so langer absichtlicher Stille. Die Entfernung zwischen ihnen nahm rasch ab. Geradeaus. Eine Mauer. Formloser Stein. Zu hoch, um hinaufzuklettern. Rechts, dann links. Wie regelmäßig waren die Straßen angelegt? Wie gut kannten sie sich hier aus? Lief er ins Nichts? Im Kreis? In eine Falle? In den Fluss?

Der Fluss. Das war ein reines Glücksspiel, aber selbst die kleinste Chance war besser als gar keine. Ein Schluck des verdreckten Wassers konnte tödlich sein, doch nicht mit so großer Gewissheit wie eine Kugel im Kopf. Wo lang? Nach Süden ... wo auch immer das sein mochte.

Der Mann bog nach links ab. Es ging deutlich bergab. Hier waren die Mauern höher. Lagerhäuser. Undeutlich waren weiter oben die eckigen Umrisse von Flaschenzügen und Winden zu erkennen. Wenn es ihm irgendwie gelingen sollte, in die alten viktorianischen Gebäude einzudringen, würden sie ihn niemals finden. Doch die Eisentore und -türen waren mit Sicherheit verschlossen und die wenigen erreichbaren Fenster mit Stahlgittern versperrt.

Die Straße hier war mit Kopfsteinen gepflastert und dementsprechend schlüpfrig. Die lange Reihe der Lagerhäuser bog nach links ab, durchbrochen von winzigen Gassen, von denen einige kaum breiter als ein Mann waren. Bei manchen davon, das wusste der Mann, handelte es sich um Sackgassen, die lediglich vor verschlossenen Nebentüren und in düsteren Kellern endeten; aber wenigstens ein paar von ihnen führten zur Flussmauer.

Sein Hemd war mit kaltem Schweiß getränkt. Er war verdammt noch mal zu alt für dieses Spiel – allerdings hatte er nicht damit gerechnet, es spielen zu müssen. Irgendwo hier gab es einen verlassenen Pub, der früher ›The Prospect of Whitby‹ geheißen hatte, und dessen Rückseite grenzte an den Fluss. Wenn er ihn doch nur finden könnte. Von links war das leise, unheimliche Stöhnen von Metall auf Metall zu hören – vielleicht ein Wirtshausschild, das knarrend an seinen Ketten schwang? Der Mann blieb stehen und hielt den Atem an, und in diesem Augenblick bemerkte er, dass seine Verfolger nicht länger zu hören waren.

War das möglich? Konnte er ihnen wirklich entkommen sein? Immerhin hatten sie sicher damit gerechnet, dass er Richtung Westen laufen würde. Natürlich wusste er nur zu gut, dass man in verzweifelter Lage immer versucht war, nach dem letzten Strohhalm zu greifen und sich mit aller Hoffnung daran zu klammern. Er war fest entschlossen, dieser Versuchung nicht zu erliegen. Nichtsdestotrotz empfand er eine gewaltige Enttäuschung, gemischt mit grenzenloser Angst, als etwas Raues und Haariges sich über seinen Kopf senkte und ihm brutal den Hals zudrückte.

»Schschsch!«, sagte die schrecklich vertraute Stimme aus der Dunkelheit. »Schschsch!«

OUVERTÜRE:

Die Stunde null

Das Haus, das keinen Namen hatte, sondern nur eine Nummer wie alle anderen auch, war schon seit langem ein Trümmerhaufen. Genau wie die übrigen Gebäude. Der Krieg war wahrlich der große Gleichmacher.

Doch selbst derart zerstört war jedweder Anschein von Ähnlichkeit zwischen diesem und jedem anderen Haus trügerisch. Unter dem eingestürzten Mauerwerk und den Dachziegeln aus dem 18. Jahrhundert, die zu Staub zerfallen waren, ragten Marmorsplitter von Treppen hervor, die einst in Keller mit Wein und Kohle geführt hatten. Ein Netzwerk von mit Schutt gefüllten Tunneln hatte überlebt und führte wie eine verstopfte Arterie durch das verkrüppelte politische Nervenzentrum, das noch immer stur funktionierte, obwohl sein Lebenserhaltungssystem langsam, aber sicher zusammenbrach.

Selbst hier war überall Staub; die letzten greifbaren Überreste einstiger Pracht waren zu Sand zermalen, klebten an der Haut und reizten die Augen. Staub zu Staub. Der alte Mann schloss die Augen, um die Realität auszusperren. Das Geräusch konnte er jedoch nicht aussperren, auch wenn er es mehr fühlte als hörte: ein dumpfes, stetes Grollen, durchbrochen von schweren Schlägen. Es war, als würde die Erde selbst erzittern – was vermutlich sogar der Fall war.

Alle Augen waren auf ihn gerichtet, wenn auch verstohlen. In dem maßgeschneiderten, einteiligen grau gestreiften Schutzanzug, den der alte Mann als seinen »Strampelanzug« bezeichnete, hatte er lange einem großen, wichtigtuerischen und Zigarre paffenden Baby geglichen. Nun nicht mehr. Der alte Mann wirkte geschrumpft und runzelig, als hätte er schließlich doch noch kapituliert, wenn auch nur gegenüber dem Alter. Er stapfte nicht länger herrisch auf und ab, noch nicht einmal mithilfe seines Gehstocks, sondern verließ sein Quartier, um melancholisch durch den Kartenraum zu pirschen, ohne dabei auf das flackernde Licht der in Eisen gefassten Sicherheitslampe zu achten, die bei jeder Schockwelle über seinem Kopf schwankte, als befänden sie sich an Bord eines Schiffs auf stürmischer See.

Die Telefonleitungen waren inzwischen tot. Der rote, der weiße und der schwarze Apparat auf dem mittleren Tisch verbanden die Adjutanten nicht länger mit entfernten Kommandoposten – die waren schon längst überrannt worden. Im Funkraum lauschten hübsche Mädchen mit abgehärmten Gesichtern und zitternden Lippen dem Ende der Welt: Das aufgeregte, kratzige Geschnatter ferner Stimmen mischte sich mit einem ständig ansteigenden und wieder abfallenden Heulen, während die Mädchen die Geister der Funkwellen in einem immer fremdartiger werdenden Äther jagten. Grausam verbogene Haarspangen neben halb leeren Bechern mit kaltem Tee zeugten von der schrecklichen Anspannung, die an ihren Eingeweiden nagte.

Dann und wann, aber immer seltener, gelang es ihnen, eine Verbindung aufzubauen und eine Zeit lang zu halten.

Und manchmal, aber nur manchmal, fragten die Stimmen am anderen Ende nach Befehlen. Die Antwort, die sie darauf erhielten, war stets dieselbe. Seit Tagen hatte sie sich schon nicht mehr verändert: »Haltet durch, so lange ihr könnt.« Niemand wagte es, auf die Folgefrage einzugehen: »Und dann?« So wie auch niemand wagte, sich dem alten Mann zu nähern. Die Regel hatte ohnehin schon immer gelautet: »Sag nur etwas, wenn du vorher angesprochen worden bist.« Und der alte Mann hatte schon seit 24 Stunden nichts mehr gesagt. Dabei war er berühmt dafür, stundenlange Reden zu schwingen, manchmal nur mit seinem Hund als Publikum. Doch nun war er in düsteres Schweigen versunken.

In den letzten Tagen hatte er sich nur selten in sein kleines Bett in dem voll gestopften Quartier neben dem Kartenraum zurückgezogen, wie immer mit einer Whiskyflasche bewaffnet, doch selbst die waren inzwischen knapp geworden. Champagner gab es schon lange nicht mehr; die leeren Magnumflaschen Pol Roger waren eine höhnische Erinnerung an bessere Zeiten. Der alte Mann schlief selten mehr als ein, zwei Stunden am Stück – wenn er sich überhaupt eine Ruhepause gönnte. Dann kam er wieder mit dem Glas in der Hand heraus, starrte auf das »Big Board«, das Kartenbrett, und beobachtete teilnahmslos, wie ein Stein nach dem anderen entfernt wurde. Wie bei einem riesigen Schachspiel ... einem Schachspiel, das in die Endphase eingetreten war.

Nur: Während der Feind Schach gespielt und einen logischen Zug nach dem anderen gemacht hatte, hatte der alte Mann gepokert, geblufft bis zum Ende. Er war ein großes Wagnis eingegangen und hatte zusehen müssen, wie die Würfel gegen ihn gefallen waren, genau wie vor drei-

ßig Jahren in Gallipoli an der türkischen Küste, in einem anderen Krieg ... in einem anderen Leben. Der alte Mann hatte stets geglaubt, das Glück sei mit den Kühnen, aber das Glück war eine Dirne. Ein Quickie, das war alles, was er bekommen hatte, und nun stand er mit dem Rücken zur Wand. Fast lächelte er ob dieser kruden Metapher, doch die Zeit des Lächelns war vorbei – wie auch die Zeit für Metaphern.

Schöne Phrasen waren nicht genug gewesen. Das Blut war getrocknet, der Schweiß verschwendet und alle Mühe umsonst. Außer den Tränen war nichts mehr geblieben. Der alte Mann war an Stränden besiegt worden, in Landezonen, auf Feldern und in den Straßen – er und jene, die ihr Vertrauen in ihn gesetzt hatten.

An der Wand neben seinem Bett hing eine große Karte der britischen Inseln. Ihre Küstenlinie, die Strände und Klippen, waren gemäß ihren Verteidigungsmöglichkeiten farblich kodiert, und eine Linie aus Nadeln und Faden markierte den unaufhaltsamen Vormarsch der ›Roten Flut‹.

Im Kartenraum hatte er die großen geophysikalischen Karten, die ihm einst geholfen hatten, den Vormarsch des ehemaligen Verbündeten aus den Tiefen der Steppe bis nach Berlin und jenseits davon zu verfolgen, schon vor langer Zeit abgerissen, noch bevor der Freund zum Feind wurde und die Kanalküste erreichte. Seitdem hatte sich der Maßstab verändert: Früher war es ein globales Problem gewesen, jetzt war es ein persönliches. Die Karte, die nun an der Wand hing, war dem alten Mann sein ganzes Leben lang vertraut gewesen: der Stadtplan von London. Das war eine Karte, von der er gehofft hatte, dass er auf ihr nie das schreckliche Spiel des Krieges würde spielen müssen, ganz zu schweigen davon, dass seine Spielsteine inzwischen auf ein Minimum reduziert waren. Die Markierungen mit den vertrauten Wappen stolzer Regimenter repräsentierten nur wenig mehr als Reste, die sich wie Schafe in einen Pferch drängten.

Der alte Mann brachte es kaum über sich, die Realität zu akzeptieren, wie sie sich über seinem Kopf abspielte: Londons vertraute Straßen hatten sich in ein Schlachtfeld verwandelt. Busse dienten als Barrikaden, Taxistände waren zu Panzerfallen umfunktioniert worden, und die letzten Verteidiger – von denen einige noch Kinder waren – kauerten mit Bazookas hinter Regency-Balustraden und Mülltonnen im East End. Von Peckham bis Piccadilly hatten sie sich in den ausgebrannten Pubs und qualmenden Ruinen der Clubs auf der Pall Mall verschanzt. In ihren letzten Stunden waren sie endlich alle gleich.

Mit einer wütenden Geste fegte der alte Mann die Markierungen von der Karte.

Widerwillig nahm er den brennenden Stummel seiner dicken Havannazigarre aus dem Mund und zermalmte ihn auf dem edlen Lederbezug seines Schreibtischs. Dann stand er einen Augenblick lang einfach nur da und starrte wie hypnotisiert auf die Asche. Asche zu Asche. Wie der Geschmack in seinem Mund. Sein Herz war schwer, als er das Koppel und den darin steckenden halbautomatischen Colt abnahm, der ihm so gut gedient hatte. Er wusste, was er nun tun musste. Es gab nur noch einen Ausweg.

Die Mädchen an der stummen Schalttafel spähten vorsichtig um die Ecke, als der alte Mann seinen Khakimantel und die Schirmmütze anzog. Dann machte er sich mithilfe seines Gehstocks auf den Weg zu jener Tür, die er schon seit fast drei Wochen nicht mehr benutzt hatte – der

Tür, die nach oben führte, zu der Welt dort draußen, ins Armageddon.

Eines der Mädchen stand auf, um ihm zu helfen, doch ihre Kollegin packte sie am Arm und hielt sie mit Tränen in den Augen zurück. Nein, sagte ihr Blick, doch wie der Rest von ihnen, so schwieg auch sie. Wenn selbst ihm die Worte fehlten, was sollte dann irgendjemand anders sagen? Lass ihn gehen, sagten ihre Augen. Er muss tun, was er tun muss. Es ist vorbei. Für uns alle.

In den Augen, die mit den Tränen kämpften, war zum ersten Mal auch Furcht zu sehen. Sie alle hatten die Geschichten über Massaker gehört, willkürliche Zerstörung und Massenvergewaltigungen. Sie hatten von den Frauen in Dover, Hastings und Brighton gehört, die sich die Gesichter mit Kohlestaub geschwärzt, unscheinbare Mäntel und die Wollsocken ihrer Großväter übergezogen hatten, und trotzdem waren sie nicht verschont worden.

Als der alte Mann an ihnen vorbeikam, an jenen, die er ihrem eigenen Schicksal überließ, fragte er sich, ob er eine Geste machen oder Lebewohl sagen sollte. Aber er konnte ihnen nicht länger in die Augen blicken. Er betete, dass sie dem Schlimmsten entkommen würden, doch er bezweifelte es.

Ihm würden Verkleidungen nichts nützen. Sein Gesicht war in der ganzen Welt bekannt, selbst in den niedersten Rängen des unwissenden Feindes. Er steckte die Hand in den Mantel und legte sie auf den vertrauten Pistolengriff. Dann drückte er die Klinke der verstärkten Stahltür herunter und tat den ersten Schritt auf die Treppe, die zu dem hinaufführte, was von seiner Welt übrig geblieben war. Dort hatte er eine Verabredung mit dem Schicksal.

Und jene, die ihn gehen sahen oder der Form halber so

taten, als würden sie es nicht bemerken, wussten, dass sie hier Zeuge eines Todes wurden; doch nicht des Todes eines Mannes – was bedeutete bei den vielen Gefallenen schon einer mehr oder weniger? –, sondern des Todes eines Empires.

Und einer Ära.

Kapitel Eins

Harry Stark war übel. Die Gründe dafür waren nicht nur der Dieselgeruch und der faulige Gestank, der aus dem verschlammten Etwas emporstieg, das man Themse nannte. Ebenso wenig war es das ständige Auf und Ab des Bootes, obwohl alles drei zusammengenommen selbst den widerstandsfähigsten Magen hätte umdrehen können. Was Starks Eingeweide tatsächlich in Aufruhr versetzt hatte, war der Anblick des bereits gerinnenden Blutes, das aus dem Sack tropfte, in den man die nur wenige Fuß vor ihm baumelnde Leiche gewickelt hatte. Außerdem war da noch der Gestank menschlicher Fäkalien.

Rotbraun und schleimig sickerte das Blut durch das raue Sackleinen wie das zähflüssige Pektin, das Starks Mutter immer durch den Musselin gepresst hatte, wenn sie Marmelade hatte kochen wollen. Langsam und in dicken Tropfen fiel es auf das verrostete Deck, wo sich der starke Kupfer- und Eisengeruch mit dem fauligen Aroma der Umgebung vermischte.

Stark ging zwei Schritte zur Backbordreling, beugte sich hinüber und würgte; doch er spie nur ein paar Tropfen Galle in den stinkenden grünen Fluss. Er war nun schon fast sechzehn Jahre bei der Metropolitan Police und bekleidete seit fünf Jahren den Rang eines Detective Inspectors, dennoch gab es Aspekte bei seinem Job, mit denen er noch nie zurechtgekommen war. Der Umgang mit Leichen war einer davon.

»Sind Sie in Ordnung, Sir?«, rief eine Stimme aus dem Steuerhaus, von der er vermutete, dass sie dem Steuermann gehörte; der Mann mit dem wettergegerbten Gesicht hatte die Aufgabe, das Polizeiboot in der Strömung ruhig zu halten.

»Ja«, log Stark. »Alles in Ordnung. Wunderbar.« Er machte eine beschwichtigende Geste in die Richtung von Lavery, der sich beunruhigt zu ihm herumgedreht hatte. »Weitermachen, Sergeant. Sie haben genug zu tun.«

Der stämmige Mann aus Kent verzog verständnisvoll das Gesicht und wandte sich wieder seiner Arbeit zu, die darin bestand, zwei uniformierte Constables bei dem Versuch zu dirigieren, den grausigen Sack in den Griff zu bekommen, der unkontrolliert im Wind baumelte.

Weiter oben, auf der Blackfriars Bridge, standen ihre Kollegen bereit, um das dicke Seil zu durchtrennen, an dem der Sack wie ein verrotteter Tannenzapfen vom Zentralbogen der Brücke herunterhing. Die Spurensicherung hatte ihre Arbeit bereits erledigt, das Opfer war fotografiert und die erreichbaren Stellen nach Fingerabdrücken und Faserspuren untersucht worden. Alles Weitere würde man erst im Labor und in der Pathologie ermitteln können. Lediglich auf der Brücke suchten einige Beamte noch nach Indizien.

Stark lehnte sich an die hölzerne Runge, die das Dach des Steuerhauses stützte, und beobachtete die Männer mit grimmig aufgerissenem Mund in seinem ansonsten so ruhigen Gesicht. Es war schon eine Erleichterung, dass ihm sein Rang diese Art von Arbeit ersparte.

Die Jungs oben auf der Brücke beugten sich über das einst farbenfroh gestrichene, nun jedoch verblasste viktorianische Geländer. Einer teilte sich die Last mit seinen Kollegen unten, während der andere sich mit einer langen geschwungenen Sägezahnklinge an dem Seil zu schaffen machte. Stark fragte sich flüchtig, wo der Mann dieses Ding wohl herhatte.

Ein Patrouillenboot der Grenzpolizei hatte die Leiche bei einer Routinestreife entdeckt – allerdings mit reichlicher Verspätung, die grausige Tat hätte wesentlich früher die Aufmerksamkeit der Polizisten erregen müssen. Der Streifenführer hatte dem Nebel die Schuld daran gegeben, dieser habe den Suchscheinwerfer nahezu nutzlos gemacht, hatte er erklärt. Und natürlich war da noch die Tatsache, dass sie normalerweise das Wasser absuchten und nicht die Luft. Stark vermutete, dass sich der verantwortliche Schiffsführer trotzdem einer Untersuchung würde stellen müssen.

Nun lichtete sich der Nebel allmählich, und die rußgeschwärzte Masse der St. Paul's Cathedral ragte hinter dem makabren Bild in den Himmel. Stark versuchte vergeblich, dem ersten Grün des nahenden Frühlings etwas Positives abzugewinnen, das an der wie eine Eierschale zerbrochenen Kuppel wucherte.

Gegenüber leistete der große, monolithische Schornstein des Sir-Giles-Gilbert-Scott-Kraftwerks seinen Beitrag zum Frühlingssmog, während die darunter liegenden Generatoren darum kämpften, eine von Stromausfällen geplagte Stadt mit Energie zu versorgen. Irgendwo weiter flussabwärts ertönte das Horn eines

Comecon-Frachters, der mit der Ebbe aus den Russland- oder Ostindiendocks ablegte – ein Geräusch wie das Heulen eines wehklagenden Dinosauriers. Es war ein melancholischer Morgen ... auch ohne diesen schrecklichen Fund.

»Vorsichtig, Jungs, vorsichtig!«, rief Lavery, als das Seil schließlich nachgab und die beiden Constables auf dem schlüpfrigen Deck das volle Gewicht des Toten halten mussten. Prompt rutschte einer von ihnen durch die plötzliche Gewichtsverlagerung zur Seite. Einen Augenblick lang glaubte Stark, dass das ganze Gelumpe polternd aufs Deck fallen und die Tragödie in eine Farce verwandeln würde. Doch der Mann fasste sich im letzten Moment wieder, und nur der Helm fiel ihm vom Kopf und rollte in Richtung Reling.

Stark hob den Helm schnell auf und hielt ihn in beiden Händen. Dabei kam ihm der Gedanke, dass das hohle Ding vorhin ein idealer Auffangbehälter für den mageren Inhalt seines übersäuerten Magens gewesen wäre.

Ungeschickt half Lavery den beiden Uniformierten, die Leiche horizontal aufs Deck zu legen. Stark drehte den Helm in seinen Händen und polierte instinktiv das Emailleabzeichen: Das rote Kreuz des heiligen Georg auf weißem Grund mit der roten Rose der Partei darüber identifizierte den Träger als Angehörigen der Städtischen Volkspolizei. Zu Beginn seiner Karriere war auch Stark als Bobby Streife gegangen; da hatte auch er solch ein Abzeichen getragen. Er gab den Helm dem Constable zurück, der ihm leicht verlegen dankte, den Helm wieder aufsetzte und den Kinnriemen zurechtrückte. Jetzt sah er wieder anständig aus. *Immerhin sind wir noch immer Engländer,* dachte Stark.

»Gut, gut«, sagte Lavery. »Wollen wir uns ihn mal ansehen?«

Stark nickte, obwohl die Frage rhetorisch gemeint und an die beiden Constables gerichtet war. Lavery zog bereits an dem Seil und versuchte, es an der Stelle zu lösen, von der er vermutete, dass sich dort ein menschlicher Hals befand. Das Blut sickerte an beiden Seiten heraus. Stark wandte den Blick ab.

»Das nützt nichts, Sir. Ich werde den Sack aufschneiden müssen.«

»Tun Sie das, Sergeant, tun Sie das.«

Sie wussten beide, dass es sinnlos war. Was auch immer – *wen* auch immer, korrigierte sich Stark – dieses grausige Paket enthielt, war ohnehin tot. Die eigentliche Arbeit blieb den Pathologen vorbehalten. Doch sie mussten sichergehen: Wenn auch nur die geringste Chance bestand …

»Dann mal los. Oh, verdammte Scheiße …!«

Lavery hatte sich von einem der Constables dessen Standard-Rote-Armee-Messer geben lassen, damit den Sack aufgeschnitten und ein menschliches Gesicht enthüllt – oder zumindest etwas, das einmal ein solches gewesen war. Von den Gesichtszügen selbst war nichts mehr übrig, nur eine Masse zerfetzten Gewebes, wo eigentlich Augen und Nase hätten sein müssen; der Kopf der Leiche sah aus, als wäre er von innen heraus explodiert.

Obwohl er etwas abseits stand, wusste Harry Stark sofort, dass er noch nie etwas Vergleichbares gesehen hatte, allerdings nur, weil er bis jetzt schlicht Glück gehabt hatte. Das war die Fratze eines Mannes, der hingerichtet worden war, aber nicht durch Erhängen. Ihn aufzuhängen war genauso unnötig wie grotesk gewesen. Das hier waren die unverkennbaren Überreste von jemandem, dem man in den Hinterkopf geschossen hatte, und das aus nächster Nähe.

Die beiden Constables traten einen Schritt zurück, ebenso wie Lavery, und warteten darauf, dass der Detective Inspector näher trat. Doch Stark hatte keine Eile. Irgendetwas stimmte hier ganz und gar nicht.

Stark war unmittelbar aus dem Bett an den Tatort gerufen worden, kurz nach dem, was diesen Morgen als Sonnenaufgang durchgegangen war. Nachdem Lavery, der diese Nacht Dienst gehabt hatte, seinem Inspector die ersten Einzelheiten berichtet hatte, vermutete dieser, dass es sich bei dem Toten nur um das Opfer eines weiteren »unglücklichen Vorfalls« handelte, wie man es am nächsten Tag in der Presse würde lesen können – eine Formulierung, die jeder verstand. Die Blackfriars Bridge war häufig Schauplatz solch dummen Verhaltens: fehlgeschlagene Versuche dessen, was der Staat als Verrat betrachtete. Dann und wann sprang eine irregeleitete Seele – zum Glück waren es über die Jahre hinweg weniger geworden – auf ein Flussschiff, für gewöhnlich im Schutze der Nacht, in der sinnlosen Hoffnung, so der Wachsamkeit der Grenzwachen und ihrer vierbeinigen Kameraden zu entgehen. Niemandem war das je gelungen, oder jedenfalls hatte Stark noch nie von jemandem gehört. Teilweise waren dafür auch die Flussschiffer verantwortlich. Nur wenige von ihnen waren bereit, ihre wertvollen grenzüberschreitenden Konzessionen zu riskieren, nur um die illegalste aller Waren zu schmuggeln: Menschen.

Die Alternative war Selbstmord. Im Laufe der Jahre war die Brücke zum Lieblingsort ehemaliger Banker und Aktienhändler geworden, jener Menschen, welche die Partei als Wucherer und Blutegel bezeichnete und die irgendwann zu dem Schluss kamen, es nicht länger ertragen zu können. Dann beschlossen sie, ihrem Leben in Sichtweite der »City« ein Ende zu setzen, jener kleinen Quadratmeile des alten London, von wo aus ihre Finanzhäuser einst den Planeten beherrscht hatten.

Doch dieser Fall hier war einfacher und komplizierter zugleich: Es handelte sich um Mord. In der Englischen Demokratischen Republik waren derartige Verbrechen nicht unbekannt, nur wurde selten darüber berichtet. Selbst im entwickelten Sozialismus verhielten sich die Menschen bisweilen wie Tiere. Und das menschliche Tier tötete ohne Grund: aus blinder, irrationaler Wut oder aus Leidenschaft, Liebe oder wegen Trunkenheit und Sex. Selbst Geld war häufig das Motiv. Widerwillig gab die Partei das mittlerweile zu.

Doch die typischen Morde wurden nicht in der Öffentlichkeit verübt. Sie wurden in dunklen Gassen begangen, in Küchen, Schlafzimmern, in heruntergekommenen Hinterhöfen oder dunklen Ecken in der Nähe von Kneipen kurz nach der Sperrstunde. Opfer von Raubmorden wurden genauso oft dort liegen gelassen, wo sie zu Boden gingen, während jene, die einem geplanten Mord zum Opfer fielen, für gewöhnlich irgendwo verscharrt oder zerstückelt und im Hausmüll versteckt wurden.

Dieser Fall hier war anders, und das bereitete Harry die größten Sorgen. Das hier war eine absichtliche, ungeheuerliche Geste, eine öffentliche Warnung – aber warum hatte jemand das getan, und für wen war die Botschaft bestimmt? Harry befahl dem Steuermann, das schmutzige kleine Boot mit seiner gruseligen Fracht in Richtung Nordufer zu steuern. Auf der Siegespromenade wartete ein vom Regenwasser verschmutzter Leichenwagen. Das voll gespritzte Nationalwappen – rotes Kreuz und rote Rose – wirkte auf der dreckigen Türe noch weniger beeindruckend als auf den Helmen der durchnässten Polizisten.

Bei einer Beerdigung hätte man mit diesem alten Ding nicht vorfahren dürfen, doch in diesem Fall war das egal. Der Wagen diente lediglich als Transportmittel in die Leichenhalle des St.-Bartholomew-Hospitals, wo das liebevolle Skalpell von Dr. Ruth Kemp auf den Toten wartete. Stark fragte sich, ob die Pathologin den Wagen wohl begleitet hatte und am Ufer auf ihren »Schützling« wartete. Er kannte Kemp gut, und er mochte sie, allerdings empfand er ihre Neigung zu Leichen als ein wenig ... irritierend, um es vorsichtig auszudrücken. Was sie wohl über diese hier denken würde? Hatte sie überhaupt schon welche in diesem speziellen Zustand gesehen? Doch das war genau die Art von Fragen, von denen Harry Stark wusste, dass er sie Dr. Kemp besser nicht stellen sollte.

Der Kutter legte an dem verrosteten Eisenpier an, wo zwei stämmige Krankenhausmitarbeiter in verdreckten grünen Overalls bereits mit einer Rollbahre auf sie warteten. Stark nickte ihnen zu, und mithilfe der Constables wuchteten sie die unhandliche Last auf die Bahre. Stark winkte der kleinen, kräftigen Gestalt zu, die, in einen dicken Mantel gehüllt, von einem Fuß auf den anderen trat und vor der offenen Heckklappe des Leichenwagens an ihrer Zigarette zog. Doch Dr. Kemp richtete ihre Aufmerksamkeit auf etwas anderes.

Stark folgte ihrem Blick. In ihrer unmittelbaren Umgebung hatte man sämtliche Fußgänger und Autos von der Uferpromenade verbannt. Fünfzig Meter entfernt, in beide Richtungen, versperrten Polizeifahrzeuge die Straße, und Uniformierte hielten die Passanten zurück.

Offenbar waren jedoch nicht alle so gehorsam wie der durchschnittliche Bürger der Republik, wenn er einen direkten Befehl der Ordnungshüter erhielt. Im Zentrum der Linie aus unbeweglichen Constables versuchte ein kleines Häuflein Individuen das Unmögliche – nämlich mit den Beamten zu diskutieren, die darauf trainiert waren, vollkommene Gleichgültigkeit zur Schau zu tragen. Ja, sie versuchten sogar das Undenkbare: Sie wollten sich allen Ernstes einen Weg durch die Absperrungen hindurch erkämpfen. Stark runzelte die Stirn und marschierte rasch in ihre Richtung, doch noch bevor er sie erreichte, verließ ihn der Mut.

Insgesamt waren es drei, die Ärger machten, aber am auffälligsten war eine schrille weibliche Stimme, die einen jungen Polizisten in breitem Manchester-Akzent anbrüllte. Nordler! Erst da erkannte Stark, worum es sich bei dem seltsamen wurstförmigen Ding handelte, das einer von ihnen offenbar trug. Er erkannte es als Mikrofonstange, und in diesem Augenblick sah er auch die Fernsehkamera.

»Würden Sie das bitte unterlassen?«, sagte Stark in strengem Tonfall und streckte gleichzeitig die Hand aus, um die Kameralinse abzuwehren, die sich automatisch in seine Richtung bewegte.

»Entschuldigen Sie, Sir, wir wollen nur wissen, was hier vor sich geht. Wir machen nur unseren Job. Ist das eine Leiche, die Sie da gefunden haben?«

Die oberflächlich höfliche Stimme der Frau klang wie brüchige Kreide auf einer Schiefertafel.

»Tut mir Leid, aber das hier ist eine Polizeiangelegenheit. Sie haben keine Berechtigung ...«

»Wir sind ein Nachrichtenteam der BBC. Wir sind akkreditiert. Wir haben eine Genehmigung.«

Eine Sekunde lang geriet Stark ins Wanken. Derartige Genehmigungen waren offizielle, von der Partei ausgegebene Dokumente. Falls sie wirklich eine Sondergenehmigung hatten ... und dann verlor ihr idiotischer Appell an Starks bürokratischen Instinkt seine Wirkung, und er war wieder ganz Polizist. Natürlich hatten sie keine Genehmigung, hier zu filmen. Noch nicht einmal ETV, das staatliche Fernsehen, besaß solch ein Stück Papier. Niemals würden die Behörden so etwas ausgerechnet der bigotten Presse aus dem Norden geben. Das war ein Bluff, sie hatten keinerlei Hemmungen, die Polizei unverhohlen anzulügen. »Nachrichten« waren für diese Leute alles, was vor ihren Kameras passierte, und manchmal machten sie sich auch selbst welche zurecht. Das hatte man Stark gelehrt.

»Tut mir Leid. Sie müssen jetzt gehen.« Er war höflich, aber entschlossen, ganz so, wie man es ihm für den Umgang mit Nordlern und anderen »nichtsozialistischen Ausländern« beigebracht hatte.

»Wir haben jedes Recht ...«, sagte die Frau. »Was sollen wir nicht sehen? War das ein Fluchtversuch?« Sie war jung, bemerkte Stark, und eigentlich recht hübsch, wenn da nur nicht diese furchtbare Stimme gewesen wäre. Und ihr Benehmen. Er schüttelte den Kopf und winkte weitere Beamte heran. »Bitte sorgen Sie dafür, dass diese Leute verschwinden«, sagte er. Zu fünft nebeneinander rückten die Constables vor. Das BBC-Team zog sich zurück; der Kameramann versuchte trotzdem weiter, durch die erhobenen Hände der Polizisten hindurch zu filmen.

»Und wer sind *Sie*?«, rief die Frau, während sie zurückgedrängt wurde. »Geheimpolizei, ja? Ein DoSSer? Oder sind Sie nur ein gewöhnlicher Pipi?«

Stark ballte unwillkürlich die Fäuste. Das war eine klassische Provokation, fast wie aus dem Lehrbuch, jene Art von Herausforderung, vor der man sie in der politischen Bildung wiederholt gewarnt hatte. Stark riss sich zusammen, schloss Augen und Ohren, kehrte der Frau den Rücken zu und ging davon.

Er gratulierte sich innerlich dazu, wie er die Situation gemeistert hatte, und seine Laune besserte sich deutlich … bis er die Augen wieder öffnete und das Fahrzeug sah, das er bisher zwar nicht bemerkt hatte, das aber mit Sicherheit schon die ganze Zeit über dort gewesen war. Es stand an der Straßensperre auf der anderen Seite des Leichenwagens, wo Kemp noch immer wartete: eine lange, schwarz schimmernde Bevan-Limousine. Es hätte ebenfalls ein Leichenwagen sein können, doch es war keiner, obwohl die meisten Menschen den Anblick eines Leichenwagens vorgezogen hätten. Der diskrete, aber unverkennbare Bevan mit seinen abgedunkelten Fenstern – der im Vergleich zu den schäbigen Wagen der normalen Bevölkerung ein ungeheures Selbstbewusstsein ausstrahlte – war das Markenzeichen der Wächter der politischen Orthodoxie: der nüchtern gekleideten, leise sprechenden Männer des Amtes für Staatssicherheit. Stark versuchte, sich selbst davon zu überzeugen, dass der Schauder, der ihm über den Rücken lief, vom Wetter herrührte.

Er steckte die Hände tief in die Jackentaschen und gab sich unerschütterlich, während er den Bevan geflissentlich ignorierte und zum Leichenwagen zurückging.

»Was ist los?«, fragte Dr. Kemp und nahm kurz die glühende Zigarette aus ihrem dicklippigen, blassen Mund. Sie blickte nicht zu Stark, sondern an ihm vorbei.

»Unruhestifter?«

»Hängt davon ab, wen Sie meinen«, antwortete Stark.

»Ich habe die da gemeint, die so viel Lärm machen.« Sie nickte in Richtung der Straßensperre. Stark drehte kurz den Kopf und bereute es sofort wieder. Das Kamerateam hatte sich zwar zurückgezogen, war aber nicht verschwunden. Offenbar machten sie gerade Panoramaaufnahmen vom Fluss.

»Nordler«, sagte er. »BBC-Nachrichten.«

»Oh. Und wer sind die anderen?«

Diesmal hielt Stark sich zurück. Falls Dr. Kemp sich einen Scherz mit ihm erlauben wollte, Pech gehabt.

»Was denken Sie denn?« Das war eine rhetorische Frage.

»Ich denke gar nichts. Denken hat keine Zukunft.«

»Netter Spruch. Den benutzen Sie wohl oft.«

Kemp lächelte ihn als Antwort lediglich an. Stark erkannte einen anderen Zyniker, wenn er einen sah, und so erwiderte er das Lächeln.

»Diese Art von Fragen gehen uns nichts an. Wir haben schlicht unsere Arbeit zu tun«, sagte er.

»Ja, da haben Sie wohl Recht.«

Beide verzichteten auf den stoischen alten Spruch: ›Vogel, friss oder stirb.‹

Die beiden Krankenhausangestellten hatten die Polizisten von der Leiche befreit und manövrierten sie nun, noch immer in den nassen, blutigen Sack verpackt, in den Leichenwagen. Einer der beiden, ein Typ mit hagerem Gesicht, Brille und großer Nase, hatte eine oberflächliche Untersuchung durchgeführt, um den offensichtlichen Tod des Mannes formell zu bestätigen, wischte sich nun die Hände am Overall ab und zündete sich eine Zigarette an.

Stark zeigte sich von der Gelassenheit des Mannes unbeeindruckt. »Sie rauchen wohl viel. Ich dachte, mittlerweile stünde fest, wie ungesund das ist.«

»Eine Menge Dinge sind schlecht für die Gesundheit, Inspector Stark«, erwiderte der Mann in scharfem Ton. »Besonders solche Sachen wie das, was dem Kerl hier passiert ist.« Er deutete auf den Sack.

Stark hob die Augenbrauen, hielt sich aber zurück. »So viel steht fest«, sagte er nur.

Dr. Kemp warf ihre eigene Zigarette weg und trat sie mit einem überraschend eleganten Schuh aus, der scheinbar aus echtem Leder war. Stark war noch nie aufgefallen, dass sie hochhackige Schuhe bei der Arbeit trug – besonders bei ihrer Art von Arbeit. Kemp kletterte in den Leichenwagen. Dabei bemerkte Stark, wie sie unwillkürlich nach Luft schnappte, es aber zu verbergen versuchte.

Sie zog ein paar Gummihandschuhe an, öffnete den Sack ein wenig mehr und fummelte an dem herum, was von dem Kiefer des Toten übrig geblieben war. Stark wandte sich ab, als sie den Finger in die blutige Masse steckte.

»Gute Gerinnung. Leichenstarre hat schon eingesetzt. Er ist mindestens schon ein paar Stunden tot. Haben Sie die Leiche bereits identifizieren können?«

Stark zuckte mit den Schultern und rief: »Lavery?«

»Sir?« Der Sergeant löste sich aus einem Gespräch mit ein paar Uniformierten.

»Sehen Sie mal, was Sie herausfinden können.«

Mit einem Gesicht, das deutlich zeigte, wie sehr er die anspruchsvollen Aufgaben schätzte, die man ihm anvertraute, kletterte der stämmige Sergeant in den Wagen neben die Pathologin und vergrößerte den Riss im Sack mit seinem Messer. Stark blieb auf Abstand. Er war noch immer nicht sicher, ob sein Magen das aushalten würde. Ruth Kemp kannte solche Bedenken jedoch nicht.

Stark drehte sich um und blickte wieder zur Brücke zurück. Inzwischen floss der Verkehr wieder. Ein tuckernder roter Bus drängte sich an den anderen, gefüllt mit Pendlern, die auf dem Weg zu ihrer Arbeit in den Ministerien hin und her gerissen waren zwischen Frust wegen eines weiteren Verkehrsstaus und Erleichterung darüber, noch ein paar Minuten länger von der quälenden Langeweile in den Büros verschont zu bleiben. Im Gegensatz dazu war es auf der Promenade still und leer, abgesehen von Stark, Kemp und ihren Leuten … und der einsamen schwarzen Limousine.

»Es gibt nichts, woran wir ihn identifizieren könnten, Sir.«

Das war Lavery, der seinen Kopf aus dem Leichenwagen steckte wie ein überfütterter Labrador aus der Familienkutsche. Der Leichensack – und das Ding ist ja nichts anderes, sinnierte Stark – war nun vollständig aufgeschlitzt. Darunter waren die blutige Ruine eines Gesichtes zum Vorschein gekommen sowie die Überreste eines großen, kräftigen Mannes, der etwas trug, was offenbar mal recht elegante Kleidung gewesen war: graue Flanellhose, ein kariertes Hemd und ein rotbraunes Jackett; allerdings konnte man sich aufgrund des Blutes und anderer Körperflüssigkeiten der originalen Farben nicht mehr sicher sein. Der Gestank war überwältigend. Stark musste erneut würgen.

»Was meinen Sie damit, es gibt nichts, woran wir ihn identifizieren könnten? Es *muss* doch etwas da sein. Jeder hat irgendetwas bei sich.« Starks Stimme verriet seine Verwirrung. Niemand ging ohne Papiere vor die Tür.

Zum einen war das schlicht illegal. Staatsbürger waren verpflichtet, jederzeit ihre Ausweispapiere bei sich zu führen, und Ausländer, die die Republik besuchten, mussten ständig ihre Reisepässe und gültige Visa zur Hand haben.

»Genau das, was ich sage, Sir: kein Ausweis. Keine Brieftasche. Noch nicht einmal Geld. Nicht in seinen Jackentaschen und nicht in seiner Hose. Und ich habe ihn mir so genau angesehen, wie ich konnte ... unter den gegebenen Umständen, meine ich.«

Stark schüttelte den Kopf zum Zeichen, dass er die Einzelheiten gar nicht wissen wollte.

»Nur das hier, Sir«, sagte Lavery und hielt ein Stück Papier in die Höhe. »Das hat in der Jackentasche gesteckt. Ich dachte, es wäre vielleicht irgendein offizielles Dokument, doch das ist es nicht.« Er drehte es in den Händen, als erwarte er, dass sich das Papier auf wundersame Weise in einen Ausweis verwandeln würde. »Der Druck ist ein wenig ausgebleicht. Ich glaube, das ist einer von diesen ... Wie heißen die Dinger noch? ... ›Winkies‹.«

Stark runzelte die Stirn und nahm dem Sergeant das Papier aus der ausgestreckten Hand. »Winkies« war ein Slangausdruck für im Selbstdruck hergestellte Pamphlete. In Moskau nannte man sie ›Samisdat‹. Für gewöhnlich enthielten sie die unzusammenhängenden Tiraden einer Clique antisozialistischer Elemente.

Stark schaute sich das Beispiel dafür an, das er in seinen Händen hielt. Das Papier war blassgrün wie billigstes Recyclingpapier, das man in Geschäften als Packpapier verwendete. Stark konnte den Text nur mühsam entziffern, scheinbar war er auf einer billigen Schreibmaschine getippt worden. Harry Stark kniff die Augen zusammen, um besser lesen zu können.

»Männer, Frauen und Kinder von England«, las Stark vor.

»Wenn sie euch sagen, ihr sollt in den Schatten der Wachtürme und Mauer stehen und die friedliche Koexistenz zelebrieren, gibt es nur eins: SAGT NEIN!

Wenn sie euch befehlen, im Herzen einer geteilten Stadt aufzumarschieren und jenen zuzujubeln, die sie geteilt haben, gibt es nur eins: SAGT NEIN!

Wenn sie euch sagen, dass ein Engländer eher Lenins als Shakespeares Geburtstag feiern soll, gibt es nur eins: SAGT NEIN!

Zum Wohle aller, doch ganz besonders für euer eigenes: BLEIBT DEN FEIERLICHKEITEN AM SAMSTAG FERN!«

»Was zum Teufel soll ich denn damit anfangen?«

Ruth Kemp blickte aus dem Wagen heraus an Stark vorbei. »Warum fragen Sie nicht die da?«

Wie aufs Stichwort löste sich die schwarze Limousine vom Bordstein, fuhr langsam auf die leere Straße hinaus und hielt auf Stark, Kemp und Lavery zu. Erst als der Wagen sich mit ihnen auf einer Höhe befand, beschleunigte er und verschwand in Richtung Osten, unter der Brücke hindurch auf die Stadt zu.

Harry Stark seufzte. Plötzlich fühlte er sich wirklich sehr, sehr müde. Und es war noch nicht einmal Zeit zum Mittagessen.

Kapitel Zwei

Der große, dünne Mann im Fond des schwarzen Bevan verschränkte die Finger, als der Fahrer die Limousine beschleunigte. Durch die geschwärzten Seitenfenster, die niemanden hinein-, die Insassen aber hinaussehen ließen, betrachtete er das kleine Schauspiel, dessen Teilnehmer so taten, als würden sie den schwarzen Wagen ignorieren, der an ihnen vorbeifuhr.

Dieser einstudierte Mangel an Interesse fiel ihm sehr wohl auf, und er wusste ihn zu schätzen. Daran war er gewöhnt – ja, er erwartete es sogar. Je mehr jemand vermutete, dass das Amt Interesse an ihm zeigte, desto mehr tat derjenige so, als wisse er nicht einmal von dessen Existenz. Oft war das ein nützlicher Hinweis auf Schuld. Natürlich nicht in diesem Fall, jedenfalls nicht, soweit er wusste, aber es war in der Tat äußerst unwahrscheinlich – äußerst! Er hatte dieses Verhalten früher schon beobachtet: den Versuch, totale Teilnahmslosigkeit vorzutäuschen, seitens jener Menschen, die fürchteten, ihre Kompetenzen könnten infrage gestellt oder ihnen gar genommen werden. Auch hoffte jeder von ihnen auf seine eigene Art, dass die Männer vom Amt einfach verschwinden würden, wenn man sie ignorierte. Natürlich taten sie das nie.

»Der frühe Vogel fängt den Wurm«, hieß es in dem alten Sprichwort, und Colonel Charles Marchmain vom Amt für Staatssicherheit betrachtete sich als frühen Vogel. Nein, das war nicht ganz korrekt. Tatsächlich betrachtete er den frühen Vogel sogar als Faulpelz, während er stolz darauf war, schon dort zu sein und zu warten, bevor der Wurm überhaupt den Kopf aus der Erde herausstreckte. An diesem Morgen war es nicht anders gewesen. Colonel Marchmain hatte sich bereits am Tatort aufgehalten, bevor Detective Inspector Stark alarmiert worden war; der Bevan hatte in einer Seitenstraße der Promenade geparkt. Wie so oft, so war auch in diesem Fall einer der uniformierten Constables insgeheim einer von Marchmains Männern, und dieser hatte ihn frühzeitig informiert. Marchmain wusste, dass er nicht lange würde warten müssen, doch bis dahin vertrieb er sich die Zeit mit der Morgenausgabe des Guardian, der Hauszeitung des DoSS.

Dabei befasste sich der Colonel länger als üblich mit den veröffentlichten Plänen für die Parade am kommenden Samstag. Sie würden der üblichen Route folgen, beginnend am Tower, vorbei am Sitz des Zentralkomitees im Mansion House und der sowjetischen Botschaft in der Threadneedle Street, um St. Paul's herum und über die Fleet Street und The Strand zum Stalingrad Square und dort vor der extra am Admirality Arch errichteten Zuschauertribüne vorbei.

Marchmain achtete besonders auf die Platzierung der Gäste und Diplomaten, vor allem jener aus nichtsozialistischen Ländern. So war die Abordnung aus Durham demonstrativ neben die Amerikaner und ihre anderen Verbündeten gesetzt worden. Trotz ihrer widerwilligen Anerkennung ›Südenglands‹ als einen separaten Staat war die Anwesenheit der Nordler und ihrer Amerikaner bei der Parade lediglich ein Lippenbekenntnis. Doch auf diese Weise hofften sie, ihren Militärattachés Gelegenheit zu verschaffen, das vorgeführte Kriegsgerät in Augenschein zu nehmen und nach Neuem Ausschau zu halten. Marchmain nahm sich vor, später noch einmal sicherzustellen, dass seine Agenten nahe genug bei den Nordlern und ihren Alliierten postiert waren. Vor allem sollten sie diesmal genau auf Namen und Rang der Anwesenden achten. Unter den gegebenen Umständen war das besonders wichtig.

Admirality Arch, der alte Triumphbogen, war die Grenze, das symbolisch geschlossene Tor ins »andere London« – Westminster, wie es korrekt im Parteijargon hieß. Die Parade wurde absichtlich daran vorbeigeführt, um zu zeigen, dass die Streitkräfte des demokratischen Sozialismus jederzeit hindurchmarschieren könnten, ohne dass jemand die geringste Chance besaß, sie aufzuhalten. Doch noch war es nicht so weit.

Stattdessen würde die Parade allein um des Weltfriedens willen, dem sich die sozialistische Gemeinschaft ja bekanntlich verschrieben hatte, auch dieses Jahr wieder nach Whitehall mit seinen hohen Regierungsgebäuden auf der einen und der Mauer auf der anderen Seite abbiegen. »Die Mauer«: So nannten die Provokateure noch immer den antikapitalistischen Schutzwall, der zugleich als Staatsgrenze in der Hauptstadt diente. Und wie üblich würden die Teilnehmer am Denkmal für Oliver Cromwells Erste Republik salutieren, welches genau an jener Stelle stand, wo König Charles I. hingerichtet worden war … komische Vorstellung, dass es im Norden noch immer Monarchisten gab, die davon träumten, das Land unter einem Charles III. wiederzuvereinigen. Schließlich würde die Parade dann an dem dreckigen alten Stumpf eines Glockenturms wenden, der über die Grenze lugte, und über die Promenade »Sieg des Sozialismus« an Scotland Yard vorbeiziehen.

In diesem Jahr, so stand in der Zeitung zu lesen, versprach die Parade beeindruckender denn je zu werden, besonders angesichts der hochrangigen Gäste aus Moskau, die zum 40. Jahrestag der Republik anreisen würden … Das junge Land hatte endlich »ein reifes Alter« erreicht. Marchmain nickte ob der gelungenen Formulierung, auch wenn er glaubte, dass »Midlifecrisis« der treffendere Begriff gewesen wäre. Der Guardian erwähnte die jüngsten Gerüchte über Veränderungen im Kreml jedoch mit keinem Wort, Gerüchte, die Leute wie Marchmain als äußerst beunruhigend empfanden.

Gerüchte waren allerdings auch nicht das, was er in einer Zeitung zu lesen erwartete. Natürlich war die Skandalpresse im Norden, jenseits der Grenze, voll davon, doch die Parteizeitungen waren anders. Marchmain verglich sie spöttisch mit mittelalterlichen Stundenbüchern, die die Gläubigen an ihre Gebete und Pflichten hatten gemahnen sollen. In diesem Fall war der Sozialismus der Himmel, und auf der Erde befand sich alles in bester Ordnung. Genau das war ja der Sinn von Ritualen.

Lenins Geburtstag, der 22. April, war einer der wichtigsten Feiertage im ganzen Jahr. Er wurde anstelle des 1. Mai gefeiert – teils, weil der »Tag der Arbeit« schlicht keine englische Tradition war, teils aber auch, um vom folgenden Tag abzulenken, dem Fest des heiligen Georg, des Schutzpatrons sowohl Russlands als auch Englands. Doch Heilige erwähnte sowieso niemand mehr, wenn es sich irgendwie vermeiden ließ. Märtyrer waren jedoch etwas vollkommen anderes. Märtyrer konnten sowohl nützlich als auch gefährlich sein, die echten wie die erfundenen …

Mit solchen und anderen Fragen hatte Marchmain sich die Zeit vertrieben. Dann war der gewisse Constable erschienen und hatte Marchmains Fahrer diskret zugenickt. Während der Bevan auf die Position zurollte, die Marchmain zuvor ausgesucht hatte, weil sie die beste Übersicht bot, faltete der Colonel die Zeitung zusammen und machte mit dem weiter, was er am besten konnte: warten. Und beobachten. Er beobachtete, wie das Boot am Pier festmachte, die Bahre von den Krankenhausaffen herangeschoben und die Leiche auf- und wieder abgeladen wurde. Und er bemerkte, wie der befehlshabende Polizist die pummelige Pathologin mit ihrem altmodischen Modetick begrüßte, sich von dem Blut aber so weit wie möglich fern hielt.

Marchmain bemerkte auch, wie der Detective Inspector mit dem lästigen Nachrichtenteam aus dem Norden umging, und er war beeindruckt von der ruhigen, gelassenen Art, mit der der Mann die Reporter trotz der Provokationen der Frau fortschaffen ließ. Marchmain fragte sich, ob er in dem Alter genauso ruhig geblieben wäre, und er kam zu dem Schluss, dass er vermutlich die Beherrschung verloren hätte. Solche Leute waren ein Ärgernis, und in den alten Tagen hatte man ihnen zum Glück nicht mit solch übertriebener Toleranz begegnen müssen.

Eine kurze Nachfrage per Funk, und Marchmain erfuhr den Namen des Detective Inspectors, der mit dem Fall betraut worden war. Wie er erwartet hatte, war die Antwort durchaus befriedigend. *Interessant,* dachte Marchmain, als er dem Fahrer in höflichem Ton den Befehl erteilte loszufahren. Dies war also Detective Inspector Harry Stark, John Starks Sohn. Es würde interessant sein zu beobachten, was er aus der Schweinerei machte, die auf seinem Schreibtisch gelandet war.

Stark war noch recht jung für so einen Job, doch das war in diesem Fall nicht wirklich überraschend. Stark senior war ein bemerkenswerter Mann gewesen. In vielerlei Hinsicht. Er war einer der besten Parteikader seiner

Generation. In den ersten Nachkriegsjahren hatte er eine Schlüsselrolle gespielt, als noch immer ein gewisses Maß an demoralisierter Unsicherheit vorgeherrscht hatte, und das nicht nur unter den älteren Polizeiangehörigen, sondern auch unter den dringend benötigten Rekruten, von denen viele in der Armee gedient hatten. Das waren schwere Zeiten gewesen, und John Stark, der einstige Salonbolschewik, war förmlich aufgeblüht. Er war ein Realist gewesen, ein Pragmatiker und ein Optimist. Kurzum: John Stark war eine Inspiration gewesen. Sein Schicksal war wahrlich eine Tragödie.

Marchmain war neugierig, ob der Sohn wohl einige der Qualitäten seines Vaters geerbt hatte. Besonders fragte er sich, ob das auch die Fähigkeit mit einschloss, die seiner Erfahrung nach für den Beruf des Ermittlers am wertvollsten war, wenn auch ein wenig unberechenbar in ihrer Anwendung: ein unabhängiger Geist.

Interessant. Wirklich sehr interessant.

Kapitel Drei

Das Unheimlichste an Porträts von großen Persönlichkeiten, so hatte man Harry Stark immer gesagt, sei die Art, wie ihr Blick einem durch den Raum zu folgen schien. Er hatte gehört, dass man in alten Schlössern Gucklöcher in den Augen von Porträts installiert hatte und dass jene, die mit deren Hilfe ausspioniert wurden, den Unterschied nicht hatten bemerken können.

Diese Regel galt jedoch nicht für die zwei Männer, deren Fotos in gleichmäßigem Abstand an der Wand hinter Starks Schreibtisch bei Scotland Yard hingen: Wladimir Iljitsch Lenin und Clement Richard Attlee.

Der eine war ein Revolutionär, Sohn eines geadelten Verwaltungsbeamten aus Simbirsk an der Wolga, der die Macht über ein Imperium an sich gerissen und es gefestigt hatte. Der andere war ein in Oxford erzogener Gentleman-Sozialist aus Putney, Süd-London, der ein Imperium geerbt und es seinen Freunden gegeben hatte. Sie hatten viel gemeinsam ... zum Beispiel hatten beide eine Glatze.

Aber was Stark jedes Mal auffiel, sobald er durch die Tür in sein Büro kam, waren ihre Augen. Sie folgten einem keineswegs, sondern starrten aus ihren alten Schwarz-Weiß-Fotos stur geradeaus: Augen voller Sicherheit, und sie sahen *nichts*. Hinter diesen toten Augen konnten unmöglich Gucklöcher versteckt sein. Aber wer brauchte schon Gucklöcher, wenn die Wände Ohren hatten?

Stark war noch nicht geboren gewesen, als Attlee – der so lange der Stellvertreter jenes Mannes gewesen war, dessen Name nicht länger erwähnt wurde – auf dem frischen Grab seines einstigen Herrn herumgetrampelt war und dessen Gedenken über Nacht verbannt und sich mit den Feinden des alten Mannes verbündet hatte. Es war Attlee gewesen, der der kriegsmüden britischen Arbeiterklasse erzählt hatte, man habe sie getäuscht und so dazu gebracht, gegen jene zu kämpfen, die eigentlich ihre Befreier waren. Und Stark war wie die meisten seiner Generation in dem Glauben daran aufgewachsen, dass dies die Wahrheit sei, denn nur so stand es in den Geschichtsbüchern zu lesen ... und jeder wusste, dass die Geschichte nicht log.

Aus diesen Gründen störte Stark auch nicht die Gegenwart der beiden Porträts an seiner Wand, ebenso wenig wie er die Anwesenheit dieser »Schutzgötter« in Gewerkschaftsbüros und anderen öffentlichen Gebäuden infrage stellte. Gleiches galt für das Foto ihrer heutigen Inkarnation, das ein Stück unter ihnen hing und den rundlichen, grauhaarigen Arthur Harkness zeigte, den Generalsekretär der Sozialistischen Labour-Partei. Patriotismus und die Partei gingen Hand in Hand. Sie waren die Wurzeln einer stabilen Gesellschaft. Auch das wusste jeder.

Fotos von grauen Männern, die an grauen Wänden hingen. Natürlich sollten die Wände genau genommen nicht grau sein. Das Grau war schlicht die Folge jahrelangen Kettenrauchens in diesen Räumen und des Schmutzes, der sich allgemein hier ansammelte. Es gab jedoch Zeiten, da wünschte sich Stark, alles wäre ein wenig heller. Er wollte nichts Extravagantes oder übertrieben Buntes, einfach nur ein wenig frische Farbe. Er nahm an, dass dies einst ein sehr schönes Büro gewesen war, damals in den neunziger Jahren des 19. Jahrhunderts, als der große, absurde, neogotische Palast von New Scotland Yard mit seinen hohen Giebeln, den Mansardenfenstern, Tudorkaminen und Märchentürmen in rot-weißem Ziegelstein wie eine imperiale Fantasie an der Uferpromenade erbaut worden war. Zu jener Zeit war die Promenade noch nach Königin Victoria benannt gewesen und nicht nach dem »Sieg des Sozialismus«.

Starks Büro lag hoch oben im sechsten Stock, in einem der runden Türme mit Fenstern auf drei Seiten. Früher hätte man in dieser Jahreszeit von hier aus über den Fluss auf ein Meer von blassgrünen Blättern junger Limonenbäume schauen können, welche die Straße begrenzt hatten, auf der die Pferdekutschen der Bourgeoisie entlanggefahren waren.

Heutzutage konnte man sich das nur noch schwer vorstellen. Stark nahm an, dass die Bäume schon zu ihrer vollen Größe herangewachsen sein mussten, als man sie im schrecklichen Winter 1949/50 gefällt hatte, um der frierenden Bevölkerung in ihren ausgebombten Häusern Brennstoff zu verschaffen. Das Scotland-Yard-Gebäude selbst hatte die Kämpfe bemerkenswert gut überstanden. Natürlich fand man auch an seinen Mauern die üblichen Pockennarben von Granateinschlägen, die entstanden waren, als sich die letzten Unbelehrbaren in diesen Straßen der Befreiung widersetzt hatten – ganz zu schweigen von der großen Höhle im Portlandstein des Haupteingangs, ein deutlicher Beweis für einen direkten Treffer aus dem Hauptgeschütz eines T-34.

Weithin glaubte man – obwohl die Geschichte eher zweifelhaft war –, dass das Geschoss von genau dem T-34 abgefeuert worden sei, der nun gut hundert Meter entfernt auf einem Sockel am Fluss stand. Der Panzer war ein Denkmal für die Befreiung. Bei seiner Einweihung hatte ein Parteisprecher verkündet, er sei ein mehr als angemessener Ersatz für den antiken ägyptischen Obelisken, der vorher dort gestanden hatte – das Raubgut des »Empires des Bösen«. Was aus dem Obelisken geworden war, das wusste niemand.

Doch andererseits gab es eine Menge Dinge, die niemand wusste, und eine Menge Fragen, die man besser nicht stellen sollte. Stark interessierte im Augenblick vor allem die Beantwortung einer Frage: Warum zum Teufel war der Arbeitstag eines Detective Inspectors vorwiegend mit Papierkram ausgefüllt? Das war ein Gedanke, der morbide auf seine Stimmung drückte, während er den riesigen Haufen Formulare anstarrte, die wie eine Leiche auf dem Wohnzimmerteppich lagen, der seinen Schreibtisch bedeckte.

Ein Mordfall landete nicht jeden Tag auf Harry Starks Schreibtisch. Das Problem mit diesem war nur, dass er nicht wirklich landen wollte. Die fehlende Identität des Toten von der Blackfriars Bridge behinderte nicht nur die Untersuchung, sie brachte auch den unvermeidlichen Papierkram durcheinander. Jedes der vielen Formulare mit ihren drei- oder gar vierfachen Durchschlägen verlangte zuallererst nach einem Namen.

Ein Mann ohne Namen wurde nach uralter Tradition zu »Joe Bloggs«; die russischen Brüder wiederum nannten so jemanden »Iwan Iwanowitsch«, und die Amerikaner, so hatte Stark gehört, sprachen von einem »John Doe«. Aber es war eine Sache, unter Kollegen von einem Joe Bloggs zu sprechen, doch etwas vollkommen anderes, diesen Namen in ein offizielles Formular einzutragen. Abgesehen davon bestand stets die Gefahr, dass irgendjemand das ernst nahm. Stark fragte sich, ob es da draußen tatsächlich jemanden gab, der auf den Namen Joseph Bloggs hörte. Rein aus Neugier schlug er im Telefonbuch von London nach. Es gab keinen – jedenfalls nicht in diesem Teil von London.

Der Papierkram war nicht nur der Fluch moderner Polizeiarbeit. Es hatte ihn schon immer gegeben, oder zumindest hatte ihm das sein Vater erzählt. Und Harry hatte seinem Vater immer geglaubt. Immer. Zumindest in den wichtigen Dingen; natürlich konnte er sich heute nicht mehr an jedes Detail erinnern, das ihm der alte Mann in seiner Kindheit erzählt hatte. Harrys Vater war auch der Grund dafür, warum er Polizist geworden war. Er war in die Fußstapfen seines alten Herrn getreten. Selbst wenn die »Met« nicht mehr die gleiche Truppe war, der sich Stark senior in den dreißiger Jahren angeschlossen hatte. Aber das konnte man ja wohl auch nicht erwarten. Alles andere hatte sich ja auch verändert.

Dann wiederum gefiel Harry der Gedanke, dass die Truppe doch nicht *so viel* anders als früher war. Im Gegensatz zu dem, was viele Leute glaubten – zu Harrys großem Verdruss zählte auch seine rebellische kleine Schwester Katy zu ihnen –, hatte das Hinzufügen des Präfixes »Volks-« zum Namen der Truppe nichts an ihrem Tätigkeitsfeld geändert. Nach wie vor jagten und fingen sie kleine und große Gauner, Straßenräuber, Schläger, Vergewaltiger und Betrüger und machten die Welt zu einem besseren Ort für gute Menschen. Das war es, was sein Vater ihm gesagt hatte. Und das war es auch, was ihn dazu veranlasst hatte, sich der Polizei so früh er konnte anzuschließen – 1973 war das gewesen, kaum elf Monate nach dem viel zu frühen Tod des alten Herrn. Erst später war Harry der Gedanke gekommen, dass die sozialistische Überzeugung seines Vaters seinen Blick auf bestimmte Aspekte des Jobs getrübt haben könnte … wie zum Beispiel die Beziehungen zum Department of State Security, dem Amt für Staatssicherheit, kurz DoSS.

Das DoSS war das aktive Symbol für die Fusion von Partei und Staat, »Schwert und Schild der Partei«, wie einige der Frommeren es formulierten. Die einfachen Bürger neigten jedoch eher dazu, die Initialen zu einem altmodischen und nicht gerade schmeichelhaften Spitznamen zu missbrauchen: DoSSer/Penner nannten sie die Mitarbeiter des DoSS hinter vorgehaltener Hand. Doch auch die Metropolitan People's Police, die Met PP, hatte ihre Probleme mit Spitznamen. So wurden sie in der Nordpresse mit schöner Regelmäßigkeit als »Pipis« bezeichnet, und als Folge davon nannten sie verständnisvoll, wenn auch nicht mitfühlend das DoSS stets nur das »Amt«.

Das Amt war die »ultimative Rückversicherung«, woran dessen Angehörigen die Mitglieder der Met unablässig erinnerten. Harry jagte diese Formulierung jedes Mal einen Schauder über den Rücken, obwohl er wusste, dass es schlicht bedeutete, dass das Amt auf Ressourcen zurückgreifen konnte, welche die normale Polizei zwar verwaltete – daher der ganze Papierkram –, die ihr aber nur selten wirklich zur Verfügung standen. Wenn die Met einen Verdächtigen festnahm, egal, ob einen Schwerverbrecher oder einen kleinen Gauner, bestand zumindest theoretisch stets die Möglichkeit, sich ans Amt zu wenden für den Fall, dass es irgendwelche »hilfreichen Hintergrundinformationen« besaß, die bei der Erlangung eines Geständnisses nützlich sein konnten.

Die meisten Polizisten, vor allem die Angehörigen der Kriminalpolizei, die stolz auf ihre eigenen Fähigkeiten waren, weigerten sich jedoch, diese Möglichkeit in Anspruch zu nehmen – aber jeder wusste, dass sie existierte. Das Amt wusste alles, was es über die Bevölkerung zu wissen gab, denn so wollte es der Staat. Der Staat verabscheute Anonymität, wie die Natur das Vakuum verabscheut – abgesehen von dem einen Vakuum, das er selbst geschaffen hatte, um dessen Anziehungskraft zu neutralisieren: der weiße Fleck auf der großen Karte, die neben den toten Männern mit ihren säuerlichen Gesichtern den einzigen Wandschmuck in Starks ansonsten so spartanisch eingerichtetem Büro darstellte.

Einen Meter hoch und eins zwanzig breit, bildete die Karte ein Areal von sechzig mal siebzig Kilometern ab, das einst als die größte Metropole dieser Erde gegolten hatte … oder – wie es William Cobbett im 19. Jahrhundert in einer seiner berühmten Streitschriften formuliert hatte – »das große Geschwür« der urbanen Pest, die das Gesicht von Südengland verunstaltete. Allerdings sah es auf Starks Karte wie auf denen seiner Landsleute so aus, als hätte man dieses Geschwür einer Operation unterzogen: als hätte ein erbarmungsloses, zynisches Skalpell im Westen der Stadt ein großes Stück herausgeschnitten und nur einen großen weißen Fleck dort hinterlassen.

Wo Attlee nur eine ferne Kindheitserinnerung war, konnte man sein Erbe im wörtlichen Sinne nicht übersehen. Die große Zickzacklinie aus Beton und Stacheldraht durchschnitt alle nördlichen Vorstädte. Sie trennte Hampstead von Highgate, Camden Town von Kentish Town, Marleybone Station von Euston und schnitt mitten durch das, was einst das Zweikammerherz der alten Stadt gewesen war. Sie folgte den zugemauerten Häuserfronten alter Elektronikgeschäfte auf der Tottenham Court Road bis zum Stalingrad Square hinunter, der einst nach einer Schlacht zwischen anderen Imperien benannt gewesen war, und führte dann über das Ödland von Whitehall bis zu dem verbrannten Stumpf, der nach wie vor fälschlicherweise Big Ben genannt wurde und wie ein verwundeter Wachmann von der anderen Seite herüberspähte. Anschließend ging es über den blockierten Fluss, wo die Linie Streatham von Balham trennte und Mitcham von Merton, bevor sie sich in weitem Bogen nach Westen wand, um das kleine Landefeld von Heathrow zu umschließen, das sich für jene im Norden unerwartet als lebensrettende Nabelschnur erwiesen hatte. Im Norden wurde die Schlinge dann zugezogen.

Der »Antikapitalistische Schutzwall«, wie er offiziell hieß, war dazu gedacht, die ehrliche Arbeiterklasse vor dem verführerischen Materialismus zu schützen, der sie wieder zu Sklaven machen und unter das Joch der mächtigen US-amerikanischen Profitmaschinerie zwingen würde. »Der Amerikanische Traum ist des Arbeiters Albtraum«, hieß es in einem Slogan, und Stark wusste das genauso gut wie jeder andere auch.

Unruhestifter – »Dissidenten«, wie sie sich selbst gerne nannten – bemerkten immer mal wieder, dass die »Mauer« in ihrem Verlauf einer Fangschlinge ähnele, nur dass in diesem Fall diejenigen die Glücklichen seien, die sich in ihr befanden. Die Partei bezeichnete die Enklave in Anlehnung an die tatsächlichen historischen und topographischen Gegebenheiten als »Westminster«, um sie so von der »City of London« abzugrenzen. Der antike Kern der großen, wuchernden Metropole war einst ihr kapitalistisches Herz gewesen, das Heim von Banken und Aktienhändlern, während das »West End« deren Spielplatz gewesen war. Nun, mit einer wunderbaren Ironie, die jedoch nur wenige verstanden, war »City of London« zum Synonym für die Hauptstadt der sozialistischen Republik geworden. Das echte Leben – das wusste jeder, nur sprach es niemand aus – fand noch immer »oben im Norden« statt, während die Londoner Mauer ein Symbol der Niederlage war, die moralische Bankrotterklärung einer Gesellschaft, die ihre Bürger einsperren musste, um sie von der Flucht abzuhalten. Das sagten die Dissidenten, und manchmal dachte Harry Stark insgeheim, dass sie vielleicht Recht damit hatten. Doch niemand unternahm etwas deswegen.

Das war Politik, und Politik ging einen Polizisten nichts an. Harry hatte das zu seiner Maxime gemacht, als er seinem Vater in dessen Fußstapfen gefolgt war. Natürlich hatte der alte Herr nicht wirklich genauso gedacht. Stark senior war ein ergebenes Parteimitglied gewesen. Selbst heute noch respektierten Harry einige Leute in der Truppe und sogar im Amt schlicht aufgrund der Tatsache, dass er »Genosse Starks Junge« war.

Zuerst war das ein gutes Gefühl gewesen, fast als wäre er in das Familienunternehmen eingetreten. Dann hatte es ihn mehr und mehr gewurmt, vor allem, wenn man hinter seinem Rücken flüsterte, er habe seine rasche Karriere mehr seinen »familiären Verbindungen« als seinen Fähigkeiten als Kriminalbeamter zu verdanken. Als wäre es nicht genau das gewesen, wogegen der alte Herr zeit seines Lebens gekämpft hatte! So war Harry im Laufe der Zeit immer desillusionierter geworden, auch wenn er sich das nur selten eingestand. Zuerst war es wegen der Art gewesen, wie das System, für das sein Vater gekämpft hatte, in Wirklichkeit funktionierte, dann – und das wagte er kaum, sich einzugestehen – wegen des Systems an sich. Aber das System war nicht nur Politik, es war Geopolitik, und damit hatte man als Polizist nun überhaupt nichts zu tun. Stark wünschte sich nur verzweifelt, dass das auch seine kleine Schwester verstehen würde. Politik war Sache des Amts. Wenigstens hatte Katy ihn nie einen DoSSer geschimpft ... noch nicht jedenfalls.

Harry seufzte, warf einen Blick auf die New Times und stöhnte innerlich ob des Bildes auf der Titelseite von Genosse Harkness bei einem Besuch in der Dnjepr-Dagenham-Automobilfabrik, deren Arbeiter sich freiwillig gemeldet hatten, am kommenden Samstag zu Ehren Wladimir Iljitschs zu arbeiten, »des Mannes, dessen Glauben die Nation verändert hat« ... oder zumindest die halbe Nation.

Der einzige andere Artikel auf der Titelseite beschäftigte sich mit den Proben für die große Parade, einer glorreichen Zurschaustellung der militärischen und industriellen Leistungsfähigkeit des Landes sowie ihrer kulturellen Errungenschaften und der Geschichte des Klassenkampfes in Südengland. Es würde den üblichen Vorbeimarsch von Soldaten und Arbeitern, von Raketen, Panzern, schweren Landwirtschaftsmaschinen und der Sozialistischen Pfadfinder in ihren rot-weißen Uniformen geben, während Schüler auf Motivwagen große Momente der englischen Geschichte darstellen sollten. Natürlich waren alle Teilnehmer handverlesen. Stark schloss die Augen: Er hatte vergessen, dass man auch Katy für ein Schaubild zur proletarischen Emanzipation zwangsverpflichtet hatte. Als wäre das Leben nicht auch so schon Hölle genug. Und um alles noch schlimmer zu machen, würde die Parade genau unter seinem Bürofenster ihren Abschluss finden. Stark nahm sich vor nachzufragen, ob er den Tag nicht freibekommen konnte.

Er schüttelte den Kopf und wandte sich wieder dem langweiligen Papierkram auf seinem Schreibtisch zu. Er wurde nicht dafür bezahlt, sich über Politik den Kopf zu zerbrechen, sagte er sich selbst, genauso wenig wie sein Vater. Er wurde bezahlt, um Verbrecher zu fangen ... und um in der Scheiße zu wühlen.

Es war ein Nachmittag voller kleiner Frustmomente gewesen, ein Nachmittag voller Sackgassen. Über der Themse verdunkelte sich der Himmel; Regen prasselte ans Fenster, und Stark saß über dem fünften Becher kaum trinkbaren Tees und drehte im wörtlichen Sinne Däumchen.

Lavery war die Vermisstenliste bereits durchgegangen. Allerdings war es eine anerkannte Weisheit, dass stets ein paar mehr Personen vermisst wurden, als auf der Liste zu finden waren. Bestand auch nur der geringste Grund zu der Annahme, dass bestimmte Leute absichtlich »verschwunden« waren, verzichteten selbst die nächsten Verwandten auf eine Vermisstenanzeige – gemeint war natürlich *erfolgreich* verschwunden. Doch diese Fälle waren recht selten. Irgendwann meldete meist die Arbeitsstelle den Vermissten, oft jedoch nur, um festzustellen, dass er in der Leichenhalle bereits bekannt war.

In der gesamten Stadt gab es nur etwas mehr als ein Dutzend Männer, deren Verbleib unbekannt war. Ein landesweiter Abgleich der Vermisstenlisten würde noch weitere ein, zwei Tage in Anspruch nehmen. Doch auch wenn der Sergeant sich dieser Aufgabe bereitwillig annahm, erwarteten weder er noch sein Inspector viel davon. Stark verfluchte die Sorglosigkeit des Toten.

Das vollständige Fehlen jedweder Papiere war außerordentlich ungewöhnlich. Der durchschnittliche Südbürger mochte ja nicht über die Unmenge an Plastikkarten verfügen, die der durchschnittliche Nordler in seiner Brieftasche trug, aber jeder führte genügend Pappe mit sich, um ihn damit identifizieren zu können: vom Personalausweis über den Führerschein bis hin zu Parteiausweis und Mitgliedskarte der Gewerkschaft. Selbst Kinder trugen die Mitgliedskarten ihrer jeweiligen Jugendorganisationen bei sich, von den Rot-Weißen Kobolden bis zu den Sozialistischen Pfadfindern.

Diebstahl von Ausweispapieren war nahezu unbekannt, selbst bei den seltenen Raubüberfällen. Allerdings waren die Papiere gewöhnlicher Bürger ja auch nutzlos, da keinerlei Privilegien wie Reisefreiheit oder die Möglichkeit des Einkaufs in speziellen Geschäften damit verbunden waren. Sollte es jedoch jemand wagen, die streng kontrollierten Papiere der Nomenklatura zu entwenden, riskierte er Repressalien, die die möglichen Vorteile bei weitem überwogen.

Und dann war da noch der »Winkie«, dieses verdammte, schlecht bedruckte Stück Papier, das ihre einzige Spur darstellte. Stark wusste noch nicht einmal, wo der Begriff »Winkie« herkam, obwohl er vermutete, dass er aus irgendeinem obskuren Cockney-Reim stammte, so wie man ein Telefon »dog« nannte, Hund, weil es sich mit »dog and bone« reimte. Wenn man jedoch nicht wusste, wie derjenige dachte, der es erfunden hatte, hatte man keine Hoffnung, es je herauszufinden. Stark stammte selbst aus dem East End. Er war dort geboren und aufgewachsen; den Slang hatte er jedoch noch nie richtig verstanden. Aber da war auch noch etwas an dem Text selbst, was ihm Kopfzerbrechen bereitete. Er kam ihm vage vertraut vor, nur dass ihm beim besten Willen nicht einfallen wollte, woher er ihn kannte.

Stark griff nach seinem angekauten Bleistift und trug »unbekannt« in das Feld ein, wo nach dem Namen des »Klägers« gefragt wurde. Nicht dass Joe Bloggs eine Klage erheben würde. Tatsächlich stellte Stark fest, dass er aufgrund der fehlenden Identität so gut wie gar nichts ausfüllen konnte: keine Adresse, keine nächsten Angehörigen, keine Ausweisnummer, keine Sozialversicherungsnummer, keine Gewerkschaftsverbindungen, keine Parteimitgliedschaft und, besonders wichtig, keine Sicherheitsnummer. Hieß das, dass er dem Amt tatsächlich unbekannt war? Das konnte sich Stark kaum vorstellen.

Natürlich gab es da noch eine andere Möglichkeit, die Stark in den Sinn kam, als sein Blick zu dem großen

Stadtplan mit dem schmerzhaften weißen Fleck im Zentrum wanderte, und widerwillig musste er sich eingestehen, dass diese Möglichkeit in seinem Kopf mehr und mehr zur Gewissheit wurde.

Kapitel Vier

Der große Mann unter der Erde beugte den Kopf über die Arbeit. Er beugte den Kopf, weil die Steindecke so niedrig war, aber auch weil seine Augen schlecht und das Material, mit dem er arbeitete, minderwertig war. Er goss Tinte ins Gießwerk, holte sich dabei wie üblich Flecken auf den Fingern und drückte die Matrize auf die Außenseite. Dann schob er vorsichtig das blassgrüne, raue Papier ins Papierfach, richtete es aus und zog den Hebel. Wie immer waren die ersten Seiten zu dick bedruckt: die ›Os‹ und ›As‹ waren nur mit Tinte gefüllte Blasen, weil die Typen sich ungenau durchgedrückt hatten und die Tinte zu dick geflossen war.

Anschließend wurde es besser, aber nur geringfügig, und nachdem er den Hebel ein paar Dutzend Mal gezogen hatte, wusste der Mann, dass die Lesbarkeit bald abnehmen würde, je weniger Tinte sich im Gießfach befand. Trotzdem machte er weiter, denn nicht nur Papier war schwer zu bekommen, Tinte war noch seltener, und es durfte nichts verschwendet werden, am allerwenigsten Zeit.

Es gelang ihm, fast einhundert Kopien herzustellen, bevor der Text vollkommen unleserlich wurde. Er hielt inne und zog ein Blatt aus der Mitte, um seine Arbeit zu begutachten. Vor allem der Text erfüllte ihn mit Stolz. Er war kein Literat, aber er besaß einen Sinn für schöne Worte, und er verfügte über das alte Fleet-Street-Talent, Sätze zu seinem eigenen Vorteil umzuformulieren.

Er fragte sich, wie viele Menschen die Botschaft wohl erreichen würde und wie viele von ihnen – falls überhaupt – die Vorlage erkennen würden. Die Ironie war, dass das, was er gemacht hatte, weniger eine Parodie als vielmehr den Versuch der Nachahmung eines Textes darstellte, der in der unmittelbaren Nachkriegszeit fester Bestandteil des Curriculums staatlicher Schulen gewesen war. Die Partei selbst hatte ihn sanktioniert, damals, als sie noch keine Angst vor ihrem eigenen Schatten gehabt hatte.

Das Original war auf Deutsch. Der Autor, ein junger Mann mit Namen Wolfgang Borchert, war Soldat an der Ostfront gewesen – ein Thema, das heutzutage vollkommen tabu war. Eine Verwundung hatte ihn zum Invaliden gemacht, woraufhin er es gewagt hatte, die Faschisten zu kritisieren, und in den ersten Friedenstagen hatte man ihn für seine kraftvolle Antikriegsrhetorik gefeiert. Sie fand ihren Ausdruck in Kurzgeschichten, die eigentlich eher Prosagedichte waren, und einer dieser Texte begann mit den Zeilen:

»Du, Mann an der Maschine und
Mann in der Werkstatt.
Wenn sie dir morgen befehlen,
du sollst keine Wasserrohre und keine Kochtöpfe mehr
machen – sondern
Stahlhelme und Maschinengewehre,
dann gibt es nur eins:
Sag NEIN!«

Dem folgte eine ganze Litanei ähnlich gestrickter Formulierungen – alles Dinge, die die Menschen stillschweigend hinnahmen, wenn ihre kriegslustigen Regierungen sie ihnen befahlen –, und es endete mit einer großen Tirade, in der die unaussprechlichen Schrecken des totalen Krieges heraufbeschworen wurden. Der Text war dazu gedacht, eine Katharsis zu provozieren; er stellte eine Herausforderung an die Leichtigkeit dar, mit der die Menschen taten, was man ihnen befahl.

Michael, das war der Name des großen Mannes, hatte nur die Anfangszeilen von Borcherts Werk gestohlen, sie gekürzt – Papier war viel zu schwer zu besorgen, als dass er einen längeren Text hätte abdrucken können –, hauptsächlich weil er wollte, dass die Menschen die Botschaft verstanden, und weil er hoffte, dass sie direkt und kraftvoll genug war, wenn auch ein wenig versteckt.

Aber allzu versteckt durfte die Botschaft natürlich auch nicht sein, sonst würde sie ja niemand verstehen. Michael selbst konnte das nur schwer beurteilen, denn er war es gewohnt, mit Andeutungen und versteckten Botschaften zu arbeiten. Auf jeden Fall hatte er getan, was er hatte tun sollen, um Merlins Botschaft zu übermitteln.

Und die Botschaft war einfach: Bleibt der Parade fern. Das ist nicht unsere Feier, sondern die rituelle Untermauerung unserer Versklavung. Doch das Ganze sollte mehr als nur ein verächtliches Schnauben in die Gesichter der Herrschenden sein; es war als Warnung an ihre unschuldigen, zu dieser zynischen Farce zwangsverpflichteten Mitbürger gedacht, eine Warnung, dass sie dieses Jahr nicht nur ihre Seelen verkauften und ihre Integrität opferten … sie riskierten ihr Leben.

Vierzig Jahre waren viel zu lange – vierzig Jahre zu

lang, um genau zu sein. Michael hatte noch einen Text adaptiert. Die Matrize lag druckfertig in einer Schublade des schäbigen kleinen Tischs. Sie sollte nach dem Ereignis zum Einsatz kommen, um das Geschehene zu erklären und bekannt zu geben, was als Nächstes geschehen würde. Der zweite Text stammte von G. K. Chesterton und war Teil eines alten revolutionären Gedichts, gedacht für ein Land, das nie eine Revolution gehabt hatte: »Wir sind das Volk von England, das noch nicht gesprochen hat.« Nun würden sie sprechen – nein, nicht sprechen, ihr *Brüllen* würde die Welt erbeben lassen.

*

Auf Harry Starks Schreibtisch klingelte das Telefon. Er grub es hektisch unter einem Stapel Kopien hervor und nahm erleichtert den Hörer ab.

»Stark hier«, sagte er.

»Jaja, wenn Sie nicht so zart besaitet wären, was die farbenfrohen Wunder der menschlichen Anatomie betrifft, sollten Sie wirklich hier sein.« Stark erkannte den altmodischen, vornehmen und politisch vollkommen inkorrekten Tonfall von Dr. Ruth Kemp sofort. »Ich bin mit der Autopsie fertig.«

Der Sarkasmus traf ins Schwarze. Auch wenn Stark unablässig über die Papierstapel auf seinem Schreibtisch schimpfte, er hatte es einfach nicht über sich gebracht, sich der Alternative zu stellen: den Nachmittag in der mit Formaldehyd durchtränkten Atmosphäre des forensischen Labors von St. Bartholomew zu verbringen, während die gute Frau Doktor ihre grausigen Rituale an dem Leichnam vollführte. Einmal hatte er es versucht, war aber rausgeworfen worden, nachdem er zweimal hintereinander seinen gesamten Mageninhalt in eine Nierenschale entleert hatte.

»Was haben Sie für mich?«, fragte er deshalb nur, ignorierte die Spitze und griff nach seinem Stift, um sich Notizen zu machen. Vielleicht würde er so zumindest ein paar Lücken in den Formularen ausfüllen können.

»Bei dem Verstorbenen handelte es sich um einen kräftigen, verhältnismäßig gesunden Mann von ein Meter neunzig Größe. Sein Alter liegt irgendwo zwischen 45 und 65.«

»Na, das grenzt die Sache ja schon mal ein.«

»Sparen Sie sich den Sarkasmus, Detective Inspector Stark. Vielleicht erinnern Sie sich ja noch an den Zustand, in dem er sich befunden hat.«

Harry versuchte, gerade das zu vermeiden. »Haben wir einen Todeszeitpunkt?«

»Den haben wir. Aber auch das ist nur eine Schätzung, fürchte ich ... wie immer.«

»Wie immer.«

»Im vorliegenden Fall ist die Bestimmung aufgrund der Umstände besonders schwer. Weil man ihn aufgehangen hat, ist die Leichenblässe als Anhaltspunkt nicht so geeignet wie üblich, während die Tatsache, dass er mitten in der Nacht über dem Fluss gehangen hat, die Körpertemperatur rascher hat fallen lassen ...«

»Jajaja.« Es gab immer irgendwelche »Umstände«.

»Aber dem Einsetzen der Leichenstarre und dem Kaliumgehalt in der Augenflüssigkeit nach zu urteilen ...« Stark verkrampfte sich unwillkürlich. Warum hatte Kemp nur solchen Spaß an Einzelheiten? »... hat es den Anschein, dass der Tod irgendwann zwischen zwei und fünf Uhr morgens eingetreten ist, gut zweieinhalb Stunden, bevor man die Leiche entdeckt hat.

Die Todesursache …«

»… war ziemlich eindeutig«, unterbrach Harry sie.

Kemp ignorierte ihn. »… war vermutlich eine aus allernächster Nähe abgefeuerte Kugel ins Genick, von unten nach oben. Auf ihrer Flugbahn hat sie das Gesicht de facto zerstört. Das anschließende Aufhängen war nebensächlich.«

Stark schnaufte. Ein Unfall war das wohl kaum gewesen.

»Unter den gegebenen Umständen«, fuhr Kemp fort, »haben nur Teile vom Hinterkopf und das Scheitelbein überlebt, und der intakte Unterkiefer hat den Rest des Körpers in der Schlinge gehalten.«

Der Gedanke war Stark noch gar nicht gekommen. Hatte der Killer absichtlich von unten nach oben geschossen, weil er den Schädelknochen brauchte, um sein Opfer daran aufzuhängen? War die Zerstörung des Gesichts demnach nur ein Zufall gewesen, oder …? Keine Papiere, kein Name, kein Gesicht …

»Gibt es nichts, was uns einen Hinweis auf seine Identität geben könnte?«, fragte er, ohne wirklich neue Informationen zu erwarten. »Was ist zum Beispiel mit Fingerabdrücken?«

»Da ist alles intakt, soweit ich das sagen kann. Ich bin kein Experte darin. Glauben Sie, dass Sie seine Abdrücke in den Akten haben könnten?«

Das war eine Möglichkeit. Falls es sich um einen Bandenmord handeln sollte – ein paar der alten East-End-Banden gab es noch immer –, dann bestand tatsächlich die Chance, dass seine Fingerabdrücke irgendwo registriert waren. Das Problem war nur, sie zu finden. Scotland Yards antiquiertes Archivierungssystem war bei weitem nicht so effektiv, wie jene glaubten, die davon überzeugt waren, in einem »Polizeistaat« zu leben. Außerdem begingen die Banden ihre Morde in ihren jeweiligen Revieren – wie Hunde, die ihr Territorium mit Urin markierten. Sie machten keine öffentliche Veranstaltung daraus.

»Ich werde jemanden nachsehen lassen«, sagte Stark. Es war zumindest einen Versuch wert. »Aber erst einmal bleibt er wohl Joe Bloggs ... unter den gegebenen Umständen«, ahmte er in freundlichem Tonfall die permanente Entschuldigung der Pathologin nach. »Ich nehme nicht an, dass es sinnvoll wäre, Zahnbilder durchzusehen, oder?«

Schweigen herrschte am anderen Ende der Leitung, länger, als Stark es bei Dr. Kemp gewohnt war.

»Haben Sie da eine Idee?«, fragte sie schließlich. »Ich meine, irgendwelche Aufzeichnungen, die wir zurate ziehen könnten?«

»Nein, nein«, antwortete Stark. »Ich habe nur laut gedacht. Ich meine, vom Mund des Kerls kann doch nichts übrig sein ... oder?«

Wieder zögerte Dr. Kemp eine Sekunde. »Wie ich gesagt habe, ist der Oberkiefer zwar vollkommen fragmentiert, und der Gaumen fehlt gänzlich, aber die untere Hälfte ist noch verhältnismäßig intakt. Tatsächlich ...«

»Reden Sie weiter.«

»Die Sache ist folgende, Harry ...« Dr. Kemp nannte ihn nicht oft beim Vornamen. »Auch wenn ich es nicht gerne zugebe, bin ich in Zahnfragen nicht so versiert, wie ich es gerne wäre; aber an den Backenzähnen befindet sich eine Brücke, die mir von außergewöhnlich guter Qualität zu sein scheint ...«

Stark hob den Blick und starrte auf den großen weißen Fleck auf der Karte. Er wusste, was Dr. Kemp gleich sagen würde.

»Und da ist noch etwas. Genau genommen sind es einige Merkwürdigkeiten. Einzeln betrachtet sind sie natürlich nicht …«

»Kommen Sie schon, Ruth. Spucken Sie es aus.«

Stark glaubte, ein leises Kichern zu hören, das jedoch rasch wieder unterdrückt wurde. »Das nenne ich eine unglückliche Wortwahl«, sagte die Pathologin. »Es geht nämlich um seinen Mageninhalt.«

Stark verzog das Gesicht. Er besaß eine viel zu lebhafte Fantasie, als dass er solche Einzelheiten hören wollte.

»Und um seine Haut …«, fuhr Kemp fort.

»Seine Haut?«

»Ja. Wer auch immer er war, er hatte einen interessanten Lebensstil. In den letzten 24 Stunden hat er nicht nur eine kleine Portion der typischen Fish 'n' Chips von der Ecke zu sich genommen, sondern einige Zeit davor ein bemerkenswert gutes Steak, Blauschimmelkäse und eine nicht unerhebliche Menge Rotwein. Auch fand sich in Höhe der Schulterblätter eine Reihe kleiner Läsionen. Mit fast hundertprozentiger Sicherheit handelt es sich dabei um BCC im Frühstadium …«

»B… was?«

»Basal Cell Carcinomas. Das ist eine bestimmte Art von Geschwulst.«

»Krebs? Wollen Sie mir damit etwa sagen, dass der Mann so oder so gestorben wäre?«

»Früher oder später sterben wir alle, Stark, das wissen Sie. Die Frage ist nur: wie schnell. Aber das wollte ich Ihnen damit eigentlich nicht sagen. Bei diesen Läsionen handelt es sich um eine Form von Hautkrebs, aber nicht um die schlimmste. Sie ist eher entstellend als lebensbedrohlich. Tatsächlich ist Hautkrebs häufig harmlos, solange die Krankheit sich nicht ausbreitet. Egal, auf jeden Fall rührt diese Art von Läsionen von längerem Aufenthalt in der Sonne her …«

»Was wollen Sie mir damit sagen, Ruth?«, fragte Stark, obwohl er die Antwort bereits kannte.

»Ich versuche Ihnen gar nichts zu sagen. Sie sind der Polizist. Es ist nur … Wenn man alles zusammenfügt: das Essen, der Sonnenschein …«

Stark brach das anschließende Schweigen nicht. Er überließ es Dr. Kemp, ihn auf den Weg zu führen, den er nicht betreten wollte.

»… wenn Sie mich bitten würden, eine Vermutung zu äußern …«

»Ja. Genau das möchte ich von Ihnen, Ruth.«

»Dann würde ich sagen …«

Wieder kehrte kurz Schweigen ein. Dann kam Dr. Kemp offenbar zu dem Schluss, dass es das Spiel nicht länger wert war.

»Wer auch immer Joe Bloggs war, er war keiner von uns.«

Kapitel Fünf

Die Lichter der Tube, der Londoner U-Bahn, flackerten, und das gelbe Glühen wurde immer schwächer, bis die Leuchtdrähte als brennende rote Streifen durch das milchige Glas der Lampen zu sehen waren. Im einen Augenblick strahlten sie ungewöhnlich hell, dann schwankten sie zwischen Rot und Gelb, bevor sie wieder das vertraute schwache Licht ausstrahlten, das die Wagons und ihre Passagiere in einen ockerfarbenen Ton wie von einer Öllampe tauchte. Als wären sie koordiniert – was durchaus möglich war, da sowohl die Lampen als auch der Antrieb ihre Energie aus derselben Quelle bezogen –, schaukelte und zitterte der Wagen über die hundert Jahre alten Schienen und bog kreischend um eine Ecke, als der Zug in die Old Street Station ratterte.

Die Türen öffneten sich knarrend, und die schlurfende Menschenmasse formierte sich neu; jene im Zug drängten sich noch dichter zusammen, als sich neue Passagiere hineinschoben und andere sich hinausquetschten. Eine Frau mit blassem Gesicht und haariger Oberlippe nieste Inspector Stark laut ins Gesicht, dann schniefte sie den Schnodder weg und wandte sich rasch ab, um sich für die Peinlichkeit nicht entschuldigen zu müssen. Zum mindestens fünften Mal an diesem Tag wurde Stark übel.

Mit einer Hand klammerte er sich an den Haltegriff über seinem Kopf, als die Bahn losfuhr; die freie Hand zog er aus dem Gedränge und wischte sich übers Gesicht. Jene, die sich um ihn herum stapelten, wandten sich ab oder blickten nach unten, behielten ihn aber aus dem Augenwinkel im Blick, um sicherzustellen, dass er das Zeug nicht an ihnen abwischte. Stark schob die mit Schnodder beschmierte Hand in die Tasche und schloss die Augen. So viel zum Appell des National Health Service über dem Fenster: »Husten und Niesen verbreiten Krankheiten: Fangen Sie ihre Keime mit einem Taschentuch.« Das wäre ja komisch gewesen, doch niemand lachte.

Das lauter werdende Rattern verriet Stark, dass sie

sich der nächsten Station näherten. Gott sei Dank würde er hier aussteigen. Er widerstand der Versuchung, der Frau mit dem Schnurrbart den Ellbogen zwischen die Rippen zu stoßen, als er sich dem allgemeinen Drängen in Richtung der sich öffnenden Türen anschloss. Der Bahnsteig war ebenso überfüllt wie der Zug, wodurch der Versuch des Wagons, sich zu leeren, genauso hoffnungslos war wie der eines Ertrinkenden, der versuchte, unter Wasser zu erbrechen. Dennoch hatte das Ganze ein gewisses Maß an militärischer Präzision, als würde hier täglich ein bitterernstes Manöver von ganzen Kohorten hervorragend ausgebildeter römischer Legionäre durchgeführt. Nur dann und wann geriet ein untrainiertes Individuum in die Gefahr, niedergetrampelt zu werden, wenn es ihm nicht gelang, dem Strom zu folgen. Stark bemerkte nun solch ein Individuum, einen großen, verloren aussehenden Mann, irgendeinen Bauerntölpel aus der Provinz, der törichterweise auf die »Ausgang«-Schilder achtete, anstatt sich dem unerbittlichen menschlichen Druck zu beugen. So wurde er schmerzhaft gegen das abblätternde Poster gepresst, das für die Ferienheime der Transportgewerkschaft in Whitstable warb.

Stark ließ sich wie üblich durch den wie eine Toilette gefliesten Korridor treiben, der deutlich als »Kein Ausgang« markiert war, nur hielt sich niemand daran, denn die Strecke war kürzer. Anschließend ging es in den hölzernen Aufzug und hinauf in die verhältnismäßig frische Luft dessen, was noch immer »The Angel, Islington« genannt wurde.

Starks Mutter hatte ihm einmal erzählt – damals, als sie noch viel miteinander geredet hatten, kurz nach dem Tod des Vaters –, dass in den Fünfzigern extreme antiklerikale Elemente in der örtlichen Parteiführung alles darangesetzt hatten, diesen Namen zu ändern, um ihren politisch korrekten Atheismus unter Beweis zu stellen. »Es war dein Vater«, hatte sie gesagt, und das nicht ganz ohne Stolz, »der sie davon abgehalten hat. Er hat ihnen erklärt, das sei nichts als Unsinn, denn ›The Angel‹ sei mit Sicherheit der Name irgendeines Pubs gewesen, mit Frömmigkeit hätte das nichts zu tun.«

Was auch immer der Grund für die Namensgebung gewesen sein mochte, jetzt kannte ihn niemand mehr. Doch man konnte es mit den Namensänderungen auch übertreiben, hatte Starks Vater argumentiert, und zwar bis zu dem Punkt, da die Menschen ihre Identität verloren. Es war eine Sache, die Bedeutung der Religion herunterzuspielen, die Geschichte neu zu bewerten und die Menschen dazu zu bewegen, ihre Nationalität neu zu überdenken. Doch wenn man ihnen den persönlichen Bezug zu ihrem Viertel, ihrer unmittelbaren Umgebung nahm, ging man das Risiko ein, dass anschließend nichts mehr übrig war. Das war wohl die Wahrheit, hatte Stark erkannt. Er war beeindruckt gewesen.

Die Straßen von Islington hatten sich nur wenig in all den Jahren verändert, da Stark sie kannte: Sie bestanden noch immer aus denselben Reihenhäusern mit ihrem gleichförmigen gelben Ziegelwerk, das so typisch für London war, auch wenn man heutzutage erst den Ruß abkratzen musste, um es als solches zu erkennen. Einst, so hatte Stark gehört, waren sie sehr elegant gewesen, als man sie während des ersten großen Wachstumsschubs der Stadt im 18. Jahrhundert errichtet hatte. Elegant waren sie heute allerdings definitiv nicht mehr. Der Krieg hatte hier große Schäden verursacht, allerdings bei weitem nicht so schwere wie im East End oder südlich des Flusses, wo während der ersten Kriegsphase die meisten Bomben niedergegangen und durch deren Straßen zum Schluss die Panzer vorgestoßen waren.

Stark hatte Glück. Seine Familie hatte noch immer ein ganzes Haus für sich allein, was mit Sicherheit dem Einfluss seines Vaters bei den örtlichen Parteikadern zu verdanken war. Es war nur ein kleines Haus, zwei Stockwerke in einer Häuserreihe hinter der Upper Street, aber es ermöglichte ihnen den Luxus, jedem auf Kosten dessen, was man früher den »Unteren Salon« genannt hätte, ein eigenes Schlafzimmer zur Verfügung zu stellen: Harry, seiner Mutter und seiner Schwester.

Stark fragte sich, ob Katy wohl zu Hause war. Er hoffte darauf. Er machte sich Sorgen um sie. Da waren zum Beispiel die Freunde, mit denen sie um die Häuser zog; ihre Einstellung in Bezug auf die Schule; die Art, wie sie mit ihrer Mutter redete und mit ihm ... falls sie denn überhaupt mit ihm sprach. Katy war siebzehn. Eine Nachzüglerin. Einen »Unfall« nannten die Leute sie – zumindest die höflicheren. Starks Vater war damals 56 Jahre alt gewesen, seine Mutter erst 37. Es hatte schon genug Gerede gegeben, als sie geheiratet hatten, eine hübsche Achtzehnjährige, die sich mit einem fast zwanzig Jahre älteren Mann einließ. Es hatte geheißen, sie wolle sich nur »in ein gemachtes Nest setzen«, dass sie sich absichtlich einen Polizisten und verdientes Parteimitglied ausgesucht habe, ungeachtet des Alters. Tatsächlich war sie damals schon im sechsten Monat mit Harry schwanger gewesen.

Stark selbst hatte nur mitbekommen, was die Plappermäuler bei Katys Geburt über seine Eltern gesagt hatten, kurz nach seinem fünfzehnten Geburtstag, nämlich dass »Unfälle« nur jenen passierten, die keine Vorsichtsmaßnahmen trafen. Die Schlussfolgerung daraus war klar – dass Harrys Vater nicht Katys war –, doch niemand sprach das offen aus, jedenfalls nicht, wenn Harry in Hörweite war, und erst recht hätte es niemand gewagt, dem alten Herrn das ins Gesicht zu sagen. Aber wie auch immer, Stark senior hatte sich nie dazu geäußert, sondern sich nach außen hin stets über die Tochter gefreut, obwohl der Neuankömmling eine große Belastung für die Familienressourcen darstellte. Als er dann jedoch ein Jahr später an einem Herzinfarkt starb, behaupteten nicht wenige, der Schock habe ihn umgebracht.

Stark wusste es nicht, und es kümmerte ihn auch nicht – genauso wenig, wie ihn tief in seiner Seele der arme, verstümmelte Bastard kümmerte, der gerade auf Ruth Kemps Seziertisch lag. Der Unterschied war nur, dass es in diesem Fall seine Pflicht war, die Antwort auf alle Fragen zu finden. Zumindest bis ihm irgendjemand etwas anderes befahl, und das war die Entwicklung, die er erwartete und auf die er hoffte. Wenn das DoSS unbedingt die Drecksarbeit tun wollte, warum sollte Harry Stark sie dann davon abzuhalten? Was ihm jedoch missfiel, war das Gefühl, dass sich selbst hier, auf der rasch leerer werdenden Straße, Augen in seinen Hinterkopf bohrten.

Ein für die Jahreszeit unverhältnismäßig kalter Wind blies Zeitungsfetzen durch die Rinnsteine der Upper Street. Die Menschenmenge, die aus der U-Bahn-Station strömte, verschwand schnell in Seitenstraßen, Bushaltestellen und den wenigen übrig gebliebenen Pubs. Einst hatte es mehr davon gegeben, viel mehr. In Harrys Kindheit waren die Pubs der Mittelpunkt des Gemeinwesens gewesen. Alle hatten ihr Stammlokal gehabt, wo jeder jeden kannte. Damals hatte es auch mehr Geschäfte gegeben. Stark konnte sich die Upper Street kaum als die belebte Hauptstraße vorstellen, von der die alten Leute behaupteten, sie sei es vor dem Krieg gewesen; doch selbst er erinnerte sich daran, dass es hier einmal geschäftiger zugegangen war als jetzt. Eine Reihe vernagelter Schaufenster zwischen den beiden öden, zwanzig Meter voneinander entfernten Lebensmittelläden zeugte noch davon. Krude beschriftete Tafeln über den längst verschwundenen Namensschildern der einstigen Besitzer zeigten an, was heute wo zu kaufen war: »Obst und Gemüse« stand auf dem einen zu lesen, »Fleisch und Würste« auf dem anderen. Beide logen. Besonders während der Wintermonate gab es hier bestenfalls Kohl, Zwiebeln und knorpelige Würste unbekannter Konsistenz.

Stark eilte an ihnen vorbei. Es gab noch einen weiteren Laden, der mit einem ähnlichen Schild für zwei miteinander verbundene Waren warb: »Fish and Chips«. Das zumindest war weitgehend korrekt: Kartoffeln waren ein Gemüse, das die landwirtschaftlichen Genossenschaften in Kent und Sussex im Überfluss produzierten; es gab allerdings Gerüchte, dass die Bestände von Kabeljau und Schellfisch, die in industriellem Maßstab aus der Nordsee gefischt wurden, rasch abnahmen. Vielleicht würden eines trostlosen Tages in naher Zukunft die Schildermaler kommen und das Wort ›Fisch‹ überpinseln, und damit wäre dann ein weiteres Gericht vom Speiseplan Südenglands verschwunden. Doch noch war es nicht so weit. Der Geruch von Frittierfett und Essig trieb die Straße hinunter. Ein alter Mann mit flacher Kappe und dicker Brille blieb unmittelbar vor Harry stehen, starrte hungrig auf das Fenster, und Stark drückte ihm ein Sixpence-Stück in die

Hand. Der Staat verbot das Betteln, Stark nahm an, dass seine Großzügigkeit den alten Burschen überraschte.

Harry war selbst versucht, in den Laden zu gehen. Sein Mittagessen hatte nur aus einem wabbeligen, mit Räucherschinken belegten Sandwich von Mavis' Teewagen bestanden, der Teelady. Mit typischer Eile hatte er es an seinem Schreibtisch vertilgt und mit einem weiteren Becher des üblen Gebräus hinuntergespült, das Mavis, fertig gezuckert und mit Milchpulver versehen, aus ihrer Thermoskanne verteilte. Aber was er im Augenblick brauchte, war eine Erfrischung ganz anderer Art: Alkohol.

Ein Pint nach Dienstschluss war schon fast so etwas wie ein Scotland-Yard-Ritual. Stark und Lavery pflegten wie der Rest der Kripo häufig in einen heruntergekommenen Pub um die Ecke zu gehen, an der Grenze zum Ödland, das Whitehall hieß. Der »Red Lion« war einst eines der Lieblingslokale der Abgeordneten gewesen, damals, als noch ein Parlament in der Ruine residiert hatte, die nun auf der anderen Seite der Mauer lag. Heutzutage war der Red Lion ein billiger, kleiner Pub am Rande des Nichts, der nur noch als Wasserloch für plattfüßige Polizisten diente. Stark glaubte, dass man ihn absichtlich so schäbig hielt, um Touristen abzuschrecken, die in der Hoffnung dorthin kamen, »von der anderen Seite« eines der seltenen Fotos vom rußgeschwärzten Stumpf des Big Ben zu erhaschen. Natürlich war es strikt verboten, die »Staatsgrenze« zu fotografieren, und stets patrouillierten dort Wachen. Einige wenige Tapfere wagten sich dennoch dorthin, aber zumindest waren sie nicht versucht, ihren Durst inmitten der säuerlich dreinblickenden Männer im Red Lion zu stillen.

Es gab ein weit angenehmeres Etablissement nicht weit entfernt, ein Stück hinter der Northumberland Avenue, einen relativ gut erhaltenen viktorianischen Pub mit bleiverglasten Fenstern, Plüsch und Velours – wenn auch ein wenig verblasst –, der sich des Namens »Sherlock Holmes« erfreute. Stark vermutete, dass der Name von vor dem Krieg stammte und dem Versuch eines lange verstorbenen Wirtes entsprang, von seinen Fast-Nachbarn in Scotland Yard zu profitieren. Heute wurde er von der staatlichen Tourismusbehörde als eine Art Vorzeigestück gepflegt, um die wenigen Nordler und »andere Ausländer« anzulocken, die vom Stalingrad Square dorthin wanderten, und sie damit zu beeindrucken, dass sie sich nun im »echten London« befanden und nicht im glitzernden, falschen Yankeeschaukasten von »Westminster«.

Technisch gesehen lagen natürlich sowohl der Pub als auch Scotland Yard in dem, was einst der Bezirk Westminster gewesen war, ja, genau genommen sogar mitten in dessen Herz. Aber das Wort war wie so viele andere neu definiert worden und bezeichnete nun das, was die Partei wollte, und im Parteijargon war »Westminster« ein Euphemismus für »da drüben«.

Natürlich gab es immer Vertreter des Amts im Holmes, da man nirgendwo sonst so viele »Ausländer« finden konnte. Und vermutlich lief auch einer von ihnen inkognito im Red Lion herum. Das war einer der Gründe, warum Stark heute Abend woanders trinken wollte, irgendwo, wo Lavery ihn nicht wortreich nach seinen Gedanken über einen Fall ausfragte, der nach allem, was recht war, ihnen überhaupt nicht hätte übertragen werden dürfen – und vermutlich würde man ihn ihnen auch bald wieder entziehen. Natürlich machte sich Stark Gedanken, doch er verspürte nicht gerade das Bedürfnis, sie laut zu äußern – auf jeden Fall nicht in »gemischter« Gesellschaft.

Stark war auf dem Weg zu seinem Stammlokal. Das ›The Rose‹ war anders. The Rose kam heutzutage dem am nächsten, was man noch als Pub im alten Stil bezeichnen konnte: ein Heim außerhalb des Heims, wo die Menschen sagten, was sie dachten, ohne sich Sorgen darum zu machen, wer ihnen dabei zuhörte. Das, so dachte Stark mürrisch, war *echte* soziale Sicherheit.

Die kalte, frische Luft verstärkte nur noch den dünnen, sauren Geruch von abgestandenem Urin, der aus der Gosse aufstieg, als Stark von der Upper Street abbog und vor sich die einladenden Lichter des Pubs erblickte. The Rose hatte wie alles andere auch schon bessere Tage gesehen, doch Derek, der den Laden führte, tat sein Bestes. Er hatte sogar ein, zwei Eimer Farbe in die Finger bekommen und die Außenseite mit einem Hauch von Zinnoberrot verschönert. Allerdings hatte er sorgfältig darauf geachtet, nicht den auffallend leeren Fleck zu überpinseln, wo die Worte ›and Crown‹ verdeckt worden waren.

Im Inneren herrschte ein warmer Mief, und die üblichen Leute hockten entweder am Tresen oder an den kleinen Tischen mit ihren schweren gusseisernen Beinen, die schon da gestanden hatten, als der Pub zwei Tage nach dem goldenen Thronjubiläum von Königin Victoria eröffnet worden war. Doch das war auf einem anderen Planeten, in einem anderen Universum gewesen.

Stark zog sich einen Barhocker heran und bestellte ein Pint London Pride. Derek nickte ihm zu, als er den Pumpenhebel zurückzog, der das Ale vom Keller nach oben zwang.

»'n Abend Harry. Kalt, nicht wahr?«

»Jep, das ist es, Del. Das ist es«, erwiderte Stark, trank einen langsamen, tiefen Schluck von seinem Pint und genoss die nussige Bitterkeit des Biers und die gemütliche Vertrautheit der Umgebung – die gleichen alten Gesichter, harte, zerfurchte Arbeitergesichter. Stark nickte ein paar von jenen zu, die er dem Ansehen, aber nicht dem Namen nach kannte: der Kerl mit dem Glasauge und der steifen Wange, das Ergebnis irgendeines Fabrikunfalls; der kleine Typ Mitte achtzig, dessen Gesicht so zerknittert war wie die Zeitung von gestern, die Augen zusammengekniffen wie in Ekstase oder aber aus Verzweiflung, sicherlich aber schlicht aufgrund des Alters und aus Apathie; der Junge mit dem glatt herabhängenden Haar und dem permanent schwarzen Auge, der mit niemandem redete, aber nie schwieg, sondern unablässig in sein Bier plapperte. Und Del selbst: kräftig, rundlich, mit rotem Gesicht und einer sturen, mürrischen Art, hinter der sich ein warmherziger, wenn auch lebensüberdrüssiger Stoizismus verbarg sowie Hingabe an ein Leben, das keinerlei Überraschungen mehr bot.

Ein großer Mann mit einem Mantel kam herein, grunzte: »Bier«, und bedeutete mit einer abschätzigen Geste, dass ihm ein Halbes reichen würde. Del bediente ihn und beobachtete, wie der Kerl das Bier zu einem einsamen Platz in der Ecke trug. Dann blickte er wieder zu Stark, der in sich gekehrt über seinem Pint hockte und seufzte. Er wusste, wann jemand reden wollte und wann nicht, und so wandte er sich wieder seinen anderen Gästen zu.

Jeder, der regelmäßig im The Rose trank, wusste, dass Harry Stark Polizist war, doch niemand kümmerte sich darum oder wechselte seinetwegen das Gesprächsthema. Leute von ›drüben‹ hätten sich wohl kaum vorstellen können, dass ein ›Pipi‹ bei seinen eigenen Leuten nicht automatisch als Außenseiter galt. Der Spitzname war etwas, mit dem Stark und seine Kollegen sich schon lange abgefunden hatten, dennoch waren sie froh, dass er sich hier, auf ihrer Seite, nie so eingebürgert hatte, wie die Schreiberlinge auf der anderen Seite gehofft hatten. Im East End lebte ein traditionsbewusstes Volk, sie mochten die Polizei vielleicht nicht allzu sehr, aber sie bezeichneten sie immer noch mit denselben Namen wie eh und je: Bullen und Polypen und manchmal auch als ›Peeler‹ – ein altmodischer Spitzname, der auf Sir Robert Peel zurückging, den Begründer der städtischen Polizei im 19. Jahrhundert. Der nun doch etwas drollige Begriff ›Bobby‹ wurde jedoch so gut wie nie benutzt; die häufigste Bezeichnung war ›Old Bill‹, über deren Ursprung es genauso viele Theorien gab, wie die Polizei Beamte hatte. Auf jeden Fall war alles besser als ›DoSSer‹. Die meisten Leute wussten das, Stark wünschte nur, seine altkluge kleine Schwester würde auch zu ihnen gehören …

Am anderen Ende des Tresens, wo sich die Redseligeren normalerweise versammelten, wurde ein lebhaftes Gespräch geführt. Sie diskutierten, so glaubte Stark, über eine Fernsehsendung. Der Pub war das Gegengift zum Fernsehen, eine menschliche Alternative zu der den Verstand betäubenden Kiste. Dennoch reichte ihr Einfluss selbst bis hierher. Immerhin war sie ja auch das Fenster zu einer anderen Welt. Der Staat erlaubte seinen Bürgern zwar nicht, ›die andere Seite‹ zu sehen, wie die BBC, die British Broadcasting Corporation, in der offiziellen Presse genannt wurde, doch jeder tat es – selbst die Polizei.

Stark verstand die Mischung aus Sozialismus und Puritanismus, welche die Behörden irgendwann zu dem Versuch bewogen hatte, den Empfang der billigen, schäbigen Programme zu unterbinden, die von amerikanischen Importen und endlosen Werbesendungen für protzige Produkte beherrscht wurden, welche man auf dieser Seite der Mauer ohnehin nicht kaufen konnte. Doch dank des riesigen Verstärkers draußen in White City im amerikanischen Sektor hatte es sich als unmöglich erwiesen, die Fernsehwellen gänzlich abzublocken.

Stattdessen beschränkte sich das ETV, das ›English Television‹, auf eine wöchentliche Sendung mit dem Titel ›Die Böse Tante‹, eine Anspielung auf einen alten Spitznamen der BBC aus der Vorkriegszeit, in der die verzerrte, voreingenommene Berichterstattung aus dem Norden enthüllt, Nachrichten neu bewertet und über Verbrechen und Drogenmissbrauch in Städten wie Leeds oder Westminster berichtet wurde. Für manche Leute war ›Die Böse Tante‹ schon Kult, vornehmlich aufgrund ihres charismatischen Moderators – der, so hieß es allüberall, einen verderbten nördlichen Lebensstil pflegte –, doch Glauben schenkte dem dort Gesagten niemand. Auch kümmerte es keinen. Die Menschen sahen die BBC weniger um der Information willen, sondern mehr, um ihrem tristen Alltag zu entkommen, und dazu gehörten auch die Werbesendungen. Doch soweit Stark sagen konnte, ohne dem Gespräch bewusst zu lauschen, ging es bei der Diskussion am Tresen um etwas weit Komplizierteres.

»Blockbuster! So nennen sie es. Als wäre das irgendeine neue, gottverdammte Bombe.« Die Stimme gehörte Davy Hindsmith, einem alten Kerl mit rotem Gesicht und weißem Haarbüschel, der nie ein Blatt vor den Mund nahm, doch gleichzeitig war er ein treues Parteimitglied und Organisator der Transportgewerkschaft in diesem Distrikt; nicht mehr lange, und er würde in Rente gehen. Sein Gesprächspartner war mindestens zwei Jahrzehnte jünger.

»Komm schon, Davy, alter Junge. Das ist nur Werbegerede, so wie die Yankees das immer machen. Die erfinden doch ständig neue Wörter. Mich würde vielmehr interessieren, um was es dabei geht.«

»Hmpf. Die Arschlöcher erfinden nicht nur neue Wörter.«

»Ich will damit nur sagen …«, erklärte der Mann, der mit Davy diskutierte und den Stark nun als Kevin Woolerton erkannte, einen unbekannten Schauspieler Ende zwanzig mit einer Statistenrolle in ›Auf und Ab‹, einer ETV-Seifenoper, die in einer Genossenschaft in Sussex spielte.

»Ich will damit nur sagen, dass es ein Publikum für historische Dramen gibt, und deshalb ist es eine Schande, dass wir das nicht zu sehen bekommen.«

»Wir müssen das gar nicht sehen. So ’n Zeug regt die Leute nur auf und macht sie wütend. Was gibt es überhaupt noch zu dem Mann zu sagen?«

»Nun ja, wenn du schon so fragst …«

»Ich frage nicht! Ich weiß, was er war, oder zumindest, als was er sich herausgestellt hat. Ich erinnere mich noch gut daran, du nicht.«

»Warum sollte man mir denn nicht erlauben, mir eine eigene Meinung zu bilden?«

»Schschsch, Junge! Du weißt nicht, wovon du redest.«

Die Pubtür öffnete sich, und Charmian kam herein, die donnerstags bis samstags abends hinter der Theke arbeitete, und brachte eine kalte Windbö mit. Sie rieb sich die Hände, hing ihren dünnen Regenmantel an den Haken, schlüpfte mit einem Nicken in Richtung Del hinter den Tresen und machte sich daran, die Gläser aufzuräumen.

Stark wagte ein leichtes Lächeln, doch sie schaute nicht in seine Richtung. Er mochte Charmian Goldsmith.

Sie war ein hübsches Mädchen, das seine Verwundbarkeit hinter einer schroffen Fassade verbarg, die es sich zum Schutz vor den raubtierhafteren Gästen angeeignet hatte. Sie besaß eine sportliche Figur, dunkle Augen und hohe Wangenknochen, die ihrem Gesicht in bestimmtem Licht ein exotisches, feines Aussehen verliehen; unter anderen Umständen konnte es jedoch auch zerbrechlich und gehetzt wirken. Stark hatte einmal geglaubt, blaue Flecken an ihr zu sehen, und er hatte sich gefragt, ob sie von jemandem geschlagen wurde; doch selbst seinem unauffälligsten Versuch, das Gespräch in diese Richtung zu lenken, war sie mit misstrauischem Blick und einem sarkastischen Kommentar begegnet, der nahe legte, dass sie durchaus zurechtkam und Stark sich um seine eigenen Angelegenheiten kümmern solle.

Um nicht Gefahr zu laufen, dass sein Job ihn auch noch im Privatleben bestimmte, hatte Harry von da an genau das getan, und als Ergebnis davon hatte sich seine Beziehung zu Charmian stark verbessert. So erinnerte sie sich zum Beispiel jetzt sofort daran, was er trank. Nachdem sie die umgedrehten gläsernen Bierkrüge nach ihrem eigenen undurchschaubaren System neu geordnet hatte, blickte Charmian den Tresen hinunter, bemerkte, dass Derek vollkommen gefesselt von dem Gespräch am anderen Ende war, sah Starks leeres Glas, nahm es ihm mit einem Lächeln ab und füllte es neu.

»Prost, meine Liebe«, sagte Stark. »Hier kann man ja verdursten.«

Das Gespräch am Ende des Tresens war lauter geworden. »Ich hab' dich schon verstanden, Kumpel«, erklärte Woolerton gerade, »aber ich sage doch nur, dass ich es gerne wissen würde, das ist alles. Ich meine, es ist eine

Schande, dass wir nur die Werbespots zu sehen bekommen, während die da drüben ins Kino gehen und sich das ganze Ding ansehen können. Du musst zugeben, das ist ein guter Name für einen Film: ›Löwenherz‹.«

Der alte Mann schnaufte verächtlich. »Da ist doch typisch. Löwenherz war der Spitzname von Richard I. Die verdammten Yankees haben noch nicht einmal Ahnung von Geschichte – von *unserer* Geschichte, sollte ich wohl sagen.«

»Aber genau das ist doch der Punkt, oder? Wir wissen doch gar nicht mehr, wessen Geschichte es ist.«

»Nanana, was getan ist, ist getan. Geschichte ist Zeug, das vor langer Zeit geschehen ist, weiter nichts, und ich werde den Teufel tun und anfangen, die Toten auszugraben«, warf Del mit laut hallender Stimme ein. Das war sein erster Beitrag zu dieser Diskussion, und es überraschte Stark nicht, dass er voll der Klischees war, die dem Wirt in der Vergangenheit so gut gedient hatten. Gespräche ... darum ging es in einem Pub ja schließlich, doch in Dels Kopf bedeutete das: Gerüchte aus dem Viertel, Sport und ein wenig Spott, aber nichts, was auch nur an ernste, politische Fragen grenzte – und er schien zu glauben, dass dieses Gespräch genau in diese Richtung abzudriften drohte.

Charmian, die gerade ein Glas polierte, nickte in ihre Richtung.

»Worum geht's da überhaupt?«, fragte sie leise. Offensichtlich wollte sie selbst nichts damit zu tun haben.

Stark zuckte mit den Schultern. »Um irgendeinen neuen amerikanischen Film, der auf der anderen Seite für viel Furore sorgt. Ich kann nicht behaupten, schon mal was davon gehört zu haben. ›Löwenherz‹ ... Sagt dir das was?«

Charmian hörte einen Augenblick lang mit dem Polieren auf und stieß einen leisen Pfiff aus, wobei ihre Lippen auf unheimlich anziehende Art bebten, wie Stark bemerkte. Dann richtete sie ihre Aufmerksamkeit wieder auf einen offenbar besonders hartnäckigen Fleck auf dem Glas.

»Nun«, hakte Stark nach. »Um wen geht es denn dabei?«

Charmian hob den Kopf und blickte zu den beiden Diskutanten, die inzwischen schwiegen, und zu Del, der die Stirn in Falten gelegt hatte und den Blick über seine Gäste wandern ließ: die kleinen Grüppchen an den Tischen in der Mitte und den großen, stillen Mann in der Ecke.

Dann drehte sie sich wieder zu Stark um, beugte sich zwischen den Zapfhebeln hindurch zu ihm vor und flüsterte: »Winston Churchill.«

Kapitel Sechs

Einen Augenblick lang war Stark überzeugt davon, dass er sich verhört hatte, dann erkannte er mit ebensolcher Sicherheit, dass dem nicht so war. Welches andere Thema würde auch automatisch eine solch peinliche Kontroverse hervorrufen oder Del dazu inspirieren, sich derart energisch einzumischen?

Das war kein Name, den die Leute in den Mund nahmen. Man spielte nicht leichtfertig mit Tabus herum. Jeder kannte die Geschichte, die man in der Schule lehrte – offenbar gab es nun einige, die sich nicht damit abfinden wollten. Natürlich war das keine schöne Geschichte, aber in Harrys Fall hatte sein Vater dafür gesorgt, dass er seine Hausaufgaben gemacht hatte.

Winston Spencer Churchill war einer der schlimmsten Imperialisten der alten Schule gewesen, ein zynischer, aristokratischer Abenteurer, den nur die Interessen seiner Klasse gekümmert hatten. Und als seine Klasse das Volk um des Empires willen in zwei weltumspannende Kriege geführt hatte, waren es Churchill und seine Bande gewesen, die bis zum Schluss durchgehalten hatten und sogar bereit gewesen waren, Völkermord zu begehen, um die Kräfte des Fortschritts aufzuhalten. Zu guter Letzt hatte er sich wie ein Feigling aus der Affäre gezogen und Selbstmord begangen, anstatt sich den Strick um den Hals legen zu lassen, um für seine Kriegsverbrechen zu sühnen: für die Feuerstürme, die er 1943 in Hamburg, 1945 in Dresden und 1947 in Paris entfacht hatte, und für die Atombombe, die er auf Moskau hätte werfen lassen – wenn er denn zu diesem Zeitpunkt eine gehabt hätte. Einzig und allein die Tatsache, dass die sowjetischen Wissenschaftler gleichzeitig eine Atombombe entwickelt hatten, hatte die Welt vor dem Armageddon bewahrt und zum nuklearen Patt geführt.

So hatte Stark die Geschichte in der Schule gelernt, und zu Hause hatte dem nie jemand widersprochen, obwohl er wusste, dass einige die Geschichte anders sahen und die Amerikaner Churchill als Helden verehrten; aber Letzteres war auch nicht anders zu erwarten, schließlich hatte Churchill auf ihrer Seite gekämpft.

Nun hatte Hollywood ohne Zweifel ein neues Propagandamärchen erfunden, um aus dem alten Schurken einen Märtyrer zu machen. Stark hatte keine Zeit für so etwas.

Mit solchen Sachen setzte man den Menschen nur Flausen in den Kopf, sodass sie das Unmögliche zu erreichen versuchten, nämlich die Vergangenheit zu verändern, anstatt sich mit der Gegenwart zu beschäftigen.

Es gab schon genug Probleme in der echten Welt, wie Krankheit und hohes Alter – oder mittleres Alter, wenn man schon mal dabei war: die deprimierende Monotonie der Alltagsmühle, die betäubende Sinnlosigkeit, ständig mit dem Kopf gegen die Mauer der Bürokratie anzurennen. Und das alles nur, um den kaum annehmbaren Lebensstandard einer nicht funktionierenden Familie zu erhalten, die anderthalb Generationen umfasste. Einen Ausweg gab es nicht, noch nicht einmal den Anschein eines eigenen Lebens. Damit fertig zu werden war schon genug, da brauchte es keine blutdurchtränkten Leichen, dic unter Brücken hingen.

Stark tauschte einen Blick mit Charmian aus, und er glaubte, in ihren Augen das gleiche Gefühl zu sehen – oder vielleicht bildete er sich das auch nur ein. *Ich frage mich ...*, dachte er kurz. Der zufällige Blickkontakt eröffnete ihm eine glückliche, wenn auch eingebildete Fluchtmöglichkeit aus dem tristen Alltag: *Ich frage mich ...* Es war schon eine Weile her, seit er zum letzten Mal regelmäßig weibliche Gesellschaft genossen hatte, auch wenn er mit zwei Exemplaren dieser Spezies zusammenlebte. Natürlich gab es auch Frauen im Büro, doch die gehörten eher der Sauerteigfraktion an. Die Einzige, die über irgendetwas im Leben lächeln konnte, war Mavis, die joviale kleine Frau mittleren Alters, die mit ihrem kleinen Rollwagen den Mittagstee verteilte, und die war von einem Sexsymbol so weit entfernt wie nur irgend möglich.

Vor zwei Jahren hatte Harry eine kurze Affäre mit

einem hübschen, dunkeläugigen Lieutenant der uniformierten Polizei gehabt; doch von oben hatte man inoffiziell, aber unmissverständlich durchdringen lassen, dass man Arbeit und Vergnügen nicht mischen solle, und so hatte Harry die Beziehung beendet. Außerdem hatten sie dank ihrer unterschiedlichen Arbeitszeiten ohnehin kaum Zeit miteinander verbracht. Wie auch immer ... Da er nach wie vor daheim mit Mutter und Schwester lebte, verfügte Harry auch nicht über die Art von Privatsphäre, die er für ein ausgiebigeres Sexualleben gebraucht hätte. Im Laufe der Jahre hatte er sich widerwillig angewöhnt, fast schon zölibatär zu leben, als wäre das Teil seiner Berufsbeschreibung. Nur dann und wann erinnerte ihn ein unangenehmes Reißen im Lendenbereich daran, was für ein wichtiger Teil des Lebens ihm fehlte.

Charmian war attraktiv, süß und flirtete bisweilen gerne, wobei sie geradezu irritierend sachlich blieb. Immerhin ist sie eine Bardame, sinnierte Stark, das Flirten ist Teil *ihrer* Berufsbeschreibung – aber ein Mann darf ja wohl noch träumen, oder?

Das Paar am Ende des Tresens hatte sich den unmissverständlichen Wink mit dem Zaunpfahl seitens des Wirts zu Herzen genommen und die Diskussion eingestellt, die sie beide bis dahin offensichtlich genossen hatten. Del versuchte, das Gespräch auf ein Thema zu lenken, das normalerweise jede andere Kontroverse in den Hintergrund drängte: die Chancen von Charlton Athletic, die Ligaspitze gegen Arsenal zu erreichen.

Aber Fußball war nicht gerade das Fachgebiet des jungen Schauspielers, und auch Hindsmith, der für gewöhnlich sofort darauf ansprang, wenn es darum ging, seine geliebten ›Gunners‹ zu verteidigen, wollte jetzt nichts davon hören. Er hatte dem Tresen den Rücken zugekehrt und blickte über sein halb leeres Pint hinweg ins Nichts.

Falls außer Harry noch jemand im Pub den kurzen Streit bemerkt haben sollte, so zeigte er es zumindest nicht. Das kichernde junge Paar, das ihnen am nächsten saß, war so sehr mit sich selbst beschäftigt, dass höchstens eine Explosion sie voneinander abgelenkt hätte, und der alte Stan und Mary saßen nebeneinander und starrten schweigend in ihre Gingläser, wie sie es jeden Abend machten, solange Harry sich zurückerinnern konnte – die ruhige Zufriedenheit eines alten Ehepaars oder vielleicht nur senile Dummheit, Stark war sich dessen nie wirklich sicher gewesen. Der große Mann in der Ecke hatte seine Nase tief in den Seiten des Morning Star vergraben, als würde es ihn wirklich interessieren, was Genosse Harkness auf dem Kongress zum 40. Jahrestag der Automobilarbeitergewerkschaft von Essex gesagt hatte.

Stark seufzte, leerte sein Glas und stellte es fast widerwillig auf dem Tresen ab. Del referierte gerade über die Wahrscheinlichkeit, dass Stan Potter, Charltons junger, neuer Stürmer, in die Nationalmannschaft aufgenommen werden würde, ein Thema, das zumindest ein verächtliches Schnaufen von Hindsmith provozierte.

Ohne dass Stark auch nur das Glas heben oder mit der üblichen Pfundnote über dem Tresen wedeln musste, war Charmian da und lächelte ihn auf ihre typische, fast schon schelmische Art an.

»Noch eins, Harry?«

»Nicht heute Abend. Ich bin müde. Es ist Zeit, nach Hause zu gehen.«

Er schlang sich den Schal um den Hals, winkte Del zum Abschied und erhielt ein knappes Nicken zur Antwort. Der

Wirt regte sich offenbar mehr über den Ton der Diskussion auf, die er beendet hatte, als die beiden Protagonisten. Das war schon komisch, dachte Harry, als er in die stürmische Nacht hinausging. Es hatte mal eine Zeit gegeben, da wäre das Ganze umgekehrt gelaufen: Früher hätte der Alte das Unaussprechliche verteidigt, und der Repräsentant der jüngeren Generation hätte ihn entsetzt zurechtgewiesen. Aber so war das Leben nun einmal – unzuverlässig. Vielleicht hatte das etwas mit der neuen Stimmung in Moskau zu tun, all dieses Gerede von einer neuen, offiziellen ›Transparenz‹. Harry Stark würde das erst glauben, wenn er durch diese ›Transparenz‹ hindurchsehen konnte.

Was er nun jedoch ausgesprochen lebhaft vor seinem geistigen Auge sah, war ein Abendessen mit Fish and Chips, so wie er es sich selbst vor einer halben Stunde versprochen hatte. Warum sollte er damit warten, bis er zu Hause war? Seine Mutter war daran gewöhnt, dass er zu unmöglichen Zeiten nach Hause kam, und Katy bekam schon etwas zu essen, wenn sie aus der Schule kam. So war Harry ernährungstechnisch auf sich gestellt, was ihn zu einem besseren Stammkunden in der Imbissbude werden ließ, als gut für sein Gewicht war.

Der Geruch billigen Frittierfetts verstärkt durch den beißenden Duft einfachen Essigs erregte Harrys Sinne auf fast pawlowsche Art. Das, verbunden mit der eigentlich geringen Menge Alkohol, die er zu sich genommen hatte, ließ Harry förmlich durch die vertraute Glastür schwanken, und nur am Rande bemerkte er, dass beinahe jemand über ihn gefallen wäre und sich nun fluchend an ihm vorbeischob. Stark war das egal. Er wollte nur ein großes Stück Kabeljau, eingebacken in knusprigen Blätterteig, und dazu eine Portion fettige Pommes. Seine Laune hatte sich so weit erholt, dass ihn sein pessimistischer Instinkt im Stich ließ und er den Gesichtsausdruck des jungen Mannes hinter der Theke nicht richtig interpretierte.

»Guten Abend, Mr Stark«, sagte Johnny, ein sommersprossiger Junge von knapp siebzehn Jahren, der kurz vor Weihnachten eingestellt worden war und nun offenbar die Abendschicht übernommen hatte. Die Begrüßung war so freundlich wie immer, das Gesicht jedoch besorgt.

»Falls sie das Übliche haben wollen, Mr Stark …«

»Das will ich in der Tat, Johnny. Kabeljau und Pommes, und spar nicht an Salz und Essig.« Ein wohliges Gefühl der Zufriedenheit breitete sich in Harry aus, das Produkt von gutem Bier und der Erwartung vertrauten Essens.

»Es ist nur … Uns ist der Kabeljau ausgegangen, Sir.«

Stark blinzelte, als hätte er nicht richtig gehört, doch das hatte er. »Kein Kabeljau? Nun, was …?« Er ließ die Worte verhallen, als er das leere Regal hinter dem Tresen sah, wo normalerweise ein oder zwei fertige Stücke Fisch auf den ungeduldigen Kunden warteten.

»Das ist nur ein vorübergehendes Problem – zumindest hat das der Kerl vom Lieferwagen gesagt. Auf dem Markt in Billingsgate werden die Waren im Augenblick rationiert. In ein paar Tagen soll das aber wieder vorbei sein.« Der Junge zuckte mit den Schultern, als sei das nicht sein Fehler, was es natürlich auch nicht war. Doch die Seifenblase der Zufriedenheit, in der Stark sich gesuhlt hatte, war geplatzt, und seine friedliche Resignation wich einer plötzlichen Wut. Er knurrte einen Fluch. Der Junge hinter dem Tresen schaute ihn besorgt an.

»Dann eben nur Pommes«, zischte Stark. »Eine Tüte Pommes, bitte. Ich nehme doch an, sie liefern wenigstens noch ein paar verdammte Kartoffeln, oder?«

»Ja, Mr Stark. Kein Problem.« Johnny beugte sich vor und schaufelte eine großzügige Portion Pommes in eine Tüte.

Stark schloss die Augen und ließ die Wut verrauchen. Das war nichts, sagte er sich, nur ein weiterer Bruch in der Versorgungskette. Nur weil er sich vorhin in Gedanken ausgemalt hatte, dass es eines Tages keinen Fisch mehr zu den Pommes geben würde, hieß das noch lange nicht, dass dieser Tag nun gekommen war. Er nickte auf eine Art, von der er hoffte, dass sie beruhigend wirkte, als der Junge ihn unnötigerweise fragte, ob er Salz und Essig dazu haben wollte. Dann schob er ein Zehn-Pence-Stück über den Tresen und nahm das warme, stinkende Päckchen, das wie gewöhnlich in eine Seite der New Times von heute gewickelt war. Manche Traditionen hatten überlebt: So gestattete es die Partei angesichts des allgegenwärtigen Mangels auch, dass die geheiligten Worte und Gesichter ihrer Führer als Verpackungsmaterial missbraucht wurden. Stark bemerkte das Bild von Harkness kaum, des ältlichen Generalsekretärs, der einer Arbeiterdelegation aus Essex eine Kostprobe der Rede gab, die er an dem bevorstehenden Feiertag halten würde. Stark dachte an den ›Winkie‹, und einen kurzen, unterhaltsamen Augenblick lang hatte er eine Vision des Generalsekretärs, der vor einem leeren Platz redete. Natürlich war das unmöglich. Selbst im unwahrscheinlichen Fall, dass die Bevölkerung zum Großteil beschließen sollte, den Feierlichkeiten fern zu bleiben, würde es genügend Zwangsverpflichtete bei der Parade geben, die den staatlichen Fernsehkameras als eindrucksvolle Kulisse dienen konnten. Als der Inspector das Päckchen aufriss, lief warmer Essig über das lächelnde Gesicht des Genossen Generalsekretär in der Zeitung.

Draußen hatte es gerade begonnen zu regnen, ein feiner, nebliger Nieselregen von jener Art, die weniger aggressiv, dafür umso hartnäckiger ist, sich in den Kleidern festsetzt und von Haut und Haaren fast wie in einer Osmose aufgenommen wird. Bevor man sich versah, konnte man sich bei so einem Wetter leicht eine Lungenentzündung einfangen.

Die Straße war leer und ruhig, abgesehen von dem gelegentlichen Rauschen eines vorbeifahrenden Autos auf dem nassen Asphalt. Stark schob die Finger in den warmen Kohlenhydratbrei – denn nichts anderes waren seine essigdurchtränkten Pommes – und versuchte, das fischlose Essen so gut es ging zu genießen. Ohne auf die Fettflecken zu achten, die seine Finger hinterließen, schlug er den Mantelkragen hoch und beschleunigte seinen Schritt. Das kleine Haus am Arlington Square lag gut zehn Minuten Fußmarsch entfernt, lange genug für Stark, um seine Pommes zu essen und sich vollkommen vom Regen durchnässen zu lassen.

Kurz stellte er sich in einem Hauseingang unter, um wenigstens ein paar Bissen im Trockenen genießen zu können. Dabei bemerkte er einen Schatten im faden Licht der Straßenlaternen auf der anderen Seite, als sei dort jemand auf die gleiche Idee gekommen wie er. Und warum auch nicht? An solch einem Abend musste man schon ziemlich dumm sein, einfach so über die Straße zu laufen … wie der Idiot, der fast über Starks Füße gestolpert wäre, als er die Imbissbude betreten hatte. Und der Kerl, der sich jetzt in einem Hauseingang auf der anderen Straßenseite untergestellt hatte? Der darauf wartete, dass Stark wieder weiterging?

Stark beobachtete die Stelle, wo er die Bewegung gesehen hatte, doch er konnte nichts erkennen. Er steckte sich eine weitere Fritte in den Mund und trat wieder in den Regen hinaus. Vier Hauseingänge weiter hielt er abermals an, stellte sich plötzlich wieder unter und drehte sich diesmal dabei rasch um. Erneut sah er eine Bewegung, als folge ihm jemand in gut vierzig Metern Abstand auf der anderen Straßenseite. War es wirklich möglich, dass man ihn beschattete? Polizisten folgten manchmal anderen Leuten, aber niemand folgte Polizisten, es sei denn ... der Gedanke schlich sich an ihn heran wie ein Räuber in einer dunklen Gasse ... andere Polizisten oder besser: jene, die behaupteten, eine ähnliche Funktion zu erfüllen.

Der Anblick des schwarzen Bevan, der an der Uferpromenade gelauert hatte, als sie die Leiche an Land gebracht hatten, war Stark den ganzen Tag lang nicht aus dem Kopf gegangen. Es war nicht einfach seine Gegenwart gewesen, sondern sein beiläufiges Verschwinden. Wie die meisten normalen Kriminalbeamten bei Scotland Yard so empfand auch Stark weder Liebe für ›Das Amt‹, noch hegte er sonderlichen Respekt für jene, die dort arbeiteten. Mit Politik hatte das nichts zu tun – oder zumindest redete er sich das ein –, es war mehr eine Geschmacksfrage.

Aber er wusste auch, dass das DoSS in der Welt der Realpolitik die eigentliche Macht besaß. Auch wenn er sich technisch gesehen einem DoSS-Offizier von vergleichbarem Rang nicht unterordnen musste, so wurde das von diesen doch stets ignoriert. Die DoSSer spielten ein anderes Spiel: ein Spiel, bei dem nur sie wussten, wo sich das Tor befand, und selbst dann verschoben sie es immer wieder an eine andere Stelle.

Und nun trieben sie mit ihm im Regen ein Versteckspiel … oder? Oder wurde Harry Stark allmählich paranoid, nur weil irgendjemand sich auf der anderen Straßenseite genauso wie er in die Hauseingänge duckte? Vielleicht, doch irgendwie zweifelte er daran, und dieser Zweifel ärgerte ihn enorm.

Stark verließ den Hauseingang und beschleunigte seinen Schritt. Aus dem Augenwinkel heraus sah er ein Flackern im Laternenlicht; das reichte, um ihn davon zu überzeugen, dass die Gestalt auf der anderen Straßenseite es ihm nachgetan hatte. Instinktiv legte er den Arm an seine linke Seite, um die beruhigende Wölbung seiner im Schulterholster steckenden Waffe zu spüren. Schließlich bestand immer die Möglichkeit, dass er von einem Amateurräuber verfolgt wurde, der neu im Distrikt war und die Identität seines auserwählten Opfers nicht kannte. Sollte Harry tatsächlich Ziel eines solchen Möchtegernbanditen sein, konnte der arme Kerl sich auf eine böse Überraschung gefasst machen; doch Stark zweifelte daran. Die Straßen waren zwar dunkel, aber gemeinhin sicher. Das hier war Islington, nicht Soho. Stark lachte ein leises, bitteres Lachen: nicht dass er je eine Vergleichsmöglichkeit haben würde.

Während er darüber nachdachte und sich die Pommes frites in den Mund schob, wuchs in ihm die Gewissheit, dass ihm einer jener Kerle auf den Fersen war, die glänzend schwarze Bevans fuhren, sich selbst ›Schwert und Schild‹ der Partei nannten und einfache Bullen wie ihn als Roheisen betrachteten, das sie formen konnten, wie es ihnen beliebte. Nun, Harry Stark würde ihnen zeigen, aus was für einem Metall *er* geschmiedet war.

Erneut beschleunigte er seinen Schritt und blieb dann stehen. Unvermittelt. Er fummelte in seiner Tasche herum, als hätte er etwas vergessen, fand eine Münze, ließ sie durch seine Finger rutschen und in den Rinnstein fallen. Dann bückte er sich, als wolle er sie aufheben. Diese Gelegenheit nutzte er, um zwischen seinen Beinen hindurch auf die andere Straßenseite zu sehen. Die Gestalt dort bewegte sich lächerlich langsam. Abgesehen von ihnen beiden war die Straße vollkommen menschenleer, nur hier und da waren ein paar Autos geparkt. Ein einsamer, zerbeulter Fellow Traveller, das treue Arbeitstier des gehobenen Proletariats, fuhr in entgegengesetzter Richtung an ihnen vorbei; vermutlich wurde darin gerade irgendein Funktionär nach Hause chauffiert. Fußgänger waren jedoch keine zu sehen. Der Mann fiel auf wie ein Leuchtfeuer in stockfinsterer Nacht. Seine Inkompetenz war kaum zu glauben. Das war keine *Geheimpolizei,* das war gottverdammt offensichtlich. Andererseits würde das zur Arroganz der DoSSer passen …

… jener Arroganz, die sie dazu veranlasste, Stark nach Hause zu folgen, als wüssten sie nicht, wo er wohnte. Das war keine Überwachungskultur, die einem das Gefühl vermittelte, man hätte etwas zu verbergen, obwohl es gar nichts zu verbergen gab, sondern eine Kultur der Einschüchterung. Nun, Harry würde ihnen eine andere Seite der Unschuld zeigen: Wenn sie sich wie Straßenräuber benahmen, dann würde er sie auch so behandeln.

Harry richtete sich wieder auf und ging weiter. Bis zur Einmündung der Packington Street, wo er für gewöhnlich nach rechts abbog, behielt er einen strammen, aber keinesfalls eiligen Schritt bei. Der Regen war nun heftiger geworden, und große, schwere Tropfen zerplatzten auf dem Pflaster. Die Gestalt, die Harry folgte, hatte sich ein Stück zurückfallen lassen. Die Packington Street war ein langer, gerader Schlauch, mit Reihenhäusern zu beiden Seiten:

ein ideales Gelände, um jemanden aus diskreter Entfernung im Auge zu behalten. Dies war Harrys Revier.

Das Haus an der Ecke war einst deutlich prachtvoller gewesen als seine Nachbarn, was man noch immer an den Stuckpfeilern sehen konnte, die aus den gelben Londoner Ziegeln herausragten. Das einstige Vordach war jedoch schon vor langer Zeit zerschmettert worden, vermutlich durch eine fehlgegangene Granate, doch unter den Resten konnte sich Harry hervorragend verstecken. Widerwillig warf er die restlichen Pommes frites weg und wischte sich die Finger am Mantel ab, bevor er sie um den Griff seiner Pistole legte.

Nach wenigen Sekunden hörte er Schritte. Gleich würde sein Verfolger die Ecke erreichen und die Packington Street unerwartet leer vorfinden. Eine große, kantige Gestalt erschien fast unmittelbar vor Harry. Irgendetwas an seiner Schulterhaltung ließ den Mann ängstlich wirken, als spiele er eine für ihn ungewohnte Rolle. Eine Erinnerung erschien vor Harrys geistigem Auge: das Bild einer unbeholfenen Gestalt, die aus der U-Bahn stieg und von der Menge beiseite gedrängt wurde, obwohl sie diese um mindestens einen Kopf überragte. War der Mann ihm von da an gefolgt? Und im Pub? War er die einsame Gestalt in der Ecke gewesen, die so tief in die Lektüre des Morning Star versunken war? Er hätte genauso gut den Guardian lesen können, die Hauszeitung des DoSS. Der Mann drehte den Kopf zu dem eingefallenen Vordach der Häuserruine.

Stark sprang aus der Tür und schlug dem Mann den Pistolenkolben auf den Schädel, während er ihm gleichzeitig mit dem linken Fuß in die Kniekehle trat. Die Gestalt brach zusammen, und Stark warf sich auf sie. Das rechte Knie in den Rücken des Mannes gepresst, packte er mit der linken Hand dessen Haar und riss den Kopf zurück, um ihm die Pistole an die Schläfe zu drücken.

»Polizei! Identifizieren Sie sich!«

Stark bellte die Worte förmlich. Das war vielleicht etwas übertrieben, entsprach aber durchaus den Regeln.

Die Antwort war ein halb ersticktes Gurgeln, dann ein gekeuchter Fluch. »Gott, Herr Jesus, verdammt! Okay, okay, töten Sie mich nicht!«

Unwillkürlich zog Stark sich zurück und lockerte seinen Griff – fast so weit, dass er den Kerl dummerweise losgelassen hätte. Die Pistole nahm er so weit zurück, dass sie keinen Abdruck mehr auf dem empfindlichen, weichen Fleisch der Schläfe hinterließ. Es war nicht der altmodische Fluch, was ihn so schockiert hatte, sondern der Akzent, mit dem die Worte ausgestoßen worden waren. Er reckte den Hals nach vorne, um einen genauen Blick auf die geradezu unglaublich fremdartige Lebensform zu werfen, die ausgestreckt unter ihm lag.

»Sind Sie Amerikaner?«, fragte er.

Kapitel Sieben

Die beiden Schulmädchen in der Ecke rückten eng aneinander und kicherten, wie es Schulmädchen nun einmal tun. Dann verstummten sie und steckten die Köpfe zusammen, als sie der wilde Blick des Geiers traf, mit seiner dicken Hornbrille und den dornigen Haarbüscheln zu beiden Seiten der schimmernden Glatze. Er schaute sie an, als wären sie schmackhaftes Aas. Draußen, hinter den hohen, schmalen Fenstern, starb der lange graue Nachmittag East Londons einen langsamen Tod – keinen Augenblick zu früh.

»Ich darf nicht vergessen, was ich Emily Pankhurst schulde.

Ich darf nicht vergessen, was ich Emily Pankhurst schulde.

Ich darf nicht vergessen, was ich Emily Pankhur…«

Zur Hölle mit der verdammten Emily Pankhurst, dachte Kate Stark, während sie diese Zeilen schrieb – 84 hatte sie schon, 16 fehlten noch. Man konnte fast glauben, es ginge hier um eine echte Schuld wie die vier Pfund, die sie Lisa Matthews für den BH schuldete, den sie sich aus einem Impuls heraus gekauft hatte. Das war das erste Mal gewesen, dass sie im Zentralkaufhaus etwas gehabt hatten, das man tatsächlich auch anziehen konnte – im Gammages, wie manche es immer noch nannten. Oder schlimmer noch: Da waren nach wie vor die 2,50 die sie Sharon Small für die Mersybeat-Single schuldete, reingeschmuggelt von Sharons Tante aus Liverpool und ein echtes Statussymbol unter den ernsthaften Rockfans der elften Klasse in der Sydney Street School. Und das waren 2,50 in ›Nordgeld‹, also zehn Pfund hier. Der offizielle Tauschkurs mochte ja eins zu eins sein, doch so rechnete niemand, wenn man für die eine Währung alles und für die andere so gut wie nichts kaufen konnte.

Sharon war Kates beste Freundin, und das nicht nur, weil sie oben im Norden großzügige Verwandte hatte – und damit natürlich den Neid ihrer Klassenkameraden erregte. Sharon war bereit, Dinge mit Kate zu teilen, auch wenn sie sich die meisten davon bezahlen ließ. Aber was hätte man auch anderes erwarten sollen? Immerhin besaßen diese Sachen ja einen Wiederverkaufswert.

Es war die neue Single gewesen, die den beiden das Nachsitzen eingebracht hatte. Kate und Sharon hatten einander die Liedtexte zugeflüstert, anstatt schweigend der Litanei des Geiers über die Geburt der Suffragettenbewegung zu lauschen und über die Pankhurst-Kuh, die sich – soweit Kate es mitbekommen hatte – unter das Pferd irgendeines Königs geworfen hatte, weil dieser sich stur geweigert hatte, abzudanken und über Nacht den Kommunismus einzuführen.

Der Geier hatte sich wie der namensgebende Vogel auf sie gestürzt. Mit seinen schrecklichen, kurzsichtigen Augen hinter den dicken Gläsern hatte er Kate aus solch kurzer Entfernung angestarrt, dass sie die Fahne von dem Bier hatte riechen können, das er zu Mittag getrunken hatte – wie bei ihrem Bruder, wenn er ›Überstunden‹ machen musste. Dann hatte der Geier Kate und Sharon vorgeworfen, die Märtyrer ihres Geschlechts zu ignorieren (Kichern in den hinteren Reihen), die sich für das Frauenwahlrecht geopfert hatten.

Kate wusste, was Wahlrecht bedeutete: Es hieß, man hatte das Recht, seine Stimme abzugeben. Doch wählen war kein Recht, es war eine Pflicht, und da immer dieselbe Partei an der Macht blieb und niemandem gestattet war, gegen sie anzutreten, war es – jedenfalls so weit es Kate betraf – überdies reine Zeitverschwendung. Aus welchen Gründen sich Emily Wie-hieß-sie-noch auch unter das Pferd geworfen haben mochte, Kate war sicher, dass *das* nicht der Grund dafür gewesen war.

»Ich darf nicht vergessen, was ich Emily Pankhurst schulde.« Hundert von hundert. Mit einem Seufzen legte

Kate den Kugelschreiber beiseite und blickte zu Sharon, die noch immer hastig vor sich hin kritzelte.

»Bitte, Mr Vulliamy.« Kate hob die Hand. »Ich bin fertig, Sir.«

Die dürre Raubvogelgestalt erhob sich von ihrem Horst, stürzte sich auf sie und schnappte sich die Blätter.

»Bist du sicher? Dir ist doch wohl klar, dass ich nachzählen werde, oder? Und du, junge Dame?« Er spähte über den Rand seiner riesigen Brille hinweg zu der immer schneller werdenden Sharon. »Dir sollte klar sein, dass ich alles gut leserlich von dir erwarte. Du willst die Übung doch nicht wiederholen müssen, oder?«

»Nein, Sir«, antwortete Sharon. Entsetzt ob der Drohung, noch einmal von vorne beginnen zu müssen, wurde Sharon sichtlich langsamer und achtete übertrieben auf ihre Schrift.

Der Geier kreiste wieder zur Tafel zurück, die fast vollständig eine Wand ausfüllte, und kniff ob Kates Bemühungen die Augen zusammen, obwohl es nicht schwierig war, die Zeilen zu zählen: fünfundzwanzig Sätze pro Seite, vier Seiten insgesamt. Kate rauchte innerlich vor Wut; ihr Blick wurde bereits zu dem immer dunkler werdenden Himmel draußen gezogen. Sollte sie sich noch mehr verspäten, würde sie zugeben müssen, schon wieder nachgesessen zu haben. Das wiederum hätte während des Tees unweigerlich einen mürrischen Tadel der Mutter zur Folge, und anschließend müsste sie auch noch die unerträglichen aufmunternden Worte ihres nach Bier stinkenden, selbstgerechten Bruders über sich ergehen lassen.

»Ich bin auch fertig, Sir«, verkündete Sharon ein wenig optimistisch, denn sie arbeitete noch an der letzten Zeile des vierten Blattes.

Der Geier winkte die beiden Mädchen zu sich. »Gut, gut. Gib es mir, Mädchen. Und jetzt macht, dass ihr mir aus den Augen kommt. Manchmal denke ich, ihr jungen Leute wisst gar nicht, wie gut ihr es habt.«

Kate nickte respektvoll, um bloß keinen Vortrag über die ›schlechte alte Zeit‹ hören zu müssen.

»Euch mag das ja nichts bedeuten, doch Märtyrer spielen eine große Rolle in der Geschichte.« Der Geier lief Gefahr, zunehmend lyrisch zu werden. »Erinnert euch an jene, zu deren Ehren diese Schule benannt worden ist.« Wie mindestens einmal die Woche so deutete er auch jetzt auf das vertraute körnige Schwarz-Weiß-Foto hinter seinem Schreibtisch: Es zeigte, wie die Polizei des alten Regimes sich darauf vorbereitete, auf streikende Arbeiter zu feuern. Dieses Ereignis war als ›Die Schlacht in der Sydney Street‹ in die Geschichte eingegangen. Doch noch berühmter als die Märtyrer, die ihr Leben für den Sozialismus gegeben hatten, war das berüchtigte Bild der mörderischen Agenten von Krone und Empire, die bereit waren, den Willen ihres feigen Befehlshabers zu erfüllen, des Großen Unaussprechlichen höchstpersönlich. Sie trugen den vollen Staat der herrschenden Klasse – Kaschmirmantel und Seidenhut – und lauerten hinter einer Mauer, während ihr Herr und Meister seinen staatlich subventionierten Meuchelmördern Befehle erteilte. Per Definition erwähnte niemand den Großen Unaussprechlichen; doch jeder wusste, von wem die Rede war.

»Ja, Sir«, sagte Kate. »Es tut uns Leid, Sir.« Sie versetzte Sharon einen unauffälligen Stoß mit dem Ellbogen.

»Ja, Sir. Wir werden es nicht wieder tun, Sir.«

Der Geier seufzte – ein langes, weltverdrossenes Seufzen, ganz untypisch für seine Spezies.

»Vielleicht, vielleicht. Ich hoffe, dass ihr wenigstens am 23. euer Bestes tun werdet. Es ist eine große Ehre für unsere Schule, an der Parade zum 40. Jahrestag der Republik teilnehmen zu dürfen.«

Kate und Sharon blickten einander ernst an.

»Ja, Sir«, sagten sie im Chor.

Hinter seinen flaschenbodendicken Brillengläsern rollte der Geier mit den Augen.

»Jetzt macht, dass ihr rauskommt.«

Die beiden Mädchen taten, wie ihnen geheißen, und kaum hatte sich die Tür hinter ihnen geschlossen, da rannten sie durch den leeren, hohen, hallenden Gang hinaus in die übel riechende Londoner Abendluft und johlten in jugendlicher Ausgelassenheit.

Die große Parade. Die verdammte große Parade. Sie würden ihr Bestes tun, jaja, und ihre Schuld bei der Scheiß-Emily Pankhurst begleichen ... Danke, gleichfalls!

Kapitel Acht

Stark stand im strömenden Regen. Wasser lief ihm über das Gesicht, und er starrte in die Augen des Mannes, den er gerade auf die Beine gezogen hatte. Die Angst stand ihm noch immer ins Gesicht geschrieben, und seine Unterlippe zitterte, als er die hoffnungslos verbogene Brille auf die Nase setzte. Er sah verloren aus, nervös, mehr wie eine verängstigte Gazelle denn wie ein Jäger. Er hatte definitiv nichts mit den gut ausgebildeten

Agenten des Amts zu tun. Doch das hatte Harry bereits der Akzent des Mannes verraten.

»Wer zum Teufel sind Sie?«, fragte Stark, und er klang eher autoritär denn wütend.

Die Antwort kam sofort, fast wie eine Flut. »Fairweather, Ben ... Benjamin Fairweather, New York Times. Ich freue mich, Sie kennen zu lernen. Tut mir Leid. Wirklich. Ich wollte nicht ... Tut mir Leid. Ich ...« Er wischte sich mit dem Ärmel über die Nase.

»Was? Die New York ...?«

»... Times. Ich bin Reporter.« Regenwasser rann ihm durch die glatten Haare. »Können wir ...? Ich meine, das brauchen Sie nicht.«

Stark blickte nach unten und bemerkte, dass er noch immer die Pistole auf die pumpende Brust des Mannes gerichtet hatte. Er steckte die Waffe weg, beobachtete den Amerikaner aber weiterhin vorsichtig.

»Warum sind Sie mir gefolgt?«

»Das bin ich nicht. Ich meine, ich wollte sehen, ob Sie verfolgt werden ... und sichergehen, dass niemand mich verfolgt.« Misstrauisch schaute er sich auf der leeren Straße um.

»Was?« Stark hatte Geschichten über die Art der ausländischen Presse gehört, darüber, wie Amerikaner und Nordler arbeiteten: Sie saßen in ihren Büros und erfanden Geschichten über den unmittelbar bevorstehenden Zusammenbruch des Sozialismus, wo es doch allgemein bekannt war, dass *ihre* Gesellschaft am Rande der Anarchie stand; *drüben* wurden die Unzufriedenen und Kleinkriminellen ja sogar gezüchtet, Leute, die sich weigerten, einer ordentlichen Arbeit nachzugehen, und dann erhob man sie auch noch in den Status von ›Dissidenten‹. Das war genau jene Art von Menschen, die Spitznamen wie ›Pipi‹ erfanden und ehrliche Polizisten verteufelten. Warum dieser Mann allerdings beschlossen hatte, ihn an einem stinkenden Aprilabend durch die Straßen von Islington zu verfolgen, das wusste Harry nicht. Und er konnte sich auch keinen einzigen Grund dafür vorstellen. Dieser triefend nasse Jüngling sah nicht gerade wie ein Stoßtrupp des kapitalistischen Imperialismus aus, aber er hatte verdammt noch mal eine Menge zu erklären.

»Ausweis.«

Der Amerikaner fummelte in seinem Mantel herum, holte eine dicke Brieftasche heraus und zog eine gelb verschweißte Karte mit dem Foto eines lächelnden jungen Mannes mit dick umrandeter Brille heraus. Das gebräunte Gesicht auf dem Foto legte nahe, dass der Besitzer mehr an die Sonne Floridas als an den englischen Regen gewöhnt war. Darunter fanden sich in gotischen Buchstaben die Worte: New York Times.

»Ich ... Ich trage jetzt eine andere Brille«, stammelte der Mann, beantwortete damit eine Frage, die Stark ihm gar nicht gestellt hatte, und deutete auf das Wrack aus dünnem Draht auf seiner Nase.

»Pass.«

»Sie müssen mir zuhören.«

»Ihren Reisepass, bitte.«

Aus derselben Tasche zog der Mann einen in Leder gebundenen amerikanischen Pass. Stark blätterte ihn durch und überflog die Stempel und Visa: ›République Française Populaire‹ im Juni vergangenen Jahres und dann noch einmal im September, ›Deutsche Volksrepublik‹ einmal vor drei Jahren. Und dann ein ganzes Gewirr aus verschmierten Kreuzen und Rosen. Das waren die Visa für London, Hauptstadt der Englischen Demokratischen Republik, die sich von Westminster bis über die Oxford Street/Tottenham Court Road zog – es war wirklich an der Zeit, dass die Grenztruppen mal neue Stempel bekamen. Der Mann war ein häufiger Besucher, blieb aber nie über Nacht. Auch der Stempel für heute sagte, dass er um Mitternacht wieder verschwunden sein musste.

»Ich weiß, wer sie sind. Sie sind Detective Inspector Stark von den ›Pipi‹ … der Städtischen Volkspolizei, Scotland Yard. Ich muss mit Ihnen reden.«

Stark schüttelte den Kopf. Woher zum Teufel kannte irgend so ein amerikanischer Reporter seinen Namen? Der Regen war in der Zwischenzeit noch stärker geworden.

»Dann reden Sie.«

Der Amerikaner schaute sich um, von Minute zu Minute wirkte er mehr wie eine ertrinkende Ratte.

»Können wir irgendwo hingehen? Raus aus dem Regen?«

Nur zwei Minuten von hier entfernt warteten eine heiße Tasse Tee und ein warmes Bett auf Harry Stark, doch er wollte verdammt sein, wenn er einen Repräsentanten des ideologischen Feindes in den Schoß seiner wie auch immer zerrütteten Familie einladen würde.

»Wenn Sie mit der Polizei reden wollen, dann machen Sie einen Termin. Kontaktieren Sie die Pressestelle des Innenministeriums. Folgen Sie keinem Polizisten bei Nacht. Das könnte gefährlich werden. Und jetzt machen Sie, dass Sie wegkommen. Es ist Zeit, dass Sie nach Hause gehen.«

Stark schob ihn beiseite und ging an ihm vorbei. Was

für einen Blödsinn der Mann auch von ihm wollte, es konnte warten.

»Sie verstehen nicht«, sagte der Amerikaner in flehentlichem Tonfall.

Und das will ich auch gar nicht, dachte Stark und beschleunigte seinen Schritt.

»Es geht um die Leiche … die, die Sie unter der Brücke gefunden haben.«

Stark wurde langsamer, blieb aber nicht stehen. Irgendwie hatte er schon die ganze Zeit gewusst, dass das kein Zufall war.

»Ich weiß, wer sie ist.«

Stark blieb stehen und drehte sich um. Der Amerikaner wedelte mit seiner Brieftasche.

»Ich habe ein Foto.«

Kapitel Neun

Der Amerikaner hockte auf dem Rand von Harry Starks einzigem Schlafzimmerstuhl und umklammerte einen Becher glühend heißen Tees. Stark saß ihm gegenüber auf dem Bett und tat das Gleiche. Sie sahen aus wie zwei altmodische Ehebrecher, die sich verlegen zu ihrem ersten Stelldichein in einem Hotel eingefunden hatten.

Der Amerikaner zog seine verbogene Brille aus, wischte die Gläser an seiner Krawatte ab, bog das Gestell ein wenig zurecht und setzte sie wieder auf. Das Ding sah immer noch lächerlich aus.

»Das mit Ihrer Brille tut mir Leid«, sagte Stark.

Der Amerikaner zuckte mit den Schultern. »Ist schon okay. Ich habe noch eine.«

Stark nickte. Natürlich hatte er noch eine. Amerikaner hatten solche Sachen ... und nun saß er hier in einem spartanisch eingerichteten Haus in Südengland. Einige amerikanische Reporter, so stellte Stark sich vor, würden allein daraus eine fabulöse Geschichte konstruieren. Vor seinem geistigen Auge hörte er schon die Standpauke, die ihm der Chief Constable halten würde, falls er zum Thema der Sonntagsbeilage der New York Times werden sollte. Er sah den Titel schon vor sich, ›Salonspiele eines Pipi‹, dazu Bilder mit seiner Mutter, wie sie in ihrem alten Bademantel und den Filzpantoffeln den Kopf aus der Wohnzimmertür steckte. Im Fernsehen lief nicht ›Die Welt Heute‹, die Nachrichten der sozialistischen Gemeinschaft, sondern ›Coronation Street‹, die provokativ betitelte Seifenoper über reiche Familien in Manchester, die die Hauptwaffe im psychologischen Arsenal des ideologischen Feindes darstellte. Und die weiblichen Mitglieder der Familie eines Beschützers der Volksrepublik schauten sich das fasziniert an.

Ganz zu schweigen von Katy, einer Repräsentantin der neuen Generation und zukünftigen Standartenträgerin des Marxismus-Leninismus, die mit importierten Nike-Schuhen am Tisch hockte und ihre Mahlzeit nur zur Hälfte aß. Stark fragte sich, ob sie schon wieder hatte nachsitzen müssen. Dieser Tage schien sie in der Schule ständig in Schwierigkeiten zu geraten. Harry war erleichtert gewesen, als der Amerikaner in ihrer Gegenwart den Mund gehalten hatte. Normalerweise hätte er ja alles willkommen geheißen, was seiner kleinen Schwester mehr entlockte als ein verächtliches, desinteressiertes Schnaufen, doch ein amerikanischer Akzent hätte dann doch vielleicht eine etwas übertriebene Reaktion provoziert. Das Letzte, was Harry wollte, war, dass Katy auf dem Schulhof mit ihren exotischen Besuchern prahlte.

Seine Mutter war in dieser Hinsicht kaum besser. Wenn sie bei Smithfield in der Schlange stand und darauf wartete, dass die Fleischereien öffneten, konnte sie sich natürlich weit genug beherrschen. Sorgloses Gerede kann Menschenleben kosten, hatte man sie als Kind gelehrt, und im Laufe ihres Erwachsenenlebens hatte sie nichts gesehen, was sie dazu verleitet hätte, etwas anderes zu glauben. Doch gegen ihre Neugier kam sie nicht an. Sie hatte sich schon kaum beherrschen können, als sie an Harrys Tür geklopft und ein idiotisch grinsender Benjamin Fairweather ihr das Tablett abgenommen hatte. »Danke, Mrs Stark«, hatte er gesagt, »das ist echt nett von Ihnen«, und dank seines Akzents hätte er sie kaum mehr schockieren können, wenn er ›God Save the Queen‹ gesungen hätte.

Stark hatte sie rasch hinausgescheucht und die Tür fest geschlossen ... und dann hatte er sie wieder aufgerissen, um sicherzugehen, dass die alte Dame, die ja ach so sehr um seine Sicherheit besorgt war, kein Ohr daran gelehnt hatte. Er funkelte den Amerikaner an.

»Tut mir Leid«, sagte Fairweather. »Ich weiß, ich hätte mir das verkneifen sollen. Ich wollte doch nur höflich sein. Ich stamme aus Boston, New England. Die Leute aus New York oder von weiter südlich sagen immer, wir würden wie Briten reden ... Engländer, meine ich ... Na ja, ich nehme an, hier drüben stellt sich das etwas anders dar. Vielleicht sollte ich von jetzt an wirklich besser den Mund halten.«

Stark nickte. »Merken Sie sich das als Faustregel. Im Augenblick würde ich es allerdings vorziehen, wenn Sie etwas sagen würden. Aber machen Sie es kurz.«

»Sicher. Deswegen bin ich ja hier. Oh, und nennen Sie mich Ben.«

Inzwischen sieht er nicht mehr ganz so verloren aus, dachte Harry. Offenbar hatte Fairweather seine Verlegenheit mit dem Regenwasser abgeschüttelt. Er stand auf, und nachdem Harry ihm mit einem Nicken die Erlaubnis dazu erteilt hatte, zog er seinen nassen Mantel aus, setzte sich wieder und nippte an seinem Tee wie ein Harvard-Professor, der gerade mit seiner Vorlesung beginnen wollte.

Stark saß vornübergebeugt auf der Bettkante und hörte zu. Das war das Erste, was er in der Polizeiausbildung gelernt hatte: Habe Geduld mit deinen Fragen.

»Zunächst einmal«, begann sein selbst ernannter neuer Freund, »sollte ich Ihnen das hier zeigen.«

Wieder öffnete er die dicke Brieftasche und zog ein Passfoto heraus. Harry nahm es ihm aus der Hand. Der Mann auf dem Foto war in mittlerem Alter, um die 45, kräftig gebaut und hatte dunkle, dichte Augenbrauen sowie zurückgekämmtes schwarzes Haar, das an den Ecken schon grau wurde. Seine Augen waren freundlich und selbstbewusst, und sein dunkler Teint legte nahe, dass er häufiger in Kontakt mit der Sonne kam, als es in Südengland möglich war – oder in Nordengland.

»Wer ist das?«

»Das Bild ist mindestens fünf Jahre alt, vielleicht auch mehr. Der Mann da drauf lässt sich nicht gerne fotografieren. Seine Name – zumindest der, unter dem ich ihn kenne – lautet Martin Bloom. Ich bin fast hundertprozentig sicher, dass es seine Leiche ist, die Ihre Männer unter der Blackfriars Bridge gefunden haben.«

»*Fast* hundertprozentig?«

»Inspector Stark ... Harry, wenn ich darf ...«

Stark schwieg. Warum Amerikaner es stets darauf anlegten, vollkommen Fremden diese falsche Vertrautheit aufzuzwingen, entzog sich seiner Kenntnis.

»Dieser Mann hat vor vier Tagen die Grenze überquert. Vor 36 Stunden ist er dann verschwunden, und es gibt Leute auf der anderen Seite, die über seinen Verbleib mehr als nur besorgt sind, wenn Sie verstehen, was ich meine. Tatsächlich bin ich sicher, dass sie inzwischen zum gleichen Schluss gelangt sind wie ich.«

»Es tut mir Leid, Mr Fairweather, aber ich habe keine Ahnung, wovon Sie überhaupt reden.«

Der Amerikaner seufzte, als habe er es mit einem schwierigen Kind zu tun. »Entschuldigen Sie. Wie ich sehe, muss ich deutlicher werden: Mr Bloom hier arbeitet für die Regierung der Vereinigten Staaten – beziehungsweise: Er *hat* für sie gearbeitet.«

Stark blickte auf das Foto und dann wieder in das ernste Gesicht des jungen Mannes, der ihm gegenübersaß.

»Wollen Sie mir damit etwa sagen, dieser Mann sei Diplomat? Warum hat das Konsulat in Westminster dann nicht formell ...? Nein, das würden sie nicht tun, nicht wahr? Sie halten ihn für eine Art Spion? Ist es das?«

Wenn Starks kleiner Korbstuhl es zugelassen hätte, hätte der Amerikaner sich zurückgelehnt. Wieder schob er die Hand in seinen geräumigen Mantel und fragte: »Macht es Ihnen etwas aus, wenn ich rauche?«

Stark schüttelte den Kopf. Der Amerikaner holte eine Zigarettenschachtel heraus, wie man sie in den Werbespots der BBC sah. Marlboro. Der große Geschmack eines großen Landes. Stark kannte den Jingle so gut wie die Nationalhymne.

»Darf ich Ihnen eine anbieten?«

Zwei Monate lang hatte Stark mit der Nikotinsucht gekämpft und sich immer wieder gesagt, er würde diese Gewohnheit nicht noch einmal genießen – und es war ein Kampf, von dem er mittlerweile glaubte, dass er ihn gewinnen konnte. Er bildete sich ein, dass seine Geschmacksnerven den bitteren Geschmack allmählich loswurden, den der jahrzehntelange Angriff bulgarischen Tabaks hinterlassen hatte; doch allerfeinster Virginia-Tabak war etwas anderes. Stark zögerte, aber nur einen Moment. Der Amerikaner beugte sich zu ihm und zündete beide Zigaretten mit einem silbernen Ronson an.

»Danke.« Das war ein Wort, von dem Stark geglaubt hatte, dass er es heute Abend nicht würde benutzen müssen.

Der Amerikaner nahm einen raschen Zug – kaum genug zum Inhalieren, dachte Stark – und kehrte zu der Frage zurück.

»Ein Spion? Nein. Nicht im eigentlichen Sinne jedenfalls. Aber ich nehme an, das hängt davon ab, was Sie heutzutage damit meinen. Mittlerweile kommt mir unsere Sprache weit weniger präzise vor, als sie es einmal war … Sagen wir mal so: Er war ein Gesandter.«

Stark hatte den Kopf auf eine Hand gelegt und den Ellbogen aufs Knie gestützt, seine andere Hand führte die Marlboro viel zu häufig an seine Lippen. Er hörte seinem Besucher aufmerksam zu, während er den Rauch tief in die Lunge sog und langsam wieder ausatmete.

»Was ich Ihnen damit sagen will, ist, dass unser Freund

Mr Bloom aus einem Grund hierher gekommen ist, den man eine diplomatische Mission nennen könnte, nur dass es sich nicht um jene Art von Mission gehandelt hat, die Ihre Regierung gutheißen würde.« Er zögerte eine Sekunde. »Und meine würde sicherlich jede Beteiligung an seinem Auftrag abstreiten.«

Stark schwieg weiter. Er hatte nicht den Hauch einer Ahnung, warum dieser Mann ihm das erzählte. Wenn auch nur ein Bruchteil davon der Wahrheit entsprach – und selbst wenn das nicht der Fall war –, war es seine Pflicht, und zwar nicht nur seine Bürgerpflicht, sondern seine Pflicht unter Androhung unehrenhafter Entlassung, jedes einzelne Wort dieses Gesprächs bei der erstbesten Gelegenheit dem Amt zu melden. Seit Kemp sich heute Morgen auf so rätselhafte Art ihres Verdachts entledigt hatte, wusste Stark, dass die Leiche unter der Brücke nichts Gutes zu bedeuten hatte. Nur wenige Ausländer wurden in der Republik getötet und wenn, dann nicht auf diese Art.

Ursprünglich hatte Stark vermutet, dass es sich bei dem Toten um irgendeinen Mafioso aus Nord- oder West-London handelte, der Menschen geschmuggelt hatte. Was er am meisten gefürchtet hatte, war, dass es sich um einen legitimierten Geschäftsmann handeln könnte, ein ›notwendiges Übel‹, einer jener Kapitalisten, deren unbesungene Hintertürgeschäfte für die Wirtschaft der Republik von großer Bedeutung waren. Das war die Art von Zeug, von der Stark am liebsten überhaupt nichts wissen wollte; wäre dem jedoch wirklich so gewesen, hätte ihm das Amt den Fall schneller aus den Händen gerissen als einen Freifahrtschein nach Blackpool.

»Inspector Stark«, für den Augenblick zumindest schien

Fairweather seine plumpe Vertraulichkeit abgelegt zu haben, »dürfte ich Sie fragen, wie viel Sie über den ›Englischen Widerstand‹ wissen?«

Stark wäre fast an seinem Tee erstickt. Nein, das durfte er verdammt noch mal nicht! Der so genannte ›Englische Widerstand‹ war, soweit es Harry betraf, genau die Art von Unsinn, die sich amerikanische und nordenglische Journalisten so gerne ausdachten. Das war nichts weiter als Schönfärberei für provokative Geschichten und willkürliche Verbrechen, die man in einen zwielichtigen Zusammenhang stellte und die einer geradezu obszönen, veralteten und nationalistischen Motivation entsprangen. Dieses ganze Widerstandszeug war schlicht ein Fantasieprodukt – es sei denn, das DoSS beschloss, sich des Mythos zu bedienen, den es normalerweise vehement leugnete, um in die Leben einfacher, gesetzestreuer Bürger einzudringen. Und das würde er diesem Ami auch verdammt noch mal sagen.

Doch Fairweather kam ihm zuvor. »Sagen Sie nichts. Ich weiß, ich weiß. Fakt und Fiktion liegen bei diesem Thema bisweilen dicht beieinander, aber sicherlich wissen Sie, dass es Menschen in ihrer Gesellschaft gibt, die nicht mit allem einverstanden sind.«

Stark beschloss, seine Zweifel erst einmal zurückzustellen. Solche Menschen gab es in jeder Gesellschaft. Je schwieriger die Geschichte, desto schwieriger die Gegenwart. Das hatte ihn sein Vater gelehrt.

»Ob diese Leute nun tatsächlich in irgendeiner Form organisiert sind, ist jedoch etwas völlig anderes; aber wie auch immer … Bloom wollte sich mit ihnen treffen, genauer gesagt mit jemandem, der auf den Namen Merlin hört … Fragen Sie mich jetzt nicht, warum der Mann sich so genannt hat. Vielleicht haben diese Leute irgendeine Vision von der Wiedergeburt des arthurischen Englands, wer weiß?«

Da hätten wir's, dachte Stark, *wir haben es also nicht nur mit Dissidenten, sondern auch mit Bekloppten zu tun. Spinner allesamt.* Wenn das kein Fall für das Amt war, was dann? Er kam direkt auf den Punkt.

»Sie wollen mir also sagen, dass Ihre Regierung mit Leuten konspiriert hat, die sich unserem Staat widersetzen. Betrachten Sie das als legitime Methode, uns mit dem zu beeindrucken, was Sie ›Demokratie‹ nennen?«

Ein Zucken umspielte Fairweathers Mundwinkel, das man durchaus als Lächeln deuten konnte. Er griff wieder nach seiner Zigarettenschachtel und bot Stark eine weitere Marlboro an. Stark nahm sie, und der Amerikaner zündete sie an.

»Lassen wir die Worte ›legitim‹ und ›Demokratie‹ mal für den Augenblick beiseite, Harry.« Stark beschloss, ihm die unangemessene Benutzung seines Vornamens vorerst durchgehen zu lassen. »Mit diesen Begriffen sollen sich die Philosophen beschäftigen. Aber Ihnen ist bestimmt nicht entgangen, was seit einiger Zeit in Moskau passiert. Die Dinge verändern sich.«

Widerwillig nickte Harry. Der neue Mann im Kreml war eine Generation jünger. Zum ersten Mal seit Jahrzehnten hielten neue russische Wörter Einzug in die Sprache, Konzepte wie ›Transparenz‹ und ›Wahl‹, Worte, von denen Harry wie so viele andere immer geglaubt hatte, dass es kein russisches Äquivalent dafür gebe. Selbst im Yard frischten die Kollegen ihr eingerostetes Schulrussisch wieder auf. Die Prawda, so hieß es, sei heutzutage interessanter als die New Times. ›Vjetjer Smeny‹ hieß es allüberall, das bedeutete ›Wind der Veränderung‹, doch die Menschen scherzten, dass man das nicht ins Englische übersetzen könne.

»Offenbar gibt es hier Menschen«, fuhr Fairweather fort, »wie viele und wie einflussreich, das weiß ich nicht, die glauben, dass das gegenwärtige Regime nicht so weitermachen kann. Sie glauben, dass es an der Zeit für Reformen ist.

Martin Bloom hatte den Auftrag, Kontakt zu ihnen aufzunehmen. Soweit ich weiß – und Sie müssen mir glauben, Harry –, war es jedoch *nicht* Teil dieses Auftrags, subversive Bewegungen zu fördern. Vermutlich sollte er sie lediglich ermutigen, moralisch in jedem Fall und vielleicht auch finanziell.«

»Woher wissen Sie das alles? Sind Sie auch einer von ihnen?«

»Einer von …? Zur Hölle, nein! Ich bin Reporter, aber das verstehen Sie vermutlich nicht. Auf der anderen Seite ist vieles anders. Auch auf der anderen Seite des großen Teichs, in Amerika. Sicher, manchmal arbeiten wir Journalisten eng mit den Politikern zusammen, aber wir bemühen uns stets, eine Armeslänge Abstand zu halten, wenn Sie wissen, was ich meine.«

Stark blickte ihn an.

»Nein, ich nehme an, Sie wissen es nicht. Was ich meine, ist Folgendes: Wir versuchen, die Wahrheit herauszufinden, zu veröffentlichen und zu sagen, was wir davon halten. In meinen Bereich fällt auch das Außenministerium – ›Foggy Bottom‹, der ›Neblige Grund‹, wie man es in Washington nennt. Eigentlich ist das der Name des Gebietes, auf dem das State Department gebaut wurde. Es ist so eine Art Scherz.«

Stark war deutlich anzusehen, dass er kein Wort verstand.

»Egal. Vergessen Sie das. Tatsache ist, dass das State Department hier einen Coup landen wollte, einen Propagandacoup. Wäre Blooms Mission zu einem Erfolg geworden, hätte es noch eine gegeben und noch eine ... Über kurz oder lang hätten Sie dann Geschichten gelesen und gehört, nicht in Ihrer Presse vielleicht, aber auf der anderen Seite und in der Flimmerkiste.« Er deutete auf den Boden, denn von unten drang der Ton von BBC-Werbespots herauf. »Geschichten über eine neue Bewegung, die nach Offenheit verlangt. Das ist keine Anstiftung zum Aufruhr, Harry. Das ist, was die neuen Leute im Kreml vermutlich wollen. Sie selbst können es einfach nicht offen aussprechen – noch nicht.«

»Reden Sie da etwa von Wiedervereinigung? Falls ja, dann sind Sie verrückt ...«

»Hoooh, Harry, immer mit der Ruhe. Davon hat niemand etwas gesagt. Aber es ist ein offenes Geheimnis, dass Ihre Regierung und Moskau im Augenblick nicht im Gleichschritt marschieren.«

»Es ist nicht an mir – oder an Ihnen – zu beurteilen ...«

»Noch einmal: Immer mit der Ruhe. Vielleicht ist es so, vielleicht auch nicht. Wir haben wohl unterschiedliche Meinungen zu diesem Thema. Ich wollte eigentlich auch nur sagen, dass einige Leute in Washington die Zeit für gekommen hielten, Kontakt aufzunehmen, denn man weiß ja nie, was die Zukunft bringt ...«

»Und deswegen wurde dieser Mr Bloom ...«

»Deswegen wurde Mr Bloom ermordet.« Zum ersten Mal war so etwas wie Wut in der Stimme des Amerikaners zu hören. »Deswegen hat man ihm sein gottverdammtes Hirn aus dem Schädel geblasen. Ich will damit nicht sagen, dass er zu hundert Prozent auf der Seite der Engel stand, Harry, aber er hatte es verdammt noch mal nicht verdient, einfach so um die Ecke gebracht zu werden. Vielleicht hatte er ja nicht das Recht, mit Samthandschuhen angefasst zu werden, aber ihn einfach so kaltblütig umzubringen und ihn wie Schlachtvieh aufzuhängen …«

»Und wer, glauben Sie, ist dafür verantwortlich?«

Der Amerikaner zog an seiner Marlboro und blies eine dicke graue Rauchwolke in Richtung der uralten Deckenlampe.

»Jesus, Harry, ersparen Sie mir das. Sie wissen genauso gut wie ich, wer ihn umgebracht hat: Ihr so genanntes Amt für Staatssicherheit.

Die gleichen Leute, die auch Ihren Vater getötet haben.«

Kapitel Zehn

Der Beobachter vor Harry Starks Haus wartete und schaute geduldig durch die regenverschmierten Scheiben seines anonymen, kleinen Fellow Traveller. Er beklagte sich nicht, denn immerhin war das Warten ein substanzieller Bestandteil seines Berufes. Außerdem war es im Inneren seines Wagens zumindest trocken, wenn auch nicht warm.

Das ist der Tauschhandel, die Abmachung, sinnierte Colonel Marchmain. Er schaltete das Interkom aus, über das er dem Beschatter von Stark gerade seine Befehle erteilt hatte. Er ging zu den hohen Fenstern seines Büros im Amt für Staatssicherheit hinüber, von wo aus er auf die verhangenen Fenster der Dienstwohnungen in den umliegenden Wohnblocks der Barbican Estate blickte. ›The Barbican‹ war einst der Name eines der alten Stadttore gewesen, ein Turm, von dem aus die Stadtwache für die Sicherheit der Bürger gesorgt hatte, wofür sie großzügig entlohnt worden war. Marchmain überlegte, dass sich seitdem weniger verändert hatte, als die meisten Menschen glaubten. Die heutigen Einwohner des Barbican-Neubaugebietes, eines autarken Betonkomplexes mit Geschäften, Konzertsaal, Kino und Tiefgarage, waren die moralischen Nachfahren jener Männer, die das Barbican-Tor vor so vielen Jahrhunderten bemannt hatten.

Man tat seinen Teil für den Staat, und der Staat kümmerte sich um einen. Das war vor allem eine ökonomische Entscheidung. Marx hatte Recht gehabt: Die Ökonomie war die Basis aller menschlichen Aktivität. Natürlich war das nur die kunstvolle, moderne Umschreibung eines Gesetzes, das schon vor Beginn der menschlichen Geschichte Gültigkeit besessen hatte: das Gesetz des Überlebens. Und oft musste man im Laufe dieses Überlebenskampfes Kompromisse schließen.

Der Mann in dem Auto vor Harry Starks Haus tut etwas, das essenziell für die Erhaltung der etablierten Ordnung ist, dachte Marchmain. Jene, die das System nicht mochten, verachteten jene, die es zu erhalten versuchten; aber so war das nun einmal. Die Alternative dazu war Revolution, und die Partei lehnte die Revolution vehement ab.

Falls dem eine Ironie innewohnte, so nahm der Colonel sie nicht wahr. Er verstand das marxistische Prinzip der Dialektik: These, Antithese und Synthese. Er verstand, dass es bedeutete, ein Argument von beiden Seiten zu betrachten und dann die Lösung anzunehmen, die einem am besten passte. Das war es, was ihm an der Philosophie so gut gefiel: Alles schien schlicht dem gesunden Menschenverstand zu entspringen. Marchmain hatte von anderen, dogmatischeren Interpretationen gehört, doch da diese für ihn keinen Sinn ergaben, beschäftigte er sich auch nicht damit.

Er war oft überrascht, wie viele seiner Mitbürger offenbar zu der gleichen Schlussfolgerung gelangt waren – wie zum Beispiel der Junge in der Imbissbude, der den ungeschickten Verfolger vielleicht sogar vor Harry Stark entdeckt hatte. Er hatte richtig gehandelt, als er daraufhin prompt bei der ›anonymen Bürgerhilfe‹ angerufen hatte, deren Aufzeichnungsgeräte tatsächlich 24 Stunden am Tag überwacht wurden. Marchmain war zufrieden gewesen.

Manchmal fragte er sich, was sie im Amt wohl ohne ihre Armee von informellen Mitarbeitern machen würden, wie beispielsweise dem im Pub, der den verdächtigen Fremden ebenfalls bemerkt hatte, welcher zusammen mit Stark eingetroffen und kurz nach ihm gegangen war; sofort war der Informant zu einer öffentlichen Telefonzelle gerannt und hatte das Richtige getan. Marchmain war beeindruckt – auf seltsame Art. Andere Menschen zu beschatten war sein Beruf. Er verdiente seinen Lebensunterhalt damit, jede noch so winzige Kleinigkeit im Leben eines Menschen zu vermerken, jede kleine Veränderung, jede Stimmungsschwankung und jede neue Bekanntschaft, die dann – je nachdem – ebenfalls der Beobachtungsliste hinzugefügt werden musste. Aus professioneller Sicht war es eine zwingende, ja, fast besessene Arbeit. Doch andererseits war es schlicht das, womit er sein Geld verdiente. Andere schienen das hingegen zu ihrer Lebensart gemacht zu haben.

In diesem besonderen Fall war die Wachsamkeit des Proletariats zwar wie immer zu loben, doch hatte sie nur die Spitze des Eisbergs enthüllt. Benjamin Fairweather war wie alle ausländischen Journalisten ein ›PP‹. Abkürzungen waren im Amt beliebt, dadurch entfiel die Notwendigkeit, die Ziele ihrer Arbeit als menschliche Wesen zu betrachten. Informelle Mitarbeiter wurden als ›IM‹ bezeichnet, und ›PP‹ bedeutete ein potenzielles Problem. Damit gehörte Fairweather zu jenen ausländischen Journalisten, vorwiegend Nordler und Amerikaner, deren Aufgabe es war – oder zumindest die Aufgabe ihrer Pressezaren –, ein möglichst schlechtes Bild des Arbeiter- und Bauernstaats zu zeichnen.

Bis jetzt war jedoch nicht bekannt gewesen, wie groß das Problem Fairweather eigentlich war. Doch nun war es klar. Er war in eine neue, höhere Kategorie gestuft worden und galt nun als ›BP‹, als ›bestätigtes Problem‹, eine Neuklassifizierung, die wie immer zu spät gekommen war – zumindest der Meinung von Colonel Marchmain nach. Man hatte Benjamin T. Fairweather an der langen Leine gelassen, und nun hofften sie, dass er sich mit dieser Leine aufhängen würde – auch wenn dieser Vergleich unter den gegebenen Umständen ein wenig geschmacklos war.

Fairweather hatte die Hauptstadt am Grenzkontrollpunkt Oxford Street/Tottenham Court Road betreten, und zwar genau um 14.27 Uhr – wieder einmal bewunderte Marchmain die präzisen Zeitangaben der Grenzwachen –, nicht lange nach den Mittagsnachrichten der BBC, in denen unweigerlich und bedauerlicherweise über den Toten unter der Brücke berichtet worden war.

Wie vorauszusehen, hatte der Bericht das übliche Propagandaformat besessen – die Parteipresse sprach von der BBC als dem British Burgeois Channel, dem britischen Bourgeoisiekanal. Der Bericht hatte mit einer verschwommenen Teleaufnahme von etwas begonnen, das unter der Brücke baumelte. Anschließend war eine indignierte Reporterin zu sehen gewesen, die mit steifem Nordlerakzent vor dem Hintergrund der ›Mauer‹ dozierte – natürlich von der anderen Seite. Anschließend folgten ein paar Fragmente, die sie und ihre Crew bei dem Versuch zeigten, zum Tatort vorzudringen; unglücklicherweise war es der Polizei ja nicht gelungen, sie vollends fern zu halten. In der Ferne konnte man deutlich Marchmains eigenen schwarzen Bevan sehen, und das gefiel ihm ganz und gar nicht. Dann wurde gezeigt, wie der rot angelaufene Detective Inspector Stark ihnen befahl zu verschwinden, bevor wieder auf die Frau geschwenkt wurde. Zu guter Letzt gab es noch ein paar Aufnahmen der billigen Sperrholzkreuze am Fuß des ›Big Ben‹ zu sehen, den geschmacklosen, so genannten ›Denkmälern‹, mit denen die Westminsterpropaganda aus Verrätern Märtyrer machen wollte. Diese Interpretation war so heimtückisch, wie sie falsch war.

Nachdem der amerikanische Journalist gut eine Stunde später die Grenze passiert hatte, hatte sich nach hundert Metern ein Team von Lakaien des Amtes an seine Fersen geheftet, wie sie es immer bei einreisenden ›PPs‹ taten. Das war keine außergewöhnliche Maßnahme gewesen, bloß eine alltägliche Beschattung durch jene Teams, die für gewöhnlich entlang der Touristenrouten vom Stalingrad Square nach St. Paul's arbeiteten. Fairweather mischte sich ebenfalls unter die Touristen und starrte den Admiralitätsbogen an, als hätte er ihn noch nie von der anderen Seite aus gesehen, und zog dann weiter zu den frisch restaurierten Fontänen und den großen bronzenen Landseer-Löwen, welche die berühmte Säule mit der ›Mutter Heimat‹ bewachten – in Marchmains Augen eine fast komisch wirkende, arg verkleinerte Kopie der mächtigen Statue an den fernen Ufern der Wolga; aber natürlich sprach er das niemals aus.

Die ersten Berichte über Fairweather waren gegen 15.00 Uhr eingetroffen. Selbst die Mitglieder der unerfahrenen Teams in den Touristengebieten waren vom Tun des Amerikaners nicht gerade beeindruckt gewesen: Er lungerte viel zu lange herum und machte nur wenige Fotos. Einmal musste er tatsächlich von Uniformierten belehrt werden, dass die so genannte ›Mauer‹ keine Touristenattraktion, sondern die Staatsgrenze sei und dass man doch bitte nicht davor posieren solle. Alles in allem, so stand es in den Berichten zu lesen, hatte Fairweather eine ausgesprochen amateurhafte Vorstellung geliefert, sodass er weder den Eindruck eines echten Touristen noch den eines ausgebildeten Spions erweckt hatte.

Auch hatte der Amerikaner sich länger als allgemein üblich im Sherlock Holmes aufgehalten, wo die meisten Tagesausflügler rasch ein halbes Pint tranken, bevor sie sich neben dem ausgestopften Kopf des ›Hundes von Baskerville‹ fotografieren ließen und offenen Mundes die Erinnerungsstücke an den großen Detektiv anstarrten. Die Tatsache, dass Sherlock Holmes nie existiert hatte und die Baker Street sich auf der anderen Seite befand, wurde geflissentlich ignoriert – wieder ein Beweis mehr, dass die Menschen, wenn überhaupt, nur oberflächlich an der Wahrheit interessiert waren.

Fairweathers Interesse an Sherlock Holmes war jedoch weit geheimnisvoller. Mehrere Stunden lang hatte er über ein paar Gläsern Limonade gehockt, eine Tatsache, die einen widerwilligen Eindruck bei den Stammgästen des Pubs hinterlassen hatte. Wie zum Teufel konnte er das Zeug nur pur trinken, fragten sich Männer, deren professionelle Beobachtungstätigkeit sie dazu zwang, Unmengen davon unter ihr Bier zu mischen, um nicht während des Dienstes dem Rausch zu erliegen.

Fairweather hatte am Fenster gesessen, als wolle er sich nicht die geringste Kleinigkeit des Verkehrs draußen entgehen lassen. Jeden einzelnen Gast hatte er beim Eintreten eingehend gemustert und offenbar mit für Touristen unüblicher Leichtigkeit festgestellt, wer ein Eingeborener war und wer nicht. Fast schien es, so hatte die Nachmittagsschicht kurz vor Dienstende berichtet, als würde er auf jemanden warten.

Auf jemanden, der nicht kam. Als gegen 17.30 Uhr die Schatten länger wurden und echte Touristen sich fragten, ob sie eine Magenverstimmung riskieren sollten, indem sie den Rest ihres Zwangsumtauschs in einem der Restaurants in der Stadtmitte für ›Englische Hausmannskost‹ ausgaben, machte sich Fairweather auf einen Spaziergang.

Doch anstatt sich vor einem Restaurant in die Schlange zu stellen oder sich ein Taxi zum Grenzübergang zu suchen, schlenderte er gut hundert Meter am Flussufer entlang und wanderte dann scheinbar ziellos auf und ab. Zu diesem Zeitpunkt war Marchmain amüsiert. Selbst die schwülstigsten Kolumnenschreiber der New York Times verschwendeten nur selten so viel Zeit damit, die Atmosphäre aufzusaugen, wenn diese Atmosphäre so kalt, nass und schmutzig war wie London im April.

Fairweather sah aus wie ›irgend so ein armer Kerl, den seine Tussi im Regen hat stehen lassen‹, wie einer der sprachlich gewandteren Beobachter in seinem Bericht vermerkte; und tatsächlich war die Uferpromenade bei Sonnenuntergang ideal für ein herzzerreißendes Stelldichein. Doch falls Fairweather tatsächlich hierher gekommen sein sollte, um sich den verrauchten Sonnenuntergang über Waterloo anzusehen, dann tat er es allein. Niemand traf sich mit dem Amerikaner, der am Ufer stand und seine Marlboro rauchte, offensichtlich fasziniert von den exotischeren Elementen, die Norman Shaw in die Türme von New Scotland Yard eingebaut hatte.

An diesem Punkt fiel der Penny endlich – ein wenig spät, wie Colonel Marchmain sich tadelte. Ein rascher Funkspruch an den Anführer des Beobachtungsteams versetzte sie in Alarm und lenkte ihre Aufmerksamkeit auf das Polizeihauptquartier. Ein weiteres Team wurde im Wagen über die Fleet Street und The Strand dorthin geschickt. Vier gewöhnlich aussehende Mitarbeiter des Amts stiegen aus und mischten sich unter die Menge vor der verblassten Fassade des alten Savoy-Hotels. Die Portiers kümmerten sich nicht im Mindesten um sie, als sie durch das einst prachtvolle Foyer eilten, ein Stockwerk nach unten stiegen und das Hotel auf Höhe des Flusses durch den Hintereingang wieder verließen, wo sie sich unter die abendlichen Spaziergänger auf der Promenade mischten.

Sie waren überall. Einer kaufte Zigaretten am Kiosk vor der U-Bahnstation Charing Cross; ein anderer stand in der Schlange vor der Bushaltestelle Northumberland

Avenue, und zwei schlenderten Arm in Arm über die Uferpromenade, als Detective Inspector Harry Stark in seinem gut erkennbaren, verdreckten Trenchcoat seine Dienststelle verließ und in Richtung U-Bahn stapfte. Benjamin T. Fairweather (der nun endgültig vom PP zum BP wurde) machte sich sofort an die alles andere als unauffällige Verfolgung.

Niemand folgte ihm ... die Art von ›Niemand‹, die unauffällige braune Anzüge trug wie alle niederrangigen Apparatschiks, die den Großteil der Pendler in der Innenstadt ausmachten. Der zweite Niemand war ein Jugendlicher mit der üblichen Jeans und der Trainingsjacke eines Südlers mit guten Kontakten oder eines etwas schäbigeren Touristenkindes, das nervend mit den Fingern schnipste und dabei irgendeine Mersey-Beathymne pfiff. Stark, der einen Verfolger eigentlich hätte bemerken sollen, wenn er denn Grund gehabt hätte zu glauben, dass man es auf ihn abgesehen hatte, konnte nicht umhin, die armselig gekleidete Frau mittleren Alters zu registrieren, die vorgab, unter einer äußerst virulenten Frühlingserkältung zu leiden. Später erzählte sie lachend, wie sie ihm ›mitten ins Gesicht gerotzt‹ hatte; ein solch übertrieben auffälliges Benehmen, erklärte sie, sei besser als Unsichtbarkeit.

Der nächste Niemand war ein extrem kurzsichtiger alter Mann mit triefender Nase, der eine Schlägermütze trug, sich einen schmuddeligen Schal um den Hals geschlungen hatte und scheinbar in Erinnerungen an die gute alte Zeit versunken war.

Nur in den verlassenen Straßen von Islington bestand die Gefahr, dass selbst das beste Observationsteam entdeckt werden konnte. Als sie die U-Bahn verließen, verschwand die erkältete Frau ordnungsgemäß in der Dunkelheit; der Junge verzog sich zum Zeitungsstand, und der alte Mann hielt leicht mit Stark Schritt, der es ohnehin nicht eilig hatte – zumindest bis zu dem Fish-and-Chips-Laden, wo er hungrig ins Fenster starrte. Der alte Mann hielt die Zeit für gekommen, sich zurückfallen zu lassen. Es amüsierte ihn königlich, als der Inspector ihm eine Münze in die Hand drückte; trotzdem brachte er es noch fertig, ein ergriffenes »Danke, Genosse« zu murmeln.

Der Junge mit der Jeans hatte aus der Ferne noch beobachtet, wie der Amerikaner dem Inspector in den Pub gefolgt war, bevor er zur Telefonzelle an der Ecke gegangen war. Der Mann im braunen Anzug war noch eine Station weiter gefahren, bis nach St. Pancras/George Cross, wo er sich dann in seinen Dienst-Traveller gesetzt und über Funk Marchmains Befehle entgegengenommen hatte.

Nachdem der Mann mit seinem Fahrzeug am Ziel eingetroffen war und vor dem Pub geparkt hatte, verließ der Junge die Telefonzelle und schmiss sich an eine Gruppe von Mädchen ran, die gerade zufällig vorbeikamen.

Schließlich kam der Inspector wieder heraus, doch der Beobachter ließ ihn ziehen. Im Augenblick war Stark nur ein Sekundärziel. Sie wussten, wo er wohnte. Dann, ein paar Minuten später, kam Fairweather heraus. Offenbar hatte er das Gefühl, zu lange gewartet zu haben, denn panisch blickte er hierhin und dorthin, bevor er in die Richtung rannte, von der er glaubte, dass Stark sie eingeschlagen hatte.

Der Amtsmitarbeiter setzte seine Observationstätigkeit leicht amüsiert fort. Auf den verhältnismäßig leeren, nassen Straßen war es ein Leichtes, das Ziel im Auge zu behalten. Er wartete, bis Fairweather um die Ecke gebogen war, dann startete er den Motor, fuhr um den Block und in entgegengesetzter Richtung an seinem Ziel vorbei, drehte dann wieder und parkte am einen Ende der langen, geraden Packington Street. Motor aus, Lichter aus.

Gut ein Dutzend weitere Fahrzeuge parkten auf der Straße, berichtete er Marchmain, die meisten ebenfalls Traveller, aber nicht alle, wie er betonte. Der Colonel lächelte ob der unausgesprochenen Aussage. Der Traveller war ein unangenehmes, unbequemes, kleines Auto, besonders im Vergleich zu den großen, plüschigen Bevans. Zum Zwecke der Beobachtung besaß er jedoch einen unschätzbaren Vorteil: Es gab Hunderte von ihnen, und das nur in wenigen, dezenten Farben, vorwiegend beige – auch wenn Marchmain in letzter Zeit einen unglücklichen Trend zu ›Himmelblau‹ und ›Apfelgrün‹ beobachtet hatte; ohne Zweifel das Produkt der geistigen Ergüsse eines Ministeriums, dessen Mitarbeiter mehr Zeit hatten, als gut für sie war. Marchmains Meinung nach war und blieb beige die beste Tarnfarbe für die Stadt. Dass seine Leute sich mit dem Traveller rumschlagen mussten wie der Rest der Menschen auch, war seiner Ansicht nach sogar gut. Ein wenig Demut hatte noch niemandem geschadet. Ein ›Niemand‹ sollte sich besser nicht einbilden, ein ›Jemand‹ zu sein.

Marchmain nahm den Bericht über die Auseinandersetzung in dem Hauseingang mit einem schiefen Lächeln entgegen. Detective Inspector Stark hatte sich fast genauso verhalten, wie er selbst es getan hätte. Offensichtlich war er ein Mann, der eine etwas ... eine etwas *direktere* Vorgehensweise bevorzugte. Was auch immer dort stattfand, war offensichtlich kein verabredetes Treffen, und zumindest das war unter den gegebenen Umständen eine Erleichterung.

Manchmal, aber wirklich nur manchmal, sagte sich Marchmain, wenn er sich auf seinem Drehstuhl zurücksinken ließ, dass er seine Außendienstmitarbeiter eigentlich beneidete, jene Männer und Frauen, die ohne nachzudenken ihre Befehle befolgten. Er selbst folgte zwar auch Befehlen, doch war er in seiner Position verpflichtet, zumindest ein Minimum an Denkarbeit zu leisten; allerdings war er niemand, dem es gefiel, sein Leben über das Minimum zu definieren.

Gleiches galt offenbar für Harry Stark. Wäre es anders gewesen, hätte er dem Mann, dem er fast den Schädel weggeblasen hatte, wohl kaum auf die Beine geholfen, ihm den Dreck vom Mantel abgeklopft und ihn zu sich nach Hause eingeladen. Der Beobachter im Wagen hatte auf ausdrücklichen Befehl des Colonels gewartet, bis das Paar die Straße überquert hatte und hinter der Ecke verschwunden war. Erst dann war er ausgestiegen und ihnen zu Fuß gefolgt. Von dem Augenblick an, da die beiden Männer sich zusammengetan hatten, war ohnehin offensichtlich gewesen, wohin sie unterwegs waren. Aber nur weil etwas offensichtlich war, war es noch lange nicht verständlich … und ganz gewiss nicht akzeptabel. Das war auch der Grund dafür, warum Marchmain seinem Mann befohlen hatte zu warten, bis sich die Tür des kleinen Reihenhauses hinter Stark und dem Amerikaner geschlossen hatte; erst dann hatte er zu seinem Wagen zurückkehren und wieder Funkkontakt aufnehmen dürfen.

Der Beobachter, der inzwischen seine Kollegen beneidete, von denen er glaubte, dass sie für heute fertig waren, obwohl sie in Wahrheit nur anderen Aufgaben zugeteilt wurden, war nicht überrascht, als der Colonel ihm nachdrücklich befahl, jedes einzelne Detail dessen zu wiederholen, was er beobachtet hatte.

Zu guter Letzt und nach einer kurzen Pause, in der er sich vorstellte, wie der Colonel sich auf seinem Stuhl einmal um die eigene Achse drehte, erhielt er seine Befehle: warten und beobachten.

Er hatte mit nichts anderem gerechnet. Immerhin war das sein Job – ein Job wie jeder andere, sagte er sich und seiner Familie immer. Das war es, wofür er sein Gehalt bekam. Das war Teil der Gleichung.

Kapitel Elf

Es ergab einfach keinen Sinn. Das war das Problem.

Im einen Moment saß Harry Stark, den Kopf auf die Hand gestützt, einfach nur da, zog an seiner Zigarette und hörte einer Geschichte zu, die genauso gut Fakt wie Fiktion sein konnte; im nächsten stand er aufrecht da und funkelte den arroganten Eindringling an, der ihm genauso gut mit einem nassen Handtuch ins Gesicht hätte schlagen können.

»Was zum Teufel glauben Sie eigentlich, was Sie mir da erzählen?«

»Ruhig, ruhig.« Der Amerikaner saß noch immer auf seinem Stuhl und hielt die Zigarette in der ausgestreckten Hand, als hätte er gerade das Vernünftigste auf der Welt gesagt und nicht auf geheiligten Boden gespien.

Starks Erinnerungen an seinen Vater waren äußerst komplex, eine Mischung aus jugendlicher Heldenverehrung und postumer Desillusion in Bezug auf die Ideale des alten Herrn. Doch wenn er eines ganz genau wusste, dann, dass es ein grausamer Schicksalsschlag gewesen war, der die Familie ausgerechnet in jenem Augenblick ihres Vaters und Ernährers beraubt hatte, da sie ihn am meisten gebraucht hätte. Das war *Geschichte,* und kein hergelaufener Yankee-Schreiberling würde sie nach seinen eigenen Regeln umschreiben. »Ich versuche nur, Sie wie ein gleichwertiges menschliches Wesen zu behandeln.«

»Ersparen Sie mir diesen Quatsch!«, bellte Stark wütender, als er erwartet hatte. »Ich weiß nicht, welches Spiel Sie hier spielen oder wer Ihr angeblich so zwielichtiger Vermisster ist oder war, und ich will auch kein Wort mehr davon hören. Sie verfolgen mich auf der Straße und locken mich dann häppchenweise mit etwas, das Sie in keiner Weise etwas angeht. Sie spinnen Ihr Spionagegarn und versuchen anschließend, mein Privatleben da reinzuziehen. Egal, was das auch für ein Spielchen sein soll, es ist vorbei. Sie sollten jetzt besser gehen. Ich könnte Sie wegen Streunens verhaften lassen ... außerdem haben Sie vermutlich gegen die Visaauflagen verstoßen.«

Letzteres klang irgendwie lächerlich, wie Stark schon bemerkte, als er es sagte, obwohl es vermutlich der Wahrheit entsprach.

Der Amerikaner blieb, wo er war. Er kniff die Augen zusammen und musterte Stark durch eine Rauchwolke hindurch. Über eine Sekunde lang war Stark versucht, dem Mann die Faust in sein selbstzufriedenes Gesicht zu rammen; stattdessen hob er jedoch schlicht den Finger.

»Los jetzt. Stehen Sie auf und raus hier.«

Fairweather rührte sich nicht. Kaum merklich schüttelte er den Kopf wie jemand, der einen traurigen Verwandten tröstete, und sagte mit ruhiger Stimme:

»Mein Gott, Harry, haben Sie das nicht gewusst? Ich meine, haben Sie das *wirklich* nicht gewusst?«

»Ich erkenne Scheiße, wenn ich sie höre, und jetzt habe ich genug davon gehört ...« Er schickte sich an, den Amerikaner am Kragen zu packen.

»Warten Sie eine Minute. Bitte, Harry, nur eine Minute. Lassen Sie mich ausreden, bitte. Wenn Sie es dann immer noch wollen, werde ich gehen. Es tut mir Leid, wirklich. Ich habe gedacht ... Ich habe gedacht, dass Sie es wüssten; ich habe gedacht, *jeder* wüsste es. Mir ist nie der Gedanke gekommen ...«

»Was?«, schnappte Harry.

»Dass ...« Fairweather seufzte – ob müde oder erbost, war schwer zu sagen. »Harry, bitte setzen Sie sich wieder. Geben Sie mir nur fünf Minuten. Wenn Sie es dann noch wünschen, werde ich gehen, und Sie werden mich nie wiedersehen.«

Stark setzte sich und fragte sich, warum er in seinem eigenen Haus tat, was ihm ein anderer befahl. Doch da war etwas im Tonfall des Amerikaners, etwas in der Art, wie er ihn hinter seiner verbogenen Brille anschaute ...

»Harry, wie glauben Sie, ist Ihr Vater gestorben?«

»Ich *glaube* gar nichts. Ich *weiß* ...«

Der Amerikaner nickte schnell. »Ja, ja, sagen Sie es mir einfach.«

Stark schloss die Augen. »Es war ein Herzanfall. Das ist jetzt siebzehn Jahre her. Im Dienst. Ich erinnere mich. Wenn man als Teenager seinen Vater verliert, vergisst man das nicht, wissen Sie? Ich habe den Nachruf in der

New Times für meine Mutter ausgeschnitten. Wir haben ein Album damit gebastelt. Er war ein Held«, kurz zögerte Stark, »ein Held des Sozialismus.«

Fairweather hatte seine Zigarette ausgedrückt und rollte nun die Kippe zwischen den Fingern.

»Er war also ein Held«, sagte er.

»Entschuldigen Sie bitte, aber ich denke nicht, dass ich Ihnen irgendetwas davon erzählen muss, und ich bin sicher, dass ich auch nicht mehr hören will, was Sie mir zu sagen haben.«

»Wirklich, Harry? Sind Sie wirklich sicher?« Der Amerikaner griff erneut in seinen Mantel und holte wieder die dicke Brieftasche heraus. Kurz kramte er darin herum und hielt schließlich ein kleines Stück Papier in der Hand, das er Harry weiterreichte.

Stark nahm es und drehte es in der Hand. Es schien sich um einen Zeitungsausschnitt zu handeln, der jedoch nur auf einer Seite bedruckt war.

»Das ist eine Fotokopie, aber der Artikel ist echt. Er stammt aus der New York Times vom September 1972.«

Stark schaute den Artikel an. Er kannte Leute, die eine Zeitung allein am Druckbild erkennen konnten, doch er gehörte nicht dazu. Nicht dass das in diesem Fall von Bedeutung gewesen wäre. Die Worte hätten in jeder Zeitung die gleiche Wirkung gehabt.

EXEKUTION IN EAST LONDON

Die Geheimpolizei hat in East London einen hochrangigen Polizeibeamten exekutiert, von dem es hieß, er sei ein wichtiges Mitglied des antikommunistischen Englischen Widerstands gewesen, was die Quellen der New York Times bestätigen konnten. Bei dem Mann handelt es sich um Major John Stark, einen Offizier der Städtischen Volkspolizei. Nachrichtendienstliche Quellen sagen, Stark sei eine der wichtigsten Figuren des Regimes gewesen, die von den jüngsten Entwicklungen auf dem europäischen Festland desillusioniert wurden.

Major Stark wurde hingerichtet, nachdem das Amt für Staatssicherheit herausgefunden hatte, dass er im Laufe der letzten drei Jahre Verbindungen zum Widerstand aufgebaut und ihn regelmäßig mit Informationen versorgt hat.

Das Innenministerium der kommunistischen Zone hat die Exekution geleugnet und erklärt, Major Stark sei ein ›allseits respektierter Polizeioffizier gewesen und vor kurzem an einem Herzanfall verstorben‹, ein auf der anderen Seite der Londoner Mauer häufig gebrauchter Euphemismus für das unerklärliche Verschwinden von Funktionären.

Stark gab Fairweather die Fotokopie zurück und schüttelte ungläubig den Kopf. »Das ist absurd. Woher soll ich wissen, dass das echt ist? Und selbst falls es echt sein sollte, warum sollte ich der New York Times mehr glauben als unseren eigenen Zeitungen?«

»Wenn Sie die Antwort darauf nicht kennen, Harry, kann ich sie Ihnen auch nicht sagen; aber ich glaube, Sie kennen sie. Natürlich könnten Sie die Fakten auch jederzeit überprüfen. Immerhin sind Sie Detective Inspector.«

»Mein Vater war ein treues Parteimitglied. Das da ist irgendeine absurde Form von Desinformation. Sie spielen hier irgendein Spiel – Sie oder der Unbekannte, für den Sie arbeiten.«

Fairweather stieß ein spöttisches Lachen aus. »Wenn

meine Herausgeber doch nur so viel Fantasie hätten! Es handelt sich tatsächlich um Desinformation, das stimmt, aber nicht von unserer Seite aus. Der Nachruf, den Sie ausgeschnitten und verwahrt haben, war ein Versuch, den Mythos zu wahren und die unangenehme Wahrheit zu verschleiern. In gewissem Sinne war er sogar ehrlich, aber nur, wenn Ihr Vater vier Jahre vorher gestorben wäre, vor den Ereignissen von '68.«

»Wovon reden Sie da?«

»Jetzt kommen Sie schon, Harry! Noch nicht einmal Ihre Historiker versuchen, das zu vertuschen, auch wenn sie wie immer in ihrer eigenen Sprache darüber reden. Ich spreche von den Studentenunruhen in Paris und Amsterdam. Wie werden Sie noch in Ihrer Presse genannt? ›Die Anarchistische Konterrevolution‹? Nennen Sie sie meinetwegen so, oder ›Paris im Frühling‹, wie die eher romantischen Schreiber auf unserer Seite der Mauer den Aufstand bezeichnen. Aber egal, wie Sie sie auch nennen, am Ende kommt immer das Gleiche raus: Panzer, die die Champs-Élysées hinunterrollen, und nichts mehr von wegen ›hundert Blumen blühen‹ oder ›den neuen Sozialismus säen‹. Die Männer in Moskau hatten damals ihre eigenen Vorstellungen von Gartenpflege: früh und oft beschneiden. Sie wussten Hammer und Sichel sehr gut einzusetzen, und es hat ihnen nichts ausgemacht, anschließend das Blut wegzuwischen. Was glauben Sie, wie viele damals gestorben sind?«

Zum zweiten Mal innerhalb nur weniger Minuten hatte der Amerikaner Stark auf dem falschen Fuß erwischt. Er wusste – jeder wusste –, dass die offizielle Version, in der nur von ein paar toten Sowjetsoldaten die Rede war, welche als ›Märtyrer der kommunistischen Sache und der universellen Brüderschaft‹ verherrlicht wurden, die reinste Travestie darstellte. Das war eine jener typischen kleinen, abstrakten Lügen, mit denen die Menschen zu leben gelernt hatten, kein Vergleich zu der großen Lüge, die dieser Mann ihm über seinen Vater auftischen wollte. Aber wie auch immer, die Frage brachte Stark in eine ungünstige Lage, und das wusste er.

»Ein Dutzend, vielleicht mehr. Das war bedauerlich, aber notwendig … unvermeidlich.« Das war es, was sie sagten – ›sie‹, die über solche Sachen redeten. Normale Leute sprachen nicht davon. Normale Leute dachten noch nicht einmal über so etwas nach.

»Kommen Sie schon, Harry, das wissen Sie doch besser. Selbst in ihrer unwissenden kleinen Küstenrepublik weiß jeder es besser. Und war es das wirklich wert? Dreihundert Tote allein in Paris, und das in nur zwei Tagen. Weitere einhundertfünfzig in Amsterdam, und das sind nur die runden Zahlen.

In den Wochen und Monaten danach sind noch Dutzende, vielleicht sogar Hunderte dazugekommen. Tausende sind inhaftiert worden; ganze Parteilisten wurden gesäubert und ›nicht linientreue‹ Intellektuelle ausgewiesen, was de facto heißt, dass man *alle* entfernt hat. Vielen Leuten ging das zu weit, Harry, selbst einigen treuen, alten Genossen, Ihren Vater eingeschlossen. Sie haben nicht direkt etwas dagegen unternommen – das wäre in der Situation auch Selbstmord gewesen –, aber sie haben die Entscheidung privat und in kleinen Gruppen getroffen: die Entscheidung, dass so etwas nie wieder geschehen dürfe. Oh ja, selbst hier. ›Wir sind das Volk von England, das noch nicht gesprochen hat‹ – sie kannten ihren Chesterton, drehten das Zitat auf den Kopf und machten es zu ihrem Motto. Ein, zwei von ihnen fanden eine Stimme, ließen sie aber nur aus dem Untergrund erklingen … bis die Würmer sie gefunden haben.«

Schweigend schaute Harry Stark den Mann an, der ihm gegenübersaß; er betrachtete den schicken, teuren Mantel des Amerikaners mit der fetten Brieftasche in der Innentasche, das Ronson-Feuerzeug und die Marlboro-Zigaretten, und er fragte sich, ob das, was er sah, Substanz oder Fassade war. Nichts von alledem ergab einen Sinn, diese Alice-im-Wunderland-Version der Ereignisse seines eigenen Lebens … und doch klang es gleichzeitig auch richtig. Die Stimmungsschwankungen seines Vaters, als Harry in der Pubertät gewesen war, seine Mutter, die dem alten Herrn vorwarf, zu viel zu trinken, und dann die Ruhe nach dem Sturm, die Zeit unmittelbar vor und nach Katys Geburt, als Stark senior mit sich und seiner Familie im Reinen zu sein schien, als hätte das Leben ihm eine Entscheidung abgenommen, und das trotz der niederträchtigen Gerüchte hinter seinem Rücken. Damals, als er nicht mehr von der endlosen Last des Yard niedergedrückt zu sein schien, aber dennoch regelmäßig Überstunden machte, ja, bisweilen sogar die Nacht durcharbeitete, was sein Sohn in über einem Dutzend Jahren Polizeidienst nie hatte tun müssen … War das alles eine Lüge gewesen?

Eine Lüge, die aufgedeckt worden war und für die er den höchsten Preis hatte zahlen müssen? Das war einfach unvorstellbar … oder? Plötzlich war sich Harry seiner Sache bei weitem nicht mehr so sicher, wie er gedacht hatte.

»Ihr Vater hat das alles durchschaut, Harry. Denken Sie ja nicht, das sei leicht gewesen. Von einem Augenblick auf den anderen hat er begonnen, alles infrage zu stellen, woran er je geglaubt hat, und die Welt nicht länger in Schwarz und Weiß gesehen. Das war der Moment, da er erkannt hat, dass er etwas bewegen konnte ... so wie Sie.«

»Was meinen Sie damit?«

»Finden Sie heraus, wie und warum der Mann getötet wurde, dessen Leiche Sie heute Morgen gefunden haben.«

»Das werde ich ohnehin tun. Das ist mein Job.«

»Sicher, das ist es. Aber glauben Sie wirklich, dass man Sie Ihren Job tun lassen wird? Wie lange wird es wohl dauern, bis die DoSSer die Akte schließen? Sie haben ihn dort als Warnung aufgehangen, als Warnung an die Leute, die er hier kontaktieren wollte, die Leute, die noch immer dem Pfad Ihres Vaters folgen. Es gibt nur eine Möglichkeit, wie Sie diesen Job erledigen können, Harry, nur eine Möglichkeit, der Mann zu werden, von dem Ihr Vater gewünscht hätte, dass Sie es werden: Sie müssen mit ihnen Kontakt aufnehmen.«

»Mit *wem* soll ich Kontakt aufnehmen?«

»Mit dem Englischen Widerstand – oder was auch immer davon übrig sein mag.«

»Und wie soll ich ...?« Stark hielt inne. Was tat er hier eigentlich? Glaubte er dem Yankee etwa?

»Es gibt da durchaus Möglichkeiten, Harry. Sprechen Sie mit den Leuten. Sie werden sie schon finden.«

Der Amerikaner reichte Harry den Zeitungsausschnitt. Harry schaute darauf hinunter, nahm ihn aber nicht. Der Amerikaner legte ihn aufs Bett.

»Überprüfen Sie, was ich gesagt habe, Harry. Sie werden sehen, dass ich Sie nicht verarscht habe.«

Stark schüttelte den Kopf. Seine Gedanken überschlugen sich. Er brauchte Zeit. Zeit für sich selbst. Um nachzudenken. Zeit ... Er blickte auf seine Uhr.

»Sie sind spät dran«, sagte er.

Der Amerikaner schob seinen Ärmel hoch und blickte auf seine schwere, dicke Armbanduhr mit dem Silberarmband und den Leuchtziffern. »Das bin ich wohl. Zeit für Cinderella zu verschwinden. Ich nehme nicht an, dass Sie einen Kürbis zur Hand haben, oder?«

»Was?« Stark starrte ihn an und stieß dann ein kurzes, bitteres Lachen aus. »Ach, was soll's. Kommen Sie; aber ich muss Sie warnen: ›Kürbis‹ ist das richtige Wort dafür.«

Das stimmte nicht ganz. Für Stark besaß sein Wagen noch einen Hauch von Magie. Das Auto war eine antike, aber funktionierende Dover-Limousine, die alte Familienkutsche, auf die sein Vater jahrelang gespart und gewartet hatte. Er war genau in dem Augenblick lieferbar gewesen, als Katy gekommen war, und da hätte sein Vater das Geld anderswo besser gebrauchen können. Dennoch hielt er daran fest, denn mit Harry junior und einem Baby in der Familie wäre es doch nett, dann und wann aus der Stadt fahren zu können, an die Küste, nach Margate vielleicht. Und Margate war es in jenem seltsamen, seligen Sommer dann auch geworden, und hinterher ging es auch an den Wochenenden aufs Land hinaus, wann immer es die Pflichten des alten Herrn im Yard erlaubten, und das für die restlichen Monate seines Lebens. Harry verband einige seiner glücklichsten Erinnerungen mit jener Zeit. Gerne dachte er daran zurück, wie er mit dem alten Herrn am Strand Fußball gespielt hatte, während seine Mutter hinter einem Windschirm oder im Fond des

Wagens Katy gestillt hatte. Für Harry waren das perfekte, sorgenfreie Tage gewesen, und nun war er gezwungen, all das zu hinterfragen.

Manchmal hatte ihn sein Vater auf die Promenade mitgenommen, wo die Farbe von den Gebäuden blätterte und die Luft nach altem Fett, Schweiß und Meerwasser roch. Dort hatten sie dann alte Vorkriegspennys am Kiosk gekauft und sie in antike Jahrmarktsmaschinen geworfen, die mindestens ein halbes Jahrhundert alt gewesen waren: die englische Exekution, wo die Puppe durch eine Falltür fiel und dann am Strick baumelte; die amerikanische Exekution (dass sie überlebt hatte, war wohl das Überraschendste), wo die Puppe auf dem ›elektrischen Stuhl‹ zappelte, und die Lieblingsmaschine des jungen Harry, die französische Exekution mit dem dramatischen Trommelwirbel, bevor die Klinge herabsauste und den Kopf der Puppe abtrennte, hinter dem ein roter Farbfleck zum Vorschein kam. Eine russische Exekution gab es nicht – keine Gestalt, die im Hof kniete, um ökonomisch eine einzelne Kugel ins Genick zu bekommen.

Doch es waren nicht diese Modellexekutionen gewesen, die Harry hatten schaudern lassen. Das einzige dieser seltsamen, antiken, mechanischen Spielzeuge, das Harry als grotesk, ja, fast Furcht erregend empfunden und was ihm den schmerzhaften Spott seines Vaters eingebracht hatte, war ausgerechnet jenes gewesen, das für die jüngsten Kinder gedacht war: ›Jolly Jack Tar‹, ein rotgesichtiger Seemann mit rollenden Augen unter buschigen schwarzen Augenbrauen, der ständig vor und zurück schaukelte und ein raues Lachen ausstieß, das aus den Tiefen der Maschine kam. »Komm schon, Junge«, hatte sein Vater gesagt. »Das ist doch nur Spaß.« Doch für Harry hatten das aufgemalte Grinsen und das körperlose Lachen etwas zutiefst Finsteres gehabt. Nach dem Tod seines Vaters war Harry nie wieder nach Margate zurückgekehrt.

Nun suchte ihn die Erinnerung an dieses Lachen wieder heim – ein hohles Lachen für ein hohles Leben. War alles einfach nur ein grausamer Scherz gewesen, den er bis jetzt nur nicht verstanden hatte?

Und jetzt saß ein amerikanischer Journalist auf dem Beifahrersitz des Autos, das der alte Herr so sehr geliebt hatte, eine Kreatur, die Harry Stark senior als ein fremdes, selbstsüchtiges Reptil im Dienste Beelzebubs betrachtet hätte ... oder hätte das nur für den Vater gegolten, den Harry gekannt hatte, während der echte Mann die Heuchelei des Systems durchschaut hatte, das er vorgab zu unterstützen? Dasselbe System, das Harry von Tag zu Tag als bedrückender empfand. Fast zwei Jahrzehnte lang hatte er versucht, das zu werden, von dem er geglaubt hatte, dass sein Vater es gewollt hätte, und dafür war er sogar das Risiko eingegangen, sich von seiner kleinen Schwester zu entfremden. Hatte er die ganze Zeit über ein Phantom angebetet?

Stark schaltete das Radio ein, teils aus Gewohnheit und teils, weil er wissen wollte, ob es an der Grenze ein Verkehrsproblem gab. Es war nicht ungewöhnlich, dass sich kurz vor Mitternacht Staus bildeten, wenn die Tagesvisa ausliefen; doch Stark selbst würde ja auch nicht rüberfahren. Eine schroffe Stimme ertönte, die Stark sofort erkannte, auch wenn er wusste, dass es sich um einen Schauspieler handeln musste. »Sollten das Britische Empire und sein Commonwealth noch tausend Jahre überdauern ...«, sagte die Stimme. Stark schauderte instinktiv. Das konnte nur eine Werbung für den neuen Film sein, über den sie im Pub diskutiert hatten. Kein Wunder, dass sie sich gestritten hatten. Stark schaltete das Radio wieder aus.

»Wie ich sehe, hören Sie BBC«, bemerkte der Amerikaner neben ihm.

»Nur wegen der Wettervorhersagen«, erwiderte Stark.

Sie näherten sich der Grenze. Das, was von The Strand über Covent Garden bis rauf nach High Holborn als Nachtleben galt, wich bereits der stillen Leere des Distrikts, der einst als St. Giles bekannt gewesen war, der rattenverseuchte, arme Kern Londons im 19. Jahrhundert.

Die sterilen, baufälligen Gebäude der New Oxford Street, der Durchfahrtsstraße durch die Plattenbausiedlungen, säumten den Weg zum hell erleuchteten Grenzposten wie Grabsteine.

»Was werden Sie ihnen sagen?«, fragte Stark den Amerikaner.

»Wem? Oh, den Grenzwachen. Dass ich in einem Ihrer hervorragenden, traditionellen, englischen Lokale einen zu viel getrunken und die Zeit aus den Augen verloren habe. Es ist noch nicht ein Uhr. Sie wollen mich genauso schnell loswerden wie Sie. Das Schlimmste, was mir passieren kann, ist, dass sie mir noch einmal zwanzig Pfund zur offiziellen Tauschrate abknöpfen, weil ich einen zusätzlichen Tag geblieben bin.«

Stark nickte vor sich hin. Fairweather hatte vermutlich Recht. Der Amerikaner wusste, wovon er sprach. Er hatte die Grenze schon viele Male überquert – doch selbst einmal war mehr, als Stark sich je erhoffen durfte.

»Man kann sich nur noch schwer vorstellen, wie es gewesen sein muss, finde ich«, bemerkte der Amerikaner.

»Als man vom Trafalgar Square durch den Admiralitätsbogen einfach so zum Buckingham Palace fahren konnte, meine ich. Eine große Stadt, das Herz des Empires. Ich habe mich schon immer gefragt, wie das wohl gewesen sein mag. Sie nicht auch?«

»Nein.« Harry Stark log. Er, der noch nicht geboren gewesen war, als man den antikapitalistischen Schutzwall errichtet hatte, und der nichts anderes kannte als eine Stadt voller Sackgassen und Straßen ins Nichts. »Nein, das habe ich mich nie gefragt.«

Er hielt den Wagen an.

Irgendwo hier in der Nähe war einst der Leicester Square gewesen, dessen Namen reiche Londoner und Amerikaner stets falsch ausgesprochen hatten. Dort waren sie in die Theater und Kinos geströmt und hatten sich anschließend in die berüchtigten Clubs von Soho zurückgezogen, eine hedonistische Welt, von der sie geglaubt hatten, sie würde niemals untergehen. Ein Rest davon existierte noch immer – oder zumindest glaubte Harry das –, irgendwo dort drüben, auf der anderen Seite. Der einzige Unterschied war, dass sich jetzt alles nach Westen verschoben hatte, zur King's Road, nach Chelsea und Hammersmith, Namen, die Harry vertraut und doch zugleich nur Legenden waren. Vermutlich hätte er den Amerikaner ruhig fragen können, wie es dort war, doch irgendwie kam ihm das nicht richtig vor.

Außerdem war es jetzt ohnehin zu spät dafür. Der Amerikaner stieg aus. Draußen drehte sich Fairweather noch einmal um und beugte sich zu Harry hinunter, der wie betäubt vor dem Lenkrad saß.

»Denken Sie darüber nach, Harry. Wie gesagt, ich werde mich bei Ihnen melden.«

Stark blickte dem Amerikaner hinterher, als dieser zum Rand der bekannten Welt ging. Dann schaute er auf den leeren Sitz neben sich und sah dort ein frisch geöffnetes Paket Marlboro. Er steckte den Kopf aus dem Fenster und rief dem Rücken des Amerikaners hinterher:

»Sie haben Ihre Zigaretten vergessen!«

Fairweather drehte den Kopf, wurde aber kaum langsamer und winkte.

»Behalten Sie das Päckchen«, sagte er.

*

In dem kleinen Fellow Traveller, der inmitten eines halben Dutzends anderer seiner Art neben dem Gerippe aus Stahl und Beton stand, das einst das Dominion Theatre gewesen war, erstattete der Beobachter über sein Funkgerät Bericht und bat um Instruktionen.

»Tun Sie nichts«, antwortete die ruhige Stimme am anderen Ende. »Er wird wieder zurückkommen.«

INTERLUDIUM

Der Rauch blendete ihn, und der Gestank von Kordit ließ ihn würgen und verbrannte ihm die Lungen. Das gedämpfte Pochen und Schlagen unter der Erde war nichts im Vergleich zu dem Strudel der Wut, der ihn umgab, als er aus der Bunkertür in die verkohlten Ruinen des Bauministeriums trat. Die darunter liegenden Keller, geschützt von drei Fuß dicken Betonwänden und verstärkt mit Bahnschwellen und Stahlträgern, hatten ihm gut gedient. Einst hätte kein Premierminister auch nur von der Existenz solch einer Behausung gewusst, geschweige denn sechs Jahre lang größtenteils darin gelebt.

Jenseits der rußgeschwärzten Balustrade der Steintreppe zu seiner Rechten sah er die gefallene Statue von Robert Clive, des großen Architekten des Empires, die von ihrem durchsiebten Sockel gestürzt war. Überall um ihn herum lag die Architektur des Empires in Trümmern; die King Charles Street, der Regierungssitz von dem aus ein Viertel des Planeten kontrolliert worden war, war nicht länger zu erkennen. Es war schwer, sich vorzustellen, dass der verkohlte, qualmende Trümmerhaufen auf der anderen Seite alles war, was von Sir George Gilbert Scotts großem Marmorpalast übrig geblieben war, oder dass er vor knapp acht Jahren mit einer Magnumflasche Pol Roger in der Hand auf dem Dach dieser Ruinen gestanden und den Bombern über sich eine Herausforderung entgegengeschrien hatte. Die Bomber hatten die Herausforderung angenommen, und er hatte überlebt. Doch nun waren neue Bomber da – und neue Bomben. Nein, daran durfte er gar nicht denken. Die Zeit der Wunderwaffen war vorbei.

Die alten Waffen waren jedoch noch nicht aufgebraucht. Von jenseits des zerbrochenen Torbogens, der den Zugang nach Whitehall markierte, hallte unaufhörlich das Knattern von Thompson-Maschinenpistolen, Waffen wie jene, die er einst so kess bei einem Besuch der Küstenverteidigung getragen hatte … damals, als er noch geglaubt hatte, die Insel sei uneinnehmbar. Das war nun lange, lange her. Was früher einmal die King Charles Street gewesen war mit dem Außenministerium, dem Kolonialamt, dem Innen- und Bauministerium, war nun die letzte Verteidigungslinie, wo sich die Grenadier Guards mit Vickers-Maschinengewehren hinter Sandsackbarrikaden verschanzt hatten und Granatwerfer in den Ruinen verborgen waren. Durch den wirbelnden Rauch hindurch konnte er die unverkennbare Silhouette eines der letzten funktionierenden Panzer sehen, der seinen Namen trug, und einen Augenblick lang machte ihn dieser Anblick stolz.

Wie so oft heutzutage erinnerte er sich an seine eigenen Worte, die er mehr in Hoffnung, denn aus Erwartung gesprochen hatte: »Sollten das Britische Empire und sein Commonwealth noch tausend Jahre überdauern, werden die Menschen noch immer sagen: ›Dies war ihre größte Stunde‹.« Doch es würde keine tausend Jahre überdauern, jetzt nicht mehr, und was die Menschen auch nur ein paar

Jahrzehnte später über diese Stunde sagen würden, das war er nicht bereit vorherzusagen.

Heute würden andere Panzer gewinnen, die nicht seinen, sondern den Namen des selbst ernannten ›Stählernen‹ trugen und die im Augenblick auf einer vierzig Meilen breiten Front erbarmungslos vorrückten. Er konnte bereits das Rasseln ihrer Ketten in der Ferne hören. Seine eigenen Streitkräfte waren zahlenmäßig hoffnungslos unterlegen, taktisch in die Enge getrieben und sahen sich einer weit überlegenen Feuerkraft gegenüber. Die Apokalypse stand kurz bevor. Er wünschte seinen Kriegern alles Gute, küsste sie im Geiste zum Abschied und stolperte die zerschlagenen Stufen hinunter.

Vor ihm erstreckte sich das, was einst der St. James Park gewesen war, ein verbranntes Ödland aus Baumstümpfen und Schlamm, das kaum noch vom aufgewühlten Dreck des Paradeplatzes der Horse Guards zu unterscheiden war. Irgendwo weit im Norden heulte die Sirene einer Ambulanz, auf dem Piccadilly oder der Pall Mall, wo die Toten und die Sterbenden auf den blutdurchtränkten Seiden- und Ledersofas des Ritz lagen; egal, ob Grand Hotel oder Gentlemen Club, alle waren sie in Feldlazarette umgewandelt worden. Auf Billardtischen wurden Amputationen ausgeführt, und mit Teewagen karrte man die Leichen hinaus.

Der Colt lag ruhig in seiner Hand, auch wenn er ihn nicht länger tröstete. Er hatte ihn 1915 gekauft, einen Kaliber .45 M1911, die gottverdammt beste Waffe, die John Moses Browning je gemacht hatte. Er hatte den Colt mit in die Gräben der Westfront genommen, und er hatte ihn wieder zurückgebracht – oder besser: Der Colt hatte ihn zurückgebracht! Die Seriennummer war noch immer zu sehen – »Colt Government Modell 15566« – und darüber sein eingravierter Name, wie es seine Eitelkeit verlangt hatte: WINSTON SPENCER CHURCHILL. Eine Waffe fürs Leben, und ein Leben lang hatte sie ihn nun begleitet.

Der Feind konnte sich jeden Augenblick auf ihn stürzen, doch er fühlte in seinem Herzen, dass ihm noch ein paar Minuten blieben. Das Einzige, was er wirklich, ehrlich fürchtete, war, dass sie ihn lebend fangen könnten: dass sie ihn einsperren, brechen, demütigen und wie Cassivelaunus vor Cäsars Füße werfen könnten. Oder schlimmer noch: ein Schauprozess in Moskau und eine Kugel in den Hinterkopf. Nein. Tausend Mal nein. Das war der beste Weg, der einzige Weg … sein Weg.

Einige würden ihm niemals vergeben, doch es gab keine Alternative. Es war fast schon zu spät.

Kapitel Zwölf

Harry Stark fiel es schwer, die Augen zu öffnen. Es war, als wäre die Welt, die er kannte, ihm plötzlich fremd geworden. Er streckte die Hand aus dem Bett und zog eine Linie über die beschlagene, gesprungene Fensterscheibe. Als er noch ein Kind gewesen war, hatte er mit dem Finger Bilder gemalt, kindliche Fantasien: Spielzeuggewehre und Raketenschiffe. Das Glas war schon damals gesprungen gewesen. Die Wassertropfen glühten im blassgelben Licht der Straßenbeleuchtung draußen. Und dann ging das Licht plötzlich aus, und Harry bemerkte die graue, wässrige Morgendämmerung, die bereits über London kroch.

Er lauschte an der dünnen Wand, die sein Zimmer vom Badezimmer trennte – wenigstens hatten sie eins, das funktionierte –, und hörte das Gurgeln von Wasser in dem alten Abfluss und Katy, die den neuesten Hit irgendeiner zotteligen Popgruppe aus Manchester oder Merseyside sang. Da die Sender an der Grenze 24 Stunden am Stück nördliche Popmusik ausstrahlten, blieb der Partei nichts anderes übrig, als beide Augen zuzudrücken, was diese Art von ›imperialistischer Propaganda‹ betraf. Harry war das vollkommen egal. Popmusik zu hören war kein

Verbrechen – zumindest keines, das er verstand. Dass es gegen den guten Geschmack verstieß, war etwas anderes.

Die Ereignisse des vorangegangenen Tages, besonders das surreale Gespräch mit dem amerikanischen Journalisten hier in seinem eigenen Schlafzimmer, gingen Harry noch immer im Kopf herum. Am einfachsten wäre es gewesen, das Ganze schlicht zu ignorieren und so zu tun, als wäre nichts geschehen, doch Harry wusste, dass das keine Option war.

Es war Katy, die die Badezimmertür zuknallte und wie ein Babynashorn die Treppe hinunterpolterte, anstatt wie die Tänzerin zu schweben, die sie gern sein wollte, die Harry schlussendlich veranlasste aufzustehen. *Alles wie gehabt,* sagte er sich selbst. *Gestern ist nichts passiert ... außer dass ein Fremder ein Loch ins Gewebe deiner Existenz gerissen hat ... und in das deiner Familie.* Harry fragte sich, wie und wo seine Mutter bei dieser Geschichte reinpasste? Von außen betrachtet gar nicht, doch was war nach außen hin Verkleidung und was Wirklichkeit?

Gott allein wusste, was Katy daraus machen würde, wenn sie jemals die Wahrheit erfahren würde. Sie war noch ein Baby gewesen, als der alte Herr gestorben war. Manchmal bezweifelte Harry, dass sie sich überhaupt noch an ihn erinnerte. Eines war jedoch sicher: Er würde nichts tun, was die Beziehung zu seiner Schwester gefährden könnte. In Katys jungem Leben war er die meiste Zeit über sowohl ihr großer Bruder als auch ein Vaterersatz für sie gewesen – zumindest hoffte er das. Und er wünschte, dass es ihm wenigstens gelingen würde, die wachsende Kluft zwischen ihnen zu überbrücken, obwohl das vermutlich unmöglich war. Nichtsdestotrotz gefiel es ihm, ein Familienfrühstück abzuhalten, bevor sie zur

Schule ging, auch wenn er sich in letzter Zeit mehr und mehr fragte, ob es der Mühe wert war.

Während er vor dem Spiegelschrank stand und sich mit dem stumpfen Rasierer schmerzhaft über die Stoppeln fuhr, blickte er in seine eigenen Augen. Sie waren noch immer dunkelblau und strahlend, doch die schweren Tränensäcke waren nicht zu übersehen.

Doch er sah immer noch gut aus, oder? Trotz seiner 36 Jahre war sein Haar noch dick und üppig, während einige seiner Kollegen ihres bereits verloren. Seine Haut war vielleicht ein wenig gelblich, und seine krumme Nase hatte ihm noch nie gefallen – auch wenn sie ein Familienerbe war.

Katy drehte noch nicht einmal den Kopf zu ihm herum, als Harry die Küchentür aufstieß. Katy schabte gerade mit einem Messer die verbrannten Stellen von einer Scheibe Toast, den Blick fest auf das Fernsehen gerichtet, wo wie immer BBC lief. Es wurde gerade Werbung gezeigt. Das Klappbett, auf dem ihre Mutter schlief, seit sie zu dem Schluss gekommen war, dass ihre Tochter mit 13 ein eigenes Zimmer brauchte, stand bereits zusammengefaltet in der Ecke. Die alte Dame stand wie üblich am Paraffinofen und machte sich am Teekessel zu schaffen. ›Alt‹ war eigentlich kein fairer Ausdruck für Harrys Mutter. Sie war noch nicht einmal 54, doch sie wusste selbst, dass sie mindestens zehn Jahre älter aussah. War der tatsächliche Grund dafür das, was mit ihrem Mann geschehen war? Kannte sie die Wahrheit? Wie gut kannte Harry seine Mutter eigentlich? Er sehnte sich danach, die Schleusen zu öffnen, sie über alles herauszufordern, was er je über seine Familie geglaubt hatte. Stattdessen sagte er jedoch nur:

»Morgen, Mum, Katy.«

»Es heißt *Kate*«, erwiderte seine Schwester, den Mund voll mit bulgarischer Marmelade und belegtem Toast. Die Augen richtete sie stur auf den Flimmerkasten, aus dem die Melodie eines alten amerikanischen Westerns dröhnte: »BAM, BAM-ba-bam, BAM-ba-baba-bam!« – diese gottverdammte Marlborowerbung, »der große Geschmack eines großen Landes.« Dann folgte eine Werbung für den neuen Ford Cumbria, ein allradbetriebenes Monster, das durch die endlosen Weiten von Texas kreuzte, die fast nahtlos in die sanften Hügel des englischen Lake Districts übergingen. Soweit es Stark betraf, hätten sie den Wagen in dem Werbespot genauso gut vom Mond zum Mars fahren lassen können.

»Irgendwelche neuen Gerüchte in der Schule?«, versuchte er es. »Macht dieser alte Sack von Russischlehrer dir noch immer das Leben schwer?« Stark fühlte sich verpflichtet, Konversation zu betreiben, doch das war harte Arbeit. Er blickte zu seiner Mutter, aber die alte Dame hatte sich zu ihrem Teekessel umgedreht. *Wo wir schon von zerrütteten Familien reden ...*, dachte Stark. Er war zu alt dafür, zu alt, um noch immer zu Hause zu wohnen. Aber wo sollte er sonst leben? Und was würden die beiden Frauen ohne ihn tun? Wären sie dann vielleicht glücklicher? Der Gedanke deprimierte ihn.

Im Fernsehen war nun eine Gruppe schlanker Schulmädchen aus dem Norden in Cheerleader-Uniformen zu sehen, die Coca-Cola vor den goldenen Bögen eines McDonald's in Manchester tranken. Große Big Macs für kleine Nordler.

Stark unternahm einen weiteren sinnlosen Versuch, zu seiner Schwester durchzudringen. »Irgendwelche Lover am Horizont, meine Schöne?« Er fragte sich, ob er die richtigen Worte gewählt hatte, und er vermutete – zu Recht –, dass er mit seiner Frage nicht wirklich ins Schwarze getroffen hatte. Verzweifelt griff er zum letzten Mittel: »Haaallo! Jemand zu Hause?«

Wie es der Zufall wollte, begannen genau in diesem Augenblick die Morgennachrichten mit einer Industriellengruppe aus Arizona, die in der offiziellen Residenz des Premierministers der Nordler in Durham eintraf. Katy drehte den Ton leiser.

»*Was?* Was willst du?«

Harry seufzte. »Nichts. Ich versuche nur, Konversation zu betreiben. Du weißt schon – ich will einfach so tun, als wären wir eine Familie.«

»Als wenn ich das je vergessen könnte.«

»Was soll das denn heißen?«

»Mach daraus, was du willst.«

»Was ich will, ist nur, dass du dann und wann mal etwas freundlicher bist und uns das eine oder andere aus deinem Leben erzählst. Das kümmert uns nämlich, weißt du?« Ihm war klar, wie scheinheilig das klang, obwohl es tatsächlich tief aus seiner Seele kam; dennoch überraschte ihn die Reaktion.

»Ja, ich weiß: Big Brother is watching you.«

»Katy!« Ihre Mutter hatte den Deckel auf den Teekessel gelegt und funkelte ihre abgöttisch geliebte Tochter an. »So etwas sagt man nicht.«

»Ist schon gut«, sagte Harry, aber das war es nicht. Das Big-Brother-Zitat stammte aus dem berüchtigten Buch eines Dissidenten mit Namen Eric Blair. Er hatte unter dem Pseudonym George Orwell geschrieben, doch das hatte ihn auch nicht gerettet. Man hatte ihn identifiziert und in den Norden verbannt. Das Buch war eine Satire auf den totalitären Staat, geschrieben in den frühen Tagen der Teilung. Zwar war der Autor ausgewiesen und das Buch verboten worden, doch noch immer kursierten Kopien davon im Untergrund. Harry war nie auf die Idee gekommen, dass seine kleine Schwester es gelesen haben könnte. Er dachte darüber nach, sie zu fragen, wo sie es herhatte, aber zum Glück erkannte er rechtzeitig, dass das genau das Falsche gewesen wäre.

»Tut mir Lei-eid«, sagte Katy schmollend, beugte sich aber über den Tisch, um Harry mit ihren voll gekrümelten Lippen einen Kuss auf die Wange zu hauchen, von dem sie wusste, dass er alles wieder gutmachen würde.

»Ist schon okay«, erwiderte Harry überflüssigerweise. »Hast du nach der Schule was vor?«

»Nur die dummen Proben.«

»Proben? Wofür?«

»Was glaubst du denn? Für die happy Totenfeier natürlich!«

»Katy!« Ihre Mutter hob die Stimme um eine Oktave.

»Tut mir Lei-eid. Lenins Geburtstag selbstverständlich. Wir machen bei der Parade mit und müssen auf einem Motivwagen irgendeine Frau darstellen, die unter ein Pferd gefallen ist.«

»Unter ein Pferd?« Harrys Mutter riss die Augen auf.

»Ja. Die Suffratten oder so was«, sagte Katy und übertrieb es absichtlich, um mit ihrem Unwissen zu provozieren.

»Die Suffragetten?«, fragte Harry.

»Ja, das war's. Es geht da um irgend so 'ne blöde Kuh.«

»Jetzt komm aber! Sie hat den Frauen das Wahlrecht verschafft, und ich glaube nicht, dass sie diejenige war, die ...«

»Jajaja, was auch immer, nützt eh nix. Bis später.« Katy

warf sich ihren Ranzen über die Schulter, lief hinaus und knallte die Tür hinter sich zu.

»Tut mir Leid, Liebling.« Mrs Stark trat mit verzweifeltem Blick zu ihrem Sohn. »Ich weiß nicht, was in sie gefahren ist. Daran sind bestimmt diese Musik und das Fernsehen aus dem Norden schuld. Was die Kinder sich heutzutage alles ansehen …«

»Ja, da hast du wohl Recht.«

»Hast du ihn gestern Abend gut nach Hause gebracht? Deinen Freund meine ich, den mit dem komischen Akzent.«

»Hm? Oh. Ja. Das war aber nicht wirklich ein Freund, sondern rein beruflich. Polizeikram eben.«

»Ja, Liebling, ich weiß. Dein Vater musste auch immer viel Polizeikram erledigen, nur dass er seine Arbeit selten mit nach Hause gebracht hat.«

Stark blickte sie einen Moment lang an und suchte nach etwas in ihren Augen, das ihm verraten würde, ob sie ihm etwas sagen wollte – etwas, das sie ihm schon vor Jahren hätte sagen sollen –, doch er sah nichts. Manchmal, inzwischen immer öfter, war der Blick seiner Mutter undurchdringlich, als verberge sich absolut nichts dahinter. Stark versuchte, die Frage zu formulieren, die er ihr so gerne stellen wollte, und scheiterte. Es war sinnlos. Sie hatten keinen Kontakt mehr zueinander. Keine Intimität, nur Routine. Ist es das, was Familien zusammenhält?, fragte sich Harry.

Die Stimme seiner Mutter überraschte ihn fast. »Ich habe dir Schinken und Eier gemacht«, sagte sie und hielt ihm einen Becher süßen, dampfenden Tee hin. Harry roch den knusprigen Schinken, eine der wenigen Annehmlichkeiten, die sie sich gönnten. Mrs Stark bestand darauf, ihrem Sohn immer ein warmes Frühstück zu machen, so wie sie es auch für seinen Vater getan hatte, auch wenn Harry selten dafür in der Stimmung war. Heute war das nicht anders, wenn nicht sogar schlimmer. Zwar wusste Harry, dass er in höchstens fünf Stunden für eine Scheibe frisch gebackenen Specks morden würde, doch im Moment drehte sich ihm allein schon bei dem Gedanken daran der Magen um.

Er schüttelte den Kopf. »Tut mir Leid. Ich muss los. Ich habe versprochen, früh im Büro zu sein«, log er mit geübter Leichtigkeit.

Harry sah, wie seine Mutter mit der gleichen Leichtigkeit nickte; ein Leben voller kleiner Enttäuschungen hatte sie zu einer wahren Stoikerin gemacht. »Ist schon gut, Liebling. Du hast viel zu tun. Es ist ja nur ein kleines Frühstück. Kein Grund, sich zu entschuldigen.«

Und den gab es wirklich nicht. Aus langjähriger Erfahrung wusste Harry, dass die alte Dame sich insgeheim über die Gelegenheit freute, die Fleischration zu verspeisen, von der sie stolz erklärte, sie für ihren Sohn zu opfern. Allerdings war er sicher, dass sie das niemals zugeben würde, noch nicht einmal sich selbst gegenüber. Wieder eine jener kleinen Heucheleien, von denen das Leben voll zu sein schien.

Auch er hatte seine Entschuldigung nicht ernst gemeint, dachte Harry, als er sich seinen Mantel und den Schal schnappte, seine Mutter zum Abschied auf die Stirn küsste und hinaus in den grauen Morgennebel trat. Es gab immer etwas, wofür man sich entschuldigen musste. Das ganze Leben war eine Entschuldigung. Harry wusste nur nicht, wofür. Aber vielleicht würde er das heute ja herausfinden.

Kapitel Dreizehn

An gewöhnlichen Tagen ging von der Architektur an sich bereits eine bedrohliche Atmosphäre aus. Im heftigen Regen, der das unebene Kopfsteinpflaster des Hofes rutschig machte, wirkten die von jahrzehntealtem Ruß und Schmutz geschwärzten dorischen Säulen unwirklich und alles andere als einladend.

Harry Stark war zum letzten Mal als Kind dort gewesen, als sein Vater ihn mitgenommen hatte, um ihm die Mumien und Statuen zu zeigen. Schon damals hatte er einfach nicht glauben können, dass solch ein düsteres Gebäude derartige Wunder beherbergte: die graziösen schneeweißen Athleten mit ihren angespannten Muskeln und die erregten Pferde mit ihren bebenden Nüstern, perfekte Beispiele für sozialistischen Realismus, die bis in die Antike und zur ersten Volksdemokratie zurückreichten. Darunter hatte ein Schild mit der Aufschrift gestanden: »Ständige Leihgabe der Hellenischen Volksrepublik«.

Der junge Harry hatte die Exponate staunend angestarrt und war beeindruckt gewesen, dass alles, was sein Lehrer ihm erzählt hatte, der Wahrheit entsprach: Große Kunst war in der Tat heroisch wie die der offiziellen Maler, deren Darstellungen von stämmigen Bauern aus Kent oder von Fabrikarbeitern aus Dagenham jedes öffentliche Gebäude zierten. Ganz im Gegensatz dazu stand die dekadente Kunst des Nordens wie zum Beispiel die des homosexuellen Hockney mit seinen endlosen Swimmingpools und des pseudoproletarischen Lowry, dessen Strichmännchen eine bewusste Beleidigung der Arbeiterklasse darstellten.

Der kleine Harry hatte das auch seinem Vater gesagt, und der alte Herr hatte schlicht gelächelt und ihm den Kopf getätschelt. Als Harry nun zum ersten Mal wieder das karge Portal durchschritt, fragte er sich, was sein Vater in jenem Augenblick wirklich gedacht hatte. Hatte er den offiziellen Kommentaren geglaubt, oder hatte er sich insgeheim und aufrührerisch gedacht, dass die von der Regierung geförderte Kunst genauso leblos sei wie ein ägyptischer Sarkophag.

Würde er hier in diesem Gebäude, das einst mit imperialistischer Arroganz das *Britische* Museum genannt worden war, den Beweis für die Behauptung des Amerikaners finden, dass sein Vater eine Lüge gelebt hatte und für eine andere Version der Wahrheit gestorben war?

Harry erwartete nicht, die Antwort auf die Frage, die er nie hatte stellen wollen, im Museum für Internationale Kultur zu finden, sondern in einer anderen Institution, die ein Teil dieses Museums war: die große Bibliothek im Haupthof. Zunächst einmal musste er jedoch eine Sicherheitsüberprüfung über sich ergehen lassen. Nicht jedem wurde der Zugang zur heiligen Quelle der Weisheit gewährt, wo Marx und Lenin einst studiert hatten und die nun ihre Namen trug.

Die Marx-Lenin-Bibliothek enthielt ein Exemplar jedes Buches, das bis 1949 im damaligen Vereinigten Königreich gedruckt worden war, sowie alles, was seither in der Englischen Demokratischen Republik erschienen war. Ausschließlich verdiente und politisch zuverlässige Wissenschaftler hatten hier Zugang. Nichtsdestotrotz gab es eine Regelung, die auch Angehörigen der Sicherheitskräfte den Zutritt gewährte – zumindest theoretisch. Stark hatte es zwar noch nicht ausprobiert, aber er glaubte, dass diese Befugnis per Definition auch auf die Kriminalpolizei von Scotland Yard zutraf. Er hatte sogar erwogen, für diesen Besuch seine Uniform anzuziehen, doch schlussendlich hatte er sich entschlossen, nicht dem Druck des Systems nachzugeben und sich wie ein Pfau herauszuputzen. Außerdem hing in seinem Schrank keine einzige Uniform, die ihm noch passte.

»Der Nächste, bitte.« Eine große, ruppige Frau mit rotbraun gefärbten Haaren winkte Stark brüsk zu sich. Die unvermeidlichen Porträts der beiden großen Denker Marx und Lenin funkelten ihn von der mit Eiche vertäfelten Wand an; zwischen ihnen hingen Bilder von Clement Attlee, ihrem hoch geachteten Schüler, und Arthur Harkness, ihrem ideologischen Nachkömmling.

»Wo ist Ihr Ausweis?«

»Ich habe keinen.« Stark hätte genauso gut sagen können, dass er an Lepra leide; aber er wusste, wie er mit der Kleinbürokratie umzugehen hatte. Menschen wie diese Frau hier nutzten ihre Position als Entschuldigung, um ein Minimum an Macht auszuüben, die ihnen im Rest ihres Lebens fehlte. Stark klappte den Ausweis mit dem imposanten Scotland-Yard-Wappen auf und knallte ihn der Frau mit Nachdruck auf den Tisch.

»Detective Inspector Stark, Kriminalpolizei. Ich brauche Informationen in Bezug auf einen Fall.«

Die Frau schnaufte sichtlich erstaunt.

»Für was für einen Fall?« Sie gab sich noch ein letztes Mal aggressiv, doch Stark war darauf vorbereitet.

»Ich fürchte, für diese Art von Information haben Sie keine Freigabe«, schnappte er und nahm den Ausweis wieder vom Tisch.

Die Frau versteifte und entspannte sich dann merklich

wieder, als hätte irgendwo in ihrem streng hierarchisch geordneten Gehirn eine Nervenzelle den Befehl zum Strammstehen und wieder Rühren gegeben.

»Ich entschuldige mich, Detective Inspector. Dürfte ich …?«

Stark warf ihr einen weiteren strengen Blick zu.

»Ihr Dienstausweis, Sir.« Die Frau erschlaffte sichtlich. »Für das Besucherregister.« Sie deutete auf ein großes, in schwarzes Kunstleder gebundenes Buch.

»Ah, natürlich.« Stark holte den Ausweis wieder hervor, legte ihn auf den Tisch und beobachtete, wie die Frau das schwere Buch öffnete und sorgfältig den entsprechenden Eintrag vornahm. Damit hatte Stark dummerweise nicht gerechnet, doch das war nicht wirklich von Bedeutung. Wie oft ging schon jemand diese Namensliste durch? Vermutlich – Stark seufzte innerlich – öfter, als er sich vorstellen wollte. Aber das war egal. Er hatte ein Alibi.

Die Frau blickte zu der Uhr zwischen Marx und Lenin und trug die Zeit neben dem Namen ein: 10.32 Uhr.

»Bitte gehen Sie rein, Detective Inspector Stark. Ich bin sicher, die Bibliothekare werden sich freuen, der Volkspolizei zu Diensten sein zu können.«

Stark nickte und lächelte kurz. Er verhielt sich so unhöflich wie möglich – er wollte nicht den Eindruck erwecken, für etwas dankbar sein zu müssen. Durch eine schwere Eichentür betrat er den großen Lesesaal.

Es war beinahe so, als befände er sich von einer Sekunde auf die andere in einer anderen Welt – nein, in einem anderen Universum. In einer Sekunde war er aus dem dunklen, schmuddeligen Vorraum mit seinen holzvertäfelten Wänden, funktionellen Teppichböden und braun gestrichener Decke in einen weitläufigen, lichtdurchfluteten

Raum getreten: ein großes, kreisförmiges Amphitheater mit langen Bücherregalen unter einer riesigen Kuppel, durch deren hohe Fenster das blasse Licht des englischen Frühlings fiel. Einen Augenblick lang hielt Stark den Atem an. Dass dieses düstere, neoklassizistische Museum mit seinen strengen schwarzen Säulen in seinem Herzen ein solches Juwel des Lichts und der Klarheit beherbergte, war einfach unglaublich; fast schien es, als hätte der Architekt mit der Konstruktion der Rotunde eine Metapher für die Erleuchtung schaffen wollen, die den Suchenden in den Regalen erwartete – vorausgesetzt natürlich, ermahnte sich Stark, dass die Werke mit der Weisheit von einst nicht schon längst vernichtet worden waren.

Stark ging zur Information, einer kreisförmigen Theke, hinter der Bibliothekare mit Katalogkarten, Bestellformularen und Stapeln von Büchern beschäftigt waren, die entweder auf die Ausgabe oder darauf warteten, wieder einsortiert zu werden. Natürlich durfte man nichts aus dem Lesesaal entfernen. Das war eine Regel, die schon zu Marx' und Lenins Zeiten gegolten hatte. Jene, deren Status hoch genug war, um einen der begehrten Leseausweise zu erhalten, bestellten ihre Bücher an der Information, holten sie dort ab und brachten sie abends wieder dorthin zurück. Die Bücher waren in scheinbar kilometerlangen Regalen untergebracht, sie reichten vom Boden bis unter die Decke und füllten jeden Zentimeter dessen, was einst ein leerer Hof in der Mitte des Museums gewesen war. Hier stillten nun gewichtige Lexika und Fachbücher sowie die hohe Literatur jeglichen Wissensdurst.

Stark interessierte sich jedoch für eine andere große Sammlung der Bibliothek: Zeitungen. Natürlich wurden hier nur Publikationen mit einem gewissen Ruf archiviert, doch das schloss nicht nur die New Times, den Guardian und den Morning Star ein, sondern auch Zeitungen aus der Vorkriegszeit sowie Zeitungen von der anderen Seite, aus dem anderen England: solch unverfrorene Kolporteure imperialistischer Propaganda wie die Daily Mail, den Daily Express und die Yorkshire Post. Stark hatte einmal gehört, dass man hier sogar Ausgaben der New York Times finden konnte.

Harry näherte sich dem Informationsschalter. Ein Bibliothekar, der wie eine Karikatur seiner Gattung aussah, blickte ihn mit wässrigen Augen hinter dicken Brillengläsern an und schob eine Haarlocke zurück.

»Ja? Kann ich Ihnen behilflich sein?«

»Ich brauche ausländische Zeitungen, die Ausgaben von heute Morgen aus Westminster. Und auch ein paar ältere.«

Oh ja, schienen die Augen zu sagen, *die willst du wohl gerne haben, hm?* Der Mund schwieg. Der Mann hatte etwas an sich, das Stark instinktiv missfiel: eine Art Unterwürfigkeit, die jedoch auf ein verborgenes Überlegenheitsgefühl hindeutete.

»Es ist sehr wichtig«, fügte Stark hinzu, als hätte der Gesichtsausdruck des Mannes ihn herausgefordert, sich zu rechtfertigen.

»Dessen bin ich mir sicher. Nun denn ... Welchen Zeitungsjahrgang meinen Sie genau mit ›alt‹?«

»Aus den frühen Siebzigern, September 1972, um genau zu sein.«

»Das ist gut ... die präzise Angabe, meine ich. Es ist immer gut, präzise zu sein, besonders wenn man nach etwas Bestimmtem sucht, nicht wahr?« Der Mann zog die Mundwinkel zu einem unheimlichen Lächeln hoch.

»Nun, wenn Sie wissen, wonach Sie suchen, und das exakte Datum sowie die Publikation kennen, können Sie damit beginnen, diese Formulare auszufüllen. Eines für jede Publikation, heißt das, und für jedes Veröffentlichungsdatum, wenn Sie mir folgen können. Sollten Sie mehr brauchen, da drüben liegen noch welche.« Eine schlaffe, mit Altersflecken bedeckte Hand schob Stark eine Hand voll Formulare mit den typischen hauchdünnen Durchschlägen hin, die die Bürokratie verlangte, und deutete hinter ihm auf eine Reihe Tische und Stühle mit Kämmerchen voller Formulare in den unterschiedlichsten Farben.

Stark setzte sich und machte sich an die Arbeit. Er wusste, was er wollte: Zunächst einmal wollte er sich vergewissern, dass die Kopie der New York Times, die ihm der Amerikaner gezeigt hatte, echt war; anschließend wollte er nachsehen, ob es in anderen Zeitungen aus dem Norden ähnliche Berichte gab. Doch selbst wenn er derartige Artikel überall finden sollte – hoffte oder fürchtete er das? –, bedeutete das nicht automatisch, dass es auch der Wahrheit entsprach. Andererseits ließ es zumindest darauf schließen, dass es eine Seite seiner Familiengeschichte gab, die ihm bis jetzt unbekannt gewesen war.

Die Zeitungen von heute dienten Stark mehr als Alibi. Er konnte sich vorstellen, wie die Zeitungen auf der anderen Seite über den Toten unter der Brücke berichteten. Davon hatte er von dieser verdammten Fernsehfrau schon einen Vorgeschmack bekommen. Es waren die alten Zeitungen, die ihn wirklich interessierten; jene vom 17. September 1972, dem Datum, das auf den Rand der Kopie gekritzelt gewesen war, die ihm der Amerikaner gegeben hatte.

Stark füllte je ein Formular für die New York Times, die Mail, den Express und die Post aus; dazu bestellte er noch die New Times vom selben Datum und vom 23. September, dem Tag, da sein Vater beerdigt worden und der Nachruf erschienen war, den er unter Tränen ausgeschnitten und für seine Mutter, für sie alle, in ein Album geklebt hatte. Dann orderte er noch die Nordzeitungen vom 18. und 19. Was die Zeitungen von heute betraf, beschränkte er sich auf Westminster-Publikationen. Nichtsdestotrotz füllte er insgesamt neunzehn Formulare aus. Schließlich reichte er sie dem Bibliothekar mit den schlaffen Händen, der sie wortlos entgegennahm.

Die nächsten vierzig Minuten saß Stark an einem der Tische und ignorierte bewusst die aktuelle Ausgabe der New Times, die er mitgebracht hatte, während er auf die Zeitungen wartete, die er wirklich lesen wollte. Stattdessen lehnte er sich zurück und ergab sich der Pracht der großen Kuppel.

Wie hatte es hier wohl vor anderthalb Jahrhunderten ausgesehen, als das viktorianische Blattgold noch in der Sonne geglitzert hatte? Karl Marx dürfte einer der ersten gewesen sein, die dieses Licht genutzt hatten. War auch er versucht gewesen, sich zurückzulehnen und sich diese wunderbare Zurschaustellung bourgeoiser Pracht im Dienste des Lernens anzuschauen, während er an seinem ›Kapital‹ gearbeitet hatte? Der Gedanke, dass auch Lenin hier studiert hatte, war einer jener Zufälle, die einen an das Schicksal glauben ließ. Gleiches galt jedoch auch für den unerhörten, homosexuellen irischen Poeten Oscar Wilde und den berüchtigten Rudyard Kipling, den heroischsentimentalen Barden des bösen Empires.

Dieser Ort hier vermochte die Menschen zu inspirieren, daran bestand kein Zweifel. In diesem Raum führte ein Gedanke zum anderen, und Stark war auf diesem abenteuerlichen, verzweigten Weg schon weit gegangen, als er bemerkte, dass der Bibliothekar ihm winkte. Er stand auf und ging zu ihm.

»Ich fürchte, es gibt da ein Problem mit ihren Anfragen – zumindest mit einigen von ihnen.«

»Was für ein Problem?«

»Wir haben die entsprechenden Ausgaben nicht. Nicht alle jedenfalls. Nicht hier.«

Stark blickte den Mann fragend an, obwohl er so etwas tief in seinem Herzen schon erwartet hatte.

»Was meinen Sie mit ›einige von ihnen‹ und ›nicht hier‹?«

Stark fühlte eine professionelle Verlegenheit bei dem Mann. Die lästige Haarsträhne fiel ihm wieder über die Brille, und er strich sie resigniert zurück. Stark fragte sich, warum er sie sich nicht einfach abschneiden ließ.

»Nun, zum einen wären da die Zeitungen von heute. Ich fürchte, dafür sind Sie zu früh dran. Es dauert 24 Stunden, bis wir die Zeitungen aus Westminster bekommen.« Der Mann redete, als läge Westminster irgendwo auf der anderen Seite der Welt. »Was die betrifft, werden Sie morgen wiederkommen müssen«, fuhr der Mann mit gönnerhaftem Gesichtsausdruck ob Starks Naivität fort.

»Aber ich fürchte, das ist nicht das einzige Problem. Die Sache ist folgende: Wir bewahren hier nicht länger alle Zeitungen komplett auf. Jedenfalls nicht alle ausländischen, nur unsere und die aus Westminster. Den Rest haben wir vor ein paar Jahren ausgelagert, in die Vorstadt, nach Ilford. Wir können sie natürlich bestellen, aber das dauert Wochen, und es müssten noch weit mehr Formulare ausgefüllt werden, wenn Sie wissen, was ich meine?« Er ließ seine Stimme verhallen.

Stark wusste genau, was er meinte. Aber warum zum Teufel hatte der Mann ihm das nicht sofort gesagt?

»Allerdings«, fuhr der Mann nach kurzer Pause fort, »glaube ich auch nicht, dass es die Sache wert wäre.«

Stark verlor allmählich die Geduld, der Mann sprach in Rätseln.

»Die Sache ist folgende«, sagte der Bibliothekar noch einmal, nur dass er sich diesmal dabei vorbeugte, sodass die Locke auf lächerliche Art vor seinen wässrigen Augen baumelte. Er senkte die Stimme. »Zwei der Zeitungen, nach denen Sie verlangt haben – die Daily Mail und der Daily Express – haben spezielle Westminster-Ausgaben. Die haben wir also hier; aber – was äußerst ungewöhnlich ist – in beiden Fällen fehlt ausgerechnet das Datum, nach dem Sie verlangt haben: der 17. September 1972.«

»Fehlen? Sie meinen, sie sind verloren gegangen, ja?«

Der Bibliothekar zuckte mit den Schultern. »Möglich. So etwas passiert schon mal. Es ist allerdings ungewöhnlich. Wenn eine Zeitung plötzlich fehlt, ist oft nur die Zugangsberechtigung um eine Stufe erhöht worden. Die entsprechende Anweisung dazu stammt dann von irgendeiner Regierungsstelle.« Die Art, wie er das letzte Wort betonte, verriet Stark, dass hier nur von einer ›Regierungsstelle‹ die Rede sein konnte.

»Wenn zwei Zeitungen vom selben Datum fehlen, dann fehlen meiner Erfahrung nach auch alle anderen. Ich nehme an, dass das, wonach Sie suchen, vom genauen Datum abhängig ist.« Er hob die Hand. »Ich will nicht wissen, worum es geht. Das geht mich nichts an. Ich will nur vermeiden, dass Sie in Ilford nachfragen und nur Ihre Zeit verschwenden; das ist alles.«

Doch Stark hatte bereits darüber nachgedacht. Wenn

die Zeitungen fehlten, weil ihr Inhalt eine höhere Sicherheitsstufe verlangte, dann mussten sie derart sensible Informationen enthalten, dass die Zensoren glaubten, nur die Parteielite dürfe Zugang zu ihnen haben. Könnte das wirklich etwas mit dem Tod seines Vaters zu tun haben? Unsinn. Das musste einfach Unsinn sein.

Der Bibliothekar griff nach einem Rollwagen neben sich, nahm eine große braune Mappe herunter und reichte sie Stark.

Stark blickte ihn verwirrt an.

»Was ist das?«

»Die Daily Mail und der Daily Express vom 18., 19. und 23. September 1972. Die haben Sie auch bestellt. Nur der 17. fehlt. Oh, und natürlich die New Times. Die ist immer da.«

Mit einer Mischung aus Enttäuschung und etwas, das an Ehrfurcht gemahnte, nahm Stark die Mappe entgegen und suchte sich einen Stuhl in einem entfernten und verhältnismäßig leeren Teil der großen Kammer, als wolle er nicht, dass ihn jemand dabei beobachtete, wie er die Mappe öffnete. Er spürte den Blick des Bibliothekars nur allzu deutlich in seinem Nacken, doch als er seinen Platz erreichte und sich umdrehte, sah er, dass der Mann bereits mit jemand anderem beschäftigt war.

Stark setzte sich und legte die große braune Mappe auf den mit grünem Fries bespannten Tisch. Vorsichtig klappte er den Deckel auf und nahm sieben Zeitungen heraus. Die New Times sah heute noch genauso aus wie damals. Auch auf der Ausgabe vom September 1972 war das übliche Bild von Harkness zu sehen. Er hatte irgendwas in Dover gemacht, irgendwas, das mit dem Hafen zu tun hatte; aber wen kümmerte das schon? Die anderen Zeitungen waren jedoch fast ein Schock für Stark. Natürlich hatte er auch früher schon Zeitungen aus Westminster gesehen, aber nicht oft.

Die Menschen in der ›Hauptstadt‹ litten nicht gerade an einem Mangel an Nachrichten von der anderen Seite – es sah ohnehin jeder BBC und auch nicht nur die Seifenopern –, doch Zeitungen waren etwas Seltenes. Besuchern aus Westminster war es verboten, sie einzuführen. Einige machten es natürlich trotzdem. Leute, die Verwandte auf der anderen Seite hatten, bekamen ab und zu wenigstens mal eingeschmuggelte Ausschnitte zu Gesicht, doch zumeist handelte es sich dabei um Sportartikel oder solche, die direkt mit der Familie zu tun hatten, wie Hochzeitsanzeigen aus den kleinen Lokalblättchen von Hammersmith oder Ealing. Es war jedoch generell bemerkenswert, wie wenig Kontakt es zwischen den beiden Teilen der alten Stadt gab.

Man musste nur einen Blick auf die Zeitungen werfen, um zu erkennen, wie weit die beiden Gesellschaften sich in vier Jahrzehnten psychologisch voneinander entfernt hatten. Die New Times wurde nach wie vor ausschließlich in Schwarz und Weiß gedruckt – eigentlich mehr Grau und Weiß, wenn man das verschmierte Druckbild betrachtete – und war vollkommen werbefrei, wenn man von Anzeigen für von der Regierung geförderte kulturelle Ereignisse einmal absah. Im krassen Gegensatz dazu war die Daily Mail geradezu ein Meer von Farben, von der ›Gewinnen Sie einen Urlaub in Havanna‹-Anzeige mit Palmen, goldenem Sandstrand und einem der legendären Casinos bis hin zum Titelbild selbst. Am 18. September 1972 war dort ein nackter Mann zu sehen – ein so genannter ›Flitzer‹ –, der über das Fußballfeld von

Fulham rannte. Die einzige Form von Zensur war der strategisch günstig platzierte Helm eines Westminster-Polizisten. Die Mail war überdies immer tiefer gesunken. Sie war zu einem Boulevardblatt geworden, das dem immer weniger Bedeutung zumaß, was Stark als ›echte‹ Nachrichten betrachtete.

Es war kaum überraschend, dass nichts von dem auch nur mit einem Wort erwähnt wurde, was in der New Times als Nachricht galt: der Besuch von Gewerkschaftsdelegationen aus Paris, Berlin oder Moskau, eine gemeinsame Erklärung der Mitglieder des Berliner Pakts zur Unterdrückung der Arbeiter in Kanada oder der letzte sowjetische Ernteriumph. Den Durchschnittsleser in Westminster oder Manchester interessierten ganz andere Dinge. Für sie zählten nur die Triumphe ihrer jeweiligen Fußballmannschaften, der Kummer und die Sorgen von Seifenopernstars oder hundert neue Möglichkeiten, sein Übergewicht loszuwerden. Stark fragte sich, wie ein ›Big Mac‹ wirklich schmeckte; den Gesichtern der ›Kids‹ auf der ganzseitigen Werbeanzeige nach zu urteilen, musste es sich um das reinste Ambrosia handeln. Und er war auch billig, selbst bei einer Umtauschrate von vier zu eins; allerdings, ermahnte sich Stark, handelte es sich in diesem Fall ja auch um die Preise von 1972. Da drüben gab es Inflation. Hier passte man nur den Schwarzmarkt an.

Der Express war anders – bis zu einem gewissen Grad. Zum einen besaß auch er den Charakter einer politischen Streitschrift. Die Zeitung, die einst das Spielzeug des Erzkapitalisten und Politamateurs Lord Beaverbrook gewesen war, war nicht nur konservativ, sondern fanatisch rechts geblieben. Aber auch auf dem Express vom 18. war ein Bild des ›Flitzers‹ zu sehen, nur kleiner, und der Leitartikel beschäftigte sich mit einem Treffen des amerikanischen Außenministers mit dem Premierminister in dessen offizieller Residenz in Durham: Im Inneren fand sich ein Bild von ihm, wie er durch die berühmte Vordertür in Cathedral Close ging.

Die Ausgaben vom 19. und 23. waren mehr oder weniger gleich: andere Storys, aber gleicher Ton und gleiches Format. Als Stark jedoch die New Times aufschlug und zu den Nachrufen blätterte, tat er das mit einem Gefühl der Beklommenheit. Da war sie, genau wie er sie in Erinnerung hatte, nur besser erhalten; die dunklen Museumsarchive waren dem Papier besser bekommen als das oft geöffnete Album seiner Mutter, wo der Nachruf überdies noch mit Leim festgeklebt war. Der Nachruf trug die Überschrift: ›Tapferer Offizier von allen betrauert: John Stark‹. Darüber befand sich eine schlichte Porträtaufnahme seines Vaters, ursprünglich für einen Ausweis gedacht und aufgenommen an seinem 55. Geburtstag: das kantige, ehrliche Kinn, der Mund, auf dem ein Lächeln nur angedeutet war, und die Augen, die dank der schlechten Tinte grausam leblos wirkten. Stark ließ seinen Blick über die vertrauten Zeilen wandern – ›treuer Sohn der Partei‹, ›innovationsfreudiger Anhänger der sozialistischen Politik‹, ›konstruktive Beiträge zur Entwicklung der Polizeikader in den schwierigen Jahren des Neuaufbaus‹. Stark spürte, wie es ihm die Kehle zuschnürte – nicht wegen der so umständlichen, sterilen Sätze, sondern weil es Lobesworte waren, und Lobesworte hatte er damals hören wollen … und wollte es noch heute.

Falls sein Vater eine andere Art von Held gewesen sein sollte, ein Held für Menschen, die ein anderes Leben lebten, dann war in ihren Zeitungen nur wenig davon zu finden. Das Einzige, was an einen Nachruf erinnerte, fand sich in der Daily Mail vom 23.: ein Artikel über die Lebensgeschichte einer Schauspielerin, deren früher Tod eine Krise in der Storyline von ›Coronation Street‹ heraufbeschworen hatte. Auch im Express fand sich ein solcher Artikel, nur als ordentlicher Nachruf aufgemacht, neben dem eines Brigadegenerals, der offensichtlich ›als einer der Letzten am Strand gekämpft‹ hatte – eine berüchtigte Phrase, die Stark noch nie gedruckt gesehen hatte –; erst in der letzten Minute war er im September 1949 in das Gebiet nördlich der Demarkationslinie evakuiert worden.

Da hatte er wohl noch einmal Glück gehabt. Wäre er nur ein paar Augenblicke länger im Süden geblieben, müsste er sich nun als in Ungnade gefallener Pensionär um Brot anstellen. Es sei denn natürlich, er hätte die Weisheit besessen, seinen Irrtum zu erkennen und sich in die Dienste der sozialistischen Streitkräfte zu stellen. Es gab mehr als nur ein paar alte Hasen in der Nationalen Volksarmee, die die Frage nicht mochten: »Was hast du im Krieg gemacht?«

Gedankenverloren blätterte Stark den Nachrichtenteil des Express durch: »Streik in der U-Bahn« (dann leugneten sie so etwas also doch nicht), »Monstersturm sucht Lincoln heim«, »Erhöhung der Krankenversicherungsbeiträge« … Er wollte die Zeitung gerade wieder schließen und in die Mappe zurückstecken, als ein Artikel auf Seite vier, dem Westminster-Teil, seine Aufmerksamkeit erregte:

»Pipis« lösen Gedenkgottesdienst auf – 10 Verletzte

Schlagstockschwingende Angehörige der so genannten Volkspolizei walzten durch eine kleine Trauergemeinde bei einem Gedenkgottesdienst in einer ausgebombten Kirche in East London. Zehn Menschen wurden dabei verletzt.

Augenzeugenberichten von der anderen Mauerseite zufolge hatten sich die Trauergäste in der St. Bride's Church versammelt, einem von Christopher Wrens Meisterwerken, das durch sowjetische Granaten schwer beschädigt wurde, um John Stark inoffiziell die letzte Ehre zu erweisen, einem hohen Volkspolizeioffizier, der vergangene Woche unter mysteriösen Umständen verschwunden ist. Quellen innerhalb der US-amerikanischen Nachrichtendienste haben angedeutet, dass Stark von den berüchtigten DoSSern hingerichtet worden sei, nachdem man ihn als Mitglied der Widerstandsbewegung identifiziert hat, die im Anschluss an die Repression von 1968 auf dem Kontinent entstanden ist.

Augenzeugen berichteten, dass die PPs vor Ort einer Sonderabteilung angehört hätten. Die Verletzten wurden in Krankenwagen abtransportiert und mehrere Teilnehmer des Trauergottesdienstes verhaftet.

Stark klappte die Kinnlade herunter. Er blinzelte, stellte überrascht fest, dass seine Augen feucht geworden waren, und las den Artikel noch einmal. Was auch immer die Zensoren dazu veranlasst haben mochte, die Kopien vom 17. September verschwinden zu lassen, hatte offensichtlich an prominenterer Stelle gestanden. Dieser kleine Bericht hingegen war ihrer Aufmerksamkeit entgangen. Aber war das ein Beweis? Und warum St. Bride's? Stark erinnerte sich noch sehr gut an die Beerdigung: die düstere, verstaatlichte St. John's Church in Highbury (der alte Herr war schließlich Atheist gewesen – oder zumindest hatte er das immer behauptet), die damals schon als Gemeindezentrum gedient hatte; die würdevollen Worte, die im Nachhinein kürzer ausgefallen waren, als er erwartet hatte, und dann die Prozession, schneller als angemessen zu sein schien, zur Grablegung in Highgate, wo auch Karl Marx beerdigt war, nur einen Steinwurf von der Mauer entfernt, doch zum Glück auf der richtigen Seite. Solch eine Ehre würde man doch keinem Verräter am Kommunismus zuteil werden lassen ... sicher nicht ... oder?

Widerwillig schloss Stark den Express vom 23. und schob ihn zusammen mit den anderen Zeitungen in die Mappe zurück, die er ins Rückgabefach legte. Dann ging er schnell, doch nicht übereilt hinaus.

Draußen hatte es aufgehört zu regnen, und der Sonne war es gelungen, den Großteil der verbliebenen Gewitterwolken zu vertreiben. Ein Touristenbus hatte neben dem eisernen Geländer geparkt, und eine große Gruppe ausgelassener Russen in bunten Kleidern und braunen Anzügen stieg gerade aus. Stark ging die Treppe hinunter und an ihnen vorbei.

Seine Welt war an diesem Tag dunkler geworden.

Kapitel Vierzehn

Der Geier laberte weiter und weiter ... Ein Schleier legte sich über Kate Starks Augen. Soziale und politische Geschichte war das ödeste aller Fächer und neben Englisch, Russisch und Mathematik das einzige Pflichtfach.

Geschichte war nicht immer so gewesen, das wusste Kate. Vor ein paar Jahren hatte sie einmal ein altes Schulgeschichtsbuch ihrer Mutter gefunden, alles in Großdruck mit eingefügten Farbtafeln: Bilder von Rittern in Rüstungen und Königinnen in edlen Roben; furchtbar dreinschauende, speerschwingende Wilde in Grasröcken; große Seeschlachten und ein lustig aussehender einäugiger Admiral, der das Fernrohr vor die Augenklappe statt vor sein gesundes Auge hob. Auch war es voller guter Geschichten gewesen, voll edlen Opfermuts und tapferer Helden, und am Ende gewannen immer die Engländer.

Kate hatte sogar eine Weltkarte gefunden, auf der fast alles in Rosa gefärbt gewesen war, genau wie England, *ganz* England, Schottland, Wales und selbst ein Stück Irland. Natürlich hatte sie gewusst, dass die ganze britische Insel einmal ein Land gewesen war, aber auf dieser Karte sah es so aus, als hätte die halbe Welt dazugehört. Kate hatte ihre Mutter danach fragen wollen, doch als sie das Buch sah, riss sie es ihrer Tochter einfach aus der Hand, steckte es weg und sagte so etwas wie: »Ich weiß nicht, wo du diesen alten Müll gefunden hast. Ich dachte, ich hätte all die alten Dinger weggeworfen.« Und damit war die Sache erledigt gewesen. Schon als kleines Mädchen hatte Kate gewusst, wann ihre Mutter über bestimmte Dinge nicht mehr reden wollte.

Vielleicht hatte ja auch nicht wirklich ›Geschichte‹ in diesem alten Buch gestanden; vielleicht war es ja nur ein Haufen romantischen Gewäschs, um zu verhindern, dass die einfachen Bürger sich fragten, warum alle Macht und alles Geld nur ein paar wenigen gehörten, wie der Geier und jeder andere Geschichtslehrer behaupteten, den Kate je gehabt hatte. Aber zumindest waren diese Geschichten interessant – interessanter zumindest als die Entwicklung der Gewerkschaftsbewegung, die ›freiwillige Vereinigung‹ der Labour Party mit der Kommunistischen Partei Großbritanniens zu Clement Attlees Sozialistischer Labour-Partei oder der Unterschied zwischen Ernest Bevin und Aneurin Bevan. Kate wusste, dass beide Minister unter Attlee gewesen waren, nur dass es sich bei dem einen um einen Verräter und bei dem anderen um einen Helden handelte – Kate konnte sich nur ums Verrecken nicht merken, wer wer war. Und außerdem: Was war Aneurin eigentlich für ein Name? Ein walisischer hatte irgendjemand einmal gesagt; aber es war einfach absurd, dass man das beste englische Auto ausgerechnet nach einem Waliser benennen sollte.

Alles, was man Kate gelehrt hatte, suggerierte, dass das Leben seit 1949 immer besser und besser geworden war, zugegebenermaßen ausgehend von einem armselig niedrigen Niveau nach der Katastrophe, die das alte Regime über das Land gebracht hatte. In jedem Fall konnten die einfachen Menschen Südenglands sich damit trösten, dass das ›Arbeiter- und Bauernparadies‹ zwar noch nicht da, aber auch nur noch einen Schritt entfernt war. Um es zu erreichen, mussten sie nur noch ein paar Jahre die Gürtel enger schnallen und hart arbeiten. Der offensichtliche Wohlstand der Amerikaner oder der Menschen in Westminster und ›oben im Norden‹ war eine Illusion, aufrechterhalten mit amerikanischem Geld; ein Wohlstand, den überdies nur eine verschwindend kleine Minderheit genießen konnte, während Tausende keine Arbeit hatten und um Brot betteln mussten. Ein geringfügig niedrigerer Lebensstandard für alle war ein kleiner Preis für ein Sicherheitsnetz, das selbst die Schwächsten auffing. Das war auch der Grund dafür, warum jene, die in den Norden überlaufen wollten, als Verräter galten, Betrüger, die sich weigerten, ihre Rolle in der Gesellschaft zu spielen. Kate hatte das alles schon gehört, immer und immer wieder, und sie glaubte kein einziges Wort davon. Außerdem: Welche Rolle spielte Politik schon für eine junge Frau, die Tänzerin werden wollte?

»Kate!« Die Stimme dröhnte aus dem Nichts ... oder genauer gesagt aus der Luft gut zwei Zentimeter hinter Kates linkem Ohr. »Was habe ich gerade gesagt?«

»S... S... Sir«, stammelte sie und rang um ihre Fassung. »S... Sie haben uns mehr über die Genossin Pankhurst und ihre heroische Tat erzählt.«

»Hm.« Die Stimme zog sich zurück, doch Kate fühlte, dass der Geier sich schlicht wieder in die Höhe erhoben hatte, in der er normalerweise kreiste. »Und welche heroische Tat ist das wohl?«

»Äh, die berühmte, Sir, die, die jeder kennt.«

»Und die wäre?«

Kate schluckte. Womit auch immer der Geier den Äther in den letzten zwanzig Minuten gefüllt haben mochte, es war klar über sie hinweggegangen. Ihr blieb nur eine Wahl: Augen zu und durch. Eine Sache wusste sie über diese Pankhurst; eine Sache wusste jeder.

»Sie hat sich geopfert, Sir, für uns, für das Frauenwahlrecht.«

»Jaaa ... Weiter.« Die Stimme klang weniger beruhigend, als Kate erwartet hatte; sie musste weitermachen, unbedingt.

»Sir, sie hat sich umgebracht. Sie hat sich beim Derby unter das Pferd des Königs geworfen, Sir. Und deshalb haben die Frauen das Wahlrecht bekommen. Deshalb schulden wir ihr auf ewig unseren Dank, Sir.« Kate drehte sich um, blickte zu der imposanten Gestalt hinter ihr auf und schloss das, was sie für eine fantastische Vorstellung hielt, mit dem bezauberndsten aller Lächeln ab.

Nur irgendwie versagte ihre Magie. Anstatt spontan zu applaudieren, schloss der Geier die Augen und schwebte langsam an Kate vorbei zum Pult.

Ein beunruhigendes Schweigen hatte sich über den Raum gesenkt – zumindest bis Johnny Burton, der widerliche kleine Streber, plötzlich kicherte. Wie ein Sommersturm wirbelte der Geier herum und brüllte:

»Ruhe! Wie kannst du es wagen, Kate Stark? Wie kannst du nur? Erst vor zwei Tagen hast du bei mir nachsitzen müssen, weil du, anstatt aufzupassen, irgendeinen lächerlichen Popsong vor dich hin gesummt hast. Und jetzt habe ich dich schon wieder beim Träumen erwischt, und schlimmer noch: Du hast nicht die leiseste Ahnung von dem, was deine Mitschüler gelernt haben.«

»Sir, ich … ich …«

»Halt den Mund, Mädchen! Los, Burton, sag ihr den Namen der Märtyrerin, die vom Lieblingshaustier des Königs niedergemäht worden ist.«

»Emily Davison, Sir.«

»Danke. Emily Davison. Hast du das gehört, Kate? Emily Pankhurst war in der Tat auch eine Märtyrerin, aber glücklicherweise musste sie nicht ihr Leben opfern. Sie hat die ›Women's Social and Political Union‹ gegründet. Merk dir diese Worte, Kate, denn sie finden ihren Widerhall im Titel dieses Kurses. Das war 1903 und markiert den Beginn eines fünfzehnjährigen Kampfes, währenddessen sie sich ans Geländer des bourgeoisen Parlaments gekettet, die Residenz des Premierministers in der Downing Street belagert hat und ins Gefängnis hat gehen müssen, wo sie in Hungerstreik getreten ist. Deshalb werden du und deine Klassenkameraden sich auf dem Motivwagen bei der Parade vor der Parteiführung auch an Geländer ketten und sich nicht unter Pferdehufe werfen. Hast du das verstanden, Mädchen?«

»Ja, Sir. Es tut mir Leid, Sir.«

»Das hoffe ich. Und warum, glaubst du, haben die imperialistischen Patriarchen den Frauen 1918 schlussendlich das Wahlrecht zuerkannt?«

Kate schauderte. Sie hatte eine vage Ahnung, dass das etwas damit zu tun hatte, dass die Frauen in der Industrie gearbeitet hatten, während die Männer in den Krieg gezogen waren; doch unter den gegebenen Umständen beschloss sie, auf Nummer sicher zu gehen.

»Hatte das etwas mit der Großen Bolschewistischen Oktoberrevolution zu tun, Sir?«

Der Geier schnaufte und wurde – falls das bei ihm überhaupt möglich war – geradezu freundlich.

»Gut geraten. Ich denke, wir können mit einiger Sicherheit behaupten, dass die Oktoberrevolution – der Schuss, der auf der ganzen Welt zu hören war – in der Tat wesentlich dazu beigetragen hat, selbst jene Art von Männern, die im britischen Empire die Macht in Händen hielten, davon zu überzeugen, dass sie Zugeständnisse machen mussten, wollten sie eine offene Revolution vermeiden. Das war die erste Segnung des internationalen Kommunismus, die in England zu spüren war.

Puh! Kate atmete aus. Auf der anderen Seite des Klassenzimmers sah sie, wie Sharon ihr mitfühlend zulächelte, aber auch das eingebildete Grinsen auf John Burtons Gesicht.

Doch eine nützliche Sache hatte sie heute zumindest

gelernt: Man würde sie auf dem Motivwagen an Geländer ketten, der am großen Tag an ihren Exzellenzen vorbeigerollt werden sollte. Nun, sie würden sich darum kümmern; ja, das würden sie.

Kapitel Fünfzehn

Wieder zogen Sturmwolken über den Frühlingshimmel, als Stark die Tür des ›English Restaurant‹ an der Ecke von The Strand aufstieß. Er hatte beschlossen, zu Fuß ins Büro zurückzukehren. Es gab viel, worüber er nachdenken musste, und Gehen war etwas, das er seit seiner Teenagerzeit nicht mehr getan hatte, um seinen Kopf freizubekommen. Bis jetzt war es ihm nicht gelungen, einen klaren Gedanken zu fassen. Und er hatte Hunger.

Ein ›English Restaurant‹ wäre normalerweise nicht seine erste Wahl gewesen, doch es war in der Nähe und hatte geöffnet. Die Kette hatte sich nur wenig verändert, seit sie während der kargen Kriegszeit gegründet worden war, um die Menschen mit billigem, sättigendem Essen zu versorgen und ihnen zumindest die moralfördernde Illusion zu bieten, ›auszugehen‹. Stark bestellte sich ein Wurstbrötchen und spülte das mit Knorpel belegte, teigige Ding mit einer Tasse schwachen Milchtees hinunter. Das war nicht viel besser als in der Bürokantine, aber auch nicht viel schlechter. Vermutlich wurden sie noch immer aus den gleichen Vorratslagern versorgt wie in der Zeit seines Vaters.

Die Zeit seines Vaters … plötzlich besaß dieses Klischee

nicht mehr dieselbe Bedeutung. Der alte Herr hatte sie also die ganze Zeit über durchschaut, die große Schau des Sozialismus, in der es hieß, Gleichheit könne ohne Unterdrückung erreicht werden und erst einmal müsse alles schlechter werden, bevor es besser werden könne. Der Traum einer wahrhaft egalitären Gesellschaft verströmte noch immer einen gewissen verführerischen Zauber, doch war dieser Traum schon lange vom tristen Alltag und dem Missbrauch von Privilegien erstickt worden. Stark brachte seine Teetasse weg, ging hinaus und um die Ecke auf den Stalingrad Square. Einst hatte dieser Ort Trafalgar Square geheißen, das wusste er, benannt nach einer anderen Schlacht in einem anderen Krieg, einem Krieg zwischen alten Imperien, der von den Schreckgespenstern auf der anderen Seite geführt worden war. Nun trug er den Namen des Wendepunkts im Großen Krieg der Völker; doch auf den wenigen umliegenden Gebäuden, vernarbt und geschunden wie sie waren, hausten noch immer die Geister der Vergangenheit: In großen eingemeißelten Buchstaben waren nach wie vor die Worte CANADA und SOUTH AFRICA inmitten der Pockennarben von Gewehrkugeln und Granatsplittern zu lesen.

Stark hatte Bilder der Statue des alten, einäugigen und einarmigen Admirals gesehen, die einst den Platz beherrscht hatte, aber er war so sehr an die Mutter Heimat auf ihrem Sockel gewöhnt, dass er sich die alte Säule gar nicht mehr vorstellen konnte – genauso wenig wie er sich vorstellen konnte, dass der Platz mit Taxis und Bussen geradezu überfüllt war. Heutzutage war der Stalingrad Square kaum mehr als ein Wendehammer am Ende von The Strand, ein Haltepunkt für Funktionäre des Landwirtschaftsministeriums, das nun dort untergebracht war, wo sich einst die Kolonialverwaltung befunden hatte.

Die Nationalgalerie zog natürlich Besucher an. Sie war sorgfältig restauriert, allerdings weniger als Herberge für ihre noch immer beeindruckende Gemäldesammlung, als vielmehr, um dem ansonsten arg mitgenommenen Platz wieder so etwas wie eine Gestalt zu geben. Unmittelbar dahinter verlief die Mauer, wie an so vielen Orten. Sie hatte die Angewohnheit, stets hinter irgendwas her zu laufen, als wolle sie sich vor neugierigen Blicken verstecken. In Wirklichkeit hatte man absichtlich Dinge davor stehen gelassen, Gebäude, die meist leer und heruntergekommen waren; doch selbst in diesem Zustand boten sie einen weniger deprimierenden Anblick als die Betonnarbe mit dem Stacheldraht und den Wachtürmen dahinter.

Am Rand des Platzes hatte man sie jedoch fast in die Landschaft integriert. Sie verlief quer über den einst von Menschen wimmelnden Eingang zum Clubland der Gentlemen, der Pall Mall. Wie ein weiß gestrichener Gartenzaun grenzte sie an den grandiosen, aber isolierten Admirality Arch. Der Versuch der Amerikaner, das Bild ungehinderten Verkehrs durch den Triumphbogen heraufzubeschwören, war eine teuflische Versuchung gewesen, doch eine, der man leicht widerstehen konnte. Für Stark hatte der Admirality Arch sein ganzes Leben lang weniger ein offenes Tor als vielmehr eine verschlossene Tür dargestellt. Jenseits davon, das wusste er, führte eine alte, königliche Straße zu dem, was einst der Königspalast gewesen war, doch das – wie die Vorstellung der Monarchie an sich – wirkte wie etwas aus einer anderen, antiken Welt.

Stark hatte nie Latein gelernt, doch ein Anwalt hatte ihm einmal erklärt, was die von Schrapnells vernarbten

Buchstaben bedeuteten, die gerade noch so über dem Bogen zu erkennen waren: Es handelte sich um eine Widmung an Königin Victoria von ihrem Sohn Edward VII. in seinem zehnten Regierungsjahr. Für Stark hätte das genauso gut die Inschrift auf einem altägyptischen Sarkophag sein können; doch ein geschultes Auge sah sicherlich eine gewisse Ironie darin, dass dieses Monument der alten Monarchie der sozialistischen Parteiführung nun als Aussichtspunkt bei der jährlichen Parade diente, wenn davor ein Podium errichtet wurde, auf dem die Parteiführung dem ideologischen Feind den Allerwertesten zukehrte.

Wenn man nach links in Richtung Whitehall abbog, war es zwar befremdlich, aber nicht unmöglich, sich vorzustellen, dass die großen Regierungsgebäude zur Linken einst auf der rechten Seite entsprechende Gegenstücke gehabt hatten. Heute standen nur ein paar unscheinbare Plattenbauten dort, eilig errichtet in den frühen Sechzigern als Unterkunft für Parteifunktionäre – und natürlich um wieder einmal die Mauer zu verbergen, die hinter ihnen entlanglief. Whitehall war noch immer das Regierungszentrum, auch wenn die wichtigsten Ministerien wie das Außen- und das Verteidigungsministerium inzwischen nach Osten in den Komplex um die Threadneedle Street und das Mansion House verlegt worden waren, dem früheren Sitz des Bürgermeisters von London, der nun das Zentralkomitee der Partei beherbergte. Nichtsdestotrotz konnte man hier noch Geschichte einatmen, ein Gefühl, das einige genossen und andere ignorierten.

Was man restauriert hatte, das hatte man für Besucher aus den ›sozialistischen Bruderstaaten‹ restauriert, so zum Beispiel die Plakette auf dem wundersam geretteten Gebäude aus dem 17. Jahrhundert, das einst als Banqueting Hall bekannt gewesen war und von wo aus man König Karl I. zum eilig für ihn errichteten Schafott geführt hatte. Hier, so informierte die Plakette den geneigten Besucher, sei Geschichte geschrieben worden; hier sei ein Tyrann seinem gerechten Ende zugeführt und die erste, traurigerweise nur kurzlebige englische Republik geboren worden. Es erfüllte das Zentralkomitee mit Stolz, ihre französischen und russischen Genossen daran zu erinnern, dass die Engländer im modernen Europa als Erste einen Königsmord begangen hatten. »Wir haben einem König schon ein Jahrhundert, bevor es in Paris Mode geworden ist, den Kopf abgeschlagen«, hieß es.

Andererseits deutete kein noch so kleiner Hinweis darauf hin, dass sich auf dem großen, freien Feld jenseits der Mauer auf der anderen Straßenseite der Bunker befunden hatte, wo sich das letzte große Drama des alten Empires abgespielt hatte. Es hieß, der Leichnam des alten Oger sei verbrannt worden, nachdem er den Henker ausgetrickst hatte, denn für die wahrhaft Bösen gebe es keine letzte Ruhestätte.

Stark war so tief in seine Gedanken versunken, dass es fast schon 15.00 Uhr war, als er die Treppen zu seinem Turmbüro in Scotland Yard hinaufstieg. Ein paar Minuten später kam Lavery. Ohne Zweifel hatte der Sergeant am Empfang ihn im ›Red Lion‹ angerufen und über die Ankunft seines Chefs informiert. Laverys Gang war so aufrecht und ruhig wie immer – vor allem für einen Mann von seiner Größe und Statur –; doch Stark würde ihm keine Gelegenheit geben, nahe genug an ihn heranzukommen, dass er seinen Atem riechen konnte. Das matte Funkeln in Laverys Augen verriet ihm auch so, dass sein

Sergeant höchstens ein Sandwich gegessen, dafür aber drei Pint getrunken hatte.

»Wie sieht's aus?«, fragte ihn Stark und kam damit der gleichen Frage zuvor.

»Na ja«, schnaufte Lavery, ließ sich auf seinen Schreibtischstuhl fallen und wischte sich mit dem Handrücken die Nase ab. »Ich habe die üblichen Netze ausgeworfen. Vermisst wird niemand – oder zumindest hat keiner die Hand gehoben und ›hier!‹ geschrien.«

Stark nickte. Er hatte Lavery befohlen, gemeinsam mit zwei Detectives die ›üblichen Verdächtigen‹ in Whitechapel und den Tower Hamlets abzuklappern, beides Distrikte des alten East Ends, wo Schmugglerbanden ihre Luxuswaren in den Kellern ausgebombter Lagerhäuser versteckten: hauptsächlich amerikanische Zigaretten und schottischen Whisky. Offener Krieg zwischen diesen Banden war zwar selten, aber nicht unbekannt.

Die großen Fische bekam man nur selten zu Gesicht, doch Laverys Männer hatten Quellen unter den kleinen Gaunern, die vor allem gerne Mitglieder anderer Banden verpfiffen, besonders wenn diese sich in ihrem Revier zu schaffen machten. Sollte sich irgendeine Art Bandenkrieg anbahnen, würde es nicht lange dauern, bis die Polizei Wind davon bekam. Dazu zählte auch ganz besonders alles, was nach einer rituellen Hinrichtung roch. Stark war nicht überrascht, dass Lavery und seine Leute mit leeren Händen zurückgekehrt waren; auch ohne die Begegnung vom vergangenen Abend hätte er nichts anderes erwartet.

»Dann bleibt nur die andere Möglichkeit«, bemerkte Lavery.

»Vermutlich.«

Lavery blickte Stark von der Seite her an. »Glauben Sie nicht, dass es hier um Flussverkehr geht?«

»Ich weiß es nicht, Dick. Ich weiß es nicht. Aber ich nehme an, die Möglichkeit besteht. War der Kerl Fracht oder ein Taxi?«

Lavery zuckte mit den Schultern. »Könnte beides sein. Ein Fahrgast, der mit der Zahlung in Verzug war, oder ein Taxi, das die Regeln nicht kannte und 'nem anderen die Kunden weggeschnappt hat.«

Stark dachte darüber nach. Das war möglich – ohne die Informationen des Amerikaners wäre es sogar wahrscheinlich gewesen. Die Menschenschmuggler, die auf Kurzreisen zu exorbitanten Preisen von London nach Westminster spezialisiert waren, nannte man ›Taxis‹. Selbst unter Dissidenten und Republikflüchtlingen, die das, was sie taten, als wichtige humanitäre Dienstleistung betrachteten, galten sie als Halsabschneider, die nur Interesse am Geld und nicht an den Menschen hatten, die sie transportierten – gute, harte Nordwährung natürlich. Die Taxis rechtfertigten ihre Preise mit der Strafe, die ihnen drohte und die tatsächlich höher war als die für ihre ›Fracht‹.

Einst hatten vor allem Flussboote den Schmugglern als Tarnung gedient, doch die gewissenhaften Durchsuchungen selbst des armseligsten Seelenverkäufers am Westminster-Pier hatten das Risiko zu groß werden lassen. So hatten die Taxis im Laufe der Jahre auf andere Möglichkeiten zurückgegriffen, einschließlich solch genialer Tricks wie versteckte Laderäume in Lastkraftwagen und ausgehöhlte Kotflügel bei Privatautos. Manchmal führten sie ihre Operationen auch weit weg von London aus. So war es zum Beispiel kurze Zeit in Mode gewesen, die Moore von East Anglia auf Pontons zu überqueren.

Nichtsdestotrotz besaß der Fluss einen symbolischen Wert, und Laverys Gedanken bewegten sich trotz des flüssigen Frühstücks eindeutig in diese Richtung.

»Was ich damit sagen will, Sir, ist Folgendes: Ich habe mir gedacht, falls jemand versucht haben sollte, sich ins Geschäft zu drängen, hat eine der alten Firmen vielleicht ein Exempel statuiert, wenn Sie wissen, was ich meine.«

»Und wessen Firma? Grevilles oder Parkes?« Beides waren berüchtigte Taxiunternehmen, deren Geschichte bis in die Fünfziger zurückreichte, und beide standen ganz weit oben auf der Fahndungsliste des DoSS, obwohl die eigentlichen Bosse in Westminster saßen – wo sie angeblich ebenfalls wegen Menschenschmuggels von der Polizei gesucht wurden, obwohl man gemeinhin annahm, dass die korrupten, nach amerikanischem Vorbild arbeitenden ›Cops‹ gegen entsprechende Prozente in die andere Richtung schauten. Die harten Jungs, jene, die das eigentliche Geschäft erledigten, waren – so hieß es zumindest – irgendwie in der Lage, verhältnismäßig leicht die Grenze zu überqueren, entweder weil sie eine wasserdichte Tarnung hatten oder, wie die Leute bei der Met glaubten, weil sie auch auf dieser Seite jemanden hatten, der gegen ein entsprechendes Entgeld bereit war, für sie zu arbeiten.

»Die kommen beide infrage«, antwortete Lavery. »Sonst noch irgendwelche Ideen?«

Stark schüttelte den Kopf. Die eine Idee, die er noch hatte, beabsichtigte er nicht mit seinem Sergeant zu teilen – noch nicht jedenfalls. »Bleibt trotzdem noch immer eine Frage«, sagte er. »Warum hat das DoSS den Fall noch nicht übernommen?«

Wieder zuckte Lavery mit den Schultern. »Vielleicht wollen sie, dass wir die Lauferei für sie erledigen.«

»Das wäre zumindest nicht unmöglich.« Das war es wirklich nicht, nur äußerst unwahrscheinlich, besonders falls das, was der Amerikaner gesagt hatte, der Wahrheit entsprach. Und hatte der Amerikaner die Wahrheit über Starks Vater gesagt, dann ... dann warf das mehr Fragen auf, als Harry Stark auch nur annähernd formulieren konnte. Nicht zuletzt jene, warum sie die Leiche unter die Brücke gehangen hatten, anstatt sie in den Fluss zu werfen. Hatte das eine Warnung für den CIA sein sollen, oder was auch immer sonst für eine Schattenorganisation dahinter stecken mochte? Es gab doch sicher andere, weniger öffentliche Methoden, eine solche Botschaft zu übermitteln. Oder handelte es sich bei dieser Zurschaustellung schlicht um ein atemberaubendes Beispiel für die Arroganz der DoSSer? ›Seht her: Auf unserem Gebiet können wir Leichen zum Trocknen aufhängen, und ihr könnt nichts weiter tun, als zuzusehen. Und unsere eigene Polizei wird ebenfalls keinen Finger rühren, denn die furzen noch nicht einmal, ohne sich vorher zu vergewissern, dass der Wind aus unserer Richtung weht.‹

»Ich nehme an, in dem Fall«, fügte Stark, an Lavery gewandt, hinzu, der aussah, als würde er jeden Moment einnicken, »werden wir ihnen den Gefallen tun müssen. Lassen Sie uns nur hoffen, dass sie sich den Fall eher früher als später schnappen.« Im Augenblick fiel Stark keine bessere Strategie ein, als Lavery die ›Taxi-Connection‹ weiterverfolgen zu lassen; wenigstens würde das erst einmal die Aufmerksamkeit des DoSS auf sich ziehen, und das wiederum verschaffte Stark die Gelegenheit, einen geheimeren Kurs einzuschlagen. Er würde hart am Wind segeln, und im Augenblick sah er keinen Vorteil darin, noch jemanden ins Boot zu nehmen.

»Was wissen Sie über St. Bride's?«, fragte er plötzlich.

»Hm? St. was?«

»St. Bride's«, wiederholte Stark widerwillig. Eigentlich hatte er nur laut gedacht, aber manchmal wusste man nicht, was man aus Lavery herausholen konnte; der Mann war die reinste Enzyklopädie, was diese Stadt betraf. Lavery hob den Kopf und kniff die Augen zusammen.

»Die alte Kirche? Die hinter der Fleet Street? Nicht viel, nur dass sie einmal einen recht zwielichtigen Ruf genossen hat. Man findet immer noch einige so genannte Dissidenten in dem Gebiet; sie tauschen da ›Winkies‹ und so 'n Zeug aus. In Anbetracht dessen, was wir in Joe Bloggs Tasche gefunden haben, könnte da vielleicht eine Verbindung bestehen. Daran habe ich noch gar nicht gedacht. Das ist normalerweise nicht unser Gebiet. Auf einem alten Friedhof gibt's nicht so viele gewöhnliche Verbrecher ... noch nicht einmal Bettler, soviel ich weiß.«

Stark blinzelte. Der ›Winkie‹! Natürlich. Das ergab Sinn. Er war so sehr von seiner persönlichen Queste besessen gewesen, dass er Gefahr lief, die Kontrolle zu verlieren.

»Das Amt schaut ab und zu in St. Bride's vorbei«, fügte Lavery hinzu, »nur für den Fall, dass sie auf jemanden stoßen sollten, der auf ihrer Liste steht. Aber das läuft nicht mehr so wie früher. Ich nehme an, wenn ein Taxi Fahrgäste sucht, könnte es sie dort finden. Wollen Sie, dass ich mich dort einmal umschaue und ein paar Fragen stelle? Ich könnte morgen mit ein paar Jungs mal runtergehen.«

Stark sah keinen Grund, warum der Sergeant nicht sofort dorthin gehen sollte ... außer dass das mit Laverys offensichtlicher Absicht kollidieren würde, ein Schläfchen zu machen. Aber Stark war durchaus bereit, Lavery die Nachmittagsplanung zu erleichtern.

»Wir sollten nicht einfach so vorstürmen, noch nicht jedenfalls. Vielleicht werde ich heute Nachmittag selbst einmal einen Spaziergang dorthin unternehmen.« Er stand auf und schob seinen Stuhl zurück. »Sie können ja inzwischen die Stellung halten.«

Der Sergeant nickte geradezu leidenschaftlich. »Kein Problem, Sir. Ich habe noch eine Menge Papierkram aufzuarbeiten.«

Stark glaubte, Lavery schon im selben Moment schnarchen zu hören, da er die Tür hinter sich schloss.

Kapitel Sechzehn

Benjamin T. Fairweather schlug die Beine übereinander, lehnte sich in dem eleganten Regency-Sessel zurück, schaukelte gefährlich mit dem antiken Möbelstück auf seinen dünnen Beinen und lächelte, als er nach der Fünf-Uhr-Ausgabe des Evening Standard griff.

Ein Kellner schenkte ihm augenblicklich Tee nach. Fairweather lächelte und nickte, er wusste, wenn jemand es auf ein Trinkgeld abgesehen hatte. Selbst im Dorchester.

Fairweather mochte London, zumindest diesen Teil davon. Er mochte diese einmalige Mischung aus dem Stil der Alten Welt und unverhohlenem Konsum. Er bewunderte die schiere Chuzpe dieses Ortes, die Art, wie diese Londoner noch immer so taten, als lebten sie im Herzen des Empires und nicht in einer abgeschotteten Enklave inmitten eines besetzten Landes. Er bewunderte die Art, wie sie mit Geld um sich warfen, als gäbe es kein Morgen, auch wenn es sich dabei um amerikanisches Geld handelte. So oder so, das hier war Onkel Sams Schaufenster, und das bedeutete große Kohle und große Buicks. Sie parkten neben den Bentleys wie Panzer auf dem Rasen des Feindes.

Die Einheimischen wussten genau, wie sie diese Kuh zu melken hatten. Von seinem Tisch im eleganten, teuer restaurierten Speisesaal des Dorchester aus mit seinen großen Bogenfenstern, die bis auf Baumwipfelhöhe reichten, konnte Fairweather die schicken Wagen mit den Touristenbussen im immer dichter werdenden Feierabendverkehr auf der Park Lane kämpfen sehen.

Ein guter Beobachter vermochte auch noch eine andere Seite von London zu sehen. Mit geübtem Blick nahm Fairweather auch den menschlichen Verkehr auf, wie zum Beispiel den Schichtwechsel der Huren im Hyde Park: schicke Bordsteinschwalben auf hochhackigen Schuhen, mit Fuchspelzen um den Hals und geschlitzten Burberry-Trenchcoats, unter denen sie nur einen Hauch von Nichts trugen. Die Tagschicht, ein bunt gemischter Haufen, marschierte gerade mit ausdruckslosen Gesichtern, aber überraschend festen Schrittes in Richtung U-Bahn oder zu ihren Tagesmüttern, nachdem sie ein paar verhältnismäßig lukrative Stunden lang die Höschen hinter Büschen oder auf den Rücksitzen von Jeeps hatten fallen lassen, und das für eine Handvoll GIs, die genauso sexbesessen waren wie die Generation vor ihnen, nur besser bezahlt.

Dann, wie jeder gute Nachrichtenmann, richtete Fairweather seine Aufmerksamkeit wieder auf die Zeitung. Wie sein Stallgefährte, der Daily Express, auch, rühmte sich der Evening Standard, eine Institution zu sein. Beide hatten sie den roten Kreuzfahrer im Titel. Seit Kriegsausbruch 1939 lag der Kreuzfahrer in Ketten, zunächst als Symbol für die Qualen, die das Land hatte auf sich nehmen müssen, doch nun symbolisierte er schon seit Jahrzehnten die ›Versklavung unserer Brüder‹ auf der anderen Seite der Mauer: jener Brüder, die eben diese Mauer mitsamt ihrem Stacheldraht und den Selbstschussanlagen errichtet hatten und auf ihre Mitbürger schossen, die mit den Füßen gegen den Sozialismus stimmten. Im Denken des Express und seiner Leser – falls sie des Denkens denn überhaupt mächtig waren – war ›die andere Seite‹ ein besetztes Land, nichts, womit man zusammenarbeiten konnte. Wenn sie vom ›Roten Süden‹ sprachen, stellten sie sich hauptsächlich eine kleine, kommunistische Elite vor, die ihre Mitbürger verkauft und ›gekidnappt‹ hatte. Nun, das war eben ihre Sichtweise, und sie hatten das Recht, sie zu vertreten.

Der Besitzer der Zeitung zu Kriegszeiten, der verstorbene Lord Beaverbrook, hatte die Wiedervereinigung zu seiner Mission gemacht, und als Ergebnis hatte er auf der anderen Seite der Mauer das größte Netzwerk von Korrespondenten, Informanten und gut platzierten, indiskreten Quellen aufgebaut. Keine andere Zeitung in der Bundesrepublik Britannien verfügte auch nur annähernd über etwas Vergleichbares.

Amerikanische Reporter in London verbrachten ihre Zeit hauptsächlich auf der ›richtigen‹ Seite der Mauer. Artikel, die in amerikanischen Zeitungen unter dem Verweis auf Ost-London erschienen, stammten für gewöhnlich von Korrespondenten, die nachmittags mit einem Touristenbus rübergefahren waren – ›um der Authenzität willen‹ – und abends in ihren gemütlichen Westminster-Hotels aus dem Evening Standard abgeschrieben hatten.

Fairweather missbilligte diese Art der Berichterstattung. Solche Reporter waren nichts anderes als Fantasten, die ihre Spesen verjubelten und Müll genauso bereitwillig glaubten, wie sie ihn schrieben. Wie in jedem Beruf, so musste man auch als Journalist die echte Arbeit selbst erledigen, ›sich die Hände schmutzig machen‹ sozusagen. Es amüsierte Fairweather, sich der Arbeitseinstellung eines Stachanow zu rühmen.

Das hielt ihn jedoch nicht davon ab, auf die Ressourcen des Standard zurückzugreifen; er wusste sie durchaus zu schätzen. Wie zum Beispiel das Bild mit dem Untertitel ›Leiche unter der Blackfriars Bridge‹, obwohl die Leiche selbst eigentlich gar nicht zu sehen war. Als Foto, selbst als Nachrichtenfoto, war das Bild nur wenig bemerkenswert. Was darauf zu sehen war, hätte ein Tatort Gott weiß wo auf der Welt sein können: ein Polizeikordon um einen Leichenwagen, ein paar Streifenwagen und eine schwarze Limousine. Aber obwohl das Foto eindeutig mit einem Teleobjektiv aufgenommen worden war, zeigte es mehr Details, als die Kameras der BBC hatten einfangen können.

Mit dem typischen bleiernen Sarkasmus, der fast schon ein Warenzeichen des Standard war, mangelte es dem Bericht ›von unserem Reporter vor Ort‹ zwar an Details, dafür war er voller unbarmherziger Kommentare über die Verzweiflung ›unserer Landsleute‹ auf der anderen Seite der Mauer.

Aber es waren nicht die Worte, die Fairweather interessierten. Was das betraf, so war er selber Schreiberling und hatte seine eigene Story im Kopf. Seine Aufmerksamkeit galt etwas anderem: Zum einen hatte die schwarze Limousine im Vordergrund kein Nummernschild, und zum anderen war da dieses geisterhafte Gesicht im Fond des

Wagens, das gerade noch zu sehen war, während das Fenster hochgekurbelt wurde. Ein bleiches Gesicht mit Adlernase, das Fairweather irgendwie bekannt vorkam. Eines war in jedem Fall sicher: Der Wagen war eine DoSS-Limousine – niemand sonst fuhr Bevans ohne Nummernschild –, und wer auch immer auf dem Rücksitz saß, würde in naher Zukunft eine wichtige Rolle in Fairweathers Leben spielen – in seinem Leben und, wenn die Dinge so liefen, wie er hoffte – tatsächlich war er dessen fast absolut sicher –, auch im Leben von Detective Inspector Harry Stark von der Metropolitan Police.

Der Kellner näherte sich schon wieder und hielt auf die silberne Teekanne zu, doch der Amerikaner hob die Hand.

»Nein danke«, sagte er und fügte dann nach kurzem Nachdenken hinzu: »Wissen Sie, was ich jetzt wirklich brauchen könnte? Ein gutes Glas Champagner.«

Der Kellner rechnete sich rasch die Höhe des zu erwartenden Trinkgelds aus und grinste dann wie zur Bestätigung der transatlantischen Freundschaft. »Aber sicher doch, Sir. Napa oder Sonoma?«

Der Amerikaner winkte lässig.

»Was auch immer. Wir sind in London. Eure Jungs haben hier das Sagen.«

Der Kellner antwortete ihm darauf mit einem schmallippigen Lächeln. Das musste man ihnen lassen: Kellner wussten ihre Chancen stets korrekt einzuschätzen. Dann schob Fairweather den Mann aus seinen Gedanken und richtete sie wieder auf Harry Stark. Er fragte sich, wie der Detective Inspector wohl zurechtkam. Immerhin erwartete er eine Menge von ihm – eine Menge mehr, als der Inspector wusste.

Kapitel Siebzehn

Kanonikus Arthur Rye saß aufrecht auf seinem harten Stuhl und blickte zu den Regentropfen hinauf, die langsam von dem Wellblechdach rannen, das ihn vor dem Wetter schützte. Er war tief in Gedanken versunken. Ein unbeteiligter Passant hätte vielleicht geglaubt, dass er über die Natur des Göttlichen meditierte. Tatsächlich dachte er jedoch über ein Geburtstagsgeschenk für Michael nach, der nun schon seit zehn Jahren sein Liebhaber war.

Was Michael am meisten gefallen würde – auch wenn Arthur die Angewohnheit missfiel, zumal der Mund seines Geliebten dann wie ein Aschenbecher schmeckte –, waren amerikanische Zigaretten, vorzugsweise Lucky Strike oder Marlboro; auf jeden Fall wäre alles besser als ›das verdammte Balkankraut‹, über das sich Michael ständig beschwerte.

Doch amerikanische Zigaretten waren schwer zu bekommen, es sei denn, man verfügte über harte Währung. Arthur Rye hatte in seinem ganzen Leben noch keinen US-Dollar gesehen. Nord-Pfund waren jedoch etwas anderes. Von denen fanden genug ihren Weg in die Schatztruhen der Kirche von England dank der offiziell tolerierten Verbindungen zu ihrer Schwesterkirche jenseits der Grenze (toleriert vor allem, weil auf diese Art Devisen nach Süden kamen). Allerdings flossen diese Gelder nicht in die Gehälter niederer Kirchenbediensteter oder in die Unterhaltung kleinerer Gemeinden, noch nicht einmal, wenn deren künstlerisch wertvolle Kirchen in Trümmern lagen.

Kanonikus Rye hatte nur durch die Großzügigkeit der seltenen Besucher aus dem Norden oder Westminster Zugang zu dieser Art von Geld. Dann und wann gaben Touristen ihm ein Trinkgeld für eine Führung oder kauften eine der Postkarten, die die Kirche zeigten, wie sie einmal gewesen war und wie sie – so hoffte Rye – eines Tages wieder sein würde. Aber ausländische Touristen verirrten sich nur selten hierher. Die meisten Amerikaner, die das besuchten, was sie ›London‹ nannten, überquerten noch nicht einmal die Grenze. Außerdem war Ryes Kirche nicht allzu berühmt, und nur ein paar hundert Meter weiter lockte die wesentlich imposantere St. Paul's Cathedral die Besucherscharen an. Angesichts der Tatsache, dass auch die große Kathedrale noch dringend aufwändiger Restaurierungsmaßnahmen bedurfte, war es sinnlos, darauf hinzuweisen, dass St. Bride's ein mindestens ebenso bedeutendes Meisterwerk darstellte.

Doch selbst wenn jemand Rye Geld in harter Währung für die Kirche geben würde, hätte er es nicht dafür verwenden können. Sein Gewissen hätte es ihm verboten. Rye liebte seine Kirche, allerdings weniger die Institution als vielmehr dieses spezielle, geschundene Gebäude. Er liebte sie auf eine Art, die seine Zuneigung zu Menschen bei weitem überstieg – eingeschlossen der sündhaften, illegalen Leidenschaft, die er mit Michael teilte. Immerhin war es ein Wunder gewesen, als am 29. Dezember 1940 die Bombe eingeschlagen war – nur vier Tage nach Weihnachten, als die Kirche zum Bersten voll gewesen war – und Sir Christopher Wrens barocken Innenraum zerrissen hatte, während der siebzig Meter hohe Turm vollkommen unversehrt geblieben war.

Wenn Rye aus seinem kleinen Unterstand an den Überresten der Westmauer heraustrat und nach oben blickte, war er immer wieder von der Eleganz der spitz zulaufenden, oktagonalen Bögen beeindruckt, die sich bis in siebzig Meter Höhe aufeinander türmten, und das, obwohl auf dem weißen Portlandstein noch immer die Brandflecken der Bombennacht zu sehen waren. St. Bride's war eine von mehr als fünfzig Kirchen, die Wren nach dem Großen Feuer von 1666 gebaut hatte. Als der Turm im Jahre 1701 errichtet worden war, war er nicht nur der größte gewesen – abgesehen von der Kathedrale natürlich –, sondern so berühmt, dass sein stufiges Design einen ortsansässigen Bäcker dazu inspiriert hatte, es bei seinen Hochzeitstorten zu imitieren.

Einen kurzen Augenblick lang gestattete sich Arthur Rye ein schiefes Lächeln ob der Vorstellung, dass er und Michael eines Tages auch solch eine Hochzeitstorte haben würden; dann schüttelte er diesen Gedanken mit einem bitteren Lachen ab, wie es jenen zu Eigen ist, deren sexuelle Orientierung für die Kirche Blasphemie und für das Gesetz ein Verbrechen darstellt; wobei die Kirche wenigstens Gnade kannte, besonders ihren eigenen Leuten gegenüber.

Rye stand auf, schob die Frage nach dem Geburtstagsgeschenk erst einmal beiseite und begann, mechanisch die Sachen zu sortieren, die er auf seinem kleinen Tisch zum Kauf anbot: Postkarten mit Bildern der Kirche vor und nach ihrer Zerstörung und schlecht gedruckte Prospekte, in denen man die Geschichte der Kirche seit ihrer Grundsteinlegung im sechsten Jahrhundert nachlesen konnte. Rye schüttelte den Kopf. Einige der Prospekte waren kaum lesbar, verschmierter Druck auf billigem grünen Recyclingpapier; aber so war das nun einmal. Gutes Papier und Tinte waren kaum zu bekommen, lediglich der Staat hatte uneingeschränkten Zugriff darauf, und die Nachfrage nach beidem war groß, besonders heute.

Rye streckte sich und blickte wieder in den Himmel hinauf. Die dicken grauen Wolken, die den ganzen Morgen über bleiern in der Luft gehangen hatten, hatten gegen Mittag ein paar trügerisch verheißungsvolle Sonnenstrahlen durchgelassen; doch nun hatten sie sich wieder zu einer geschlossenen, nassen Decke zusammengefügt. Entweder würde jetzt jede Minute eine wahre Sintflut niedergehen, oder dieses seelenzerfressende, halbherzige Plätschern würde endlos weitergehen. Was von beidem der Fall sein würde, war schwer zu sagen. Nur eines war sicher: Heute würden nicht mehr viele Kunden kommen. Es war an der Zeit, den Laden dichtzumachen. Nach Einbruch der Dunkelheit kamen nur noch die üblichen Leute.

Der Mann, der Rye von dort beobachtete, wo einst die Kanzel gewesen war, gehörte allerdings nicht zu diesen üblichen Leuten. Zum einen war er viel zu gut gekleidet. Nicht gut genug für einen Nordler – seine Kleidung stammte definitiv aus dem Comecon –, doch er zeichnete sich durch eine Gediegenheit aus, die vermuten ließ, dass er mehr als nur ein gewöhnlicher Funktionär war. Jetzt kam der Mann auf Rye zu, als hätte er den Kanonikus gerade erst bemerkt. Er trug einen beigen Regenmantel, doch nicht den klassischen Burberry-Trenchcoat wie die DoSSer, sondern ein altmodisches, kurzes Ding, wie es in den sechziger Jahren Mode gewesen war, und darunter einen unauffälligen grauen Anzug. Der Kanonikus fragte sich, ob der Mann die Sachen wohl geerbt hatte.

Allein schon der Regenmantel legte nahe, dass der Fremde nicht zum DoSS gehörte. Heutzutage wurde der Umgang mit diesem besonderen Amt von einem ungeschriebenen Kodex bestimmt, einem nervösen ›Leben und leben lassen‹, das vielleicht ein Spiegelbild der Veränderungen im Kreml war, auch wenn diese im Mansion House keinen Widerhall fanden. Aber wie auch immer, der Kanonikus war sicher, dass er im Voraus gewarnt worden wäre, hätte das DoSS einen Besuch außer der Reihe geplant.

Doch das war nicht seine größte Sorge. Gott helfe ihm, aber dieser Mann hatte etwas an sich, das darauf hindeutete, dass er über Autorität verfügte und es nicht gewohnt war, herausgefordert zu werden. Was Arthur Rye am meisten Kopfzerbrechen bereitete, war die vage Möglichkeit, dass es sich bei dem Mann um einen Polizisten handeln könnte. Er biss sich auf die Zunge, um sein Gehirn dafür zu bestrafen, dass er auch nur daran gedacht hatte. In der Hoffnung, der Mann würde einfach verschwinden, wenn er ihn ignorierte, packte der Kanonikus weiter seine Sachen zusammen. Es hatte sich doch wohl keiner von seinen Stammgästen verplappert, oder? Sicher nicht. Das Letzte, was einer von ihnen wollte, war, unnötig Aufmerksamkeit zu erregen. Was Rye und sein Privatleben betraf, so hätten ein, zwei der ganz harten Jungs, die er kannte, sein Gesicht nur allzu gerne in den Dreck gedrückt – oder ihm Schlimmeres angetan – als Strafe für das, was sie als Perversion betrachteten. Aber er fügte doch niemandem ein Leid zu, und Michael konnte keiner Fliege etwas zuleide tun. Sicher, Michael verfügte über eine gewisse Stärke. Er war schon einmal den Schlägern der Sittenpolizei in die Hände gefallen, als diese ihn als Teenager wegen ›anzüglichen und unmoralischen Verhaltens‹ auf einer Herrentoilette in Greenwich verhaftet hatten ... Aber was zum Teufel erwarteten sie eigentlich, wenn sie die natürliche sexuelle Neigung eines Mannes zu einem Verbrechen erklärten? Michael hatte die Tortur überstanden, und vermutlich war es diese Erfahrung gewesen, die seinen Hass auf das Regime entfacht hatte. Aber wie auch immer ... Man konnte nie vorsichtig genug sein. Michael mochte ja stark sein, aber aus dem Kanonikus würden sechs Monate im Gefängnis von Pentonville ein körperliches und geistiges Wrack machen.

»Guten Tag«, sagte eine Stimme. »Sind Sie hier zuständig?«

Widerwillig drehte der Kanonikus sich um, und trotz der Tatsache, dass er in seinem Unterstand auf einem Podium stand, fand er sich in Augenhöhe mit dem Fremden wieder. Der Mann war groß, besaß dunkles Haar, ein kantiges Kinn und war schätzungsweise Mitte dreißig. Er sah gut aus, ausgesprochen maskulin, auch wenn seine Nase ein wenig krumm war. Besonders auffällig waren seine Augen, die in diesem Gesicht seltsam sanft wirkten, als könnten sie sowohl lachen als auch starren, weinen und verhören. Natürlich bestand auch die Möglichkeit, dass die leicht aufgedunsenen Wangen Folge übermäßigen Alkoholgenusses waren. Irgendetwas an dem Kerl kam dem Kanonikus auf unheimliche Art vertraut vor, als hätte er ihn vor langer Zeit schon einmal gesehen. Aber so sehr er sich auch bemühte, er konnte den Mann nicht einordnen.

»Das hängt davon ab, was Sie meinen«, antwortete der Kanonikus.

»Wie darf ich das verstehen?«

»Nun, es gibt hier nicht viel, wofür jemand zuständig sein könnte.« Rye deutete vage auf die hohen Bögen, die den dachlosen Chor von den ebenfalls ausgebrannten Seitenschiffen trennten, und die verbrannten Seitenwände mit den rußgeschwärzten Fensterresten.

Der Mann nickte ernst und streckte die Hand aus: »Mein Name ist Stark, Harry Stark. Ich hoffe, Sie können mir helfen.«

Kanonikus Rye blickte ihn scharf an. Bei dem Namen klingelte es. Irgendwann in der Vergangenheit ... Er konnte den Zusammenhang einfach nicht herstellen; er wusste nur, dass die Erinnerung nicht gerade angenehm war. Er nahm die ausgestreckte Hand – schlicht aus Gewohnheit –, drückte sie jedoch nur flüchtig.

»Ich fürchte, ich muss meinen kleinen Laden jetzt schließen, Mr Stark. Natürlich dürfen Sie sich gerne umschauen, aber wie Sie sehen, gibt es nicht viel zu sehen. Ich wünsche Ihnen einen guten Tag.«

»Warten Sie mal eine Minute«, sagte Stark. »Ich möchte Ihnen ein paar Fragen stellen.«

Fragen, egal, wie wenige, waren genau das, was Arthur Rye vermeiden wollte. »Tut mir Leid. Ich muss jetzt wirklich gehen. Bitte kommen Sie an einem anderen Tag wieder.«

Einen Augenblick lang dachte Stark darüber nach, seinen Dienstausweis zu zücken, doch er fürchtete, das genau würde die falsche Wirkung haben. Dieser Kerl war ein Vikar oder so etwas – er trug einen römischen Kragen unter seinem grünen Tweedjackett –, und vermutlich würde er auf eine Bitte besser reagieren als auf einen Befehl, besonders von ›behördlicher Seite‹. Die Kirche von England hatte zwar widerwillig ein Konkordat mit dem sozialistischen Staat geschlossen, doch hatte sie sich von den Folgen der Säkularisierung nie erholt, zumal der Staat den Atheismus entschlossen förderte. Hier war wohl eine freundliche

Geste angebracht. Stark griff in die Manteltasche und holte die Zigarettenschachtel hervor, die der Amerikaner in seinem Auto gelassen hatte. Er klappte die Packung auf und bot dem Kirchenmann eine Zigarette an. Der Kanonikus blickte auf die rot-weiße Schachtel und dann zu Stark, als wäre der Eva, die ihm einen Apfel reichte.

»Danke«, sagte er und nahm vorsichtig eine Zigarette aus der Schachtel.

Stark nahm selbst eine, zündete sie an und bot seinem Gegenüber Feuer an.

»Nein, ist schon gut«, sagte Rye und steckte die Zigarette mit übertriebener Vorsicht in die Innentasche seines Jacketts. »Die ist für einen Freund. Er ... Heutzutage sieht man hier nicht oft amerikanische Zigaretten.«

Aus einem Impuls heraus gab Stark ihm die ganze Packung. Es waren mindestens noch zehn Stück drin. »Nehmen Sie den Rest, wenn Sie wollen. Ich will es ohnehin aufgeben.«

Der Kirchenmann zweifelte einen kurzen Moment, bevor er die Packung entgegennahm.

»Sie sind sehr freundlich«, sagte er.

Stark zuckte mit den Schultern und schlug den Kragen hoch. Der Regen lief ihm in den Mantel.

»Sie werden nass«, sagte der Kirchenmann. »Vielleicht sollten Sie besser reinkommen.«

Stark nahm das Angebot gerne an, obwohl *›reinkommen‹* ein relativer Begriff war. Abgesehen von der dachlosen Hülle mit den perforierten Wänden – Stark war durch ein Loch in der Mauer über den mit Trümmern bedeckten Friedhof gekommen –, war von St. Bride's nur der auf wundersame Weise erhaltene Turm übrig geblieben, der große Portikus, der ihn stützte, und die verhältnismäßig massiven Reste des Westschiffes. Darin oder genauer gesagt in dem, wovon Stark glaubte, dass es einst die Sakristei gewesen war, hatte der Kirchenmann aus Balken und Wellblech seinen Verkaufsstand auf dem letzten Stück Marmorboden errichtet. Der Zugang zum Portikus war versperrt, und ein Schild warnte: ›Vorsicht, einstürzendes Mauerwerk‹.

»Wenn es Ihnen nichts ausmacht, räume ich das hier erst einmal weg ... Es sei denn, Sie wollen mich über die Geschichte der Kirche befragen.«

»Komisch, dass Sie das sagen«, erwiderte Stark. »In gewissem Sinne ist das tatsächlich so.«

»Wirklich? Dann kann ich Ihnen ja vielleicht doch helfen.« Rye seufzte innerlich vor Erleichterung. Woher dieser Fremde auch kommen mochte, zur Sittenpolizei gehörte er offenbar nicht.

»Ich versuche, etwas über einen Gottesdienst herauszufinden, der angeblich hier abgehalten wurde. Das ist schon lange her, aber wenn ich mich so umschaue, ist es tatsächlich wohl noch länger her, dass hier zum letzten Mal die Messe gelesen wurde.«

»Von welcher Art Gottesdienst reden Sie?«

»Von einem Gedenkgottesdienst. Aber das war lange nach dem Krieg, und ...« Stark schaute sich noch einmal um.

»Nur weil die Kirche eine Ruine ist, Mr ...«

»Stark.«

»Hm. Stark, ja. Nur weil die Kirche eine Ruine ist, heißt das noch lange nicht, dass sie entweiht ist. An dieser Stelle hat man insgesamt sieben Kirchen der heiligen Jungfrau geweiht; ihre Geschichte reicht bis zu den Anfängen des Christentums in diesem Land zurück. Nur weil das Haus Christi im Augenblick größerer Reparaturen bedarf, bedeutet das noch lange nicht, dass es seinen Geist aufgegeben hat, und das meine ich ganz im wörtlichen Sinne.«

»Tut mir Leid.« Die Ernsthaftigkeit, mit der der Mann seinen Glauben bekundete, machte Stark verlegen. Tatsächlich fühlte er sich sogar seltsam unbehaglich. »Heißt das, dass hier noch immer Gottesdienste abgehalten werden?« Stark versuchte, sich die Art von Kirchgängern aus der Mittelklasse vorzustellen, über die sein Vater immer gespottet hatte, und wie sie in ihren besten Ausgehanzügen inmitten dieser Ruine standen.

»Natürlich. Aber Sie haben mir noch immer nicht gesagt, wann diese Gedenkfeier stattgefunden haben soll … oder wessen dabei überhaupt gedacht worden ist.«

»Wie ich gesagt habe, es ist schon lange her, 1972, um genau zu sein. Und ich glaube …« Plötzlich blieben Stark die Worte im Halse stecken, nicht nur ob der Gefühle, die unvermittelt in ihm aufwallten, sondern auch, weil er hier immerhin von einem eingefleischten Atheisten sprach … oder? Egal. »Ich glaube, die Feier war zu Ehren meines Vaters.«

Es folgte ein kurzes Schweigen, währenddessen Stark den kalten Regen in seinem Nacken spürte und das Rauschen von Autoreifen auf der nahen Fleet Street hörte. Dort, wo er nicht von dem Wellblechdach geschützt wurde, platschten dicke Wassertropfen auf den wie ein Schachbrett gemusterten Marmorboden.

»Kommen Sie mit«, sagte der Kirchenmann und ging zu der Wand hinter dem hölzernen Informationsstand, wo er einen alten Wollvorhang zur Seite zog. Dahinter verbarg sich weder ein Fresko noch eine Gedenktafel, wie Stark vermutet hatte, sondern eine steile Treppe, die tief in die Erde hinunterführte. Der Kanonikus bedeutete Stark, ihm zu folgen.

»Es heißt, dass es immer einen Silberstreifen am Horizont gibt, selbst in größter Finsternis. Das hier ist unserer: der Eingang zur Krypta. Man hat sie erst nach dem Bombenangriff entdeckt. Als Sir Christopher St. Bride's im 17. Jahrhundert gebaut hat, hat er sie auf den Überresten von sechs anderen Kirchen errichtet. Schon damals war Land in London knapp. Um Platz zu sparen, hat man die Leichen auf alten Friedhöfen oft ausgegraben und ihre Knochen woanders zusammengelegt. Das war allgemein üblich und klingt makabrer, als es in Wirklichkeit war. Hier unten liegen die Überreste von 7000 Menschen, doch nach der Choleraepidemie im 19. Jahrhundert hat man derartige Bestattungen in der City of London verboten und sämtliche Krypten versiegelt. Erst eine 200-kg-Bombe hat diese hier wieder geöffnet.«

Stark wurde von Ehrfurcht erfüllt. Der Kanonikus nahm eine Taschenlampe aus einer Nische und schaltete sie ein. Gelbes Licht flutete die dunkle Treppe hinunter, die sich unter den Chor der zerfallenen Kirche wand. »Passen Sie auf, wo Sie hintreten«, warnte er.

Vor ihnen befand sich eine von Ruß geschwärzte Tür. Der Kirchenmann drehte an einem schweren Eisenring und drückte sie vorsichtig auf.

Stark wusste nicht, was er erwartet hatte. Irgendetwas Makabres vermutlich: gestapelte Schädel und über Kreuz gelegte Knochen; ganze Skelette, die von Haken baumelten. Stattdessen sah er eine schlichte Kammer, die von einer Glühbirne unter der Decke und zwei Kerzen auf einem als Altar zurechtgemachten Tisch erhellt wurde.

»Hier feiern wir unsere Gottesdienste«, erklärte der Kanonikus und schob Stark hinein. Wer war ›wir‹, fragte sich Stark. Wie viele Christen kamen hier in diesen Keller, anstatt eine der besser erhaltenen Kirchen zu besuchen – auch wenn die zugegebenermaßen immer weniger wurden? Links und rechts führten unbeleuchtete Gänge wieder aus dem Raum hinaus.

»Dort sind die Knochen untergebracht. Man könnte sie wohl unsere Katakomben nennen, obwohl sie bei weitem nicht so groß sind wie die in Paris. Nichtsdestotrotz ist das hier ein unterirdisches Labyrinth. Einige Teile sind nach wie vor nicht zugänglich, oder zumindest sind sie ausgesprochen unsicher. Aber kommen Sie. Hier ist jemand, der Ihnen vielleicht weiterhelfen kann.«

»Hier? Wer?«

»Kommen Sie mit.«

Vorsichtig folgte Stark dem Kanonikus in den linken Gang. Im Licht der Taschenlampe waren nun tatsächlich Knochen zu sehen: ordentliche Stapel, alle identisch.

»Die mittelalterlichen Mönche sind sehr methodisch vorgegangen, müssen Sie wissen. Sie haben die Knochen vorsortiert und Gleiches mit Gleichem eingelagert. Ich nehme an, sie haben geglaubt, so könne man sie am Tag des Jüngsten Gerichts einfacher wieder zusammensetzen, obwohl ich mir vorstellen könnte, dass dieses System in Wahrheit eher für Verwirrung sorgen wird. Aber wohl nicht für den Schöpfer. Die Schädel befinden sich in einer anderen Kammer. Ein echtes kleines Golgatha.«

Stark erschauderte.

Sie bogen um eine Ecke und fanden sich in einer anderen Kammer wieder, fast so groß wie die erste und ebenfalls von einer einsamen Glühbirne erhellt. Unzählige

Oberschenkelknochen zierten die eine Wand, während sich an der gegenüberliegenden mehrere Feldbetten befanden.

»Hier leben *Menschen*?«, erkundigte sich Stark erstaunt.

»Nicht wirklich. Sagen wir mal so: Die Kirche hat jenen, die es brauchten, schon immer Asyl gewährt, und einige brauchen es dringender als andere. Dieser Gentleman hier gehört dazu. Nicht wahr, Mr Ransom?«

Da bemerkte Stark, dass noch jemand hier war: Eine kleine, schlanke Gestalt saß zusammengekauert an der Wand auf einem der Betten im Halbdunkel, knapp außerhalb des Lichtscheins der Glühbirne. Er hätte genauso gut ein Lumpenbündel sein können, zumal er sich noch nicht einmal bewegte, als der Kanonikus ihn beim Namen nannte.

»Mr Ransom«, wiederholte der Kirchenmann. »Ich habe Ihnen einen Besucher mitgebracht.«

Der kleine Kopf drehte sich, und Stark konnte im schwachen Licht der armseligen Lampe ein runzeliges Gesicht mit fest zusammengekniffenen Augen erkennen.

»Wer?«, bellte der kleine Mann mit überraschend schriller und wütender Stimme. »Sie wissen doch, dass ich keine Fremden mag.«

Der Kanonikus zuckte unwillkürlich zusammen.

»Er sucht Informationen«, erklärte er. »Informationen über etwas, das vor langer Zeit geschehen ist.«

»Dann ist er hier falsch, nicht wahr?«, schnappte der alte Mann. »Wir haben hier keine Informationen, stimmt's? Wir wissen nichts, gar nichts, richtig? Hast du das immer noch nicht kapiert, du dummer, alter, schwuler Pfaffe?«

Erschrocken blickte Stark den Kirchenmann neben sich an und bemerkte, wie der errötete und die Lippen schürzte. »Manchmal ist er ein wenig schwierig und bildet sich Dinge ein«, sagte der Kanonikus. Stark schwieg.

»Er will etwas über einen Gedenkgottesdienst wissen«, fuhr Rye an den Alten gewandt fort. »Einen Gottesdienst, der in den Siebzigern hier stattgefunden haben soll. Für seinen Vater. Ich dachte, Sie würden sich vielleicht daran erinnern.«

»Hmpf.« Die Stimme klang nicht mehr ganz so schrill und vor allem nicht mehr so laut. Fast flüsterte der Mann nun. »Ich erinnere mich an gar nichts mehr.«

»Ich möchte Sie nicht belästigen, Sir«, Stark beugte sich vor, »aber falls Sie sich doch an etwas erinnern könnten, wäre ich Ihnen außerordentlich dankbar. Es war im September 1972. Mein Vater hieß John Sta… Oh, mein Gott, was ist mit ihm passiert?«

Stark hatte sich zu dem alten Mann hinuntergebeugt, um ihm in die Augen sehen zu können, doch nun schreckte er entsetzt zurück. Der Kanonikus legte ihm die Hand auf den Arm.

»Ist schon gut. Er spürt keinen Schmerz. Nicht mehr.«

»Aber wie …? Was …?«

»Es war ein Unfall … oder zumindest haben sie das gesagt.«

»Wer?«, fragte Stark, obwohl er die Antwort bereits kannte.

»Das Amt für Staatssicherheit, wer sonst? Sie haben ihn vor fünf Jahren verhaftet und ihm vorgeworfen, die Krawalle in Dover organisiert zu haben.«

»Was für Krawalle? Ich habe nie von irgendwelchen Krawallen …«

»Nein, das haben Sie wohl nicht. Sie haben versucht, ihn zum Reden zu bringen. Er sollte ihnen irgendwelche

Verbindungen zu mysteriösen Gestalten gestehen, von denen sie geglaubt haben, dass sie das Regime destabilisieren wollen. Er hat gesagt, er kenne niemanden und hätte auch nichts gesehen. Also haben sie ihn beim Wort genommen und ihm die Augenlider zugenäht, nur dass der Näher nicht gerade vorsichtig mit der Nadel war. Zwei Mal.«

Stark musste schlucken. Er schmeckte Galle im Mund. »Das ist unglaublich.«

»Ja, aber das sagen sie auch über das Christentum.«

Stark schluckte noch einmal. »Und seitdem lebt er hier?«

»Mehr oder weniger. Irgendjemand muss sich ja um ihn kümmern. Und er hat Freunde, Menschen mit einer langen Verbindung zu dieser Kirche. Deshalb habe ich auch geglaubt, dass er Ihnen vielleicht helfen könnte, aber wenn er nicht will, kann ich auch nichts machen. Es tut mir Leid. Vielleicht sollten Sie jetzt besser gehen.«

»Warten Sie mal.« Der alte Mann hatte seine Stimme wieder ein wenig gehoben, doch die ursprüngliche Wut war verschwunden.

»Wie hieß Ihr Vater, haben Sie gesagt?«

»Stark. Major John Stark. Er war ...« Stark zögerte. Er wusste nicht, welche Wirkung die Worte haben würden. »Er war Polizist.«

Schweigen folgte diesen Worten – ein Schweigen, das sich so lange hinzog, dass Stark schon glaubte, Ransom hätte ihn nicht gehört oder sei gar eingeschlafen. Dann, plötzlich, sagte der alte Mann in einem anderen Tonfall: »Kommen Sie her. Runter zu mir. Lassen Sie mich Ihr Gesicht berühren.«

Stark kniete sich vor ihn und versuchte, nicht auf das vernarbte, eitrige Fleisch zu blicken, das die Augäpfel bedeckte. Ransom streckte die Hände aus, und Stark führte sie an sein Gesicht, froh darüber, einen Grund dafür zu haben, die Augen zu schließen. Die Hände krochen über sein Gesicht, tasteten seine Stirn ab, die Ohrläppchen und besonders die Adlernase, jenes Erbe seines Vaters, das er am meisten hasste. Stark empfand die Erfahrung als irritierend, doch nicht wirklich als unangenehm.

Dann zog der alte Man unvermittelt die Hände zurück und bekreuzigte sich. Stark glaubte, Tränen aus den Winkeln der geschundenen Augen rinnen zu sehen.

»Das kann nicht sein. Oder vielleicht doch? Es muss so sein. Gesegnet sei meine allzu menschliche Seele. Der kleine Harry Stark!«

Kapitel Achtzehn

Sie nannten es noch immer den Spielplatz, auch wenn es sich bei den einzigen Spielen, die dort noch gespielt wurden, um solche handelte, die auch Erwachsene genossen. Und wie so oft in der Welt der Erwachsenen waren es gerade die Regelbrüche, die die Nuancen in das Einerlei brachten, selbst wenn es sich in diesem Fall nur um Schulregeln handelte.

Tommy Paine hatte noch nie etwas mit Regeln am Hut gehabt, auch nicht mit den inoffiziellen, ungeschriebenen seiner Altersgruppe. Zum Beispiel rauchte er nicht, und er gesellte sich auch nicht zu der Bande, die sich hinter dem Fahrradschuppen Kippen drehte oder mit Red Rose Filter handelte. Und das, obwohl er besser als jeder andere Zugang zum ultimativen Statussymbol der Raucher hatte: importierte amerikanische Zigaretten, die sein Vater regelmäßig von Tommys Onkel im Norden bekam. Nicht dass Tommy zu ehrlich gewesen wäre, um dann und wann ein Päckchen zu klauen, das tat er natürlich sehr wohl – selbst sein Vater wäre erstaunt gewesen, wenn sein sechzehnjähriger Sohn das nicht getan hätte. Tommy sah nur schlicht keinen Sinn darin, seine Lungen zu vergiften, wo er die Kippen doch viel besser dazu verwenden konnte, sich Status zu *kaufen*. Und Status war etwas, über das Tommy Paine im Überfluss verfügte – besonders bei den Mädchen.

Er besaß Status, weil er ein Rebell mit einem Ziel war. Deshalb vergötterte ihn auch Kate Stark. In Wahrheit war dieses Ziel jedoch bei weitem nicht so genau definiert wie allgemein angenommen. Tommy Paine missachtete die Schulregeln, weil es eben Regeln waren, und er hatte einen regelrechten Schwarzmarkthandel aufgebaut, nicht nur mit Zigaretten, sondern auch mit in Masse produzierten Musikkassetten, die ihm seine Vettern im Norden zusammen mit den neuesten Fanzines aus Liverpool schickten. Wenn man wissen wollte, was im Cavern Club auf den Plattentellern lag, musste man Tommy fragen, der mehr als jeder andere, den Kate Stark je getroffen hatte, wusste, was gerade im fernen Merseybeat und Manchester Madhouse angesagt war.

Und Tommy sah auch so aus: das Haar oben lang und teilweise zu Dornen gedreht, den Rest kurz geschoren – natürlich eigenhändig mit einem importierten Haarschneider – und lange Matten, die ihm über Ohren und Nacken hingen. Natürlich hassten die Lehrer das, und ständig beschwerten sie sich darüber; doch Tommy wusste genau, wie er sein Haar zurückbinden musste, um den allmorgendlichen Appell ohne Probleme zu überstehen. Auch besaß er das bemerkenswerte, viel beneidete Talent, genau dann zu spät zu kommen oder sich krank zu melden, wenn eine unangekündigte Uniformkontrolle stattfand. Es war, als wisse er stets im Voraus Bescheid, und einige behaupteten, dass es tatsächlich so war – dank eines geschickt platzierten Päckchens Marlboro bei einer Aufsicht oder gar bei einem Lehrer.

Auf dem Spielplatz, wo die Mädchen über Stelldichein hinter dem Fahrradschuppen redeten, über verstohlen im Klassenzimmer verschickte Liebesbriefchen, über letztes und nächstes Wochenende, darüber, wo die nächste Party stattfinden sollte, und über das Neueste von der Modenschau in Leeds, gab es ein Thema, das stets bei allen das Interesse weckte: Wer hatte ›es‹ mit Tommy Paine getan?

Was genau dieses ›es‹ war, wurde nur selten definiert, da Tommy selbst recht reserviert in dieser Hinsicht war. Nie prahlte er mit seinen sexuellen Erfahrungen wie die anderen Jungen, und das steigerte noch sein Ansehen bei seinen Mitschülerinnen. Das Einzige, worüber er sich regelmäßig erregte und woraus er kein Geheimnis machte, war die Tatsache, dass er Liverpool-Fan war, und sollte es je eine ›wiedervereinigte Fußballliga‹ geben – was an sich schon ein skandalöser Ausdruck war –, dann, so erklärte er mit Feuereifer, würden die Merseysider mit Arsenal den Boden putzen.

Das war natürlich die eigentliche Sache mit Tommy: Er entwickelte sich zu einem echten Vollblutdissidenten, der nicht nur glaubte, dass die Teilung von 1949 falsch gewesen war, sondern auch, dass sie irgendwann wieder rückgängig gemacht werden könnte. Selbstverständlich sprach er das nie offen aus, aber das brauchte er auch nicht, die Mutmaßungen seiner Mitschüler genügten vollkommen. Und das war Teil des Mythos, jenes Mythos, der Tommy in Kates Augen so begehrenswert machte.

Den anderen Grund für ihr Verlangen gab sie nur ungern zu, und hätte sie eingehender darüber nachgedacht, sie hätte nicht sagen können, was schwerer wog: der Mythos oder die Tatsache, dass Tommy sie noch nicht einmal wahrnahm. Na ja, ganz stimmte das nicht. Sie hatte schon dafür gesorgt, dass er wenigstens mal einen Blick in ihre Richtung warf, indem sie ihre Schuluniform entsprechend modifiziert hatte: Sie hatte den Bund ihres knielangen Rocks aufgekrempelt, wodurch der Saum nach oben gerutscht war, sodass man nun mehr von ihren langen und, wie sie wusste, absolut sexy Beinen sehen konnte.

Von Zeit zu Zeit hatte sie Tommy Paine dabei erwischt, wie er verstohlen in ihre Richtung geschaut hatte, vor allem zu Beginn des vergangenen Schuljahres, letzten September, als es ungewöhnlich warm gewesen war und die Mädchen am Tor in der Sonne gebadet hatten. Aus halb geschlossenen Augen hatte sie beobachtet, wie Tommy ihre Beine angegafft hatte, woraufhin sie ihren Rock ganze fünf Zentimeter hochgezogen hatte. Das hätte man fast schon als unanständig bezeichnen können, doch damals hatte Kate es die Sache für wert erachtet. Sie sollte grausam enttäuscht werden.

Das war alles die Schuld ihres dummen, verdammten Bruders. Das hatte sie bei einem Schulmittagessen kurz vor den Winterferien lernen müssen. Sie war in die Nähe von Tom Paine und einer Gruppe seiner männlichen Anhänger gekommen und hatte sie dabei erwischt, wie sie über Politik geredet hatten – na ja, über *Fußballpolitik*.

Angestrengt hatte sie darüber nachgedacht, was sie Kluges – oder zumindest nicht allzu Dummes – sagen könnte, um sich zu ihnen zu gesellen, als Tommy sie bemerkt hatte. Sofort hatte er die Hand gehoben und zu seinen Freunden gesagt: »Still jetzt, Jungs. Da ist Kate, der Polizeispitzel.«

Die Worte hatten Kate ein Loch in die Seele gebrannt. Sie, ein Spitzel! Tommy Paine verachtete sie, und das nur wegen ihrer Familie – wegen ihres dummen Vaters, an den sie sich noch nicht einmal erinnern konnte, und wegen ihres dummen Bruders, der sie einfach nicht in Ruhe lassen wollte und der sich so verhielt, als wäre ihr Leben irgendein ›Fall‹, den er untersuchen müsse. Kate hatte sich in jener Nacht in den Schlaf geweint, und als Harry in ihr Zimmer gekommen war, ihr den Arm um die Schultern gelegt und sie gefragt hatte, was los sei, hätte sie ihm fast den Kopf abgerissen und ihn angeschrien, er solle sich zum Teufel scheren.

Kate hatte ihm angesehen, wie verletzt er war, und das hatte sie gefreut. Am darauf folgenden Morgen hatte sie sich dafür gehasst. Die ganze Sache war ihr peinlich gewesen, und sie hatte sich geschämt, doch sie hatte es nicht über sich gebracht, sich zu entschuldigen. Na gut, vielleicht war es *nicht* seine Schuld. Aber wenn es nicht seine Schuld war, wessen dann? Es *musste* doch irgendjemandes Schuld sein ... oder?

Falls wirklich niemand Schuld daran hatte, dann nur, weil alle glaubten, die Welt sei nun mal so, wie sie war, und das könne man auch nicht ändern. Nun, vielleicht irrten sich ja alle. Vielleicht konnte man ja doch etwas tun, etwas, von dem Tommy Paine immer nur geredet, was er aber nie getan hatte. Vielleicht konnte *sie* es tun, es planen und den verdammten Tommy sogar dazu herausfordern mitzumachen. Vielleicht würde ihm das ja die Augen öffnen.

Diese Gedanken gingen Kate durch den Kopf, als sie über den Spielplatz zu der Gruppe von Jungen an der Lagerhauswand ging. Ihr schlug das Herz bis zum Hals, doch sie hatte all ihren Mut zusammengenommen und hielt ihn in den geballten Fäusten fest, die neben ihrem Rock baumelten. Diesmal trug sie den Saum auf regelkonformer Höhe, und mit ruhiger Stimme sagte sie:

»Tommy Paine, ich muss mit dir reden.«

Kapitel Neunzehn

Stark verließ St. Bride's durch die Gasse, die am alten Gemeindezentrum vorbeiführte, und war dankbar für die hereinbrechende Dunkelheit, verbarg sie doch die Tränen, die ihm in die Augen stiegen. Dann stimmte es also wirklich: Alles war eine Lüge gewesen.

Stark hatte fast zwei Jahrzehnte lang in einer auf dem Kopf stehenden Welt gelebt, in der er versucht hatte, um seines Vaters willen einem Ideal zu folgen, das dieser längst aufgegeben hatte.

Ransom war nicht wirklich ein Freund von Harrys Vater gewesen, sondern vielmehr einer seiner Anhänger. Er hatte zu ihm aufgeblickt, und als Stark senior über Nacht verschwunden war, war es Ransom gewesen, der als Erster geahnt hatte, was geschehen war. Anschließend hatte er selbst die Führerrolle übernommen, doch nur um herauszufinden, was für einen gefährlichen Weg er eingeschlagen hatte. Stark durchsuchte seine Erinnerungen nach einem Bild von Ransom aus seiner Jugend, fand aber keines. Doch der alte Mann hatte ja selbst gesagt, dass sie sich nicht mehr als zwei Mal getroffen hatten. Es war nicht der Junge gewesen, den er gesucht – und gefunden – hatte, als er mit den Fingern über Harrys Gesicht gestrichen hatte, sondern der Vater.

Ransom hatte eine Ähnlichkeit mit dem Mann gesucht, der vor so vielen Jahren in ihrer Mitte erschienen war, inmitten einer glücklosen Gruppe aus desillusionierten Intellektuellen, altmodischen Konservativen, Kirchgängern und notorischen Querdenkern: jene Art von Menschen, für die die sozialistische Gesellschaft weder Zeit noch Platz hatte. Wie Prometheus sei er zu ihnen hinabgestiegen, hatte der alte Mann gesagt, der Titan aus der griechischen Mythologie, der aus Mitleid mit den Menschen den Göttern das Feuer geraubt und es den Sterblichen als Geschenk gegeben hatte.

Harrys Vater hatte den Dissidenten das Feuer der Rechtschaffenheit zum Geschenk gemacht, das Feuer eines Mannes, dessen Glaube verraten worden war, und die daraus entstandene Wut, als er gesehen hatte, wie seine Hoffnungen auf das Paradies von Panzerketten zermalmt worden waren; und in diesem Feuer waren aus Pflugscharen Schwerter geschmiedet worden.

»Er war ein Organisator. Er hat für uns das getan, was er nach '49 auch für die Polizeikader getan hat. Er hat Niedergeschlagenheit und Depression in Entschlossenheit verwandelt«, hatte Ransom gesagt, und Stark konnte sich das gut vorstellen. Er konnte es sich vorstellen, weil er wusste, wie geschickt sein alter Herr darin gewesen war, die Dinge zurechtzurücken und den Menschen Mut zuzusprechen. Er wusste es, weil er gesehen hatte, wie sein Vater die Moral eines Kricketteams von Schuljungen gestärkt hatte, das sich auf der Verliererstraße befand; er hatte sie Lieder der Hoffnung singen lassen, der Hoffnung und vielleicht auch der Rache.

Natürlich, hatte Ransom gesagt, hatten ihm auch einige misstraut und ihn verdächtigt, ein DoSS-Spitzel zu sein. Aber hätte ein ›Maulwurf‹ zugegeben, Polizeimajor zu sein? Dank seines Engagements hatte es jedoch nicht lange gedauert, bis er sie überzeugt hatte. Auch hatten sie sich nicht länger um überraschende Razzien seitens des ›Amts‹ sorgen müssen, denn sie wurden vorgewarnt.

Wie sein Vater an diese spezielle Art von Information gelangt war, das wusste Harry nicht. Allerdings konnte er sich vorstellen, dass der alte Herr nach Dienstschluss eher einen im ›Holmes‹ statt im ›Red Lion‹ getrunken hatte, vielleicht sogar im ›Star‹ oder ›Crouching Tiger‹, den beiden Pubs in der Nähe des Barbican, jene Art von Lokalität, in die der Normalbürger höchstens per Zufall geriet und die er rasch wieder verließ. Stark kannte ein paar Offiziere im Amt, und das war auch ganz gut so. Aber er fragte sich, ob er es über sich brächte, eine falsche Freundschaft zu ihnen aufzubauen, nur um sie dann zu missbrauchen. War es das, was sein Vater getan hatte? War sein plötzlicher Hang zu Überstunden nur ein weiterer Teil der Lüge gewesen, die der Mann gelebt hatte?

Je mehr Harry darüber nachdachte, desto klarer wurde ihm, dass er seinen Vater eigentlich gar nicht kannte. Hatte der alte Herr es so vorgezogen? Hatte er seine Familie schützen wollen und sie deshalb aus allem herausgehalten? Voller Schuldgefühle ob seines Versagens, weil er einem Erbe nicht hatte gerecht werden können, das offenbar so nie existiert hatte, hatte Harry schon immer unterbewusst danach gestrebt, was seinem Vater gelungen war. Stark senior hatte die Dichotomie gemeistert: Er hatte als Polizist gelebt und gearbeitet und die Gesetze eines Staates verteidigt, den er gleichzeitig aktiv bekämpft hatte. Machte ihn das zu einem Meister der philosophischen Abstraktion oder schlicht zu einem Heuchler mit zwei Gesichtern?

Stark wusste, was davon er lieber glauben wollte. Die Heuchelei war eine Schöpfung der ›anderen‹: Was mit dieser Gesellschaft nicht stimmte, lag nicht notwendigerweise nur am Staat. Es war nicht das Kollektiv seiner Mitbürger, ja, noch nicht einmal das politische und ökonomische System, das ihnen von einer fernen Supermacht aufoktroyiert worden war. Nein, es waren die bösartigen Mittel, die eingesetzt wurden, um den Status quo um jeden Preis zu erhalten, die dem System sein unmenschliches Gesicht verliehen. Es waren die DoSSer, dieser arrogante, selbstsüchtige Haufen, die den Totalitarismus durchsetzten, weil er ihnen die absolute Macht verlieh, zu tun und zu lassen, was sie wollten.

Sie lebten noch nicht einmal wie die anderen Bürger. Hinter den Mauern ihrer Siedlungen führten sie ein Leben voller Privilegien. Sie hatten sogar Zugang zu ›dekadenten‹ Luxusgütern aus dem Norden, Waren, von denen es in ihrem Glauben hieß, sie würden Normalsterbliche korrumpieren; doch *sie* waren ja dank ihrer ideologischen Reinheit immun dagegen. Und sie waren auch gegen die anderen Einschränkungen immun, denen gewöhnliche Bürger unterlagen. Sie waren gegen willkürliche Verhaftungen und Folter immun. Aber Standgerichte? Selbst jetzt noch, da sich die Beweise vor Harrys Augen förmlich türmten, konnte er kaum glauben, dass die etablierte Ordnung über Instrumente verfügte, welche die Regeln nicht nur umgingen, sondern sie nach Belieben verbogen und brachen.

Wer entschied darüber, welche Umstände ihnen erlaubt hatten, ein Urteil über Harrys Vater zu fällen – oder über den alten, verstümmelten Ransom und Gott weiß wie viele andere bis hin zu dem amerikanischen Spion, den sie zur Warnung wie ein Stück Fleisch unter der Blackfriars Bridge gehangen hatten, um ihre Allmacht zu demonstrieren?

Der Amerikaner! Stark hatte ihn ganz vergessen. *Die* Amerikaner, um genau zu sein, der tote und der lebende. Er hatte begonnen, Fragen zu stellen, doch die Gefühle auf Ransoms vernarbtem Gesicht und das Kopfschütteln des Kanonikus hatten ihm gesagt, für jetzt sei es genug. Für ihn galt das Gleiche. »Kommen Sie wieder zurück«, hatte der Kanonikus gesagt. »Nächstes Mal werden Sie willkommen sein. Kommen Sie morgen wieder zurück, am frühen Abend. Dann werden auch andere hier sein.«

»Was für andere? Findet dann ein Gottesdienst statt?«, hatte Stark sich erkundigt.

»Nicht im eigentlichen Sinne«, hatte der Kanonikus geantwortet. »Aber jetzt keine Fragen mehr. Kommen Sie morgen wieder. So um 19.30 Uhr. Sie werden schon sehen.«

Stark sagte ihnen und sich selbst, dass er das tun würde. Wenn man glauben konnte, was er gehört hatte, und es fiel ihm schwer, das nicht zu tun, dann war die Allmacht des DoSS eine Realität, die es herauszufordern galt. Irgendwie hatten ihm die Götter die Möglichkeit in den Schoß gelegt, ruhigen Gewissens und auf seine eigene Art dem Weg seines Vaters zu folgen. Die Götter? Oder vielleicht Gott? Nach außen hin war Stark stets Atheist gewesen, im Herzen jedoch Agnostiker.

Stark klammerte sich an die Hoffnung, dass er dem Weg des Märtyrers nicht bis zum bitteren Ende würde folgen müssen, auch wenn ihm klar war, dass diese Hoffnung womöglich vergebens sein würde. Er war nicht sicher – tatsächlich hatte er nicht den Hauch einer Ahnung –, wie viel Glauben, wenn überhaupt, er in den Optimismus des Amerikaners in Bezug auf den ›Wind der Veränderung‹ legen konnte, der aus Moskau wehte. Er wusste nicht, wie viel der Schutz einer ausländischen, ›gegnerischen‹ Zeitung gegen Männer wert war, die mit ihren Schlagstöcken und Pistolen dachten.

Stark hatte schon von Fällen gehört, wo Leute dank der Tatsache einen gewissen Schutz genossen hatten, dass sie als ›berüchtigt‹ galten. Natürlich würde das das Ende seiner Karriere bedeuten, doch wenn er so zum ersten Mal seinem Herzen statt seinem Kopf folgen konnte, wäre es die Sache vielleicht wert. Und wenn er sich so den Respekt statt der Verachtung seiner kleinen Schwester verdiente, dann hegte er keine Zweifel mehr, dass dieser Weg der richtige war – nicht die geringsten.

Ein Mann musste tun, was ein Mann tun musste: Das war ein Klischee, an das Harry sich aus alten Western erinnerte, die er auf den Knien seines Vater als ›besonderen Leckerbissen‹ hatte sehen dürfen. Die Erinnerung zauberte ein Lächeln auf sein Gesicht und vertrieb die letzten Tränen.

Harry blickte auf seine Uhr und schaute sich um, um zu sehen, wo er sich befand. Er war meilenweit gelaufen, ohne es zu bemerken. Wie auf Autopilot hatte er die City durchquert und war über die Farringdon Street bis zur Grenze von Islington gegangen. Sein Haus war nur wenige Straßen entfernt. Er hatte nicht die Absicht gehabt, dorthin zu gehen. Er hatte nicht die Absicht gehabt, *irgendwohin* zu gehen. Seine Schritte hatten ihn schlicht hierher geführt. Hätte er darüber nachgedacht, er wäre vermutlich ins ›The Rose‹ gegangen, auch wenn er nicht wusste, mit wem er hätte trinken oder über was er hätte reden sollen, da er nur eines im Kopf hatte.

Vielleicht war es Schicksal, was ihn nach Hause geführt hatte und ihm sagte, es sei an der Zeit, die kranke Atmosphäre daheim zu klären. Vielleicht würde er heute Abend Gelegenheit bekommen, sich mit seiner Mutter und Schwester beim Essen zusammenzusetzen und endlich über die Wahrheit zu sprechen – eine Wahrheit, die er und mit Sicherheit auch Katy bis jetzt nicht gekannt hatten. Aber wie viel wusste seine Mutter? Alles? Nichts? Oder irgendetwas dazwischen? Stark hatte keine Ahnung. Es würde nicht leicht sein, darüber zu sprechen. Und würde es zu früh oder zu spät sein? Zu viel oder zu wenig? Stark würde die Ereignisse einfach ihren Lauf nehmen lassen; inzwischen war er das Unerwartete gewohnt.

Trotzdem erschrak er vor der Gestalt, die scheinbar aus dem Nichts vor ihn trat, als er in die Packington Street einbog. Der Schrecken auf seinem Gesicht vergrößerte nur noch die offensichtliche Freude in Benjamin T. Fairweathers Zügen ob der Tatsache, dass er ausgerechnet aus jenem Hauseingang getreten war, wo Stark ihm knapp 24 Stunden zuvor aufgelauert hatte.

»Wie geht's, Harry?«, fragte der Amerikaner schlicht.

Noch nie in seinem Leben hatte Stark zwei derart widersprüchliche Regungen empfunden. Am liebsten hätte er dem Amerikaner die Faust ins Gesicht gerammt; gleichzeitig wollte er ihn jedoch auch umarmen.

Er tat jedoch nichts dergleichen, sondern trat einen Schritt zurück und musterte sein Gegenüber. Fairweather war älter, als Stark gedacht hatte, groß und kräftig gebaut, wenn auch ein wenig ungelenk ... wie ein Footballspieler, der nie gelernt hatte, sich ohne Helm und Rüstung zu bewegen. Mit seinem Lächeln versuchte Fairweather, Freundlichkeit auszudrücken, obwohl es ihm sichtlich schwer fiel, die schelmische Freude zu verbergen, die er ob seines gelungenen Streichs empfand; aber wenn Stark sich nicht ganz irrte, war die Wärme in seinen Augen echt. Der Amerikaner trug die dick umrandete Brille, mit der er auch auf seinem Presseausweis zu sehen war. Er streckte die Hand aus. Stark ergriff sie. Wie er schon beim letzten Mal bemerkt hatte, war Fairweathers Griff fest, männlich, aber nicht aggressiv.

Die Welt war schon seltsam, dachte Stark; dieser merkwürdige große Bostoner war sein eigener, unerwünschter Götterbote, ein Erzengel aus dem Nirgendwo, der ihm eine weltverändernde Wahrheit enthüllt hatte. Das Letzte, was er ihm gegenüber empfinden wollte, war Dankbarkeit. Andererseits: Ohne Ben Fairweather hätte er vielleicht auf ewig mit einer Legende gelebt, die eine Lüge war. Ohne ihn hatte er nur wenig, womöglich gar keine Hoffnung, die Konsequenzen seiner Entdeckung zu überleben ... *wenn* er tat, was der Amerikaner von ihm verlangte.

»Tut mir Leid, wenn ich Sie erschreckt haben sollte, aber jetzt war es einmal an mir, das Überfallkommando zu spielen. Ich habe Ihnen das hier mitgebracht«, sagte Fairweather. »Ich wollte noch ein wenig Überzeugungsarbeit leisten, schließlich sollen Sie nicht denken, dass ich alles nur erfunden habe.«

Stark schüttelte langsam den Kopf. Er würde sich nicht führen lassen wie ein Hund an der Leine. Schweigend und mit steinernem Gesichtsausdruck stand er einfach nur da, während der Amerikaner in seine Tasche griff und abermals die teure Brieftasche herausholte, die wieder einen Zeitungsausschnitt enthielt – oder genauer gesagt eine Fotokopie davon. Fairweather entfaltete das Papier und reichte es Stark, der einen Blick darauf warf, es kurz an sich nahm und es dann wieder zurückgab.

»Ist schon okay«, sagte er. »Ich habe das Original in der Hand gehabt.«

»Wirklich?« Der ungläubige Tonfall in Fairweathers Stimme fand keine Entsprechung in seinem Gesicht, das rasch einen respektvollen Ausdruck annahm.

»Gut gemacht«, sagte der Amerikaner und streckte die Hand aus. Stark ergriff sie und fragte sich nur, warum er dabei das Gefühl hatte, mit dem Teufel zu handeln.

Der neue ›Beweis‹ des Amerikaners war exakt der gleiche Artikel wie der, den Stark entdeckt hatte. War das Zufall? Er fragte sich, wie viel die amerikanische Presse über St. Bride's wusste. Die offiziellen Medien warfen den Nordlern und ihren transatlantischen Verbündeten gerne vor, Unruhe zu stiften, und der Ermordete, den sie unter der Brücke hängend gefunden hatten, hatte versucht, Kontakt zu Dissidenten aufzunehmen. Warum? Und war das wirklich die Wahrheit?

»Nun denn. Was sagen Sie dazu?«

»Danke. Danke, dass Sie meine Welt zertrümmert haben.«

Der Amerikaner schaute ihn an und versuchte herauszufinden, ob das ironisch gemeint war. Schließlich kam er zu dem Schluss, dass dem so war, und er stieß ein warmherziges Lachen aus. Stark lächelte zur Antwort, und in diesem Augenblick wusste er, dass er seine Entscheidung bereits getroffen hatte.

»Dann werden Sie es also tun? Den Widerstand suchen, meine ich, mehr über Bloom herausfinden und warum die Bastarde ihn ermordet haben.«

Stark nickte. »Aber wenn es Ihnen nichts ausmacht, würde ich das gerne allein erledigen ... für den Augenblick jedenfalls«, sagte er.

Der Amerikaner nickte ebenfalls. »Ich verstehe. Ich kann mir vorstellen, dass das ein Schock für Sie war. Es ist nicht lei...«

Stark hob die Hand. Das war genug. Die Analyse würde er selbst übernehmen. Irgendwann.

»Ich kann Ihnen jedoch noch etwas anbieten, das Sie vielleicht brauchen könnten: das hier.« Fairweather hielt Stark das Foto hin, das dieser bereits gestern gesehen hatte: das breite, sonnengebräunte, selbstbewusste Gesicht eines Mannes in der Blüte seines Lebens, eines Mannes, der keine Ahnung hatte, was das Schicksal für ihn bereithielt – aber das hatte wohl keiner von ihnen.

»Danke«, sagte Stark.

»Wissen Sie, Harry, wenn es einen Gott im Himmel gibt, wenn die neue Stimmung im Kreml anhält und wenn Sie der Mann sind, für den ich Sie halte, nun, dann werden wir das durchziehen.«

Das waren verdammt viele ›Wenns‹, dachte Stark, und er war noch immer nicht sicher, was er von diesem ›wir‹ halten sollte.

»Ich bin hier rübergezogen, auf diese Seite der Mauer, meine ich. Ich habe mich für ein paar Tage im Strand Palace einquartiert. Hier sind die Nummern.«

Der Amerikaner schrieb die Zahlen auf eine Karte und reichte sie Stark. Stark nahm sie, sah das eingeprägte Wappen der New York Times, den Namen Benjamin T. Fairweather und eine Liste von Telefon- und Faxnummern. Darüber hatte der Amerikaner noch eine gekritzelt: die Nummer des Strand Palace und die Worte ›Zimmer 405‹.

»Glauben Sie nicht, dass Sie das allein tun müssen, Harry. Ich bin hier, um Ihnen zu helfen. Das ergibt für uns beide einen Sinn.

Ich will Ihnen etwas sagen. Sie sind doch auf dem Weg nach Hause, stimmt's? Was halten Sie davon, wenn ich Sie begleite und wir die Sache noch einmal durchsprechen? Nur für eine Stunde oder so. Ich könnte Ihnen sagen, was ich über den Widerstand weiß.«

Ja, was weißt du?, dachte Stark. Doch dann hatte er eine Vision von dem Amerikaner, wie dieser wieder auf seinem Stuhl saß, Rauchringe blies und das Universum neu definierte, während Katy und seine Mutter sie vielleicht belauschten. Stark schüttelte den Kopf. Wenn er sich schon auf diese seltsame, fremdartige Welt einließ, zu der sein Vater offenbar gehört hatte, dann wollte er seine eigenen Eindrücke davon sammeln. Immerhin ging es hier um *seine* Welt, eine englische, eine *südenglische* Welt, nicht um irgendeine amerikanische Pressestory.

»Ich denke nicht«, sagte er. »Ich … Ich habe eine Verabredung.«

Fairweather blickte ihn skeptisch an, nickte aber, als er sah, dass Stark Karte und Foto in der Innentasche verschwinden ließ. Er streckte wieder die Hand aus. Stark schüttelte sie, drehte sich dann um und ging davon, zurück in die Richtung, aus der er gekommen war, als der Amerikaner ihn überrascht hatte. Erst an der Ecke fiel Stark auf, wie wenig überzeugend das wirken musste, ein Eindruck, der noch von den in sanftem Bostoner Akzent gesprochenen Worten verstärkt wurde, die ihm durch die verrauchte Abendluft folgten:

»Ich hoffe, Sie wissen, was Sie tun.«

Das hoffe ich auch, dachte Stark.

Kapitel Zwanzig

Das ist Churchill. Ich sag es dir. Das ist der alte Bastard mit seiner verdammten Zigarre, der da von der Plakatwand auf dich runterstarrt. Das müsste verboten werden!«

»Das ist es auch.«

»Hier ja, aber drüben nicht, und das ist der Punkt.«

Stark schaute sich um. Schon als er zur Tür hereingekommen war, ohne zur Bar zu blicken, war klar gewesen, dass der Wirt des ›The Rose‹ heute keinen Dienst hatte. Nicht viele Dinge waren in Dels Pub tabu, aber das war definitiv eines davon. Stark war nicht überrascht, als er sah, wer der Wortführer war: Es war wieder einmal Davy Hindsmith, nur dass er diesmal ein Publikum in seinem Alter und mit eindeutig den gleichen politischen Ansichten hatte. Der Mann mit dem versteinertem Gesicht und dem Glasauge war einer von ihnen. Alle nickten sie zustimmend.

Als er den Amerikaner auf der Straße hatte stehen lassen, hatte Harry Stark ja vielleicht nicht gewusst, was er tat, aber er hatte verdammt noch mal genau gewusst, wo er hinwollte: Er brauchte was zu trinken, und das bedeutete ›The Rose‹. Er hatte allerdings nicht damit gerechnet, mitten in eine politische Diskussion zu platzen.

Stark atmete erleichtert auf, als er Charmian hinter der Theke entdeckte, obwohl dies nicht ihr Abend war. Sie lächelte und nickte zum Zeichen, dass sie sich gleich um ihn kümmern würde. Harry hob die Hand, als hielte er ein Pint in den Fingern, und Charmian nickte abermals. Sie hatte verstanden: das Gleiche wie immer.

»Was ist denn mit denen los?«, fragte Stark, als Charmian ihm das Glas auf die Theke stellte. »Und wo ist Del? Normalerweise lässt er so ein Gerede in seinem Pub doch nicht zu.«

»Oh, er ist bei seiner Mutter. Es geht ihr nicht gut. Ich habe ihm gesagt, ich würde ihn vertreten, bis er wieder zurück ist. Und was die da betrifft«, sie nickte in die Richtung von Hindsmith und seinen Freunden, »da mische ich mich nicht ein. Diesmal stehen wenigstens alle auf der gleichen Seite, und außerdem kann man dem Thema ohnehin nicht entkommen: Ganz Westminster hängt wohl mit Postern für diesen ›Löwenherz‹-Film voll. Darüber redet Davy die ganze Zeit. Sie haben die Plakate in den Mittagsnachrichten gezeigt.«

»In denen der BBC natürlich.«

»Nein. Dieses eine Mal gab's die auch bei unseren Jungs zu sehen. Natürlich war der Kommentar wie immer: Hollywood fälscht die Geschichte; krimineller Revanchismus; Rehabilitierung eines Kriegsverbrechers und Feiglings ...«

Harry zuckte mit den Schultern. Plötzlich war er sich gar nicht mehr so sicher, was er glauben sollte und was nicht.

»Was denkst du?«, fragte er.

Charmian warf die Haare zurück und lächelte ihn verführerisch an. »Ich? Komm schon, Harry, was weiß ich denn schon? Ich war damals ja noch nicht einmal geboren – und du übrigens auch nicht, wo wir schon einmal dabei sind.« Sie ging, um einen anderen Gast zu bedienen.

Stark trank einen kräftigen Schluck von seinem Bier und wischte sich den Schaum von der Oberlippe. Ja, vielleicht. Nichts kam ihm mehr so einfach vor wie noch vor 24 Stunden. Er starrte in sein Bierglas und versuchte, seine Gedanken zu fokussieren, doch Hindsmith hatte ihn bereits entdeckt.

»Was denkst du über all das, Harry? Immerhin bist du doch Polizeioffizier, oder? Und dein alter Herr wusste sicher, was für ein Bastard der alte Winnie war, stimmt's? Er hat ihn doch noch live erlebt.«

Wirklich? Stark ertappte sich dabei, wie er sich fragte: Hatte sein alter Herr das wirklich geglaubt? Er hatte immer gesagt, er hätte nichts für die ›Tories‹ übrig gehabt, aber hatte er je Churchill im Speziellen erwähnt? Stark konnte sich zumindest nicht daran erinnern, aber das wunderte ihn nicht wirklich. In seiner Kindheit war der Name ›Churchill‹ gleichbedeutend mit dem ›schwarzen Mann‹ gewesen, ein Schreckgespenst, und über die ›jüngste Vergangenheit‹ hatte man besser kein Wort verloren. Selbst heute noch war es schwer, darüber zu reden; das war Hindsmith und den anderen deutlich anzusehen. Alte Gesichter mit alten Sorgenfalten. Am besten ließ man die Vergangenheit ruhen. Zu viel Nachdenken bescherte einem nur Kopfschmerzen. Manchmal im wörtlichen Sinne.

Der einfachste Ausweg aus diesem Dilemma war, wenn alle das Gleiche dachten, vorausgesetzt natürlich, es war das Richtige, aber dafür war ja die Partei da. Stark fragte sich, ob es im Norden genauso war: Hier unten waren die alten Ideen einer neuen Ideologie gewichen, und die da oben waren gekauft worden. Geld für alle und nicht nur für ein paar wenige ... In gewissem Sinne konnte man das wohl auch als Ideologie bezeichnen.

Was Churchill betraf, so hatte Charmian Recht: Stark wusste nicht wirklich etwas über den Mann, und es war ihm auch egal. Die Geschichte besaß keine Bedeutung – jedenfalls keine wie die *Familiengeschichte*. Das war ein Gespräch, auf das Stark sich nicht einlassen wollte, zumindest nicht mit diesen Leuten. Er tat sein Bestes, sich herauszuhalten.

»Das haben sie uns in der Schule gelehrt, Davy.«

»Das stimmt. Gut aufgepasst, mein Junge. Du weißt, dass er ein Kriegsverbrecher war, ein kapitalistischer Aristokrat und ein Feigling, der sich lieber selbst den Schädel weggeblasen hat, als sich einem Gericht zu stellen. Das ist die Wahrheit und nicht dieser Haufen Lügen.«

»Was für ein Haufen Lügen?« Stark bereute die Frage schon, kaum dass er sie ausgesprochen hatte, aber ihm war aufgefallen, dass er so gut wie nichts über den Film wusste. Die Amerikaner hatten auch früher schon Filme über den Krieg gedreht, und Churchill hatte zumindest in einigen davon eine Nebenrolle gespielt. Aber sein Konterfei auf Plakatwänden abzubilden war einfach ungeheuerlich, selbst drüben auf der anderen Seite. Stark wusste nicht, was man den Kindern in den Nordschulen über das alte Monster beibrachte, aber es fiel ihm schwer zu glauben, dass man Gutes über ihn erzählte: Der Mann hatte seinen sowjetischen Verbündeten den Dolch in den Rücken gerammt, Frauen und Kinder mit Brandbomben beworfen und gedroht, ein nukleares Inferno zu entfachen. Er hatte verdient, was mit ihm passiert war.

»Revanchismus. Genau darum geht es bei dem Ganzen, jedenfalls dem nach zu urteilen, was ich gehört habe.« Hindsmith fand sichtlich Gefallen an dem Thema. »Sie versuchen, es so hinzudrehen, als hätte er sich nicht erschossen. Sie zeigen ihn, wie er an einem Tisch sitzt, sein Testament aufsetzt und den ›Mantel der Zivilisation‹ an die Yankees weitergibt. All dieser Mumpitz von wegen ›Schicksal der englischsprachigen Völker‹, ›von Griechenland nach Rom‹, und dann lassen sie ihn sich auch noch eigenhändig einen Stalinpanzer vorknöpfen, der ihn dann unter den Ketten zermalmt, während er noch die qualmende Tommygun in Händen hält. Oh Mann, was für ein Quatsch!«

»Zumindest ist das ein sehr wirkungsvolles Bild.« Stark, Hindsmith und die anderen drehten sich zu der neuen Stimme um. Es war Woolerton, der junge Schauspieler, der den alten Mann am Abend zuvor in einen Streit über den Film verwickelt hatte. »Das müsst ihr doch zugeben«, fügte er hinzu.

»Das ist wirkungsvolle *Propaganda.* Ja, das gebe ich zu«, erwiderte Hindsmith und hob die Stimme beim Anblick seines Widersachers, »wirkungsvoll und verdammt gefährlich.«

Auch Stark musste zugeben, wie kraftvoll das Bild war. Er verstand nur den Sinn davon nicht, besonders jetzt nicht mit der neuen Führung in Moskau und all dem Gerede von einem neuen Zeitalter der Entspannung. Das war sicher nicht die rechte Zeit, die Geister alter Oger zu wecken, ganz zu schweigen davon, sie in ein neues, günstiges Licht zu rücken.

Doch *ihre* Regeln waren anders. *Ihre* Regisseure, Schriftsteller und Historiker mussten keinen staatlichen Organisationen angehören, wenn sie ihre Werke veröffentlichen wollten. Sie nannten das ›Meinungsfreiheit‹; Stark hatte jedoch schon immer vermutet, dass sie schlicht anderen Regeln folgten – neben der einen, die sie zugaben: Geld verdienen. Was das betraf, so würde auch ein Film über Churchill ohne Zweifel ein Hit an den Kinokassen werden, wenn auch nur, weil der alte Bastard so eine berüchtigte Figur war.

»Das nennt man künstlerische Freiheit«, verkündete Woolerton, als hätte er Starks Gedanken gelesen. »Nur dass man drüben keine Lizenz dafür braucht.«

»Nun, ich brauche aber eine«, dröhnte eine Stimme von hinter der Theke. Alle drehten sich um. Es war Del. Offenbar war er von dem Besuch bei seiner kranken Mutter wieder zurückgekehrt, und nun packte er demonstrativ die Pumphebel der Zapfanlage wie ein Sheriff im Wilden Westen seinen Sechsschüsser, während Charmian sich verlegen verkroch.

»Dieses Etablissement besitzt eine Lizenz – das heißt, eine Lizenz für den Ausschank von Bier und geistigen Getränken –, und ich beabsichtige, dafür zu sorgen, dass das auch so bleibt. Aus meinem Lokal wird kein politischer Debattierclub werden. Und sollte das irgendjemandem nicht gefallen, weiß derjenige, wo die Tür ist. Nun denn, will noch jemand was zu trinken?«

Stark verstand den Wink, hob sein Glas und ging zu den Eckbänken am gemütlichen Ende der Theke, dem kleinen Alkoven für Leute, die lieber in Ruhe tranken. Der Alkoven war leer, aber genau das wollte Stark ja auch. Er war nicht gerade in der Stimmung für eine Geschichtsdebatte, und noch weniger wollte er sich einen Streit über Fußball anhören. Unter den gegebenen Umständen waren ›Macht es dir etwas aus, wenn ich mich zu dir setze?‹ die letzten Worte, die er hören wollte ... jedenfalls bis er erkannte, dass es Charmian war, die ihn das fragte. »Du scheinst ein wenig neben der Kappe zu sein«, bemerkte sie.

»Bin ich das?« Stark hatte nicht lächeln wollen, doch es war erstaunlich, wie Charmian diese Reaktion provozierte. »Tut mir Leid. War nicht meine Absicht.«

»Du musst dich nicht entschuldigen. Ich wollte damit nur sagen, du siehst so aus, als müsstest du das Gewicht der ganzen Welt auf deinen Schultern tragen.«

»Ja, vielleicht. Aber was ist mit dir? Lass mich raten: Del hat dich gefeuert.«

Charmian zuckte unwillkürlich zusammen, hob die Schultern und setzte dieses dumme, schiefe Lächeln auf. »Nicht wirklich. Allerdings könnte man ihm das wohl kaum zum Vorwurf machen. Ich nehme an, ich hätte sie nicht so reden lassen dürfen. Aber das ist freie Rede, und ich bezweifele, dass sie auf mich gehört hätten.«

»Komm. Lass mich dir was zu trinken holen.«

»Tu dir keinen Zwang an. Eigentlich wollte ich heute Abend ja nicht ausgehen, aber nun da Del wieder da ist, sehe ich keinen Grund, warum ich mich nicht ein wenig amüsieren sollte. Ein Gin Tonic käme jetzt hervorragend.«

Der Wirt stand noch immer mit ernstem Gesicht hinter dem Tresen, zwinkerte jedoch verschwörerisch, als er Stark auf sich zukommen sah.

»Wie geht's, Harry? Gibst du meinem Personal ein paar Hinweise zur Aufrechterhaltung der öffentlichen Ordnung? Aber führ sie ja nicht vom rechten Weg. Was darf's sein?«

Stark bestellte sich noch ein Pint und den Gin Tonic für Charmian. »Du bist doch nicht wirklich sauer auf sie, oder, Del?«

»Sauer? Auf unsere Charmian? Ne, natürlich nicht. Man kann von einem Mädchen ja auch keine Männerarbeit erwarten, stimmt's? Außerdem halte ich verdammt große Stücke auf sie. Pass ja auf, was du tust.«

Stark trug die Getränke zum Tisch und stellte sie ab. Charmian leckte sich über die Lippen und sagte: »Cheers. Danke, Harry. Du bist ein echter Kumpel. Nun, willst du mir davon erzählen?«

»Wovon?«

»Na, von dem, was auch immer dir so auf den Magen geschlagen ist.«

»Ist das wirklich so offensichtlich?«, fragte Stark, und als Charmian daraufhin nickte, seufzte er nur. Was sollte er ihr sagen? Wo sollte er anfangen?

»Es ist nur ...«, begann er unbeholfen. Dann platzte es aus ihm heraus: »Es hat sich nur herausgestellt, dass mein Vater nicht der gewesen ist, für den ich ihn immer gehalten habe.«

Charmian nippte an ihrem Gin, goss noch etwas Tonic aus der kleinen Flasche nach und blickte Stark in die Augen.

»Das ist niemand«, sagte sie.

»Hm?« Stark erwiderte ihren Blick, und erneut sah er, wie tief Charmians Augen waren, nur dass er nun zum ersten Mal eine andere Art von Intelligenz in ihnen sah.

»Du hast vermutlich Recht«, sagte er. »So habe ich das noch gar nicht gesehen. Aber das hier ist etwas anderes.«

»Das ist es immer. Warum erzählst du es mir nicht?«

Draußen wurde es immer dunkler. Die Straßenlaternen und Lichter gingen an, und auf der Straße wurde es still, während Harry Charmian berichtete, was er über seinen Vater herausgefunden hatte. Der Pub füllte sich zusehends, doch das Fehlen von Dels Tenorstimme deutete darauf hin, dass die Gespräche nie den angemessenen Rahmen sprengten. Auch schien jeder zu verstehen, wie unpassend es gewesen wäre, einen Mann und eine Frau zu stören, die abseits vom Rest tief in ein Gespräch versunken waren und so aussahen, als hätten sie gerade zum ersten Mal in den Spiegel ihrer Seele geblickt.

Hinterher würde Stark sich fragen, was genau er Charmian an jenem Abend eigentlich erzählt hatte: auf jeden Fall mehr, als er zunächst beabsichtigt hatte. Aber das war, bevor sie ihm erzählte, wie sie mit vierzehn herausgefunden hatte, dass ihr Vater mit Drogen handelte und Nutten in die Sowjetkaserne in Woolwich schmuggelte. Tatsächlich hatte sie das erst bemerkt, als ihr Vater den Russen eine ihrer Mitschülerinnen angeboten hatte. Daraufhin hatte sie ihm eine Szene gemacht, und der alte Mann hatte sie geschlagen – sie und ihre kleine Schwester, die damals fast noch ein Baby gewesen war. Anschließend war er dann hinausgestapft, und niemand hatte ihn je wieder gesehen. Ihre Mutter hatte ihr das nie verziehen.

»Du hingegen scheinst herausgefunden zu haben, dass dein Vater ein Held gewesen ist«, sagte Charmian und trank die letzten Tropfen ihres dritten Gin – oder womöglich war es auch schon der vierte.

»Vielleicht«, erwiderte Stark. »Ist es das, was du

denkst? Jemand wie ich sollte aber nicht so denken. Jemand wie ich sollte wie Davy Hindsmith da drüben denken, wie die meisten der alten Knaben an der Bar. Sie wären entsetzt und würden ihn einen Verräter am Proletariat schimpfen.«

»Und du? Tust du das auch?«

»Ja. Nein. Natürlich nicht ... Ich weiß es offen gestanden nicht.«

»Das hängt davon ab, nicht wahr? Wie eigentlich alle Dinge. Erst einmal: Schämst du dich für ihn?«

»Nein.« Stark war von sich selbst überrascht. Er hatte noch nicht einmal darüber nachdenken müssen. »Hast du je Kontakt zu ihnen gehabt?«, fragte er Charmian. »Zu diesen Widerstandsleuten, meine ich. Hast du je von jemandem mit Namen Merlin gehört?«

»Dem Zauberer? Ich dachte, das wäre ein Märchen.«

»Nein, ich meine jemand Realen, der den Namen nur als Pseudonym benutzt.«

»Jetzt mach aber mal halblang, Harry. Ich bin Bardame, nicht die Assistentin eines Zauberkünstlers.«

»Aber du missbilligst nicht die Ansichten dieser Diss... dieser Widerstandsleute.«

»Das habe ich nicht gesagt. Aber ich habe auch nicht gesagt, dass ich mit ihnen übereinstimme.«

»Was denkst du also, sollte ich tun? Was würdest du an meiner Stelle tun?«, fragte Harry.

»Mehr Geld verdienen als ich hier.«

»Komm schon. Im Ernst.«

»Im Ernst? Du bist derjenige, der nicht ernst ist. Warum solltest du überhaupt etwas tun, Harry? Du bist ein Cop und noch dazu ein ehrlicher, soweit ich das beurteilen kann. Aber ich nehme nicht an, dass du ihnen das sagen kannst. Falls diese Leute wirklich existieren, würden sie dir vermutlich ohnehin nicht vertrauen. Halt dich von ihnen fern, Harry Stark, und kümmere dich um deine eigenen Angelegenheiten ... und besorg uns noch was zu trinken.«

Aber das ist *meine Angelegenheit,* dachte Stark auf dem Weg zur Bar.

»Da ist noch etwas«, sagte er, als er ein wenig unsicher die vollen Gläser auf den Tisch stellte. Er blickte zum Tresen zurück, doch keiner der immer lauter werdenden Trinker schien auch nur das geringste Interesse an ihnen zu zeigen. Entweder waren sie höflich diskret oder schlicht zu betrunken, als dass es sie kümmerte; doch Stark war das ohnehin egal. »Ich glaube, sie haben ihn umgebracht«, sagte er plötzlich.

»Wer hat wen umgebracht? Jetzt wirst du aber ein wenig melodramatisch, Harry Stark.«

Stark setzte sich und beugte sich zu Charmian hinüber, bis sie sich fast berührten, und er glaubte, ein schelmisches Funkeln in ihren Augen zu erkennen. »Das Amt«, sagte er, und das Funkeln erlosch. »Die verdammten DoSSer. Ich glaube, sie haben meinen alten Herrn umgebracht.«

Charmian senkte den Blick, biss sich auf die Lippe und nickte.

»Das ist schwer zu glauben, ich weiß«, fuhr Stark fort. »Alle Welt weiß, dass sie Bastarde sind, aber Mörder ...«

Charmian schüttelte den Kopf. »Ich weiß nicht, Harry. Man hört ständig irgendwelche Dinge. Menschen verschwinden einfach. Manchmal verfrachtet man sie schlicht auf die andere Seite der Mauer oder nach Norden, um sie loszuwerden; aber in dem Fall hört man für gewöhnlich auf die eine oder andere Art wieder von ihnen, manchmal natürlich auch nicht. Was die betrifft, von denen man nichts mehr hört, so gehen die meisten Leute davon aus, dass sie irgendwo weggesperrt sind, in Dartford oder so, und man den Schlüssel weggeschmissen hat. In einigen Fällen kann man noch nicht einmal das bestätigt bekommen. Aber das musst du doch wissen, ich meine, du bist doch …«

Stark schüttelte den Kopf. »Ich weiß, ich weiß. Aber wie du weiß auch ich es nicht mit Sicherheit. Wir sind die *Städtische* Polizei, vergessen? Das ist etwas anderes.« Stark ließ ein verlegenes Schweigen folgen. Er wusste nicht, wie viel er sagen sollte, vor allem nicht einer Bedienung in einer Bar. Doch Charmian hatte etwas an sich, das ihm ein Gefühl der Sicherheit verlieh, und er *musste* einfach mit irgendjemand reden. »Ich glaube, sie haben wieder angefangen.«

Charmian kniff die Augen zusammen und blickte ihn fragend an.

»Gestern Morgen hat man unter der Blackfriars Bridge eine Leiche gefunden.«

Charmian nickte. »Ich glaube, ich habe so was in den Nachrichten gesehen. Warte mal eine Minute … Warst du das, der das Kamerateam verscheucht hat?«

Stark lächelte sie ironisch an. »So habe ich mir meinen ersten Ausflug ins Showbusiness nicht gerade vorgestellt.«

»Aber sie haben gesagt, es sei ein …«

»Kümmere dich nicht darum, was sie gesagt haben. Die Wahrheit – oder zumindest das, was ich dafür halte – ist, dass es sich bei dem Toten um einen Amerikaner handelt. Das DoSS hat ihn sich geschnappt, weil er versucht hat, mit dem Widerstand Kontakt aufzunehmen.«

Charmian riss die Augen auf. »Ist das dein Ernst? Wie kommst du darauf …? Wer hat dir das gesagt?«

Stark schüttelte den Kopf. Fairweather zu erwähnen wäre absurd; jemand wie Charmian würde das nie verstehen. Unter den gegebenen Umständen – Umständen, die ihn wünschen ließen, er hätte nie den Mund aufgemacht – war es ohnehin besser, wenn Charmian so wenig wie möglich wusste.

»Schau mal, Harry«, sagte Charmian nun vollkommen ernst und beugte sich über den Tisch, um ihm in die Augen blicken zu können, »ich habe gesehen, was mit diesem Kerl passiert ist. Halt dich da raus. Du weißt nicht, was du sagst. Das ist gefährlich.«

Stark lächelte und erwiderte ihren Blick. Ihre Sorge rührte ihn. »Was ich tun will …«, sagte er und starrte auf seine Hände, die zwischen den Gläsern lagen, als gehörten sie jemand anderem. »Was ich tun will, ist einfach: Ich will einen Unterschied machen.«

»Sicher, Harry, wollen wir das nicht alle? Aber das ist nicht allen von uns gegeben. Manchmal ist es besser, sich auf den Rücksitz zu setzen. Es ist keine Schande, etwas Dummes *nicht* zu tun.« Sie legte die Hand auf die seine, die Finger kalt vom Eis im Glas. Stark genoss die Berührung, doch am Ende nahm Charmian die Hand natürlich wieder weg.

Sie erhoben ihre Gläser und stießen an, und Stark sagte: »Darauf trinke ich«, wobei er sich deutlich bewusst war, wie dümmlich er gerade grinste.

»Und auf was trinken wir?«, fragte Charmian.

»Darauf, dass wir nichts Dummes tun«, antwortete Stark, und sie schauten einander an und brachen ob der Zweideutigkeit in Lachen aus.

Einige Zeit später, vielleicht eine Stunde oder auch weniger, auf jeden Fall nach elf, denn Del hatte schon die letzte Runde eingeläutet und stellte die Stühle auf die Tische, verließen Stark und Charmian fast verstohlen die Nische. Der Wirt bemerkte ihren schwankenden Gang allerdings sofort, öffnete die Tür für sie und verabschiedete sie mit einem gut gelaunten »Passt auf euch auf«, bevor er zu den hartnäckigsten Trinkern an der Bar zurückkehrte und sie mit einem weit weniger freundlichen »Trinkt aus, es ist schon weit über der Zeit« zum Gehen aufforderte.

Arm in Arm – Trunkenheit war eine perfekte Entschuldigung für Körperkontakt – wankten Stark und Charmian zum Ende der Straße. Dort trennten sich ihre Wege. Stark blieb als Erster stehen, sodass auch Charmian mit einem amüsierten »Ups!« anhalten musste. Sie schlug sich mit der Hand auf die Brust, als hätte sie plötzlich mit einer Verdauungsstörung zu kämpfen. Stark legte den Arm um sie und verfluchte im Geiste den Wohnraummangel in der Englischen Demokratischen Republik.

Hätte er eine eigene Wohnung gehabt, er hätte Charmian fragen können, ob sie mit ihm nach Hause kommen wolle. So jedoch würde seine Mutter wie eine aufgeregte Henne umherschwirren, wenn er eine ›junge Dame‹ mit nach Hause brachte, und hinterher müsste er noch scharfe Kritik über sich ergehen lassen, weil es sich nur um eine einfache Kellnerin handelte. Dass sie über Nacht bleiben würde, war sowieso undenkbar, nicht solange Katy im Nachbarzimmer schlief. Aber wie auch immer, was dachte er sich eigentlich? Charmian war einfach nur nett zu ihm gewesen; das hieß noch lange nicht, dass sie Kinder von ihm wollte oder auch nur Matratzensport. Es war an der Zeit, Gute Nacht zu sagen; oder zumindest glaubte das Stark, bis Charmian sich zu ihm umdrehte, dieses Lächeln lächelte, sich kichernd gegen die Wand sacken ließ und sagte:

»Nun denn, Harry, ich glaube, du solltest mich besser nach Hause bringen.«

Und das tat er. Durch dunkle, dreckige, Gott sei Dank leere Straßen zum Ufer des Regent-Kanals, wo zerfallene georgianische Fassaden voller Einschusslöcher aus der Zeit der Befreiung auf das Venedig von Nordost-London blickten.

In der Ferne erhellten die Neonlichter von Westminster den Nachthimmel und verschluckten alles andere; hier jedoch konnte man durch die nur schwach leuchtenden Straßenlaternen hindurch den einen oder anderen Stern erkennen. Stark legte wieder den Arm um Charmian und drückte sie an sich. Sie kicherte und bettete den Kopf an seine Schulter.

»Das wär's dann, Harry. Hier wohne ich.«

Stark hob den Blick. Das Haus war eines der alten Peabody-Gebäude, vier Stockwerke hoch und aus brüchigen gelben Ziegeln gebaut. Ein amerikanischer Philanthrop hatte sie im 19. Jahrhundert errichten lassen, und eine beachtliche Zahl von ihnen hatte Bomben und Granaten überlebt. Sie galten als Vorbild für den ›neuen‹ sozialistischen Wohnungsbau.

Charmian zog Stark zur Tür. »Ich wohne im dritten Stock«, sagte sie, und Stark schlug das Herz bis zum Hals.

Charmian legte die Arme um seinen Kopf und schob ihm die Zunge zwischen die Zähne. Sie zog ihn zu sich heran, und er spürte ihre weichen Brüste und das Drängen in ihrem Kuss, als sie ihm mit den Fingern durch die Haare fuhr, sodass er sich plötzlich wünschte, er hätte sie am Morgen gewaschen. Stark atmete tief ein, inhalierte Charmians Duft und seinen: Gin und Bier und der erste Hauch von beißendem Schweiß. Stark strich ihr über den Rücken, packte ihren straffen Hintern durch den billigen Regenmantel und presste ihren Unterleib dicht an sich. Charmian stöhnte leise, biss ihm ins Ohrläppchen, zog sich dann von ihm zurück und sagte: »Du kannst nicht mit raufkommen.«

Stark drückten diese Worte sichtlich nieder.

»Tut mir Leid, Harry«, flüsterte Charmian. »Aber wir haben den neugierigsten Blockwart der Welt, und er erstattet nicht nur der Partei Bericht, sondern auch jedem doppelzüngigen Plappermaul in mehreren Meilen Umgebung.

Und außerdem, hast du es vergessen? Ich habe auch eine kleine Schwester.«

Stark nickte, stöhnte innerlich und versuchte, die Hormone niederzukämpfen, die seine Sinne beeinflussten. Charmian griff ihm in den Schritt, leckte sich die Lippen und küsste ihn sanft auf den Mund. Stark stieß ein lautes Stöhnen aus.

»Was für eine Verschwendung. Aber mach dir nichts draus. Wer weiß, hm? Vielleicht ein andermal.«

»Sicher«, sagte Stark. »Ein andermal.«

»Das war nicht meine Absicht, Harry, und deine vermutlich auch nicht. Aber wir werden uns doch wiedersehen, oder? Im Pub … und vielleicht auch anderswo.«

Charmian küsste ihn erneut und drehte sich zu der dunklen Außentreppe um. »Gute Nacht, Harry«, sagte sie leise in die Dunkelheit. »Pass auf dich auf und tu nichts, was ich nicht auch tun würde.«

Sie hätte ihm genauso gut sagen können, er solle das Fliegen lassen.

Kapitel Einundzwanzig

Der gute Wächter schläft niemals. Und das tut auch der Alte nicht, der sich um seinen Job und seine Pension sorgt, dachte Colonel Charles Marchmain, als er den Hörer auflegte.

Es war schon lange her, seit er zum letzten Mal den Anruf eines ›Informellen Mitarbeiters‹ persönlich entgegengenommen hatte. Heutzutage stand ihm ein ganzer Stab von Mitarbeitern zur Verfügung, deren einzige Aufgabe es war, all die Informationen auszuwerten und zu filtern, die ihnen von der wachsenden Zahl aufrechter Bürger zugetragen wurden, die glaubten, dass die Behörden dies oder jenes über ihre Nachbarn und Freunde wissen sollten.

Doch das hier war etwas anderes. Marchmain hatte die Überwachung von Detective Inspector Harry Stark und des Amerikaners Benjamin T. Fairweather in eine besondere, ganz eigene Kategorie eingestuft. Sämtliche Informationen diesbezüglich sollten sofort an ihn persönlich weitergeleitet werden; das galt auch wann immer möglich für mündliche Kontakte.

Falls Fragen auftauchten, wollte er sie sofort beantwortet wissen, anstatt das Ganze wie üblich über den Führungsoffizier des Informanten zu leiten. Natürlich barg diese Vorgehensweise gewisse Risiken. So durfte der Informant sich nicht zu wichtig fühlen, damit er kein übertriebenes Interesse an der zu beobachtenden Partei zeigte, wodurch er sich unweigerlich verraten und nutzlos werden würde. Doch in diesem Falle hatte Marchmain entschieden, dass es das Risiko wert war.

Es hieß, in Moskau herrsche eine neue Stimmung,

ein neuer Wind wehe durch den Kreml. Marchmain war nicht sicher, ob das der Wahrheit entsprach – er war alt genug, um genug derartige Gerüchte gehört zu haben, und er hatte auch die Konsequenzen gesehen, bis hin zur Chruschtschow-Zeit; doch eines wusste er: Wenn tatsächlich irgendwo ›ausgekehrt‹ wurde, so würde *er* sich nicht beiseite fegen lassen. Er war ein Überlebenskünstler, und Überleben bedeutete, bei diesem Spiel immer einen Zug voraus zu sein und notfalls die Spielregeln auch umzuschreiben oder zu betrügen. Und es war ein raues Spiel; Marchmain hatte genug Blut gesehen, um das zu wissen … und er hatte auch genug davon selbst vergossen.

Als also der Anruf aus dem Pub namens ›The Rose‹ in Islington gekommen war, hatte der Führungsoffizier des jungen Mannes diesen gebeten zu warten, während man ihn an eine ›höhere Stelle‹ weiterleitete. Dann hatte der Mann die Knöpfe auf seiner Schalttafel gedrückt und den Anruf direkt zu Marchmains Wohnung im zehnten Stock des Barbican umgeleitet.

Wie immer war der Colonel vorher ausführlich gebrieft worden. Kevin Woolerton war ein ehrgeiziger junger Schauspieler, der im Augenblick eine Nebenrolle in einer Fernsehseifenoper spielte. Er war froh, dass ihm die nur wenig herausfordernde Rolle inzwischen eine gewisse Berühmtheit verschafft hatte, sodass er hoffte, eher früher als später in die hehren Ränge der National Shakespeare Company aufgenommen zu werden. Das bedeutete Mitgliedschaft in der Akademie der Künste, eine Anstellung fürs Leben, Zugang zu denselben exklusiven Geschäften wie das Amt und, was am wichtigsten war, die Möglichkeit, ins Ausland zu reisen.

Um dorthin zu gelangen, würde er ideologische Perfektion in einer Reihe von Themen erreichen müssen, Themen wie: ›Volkstümliche Weisheit: Die Rolle des Proletariats in Historienstücken‹, ›Das Malvolio-Modell: Wie Shakespeare das dynastische Klassensystem entlarvt‹ oder ›Das Widerspenstigen-Syndrom: Geschlechterpolitik im elisabethanischen England‹. Wichtiger war jedoch noch eine Bescheinigung des Amts über seine politische Zuverlässigkeit, und wie hätte er die einfacher bekommen können, als wenn er das DoSS freiwillig bei dessen Aktivitäten unterstützte.

Nichtsdestotrotz musste Woolerton noch ein, zwei Dinge über Respekt lernen, dachte Marchmain, als der junge Mann mit nasaler Stimme fragte: »Mit wem spreche ich da bitte?«

»Mit dem Richtigen. Bitte reden Sie weiter.«

»Ah, ja, nun ... Es geht um Detective Inspector Stark. Ich weiß, dass er jemand ist, dessen Wohlergehen ...«, Marchmain spürte förmlich, wie der Mann nach den richtigen Worten suchte, »... für die ... die Sicherheit des Staates von Bedeutung ist.«

»Ja, in der Tat.« Marchmain seufzte innerlich. Er war der Klischees müde, mit denen die Informellen Mitarbeiter sich vor sich selbst rechtfertigen wollten.

»Nun, vermutlich ist es ohne Bedeutung ...« Marchmain seufzte erneut. Ohne Bedeutung, von Bedeutung: Das zu entscheiden, lag bei ihm, nicht bei irgendeinem Informanten, der seine psychologischen Kenntnisse aus den Drehbüchern von Seifenopern erworben hatte. »Reden Sie weiter«, sagte er.

»Es ist nur, dass er heute Abend ein wenig über den Durst getrunken hat, wenn Sie wissen, was ich meine.«

»Ja. Und?«

»Nun, er schien sich gut mit der Bedienung zu verstehen, Charmian Goldsmith, sehr gut sogar, wenn Sie wissen, was ich meine.«

Marchmain schwieg. Was wollte der Mann ihm eigentlich sagen? Das Amt war in der Tat am Sexualleben von jedem interessiert, den es beobachtete, aber häufig verfolgten jene, die darüber berichteten, ihre eigenen Interessen. Er fragte sich, ob der großartige Schauspieler in spe sich selbst in der Casanovarolle sah und sich nun sitzen gelassen fühlte.

»Es ist nur, dass ihr Vater … Ich meine, Sie wissen das vermutlich, aber er hatte Verbindungen zu den Streitkräften der Bruderstaaten in Woolwich. Was allerdings mich betrifft, so weiß ich gar nicht, was ich mir eigentlich gedacht habe.« Amüsiert bemerkte Marchmain, wie sich ein Hauch von Verlegenheit in die Stimme des Informanten schlich.

Ach, *der* Goldsmith, dachte Marchmain, der alte Zuhälter. Natürlich. Er hatte es fast vergessen. Es war wirklich erstaunlich, doch einige dieser Informanten waren im Zivilleben wahrlich verschwendet. Damit war diese Information keineswegs ohne Bedeutung, sondern ein kleiner weiterer Fakt für die Akte.

»Sie haben das Richtige getan«, sagte Marchmain rasch. »Hat irgendetwas auf einen bevorstehenden Geschlechtsverkehr hingedeutet?« Die formelle Sprache sollte es den Informanten leichter machen, darüber zu reden, als sprächen sie mit ihrem Arzt und würden sich nicht das Maul über das Sexualleben ihrer Freunde und Nachbarn zerreißen.

»Oh, ich weiß es nicht. Ich meine, natürlich nicht im Pub, aber sie sind gemeinsam weggegangen. Sollte es zu ... Intimitäten kommen, würde mich das allerdings nicht überraschen. Sie ist eine Bedienung, sieht gut aus, hat dunkle Augen, ist verführerisch, doch zu guter Letzt ist sie immer noch ... Nun, sagen wir einfach, sie ist nicht die Art von Mädchen, von der ich erwarte, dass ein Detective Inspector sich für sie interessiert.«

Marchmain schüttelte den Kopf. Würde England sich je von seinem alten Klassendenken befreien? Er dankte Woolerton und sagte ihm, er solle sich wie üblich melden, sollte ihm noch etwas ins Auge springen – wie zum Beispiel Harry Starks Faust, sollte der Inspector je herausfinden, was Woolerton gerade getan hatte, dachte Marchmain, als er den Hörer auflegte.

Stark bandelte also mit der kleinen Kellnerin an, hm? Nun, warum auch nicht? Früher oder später hob der Sex stets sein hässliches Haupt. Oder vielleicht nicht *so* hässlich in diesem Fall: Woolerton nach zu urteilen, war sie ein echter Hingucker, und das aus dem Mund eines Mannes, der seinen Lebensunterhalt inmitten von Schauspielerinnen verdiente. Nun, vielleicht konnte auch sie eine Rolle in diesem kleinen Drama spielen. Falls Stark eine Beziehung zu ihr aufbauen sollte, könnte sich das als nützlich erweisen. Das Amt hegte einen gesunden Respekt vor persönlichen Beziehungen: Nichts war besser, als noch ein paar Extrageiseln in der Hinterhand zu haben.

Kapitel Zweiundzwanzig

Der große, mehrstöckige Turm von St. Bride's reckte sich in den Abendhimmel wie der verkohlte Finger eines Skeletts. Stark zitterte ein wenig und schlug den Mantelkragen hoch. Er versuchte, sich den geheimen Gedenkgottesdienst für seinen Vater vorzustellen ... War er inmitten der verbrannten Mauern abgehalten worden oder in der Krypta unten? Wenn er es wissen wollte, würde er wohl fragen müssen.

Der Kanonikus hatte seinen kleinen Laden bereits geschlossen und wartete auf Stark neben der Tür, die in die verborgenen Eingeweide der Kirche führte.

»Schön, Sie zu sehen«, sagte er. »Ich fürchte, ich habe Sie ein wenig zu früh gebeten, wieder zurückzukehren. Einigen unserer ... äh ... Mitglieder gefällt es nicht, wenn plötzlich unangekündigt Fremde auftauchen.«

»Ich verstehe«, sagte Stark. Er war mehr denn je überzeugt davon, gleich in eine Art von Geheimbund eingeführt zu werden.

Unten war die Luft feucht und roch, als wäre sie mit irgendeiner Chemikalie verseucht; vielleicht handelte es sich dabei auch schlicht um ein Reinigungsmittel. Der alte Mann, Ransom, schlief auf seiner Pritsche; ein kleines Lumpenbündel, das leise wimmerte. Rye legte den Finger an die Lippen, als sie an ihm vorbeigingen. Die Krypta erstreckte sich unterirdisch offenbar wesentlich weiter, als Stark zunächst angenommen hatte. Er fragte sich, ob sie die Kirchenruine oben schon hinter sich gelassen hatten.

»Die Krypta ist natürlich geweihter Boden«, erklärte ihm der Kanonikus, als hätte er Starks Gedanken gelesen. »Sie bleibt innerhalb der geweihten Grenzen oben, die allerdings nicht nur das Kirchengebäude einschließen. Die Tunnel erstrecken sich offenbar bis weit unter den Kirchhof, ein Friedhof unter einem Friedhof, wenn Sie so wollen.«

»Sie haben ›offenbar‹ gesagt«, bemerkte Stark. »Heißt das, Sie wissen es nicht?«

»Nein. Nicht genau jedenfalls. Einige der Kammern sind noch immer mit Schutt voll gestopft. Ich glaube, ich habe Ihnen ja schon erzählt, dass man den Eingang zur Krypta erst nach der Bombardierung wiederentdeckt hat. Eine eingehende archäologische Untersuchung wäre angebracht, aber wie Sie wissen, hat der Staat andere Prioritäten.« Er drehte sich um und warf Stark einen viel sagenden Blick zu.

»Wie auch immer, es ist durchaus möglich, dass einige Bauelemente nichts mit der Kirche zu tun haben. St. Bride's ist eine sehr alte Gründung. Irische Siedler haben hier im sechsten Jahrhundert eine Kirche gebaut, aber sicherlich haben hier schon in römischer Zeit Gebäude gestanden. Noch im 18. Jahrhundert, als man die Victoria-Promenade gebaut hat«, Stark registrierte die Verwendung des alten, politisch inkorrekten Namens, schwieg aber, »war die Themse deutlich breiter; ja, sie hatte sogar Strände, und die Lagerhäuser waren über eine Vielzahl von Kanälen mit dem Fluss verbunden. Wir haben römische Amphoren aus dem dritten Jahrhundert gefunden. Natürlich könnte man sie auch später hierher gebracht haben, aber genauso gut könnten sie schon immer hier gewesen sein.«

Unwillkürlich stieß Stark einen leisen Pfiff aus. Es war nur allzu leicht, so sehr von den Details des eigenen Lebens und der modernen Welt besessen zu sein, dass die Vergangenheit keine Bedeutung mehr hatte. Für die Einwohner des damaligen Londiniums musste der Rückzug der Römer ein ebenso großer Kataklysmus gewesen sein, wie der Fall der Stadt 1949 es für die Generation von Starks Vater gewesen war. Wären die Dinge anders gelaufen, wer wusste schon, welche Alternativen die Stadt gehabt hätte?

Doch das war das Hier und Jetzt, eine jahrhundertealte unterirdische Kammer, die nichtsdestotrotz nach dem 20. Jahrhundert stank, und plötzlich verstand Stark auch, warum. Neben den alten Knochen und dem Rattenkot stand eine alte Rotationsdruckmaschine in der Ecke, daneben mehrere Behälter mit Tinte und Rollen von grünem Recyclingpapier, wie man es überall im Land als Packpapier verwendete, die gleiche Art von Papier, auf der auch der ›Winkie‹ gedruckt gewesen war, den man bei der Leiche unter der Blackfriars Bridge gefunden hatte.

»Und das ist …?«

»Ah«, sagte der Kanonikus, »hier produzieren wir die kleinen Broschüren über die Geschichte der Kirche, die ich oben verkaufe.«

»Ich dachte, damit würden ›Winkies‹ hergestellt.«

»Winkies? Ich verstehe nicht.«

»Oh, jetzt kommen Sie schon, Kanonikus Rye, selbst die Kirche ist gegen Slangausdrücke nicht immun. Ich meine so etwas hier.« Stark holte das blassgrüne, schlecht bedruckte Stück Papier aus der Tasche, das der Tote bei sich getragen hatte. Vorsichtig nahm der Kirchenmann es ihm aus der Hand, drehte es in den Fingern und studierte aufmerksam die schiefen Buchstaben, als hielte er ein Bibelmanuskript in Händen.

»Ich bin wirklich nicht sicher, ob ich …«, begann er.

»Lass mich einmal sehen, Arthur, wenn ich darf.« Die Stimme kam aus den Schatten. Stark drehte sich um und sah einen großen, gebeugten Mann in billigem grauen Anzug, der sich die mit Tinte verschmierten Hände an einem schmutzigen Handtuch abwischte.

»Michael? Ich habe nicht gewusst, dass du immer noch ...«

»Ich weiß. Ich hätte schon längst weg sein sollen.« Der Mann blickte auf seine Uhr. »Ich bin spät dran, aber es gab viel zu tun.«

Der Kanonikus nickte, berührte den großen Mann am Ärmel, und Stark glaubte, einen ungewöhnlich zärtlichen Unterton in ihren Stimmen zu erkennen. Kurz fragte er sich, ob die beiden vielleicht ... dann verwarf er den Gedanken wieder.

»Das ist in der Tat die gleiche Art von Papier, die wir auch für unsere Broschüren verwenden«, sagte der Mann. Stark nickte. Natürlich war es das. Vermutlich war es schon eine Dummheit gewesen, das Ding überhaupt aus der Tasche zu holen. Sich diesen Leuten als Polizist zu erkennen zu geben war das Letzte, was er wollte – zumindest jetzt noch nicht. Er würde erst dafür sorgen müssen, dass sie ihm vertrauten, bevor er diese spezielle kleine Bombe platzen ließ. Vielleicht hatte Charmian Recht: Falls er sich wirklich mit einer Dissidentengruppe einlassen sollte, würden sie ihn vermutlich eher als Feind denn als Freund betrachten ... nur dass er der Sohn seines Vaters war. Sein halbes Leben lang hatte er aus dem Ruf des alten Herrn als archetypischer Kommunist Kapital geschlagen; nun profitierte er von der Tatsache, dass das alles eine Lüge gewesen war. Würde er je dem Schatten seines Vaters entkommen?

»Darf ich Sie fragen, wo Sie das herhaben?« Der große Mann blickte zu Stark.

»Ich habe es gefunden«, log Stark, »in einem Pub.« Das war das Erste, was ihm in den Sinn gekommen war. »Ich habe gedacht … Ist das nicht die Art von Zeug, mit der mein Vater zu tun hatte?«

Der große Mann – Michael – drehte sich fragend zu dem Kirchenmann um und erhielt ein Nicken zur Antwort. *Ja,* schien dieses Nicken zu sagen, *das ist der Mann, von dem ich dir erzählt habe.*

»Sagen Sie mir, Mr Stark«, wandte sich der große Mann wieder an Harry, »was sagt der Staat – *dieser* Staat – über die Meinungsfreiheit? Was sagt er wirklich, meine ich.«

»Theoretisch garantiert er sie.«

»Und praktisch?«

»Praktisch garantiert er, was er hören will.«

Ein Lächeln huschte über die Lippen des großen Mannes. »Genau. Und wem verweigert der Staat explizit die Meinungsfreiheit?«

»Jenen, die moralisch Verwerfliches predigen. Um den Aufstieg des Faschismus oder des ausbeuterischen Kapitalismus zu verhindern.«

»Gut gemacht. Sie haben in der Schule aufgepasst. Doch in der Praxis ist es der Staat, der entscheidet, was moralisch verwerflich ist, und das ist für gewöhnlich alles, was seinen Interessen zuwiderläuft. Eine Argumentation, die sich im Kreis dreht.«

Stark nickte und schwieg. Er war nicht sicher, ob man das, was er gerade gehört hatte, als Geständnis werten konnte. Der Kanonikus wirkte erleichtert. Er drehte sich um, blickte zu der alten Maschine und schüttelte den Kopf. »Das ist nicht gerade Hightech.«

Der große Mann legte dem Kanonikus sanft die Hand auf den Arm, eine Bewegung, die fast an ein Streicheln erinnerte, und sagte: »Ich muss jetzt gehen, Arthur. Falls noch etwas sein sollte, werde ich mich mit dir in Verbindung setzen. Gute Nacht, Mr Stark, und viel Glück.«

Der Kanonikus blickte ihm hinterher, bis er in der Dunkelheit verschwunden war, und drehte sich dann mit einem traurigen Lächeln auf den Lippen wieder zu Stark um.

»Er ist ein guter Mann«, sagte Rye. Und dann: »Was wissen Sie über Wynkyn de Worde?«

Stark war erstaunt. »Winken der was?«

»De Worde. Der Name klingt holländisch, aber er war Engländer. Der erste englische Drucker. Ah, ich sehe Ihr Stirnrunzeln. Sie haben natürlich Recht. Die Geschichtsbücher lügen nicht, jedenfalls nicht in diesem Punkt. Das Drucken mit beweglichen Lettern wurde in Deutschland von Johannes Gutenberg erfunden; nach England hat es dann William Caxton gebracht, aber Caxton war ein wohlhabender Mann mit vielen Geschäftsinteressen. Die Druckkunst war nur eine davon, mehr ein Hobby, könnte man sagen. Die eigentliche Verbreitung geht auf seinen Gehilfen zurück, einen Kerl, der unter dem Namen Wynkyn de Worde bekannt werden sollte. Er hat nach Caxtons Tod die Druckerpressen übernommen und ein richtiges Geschäft daraus gemacht. Das war auch irgendwo hier in der Nähe: in dieser kleinen Ecke der alten Stadt zwischen der Mauer – der mittelalterlichen, meine ich – und dem Fleet River, der nun schon seit langem überbaut ist.

Die Fleet Street, das Gebiet über unseren Köpfen, ist

die eigentliche Heimat des gedruckten Wortes, zumindest in englischer Sprache. Die Druckkunst war die wichtigste Entwicklung auf dem Weg zum Recht der freien Rede. Ich finde es irgendwie rührend, dass man sich seiner heutzutage auf diese Art erinnert: in Form eines Slangausdrucks.«

»Wollen Sie damit sagen …?«

»Genau. Winkies. Damit macht man nur ein kleines Recht geltend: das Recht, der Dampfwalze der offiziellen Propaganda einen Kieselstein in den Weg zu werfen. Diese Geräte dienen offiziell ausschließlich Gemeindezwecken, doch von Zeit zu Zeit ›leihen‹ andere Leute sie sich, Leute, die sagen: ›Lasst andere Stimmen erklingen.‹ Und wir zwingen niemanden zuzuhören.«

Stark nickte. Dass der Kanonikus mitten im Reden von ›sie‹ auf ›wir‹ umgeschaltet hatte, war ihm nicht entgangen. Er wusste, als was das DoSS das meiste Material betrachten würde, das auf dieser kleinen antiken Maschine produziert wurde: als gefährlich und verführerisch, und jene, die es herstellten und vertrieben, waren bestenfalls antisozialistische Elemente, schlimmstenfalls Verräter. Wenn sie es tolerierten, dann nur, weil ihnen die Kontrolle leichter fiel, wenn sie wussten, wo es hergestellt wurde. Und dieses Wissen machte Stark nervös.

»Aber das ist nicht der Grund, warum wir hier sind, im Augenblick jedenfalls.« Der Kanonikus blickte auf seine Uhr. »Kommen Sie.«

Stark folgte ihm weiter einen schwach beleuchteten Gang hinunter, an dessen Wänden sich zu beiden Seiten Schädel stapelten, bis sie schließlich einen niedrigen Raum erreichten, kaum zwei Meter hoch, aber sechs Meter im Quadrat. Aus diesem Raum hatte man alle Knochen entfernt. Wie die anderen, so wurde auch diese Kammer von einer einzigen Glühbirne beleuchtet, welche in diesem Fall nahe der Tür unter der Decke hing und lange Schatten warf. Drei Sitzreihen aus zusammengewürfelten Stühlen und Bänken standen hier, einige davon offenbar ehemalige Kirchenbänke. Alle waren sie in Richtung Tür ausgerichtet. Das ganze Szenario erinnerte Stark an die Bilder der Nonkonformisten, die er in diversen Büchern gesehen hatte: Katholiken unter Edward VI. und Protestanten unter der Herrschaft von dessen Schwester Mary, die sich im Geheimen versammelt hatten, um einem Glauben zu huldigen, der dem ihres Herrschers widersprach.

»Setzen Sie sich einen Augenblick«, forderte der Kanonikus Stark auf. »Ich höre jemanden kommen.«

Dieser ›Jemand‹ war Ransom, der sich an den grob behauenen Wänden entlangtastete. Stark eilte zu ihm, um ihm zu helfen, doch der alte Mann winkte freundlich ab.

»Danke, aber ist schon okay. Ich kenne den Weg. Meine Welt ist klein. Ich komme schon zurecht.« Mit der linken Hand an der Wand tastete er sich bis zu einer alten Kirchenbank an der Rückwand vor, setzte sich und senkte den Kopf wie zum Gebet – wahrscheinlich, so vermutete Harry, um anderen den Anblick seiner Augen zu ersparen.

Im Laufe der nächsten Minuten füllte sich der kleine Raum nach und nach. Stark hatte sich gesetzt, wie ihm der Kanonikus gesagt hatte, und zwar auf einen Stuhl am Ende der vordersten Reihe. Einer nach dem anderen kamen die Leute herein, drückten kurz die Hand des Kirchenmannes, warfen einen Blick auf Stark und gingen zu ihren Stühlen. Jeder, fiel Stark auf, hatte seinen festen Platz.

Alle waren sie Männer, alle mittleren Alters oder älter, abgesehen von zwei Jungen mit langem Haar, die zusammen eintrafen und sich nach hinten zu Ransom setzten, allerdings mehrere Plätze entfernt von ihm, als hätte er eine ansteckende Krankheit. Stark fühlte, wie sich ihre Blicke in seinen Hinterkopf bohrten. Ein großer, stämmiger Mann in schwarzer wasserundurchlässiger Jacke, die auf einen mit körperlicher Arbeit verbundenen Beruf schließen ließ, traf als einer der Letzten ein und warf Stark einen scharfen Blick zu, bevor er sich neben ihn setzte. Der Mann war so breit, dass sie sich berührten. Stark wäre gerne ein Stück weggerückt, doch er wollte nicht unhöflich erscheinen.

Doch kaum eine Minute später, als alle Stühle besetzt waren, stand der Mann auf und drehte sich zu den Versammelten um.

Erst da fiel Stark auf, dass er unterbewusst damit gerechnet hatte, dass der Kanonikus sich als Erster erheben, vor die Gemeinde treten und die Messe mit dem Kreuzzeichen eröffnen würde. Tatsächlich saß Rye jedoch zwei Reihen weiter hinten und untersuchte seine Fingernägel. Der große Mann, der nun die allgemeine Aufmerksamkeit auf sich gezogen hatte, sah eher aus, als wolle er sich an eine Gewerkschaftsversammlung wenden. Doch anstatt die Worte ›Brüder‹ oder ›Genossen‹ zu verwenden, sagte er: »Englische Landsleute!

Wir haben nicht oft Gäste bei unseren kleinen Treffen hier, doch heute Abend machen wir eine Ausnahme. Wir tun das, weil einer von uns darum gebeten hat, einer, dessen Glaubwürdigkeit außer Frage steht. Er hat uns gebeten, uns mit diesem jungen Mann zu treffen, weil er ist, wer er ist, oder zumindest glaubt unser Freund, dass er das ist. Ich würde ihn gerne bitten, jetzt zu mir zu kommen.«

Stark blickte sich halb um, obwohl er nicht glaubte, dass jemand anderes als er gemeint war, besonders da der große Mann ihn anstarrte. Ihm blieb nichts anderes übrig, als aufzustehen; erwartet hatte er das allerdings nicht. Er hatte mit etwas Informellerem gerechnet, einem Händeschütteln vielleicht, aber sicherlich nicht damit, auf dem Präsentierteller zu stehen. Erwarteten sie etwa von ihm, dass er eine Rede hielt?

»Ich … äh … weiß nicht, was ich sagen soll«, begann er.

»Du musst gar nichts sagen, Jüngelchen«, erwiderte eine Stimme von weiter hinten in eindeutigem Nordlerakzent. Leeds oder Bradford, dachte Stark. Der Mann, der das gesagt hatte, war dünn, besaß scharfe Augen und hatte sich einen Schal um den Hals geschlungen. »Bleib einfach ’ne Minute da stehen, lass uns einen Blick auf dich werfen und beantworte uns anschließend ein paar Fragen … wenn du kannst.«

Stark nickte langsam. Der große Mann neben ihm hatte sich in eine Ecke des Raums zurückgezogen und beobachtete sowohl Stark als auch die anderen.

»Nun«, sagte er schließlich, »wer will als Erster? Wir haben Mr Ransoms Aussage gehört und sie als das angenommen, was sie ist … Ich hoffe, es macht Ihnen nichts aus, wenn ich das so sage, Sir.« Stark verstand, dass der blinde, alte Mann eine Art Ehrenstatus innerhalb der Gruppe genoss, aber aus offensichtlichen Gründen reichte in diesem Fall seine Billigung allein nicht aus. Das hier waren Männer von vollkommen anderer Couleur. Und es waren Männer einer gänzlich anderen Generation, zumindest was die beiden hinten betraf, die Stark misstrauisch beäugten, als wäre er ein Cop, der sie gleich hochnehmen würde.

»Ich bin nicht sicher, ob uns Fragen etwas nützen werden«, sagte ein Mann in der zweiten Reihe, der mit seinem zurückgekämmten grauen Haar und der Brille wie ein Professor aussah. »Das ist ein komischer Moment für so etwas, besonders wenn man bedenkt, wie weit die Vorbereitungen schon fortgeschritten sind. Wenn wir morgen wie geplant weitermachen wollen …«

»Das reicht, Arnold«, unterbrach ihn der große Mann in der Ecke. »Wir wissen, was du meinst, aber wenn du so weitermachst, wirst du mehr Probleme verursachen als lösen.«

›Arnold‹ errötete.

»Ich dachte, Mr Ransom hätte uns gesagt, wer er ist«, sagte einer der Jungen hinten und deutete mit dem Kopf auf den alten Mann, in einer Weise, die mehr spöttisch als wirklich respektvoll wirkte.

Es war der Nordler, der ihm darauf antwortete:

»Wir könnten – ich betone *könnten* – wissen, wer er ist; aber wir wissen nicht, *was* er ist.«

»Oh, ich weiß es«, erwiderte eine sanfte Stimme, von der Stark einen Augenblick lang glaubte, dass er sie erkannte. Dann explodierte sein Kopf, und die Welt versank in Dunkelheit.

Kapitel Dreiundzwanzig

Selbst in den frühen Stunden vor Sonnenaufgang konnte es in der Fleet Street bereits geschäftig zugehen; allerdings sicher nicht so geschäftig wie einst, als hier mehr als ein Dutzend Zeitungen produziert worden waren, die die unersättlichste Leserschaft der Welt mit Nachrichten, Gerüchten und Klatsch gefüttert hatten. Damals waren die Druckerpressen die ganze Nacht durchgelaufen, bevor die Zeitungen stapelweise von ganzen LKW-Flotten zu den Bahnhöfen transportiert wurden. Dort lud man aufeinander folgende Ausgaben in die Nachtzüge nach Aberdeen, Edinburgh, Liverpool oder Hull, und Paketboote brachten entsprechende Ausgaben auf den Kontinent und irgendwann auch in die entferntesten Winkel des Empires.

Die Fleet Street war noch immer das Zentrum des nationalen Zeitungswesens, obwohl das heute per Definition eine weit weniger ambitionierte Operation war. Zwei große, nach dem Krieg notdürftig wieder zusammengeflickte Gebäude beherrschten noch immer die Straße; nur die Eigentumsverhältnisse hatten sich geändert. Das große Steingebilde, das einst den Daily Telegraph beherbergt hatte, war nun das Heim der New Times, die das architektonisch unscheinbare Gebäude ihrer Vorgängerin am Printing House Square verlassen hatte. Letzteres war zum einen zu stark beschädigt worden, als dass man es kostengünstig hätte restaurieren können; zum anderen war es für das Zentralorgan der Partei schlicht nicht imposant genug. Der Telegraph, die archetypische Zeitung der alten Konservativen, wurde nun im fernen Manchester produziert wie auch sein ehemaliger Nachbar, der Daily Express mit seinem provokanten Kreuzfahrer im Titel. Das alte Gebäude des Express, zu seiner Zeit ein ultramoderner Art-déco-Tempel aus schimmerndem schwarzen Glas und Stahl mit großen, glitzernden Silberstatuen im Atrium, war aufwändig neu gestaltet worden, ein angemessener Rahmen für die Presseorgane der Elite: den

Guardian, die Hauszeitung des DoSS, den Watchtower, die Monatszeitschrift der Grenztruppen, und die Red Rose of Valour, die Armeezeitung.

Obwohl der Guardian, passend zu den ernsten Pflichten seiner Zielgruppe, sich nur selten dazu herabließ, über Triviales zu berichten, so ließ er doch die Tatsache nicht außer Acht, dass seine Leser auch eine menschliche Seite besaßen, und so fanden sich dann und wann Artikel über modische und doch praktische Kleidung ... wobei ›praktisch‹ ›operational einsetzbar‹ mit einschloss. Es wäre interessant gewesen zu sehen, ob die Schreiber dieser Artikel zustimmend genickt hätten, wären sie zu dieser Stunde hier gewesen und hätten aus dem Fenster auf die Szene unter sich geschaut. Auf jeden Fall war bei den Männern, die wie Arbeiter auf der Suche nach einem Tagesjob wirkten – eine Notwendigkeit, die mit den sozialistischen Arbeitsgesetzen zum Glück abgeschafft worden war –, ein deutlicher Hang zu Lederjacken festzustellen. Einzeln oder zu zweit standen sie vor dem geschlossenen Pub oder der städtischen Teeausgabe, wo man Druckern und Lastwagenfahrern eine mit Milchpulver versetzte Version des Nationalgetränks in wiederverwertbaren Plastikbechern servierte.

Nicht mehr lange, und man würde auch eine beruhigende Zahl von marineblauen Burberry-Trenchcoats sehen, deren Besitzer jetzt allerdings noch in den geparkten Wagen saßen, von denen mehr und mehr auf der Szene erschienen. Das war ungewöhnlich zu so früher Zeit oder tatsächlich für jede Tageszeit. So standen zwei Wagen am südlichen Ende der Straße nahe der Einmündung zum Ludgate Circus und zwei fast genau dem Gebäude der New Times gegenüber sowie zwei auf der New Bridge Street.

In jedem Wagen saßen vier Männer – was angesichts der ständigen Ermahnungen nichts Ungewöhnliches war, die Vorteile eines Autos mit seinen Arbeitergenossen zu teilen, sollte einem dieser Luxus zuteil geworden sein. Alle Insassen trugen Armbanduhren, sodass sie nicht über Ludgate Hill hinweg nach St. Paul's und zu der Uhr an Sir Christopher Wrens zerstörtem Meisterwerk schauen mussten, die schon lange ihre Funktion eingestellt hatte. Die Minutenzeiger auf den identischen Dienstuhren der Männer bewegten sich erbarmungslos auf 5.30 Uhr zu.

Um 5.28 Uhr bog ein langer schwarzer Bevan in die Straße ein und glitt zu der kleinen Gasse, die zu dem isolierten, an eine Hochzeitstorte erinnernden Turm führte, der alles war, was noch an St. Bride's erinnerte.

Um exakt 5.30 Uhr wurde die hintere Tür des Bevan von innen geöffnet, und eine große Gestalt im typischen marineblauen Burberry-Trenchcoat stieg aus, blickte nach oben in den heller werdenden, schmutzigen Himmel, rückte den schwarzen breitkrempigen Hut gerade und nickte entschlossen.

Die verkohlte Holztür war binnen Sekunden nur noch ein Splitterhaufen. Kräftige Schultern, unterstützt von Brechstangen, sorgten dafür. Das Krachen der Tür mischte sich mit dem Stapfen von Stiefeln auf den Stufen und dem Schaben von Lederärmeln an Steinwänden. Starke Taschenlampen warfen ein hartes weißes Licht auf die Wände der Gräber, die Mönche vor Jahrhunderten mit Eisenlöffeln aus dem Stein gekratzt hatten. Ordentlich gestapelte Haufen uralter Knochen wurden von Männern mit Brechstangen zerschlagen, die weder Respekt vor den sterblichen Überresten anderer empfanden noch sich von ihnen erschrecken ließen. Sie zerschmetterten dieses

Treibgut verstorbener Seelen nicht gezielt, sondern rein aus der Gewohnheit heraus, alles Mögliche zu zerstören, und in dem Wissen, dass willkürlich angewandte Gewalt ein machtvolles Mittel darstellte, um andere einzuschüchtern. Bellend drangen sie ins Innere des Labyrinths vor und schlugen mal hier, mal da drauf.

Falls einige Vorbehalte gegen diese Vorgehensweise haben sollten, so zeigten sie es zumindest nicht. Alle waren sie es gewöhnt, Befehlen bedingungslos zu folgen. Gewalt bereitete diesen Männern Freude. Das Konzept der Gefahr war ihnen hingegen unbekannt, denn in Gefahr schwebten in ihrer Gegenwart die anderen … nur dass es in diesem Fall keine ›anderen‹ gab.

Die Feldbetten wurden umgeworfen, Flaschen mit wertvoller Tinte wahllos zerschmettert und die beiden antiken Rotationsdruckmaschinen mithilfe der Schlagstöcke innerhalb von Sekunden zu Schrott verarbeitet. Am Ende eines langen, von Schädeln gesäumten Gangs wartete ein kleiner Raum, der wie das Klassenzimmer einer Sonntagsschule eingerichtet war; aber natürlich konnte sich keiner der Eindringlinge an so etwas wie eine Sonntagsschule erinnern. Auch hier wurde alles in Stücke geschlagen.

Und dann, nachdem alle Wut verraucht war, blickten sie einander an. Einige untersuchten als Reaktion auf gebellte Befehle Nebengänge, die in Sackgassen oder vor Berge von Schutt und Knochen führten. Der Lärm verebbte, und der Adrenalinspiegel sank und wurde durch eine frustrierte Wut ersetzt, die nur von eiserner Disziplin und Ausbildung in Schach gehalten wurde, während Stiefelabsätze zusammenknallten, Hände an die Stirn zuckten und aus steiflippigen Mündern ein automatisches »Sir« ertönte.

Der Mann im Burberry und mit dem schwarzen Hut – den er absichtlich nicht abgenommen hatte, als er geweihten Boden betrat – stapfte durch den Schutt und die Trümmer, schürzte nachdenklich die Lippen und ließ den Blick über die Szenerie schweifen wie ein Piratenkapitän, der gerade ein angebliches Schatzschiff übernommen hatte und nun erkennen musste, dass es sich in Wahrheit um einen Seelenverkäufer handelte. Die Männer, die seinen Willen erfüllt hatten, nahmen in seiner Gegenwart Haltung an, aus Furcht, man würde ihnen die Schuld daran geben, eine Fata Morgana angegriffen zu haben.

»So«, sagte der Mann im selben Tonfall wie der englische Monarch, der versucht hatte, den Lauf des Schicksals aufzuhalten und dafür unter dem Beil des Henkers gelandet war – und angesichts von Marchmains Leidenschaft für die Geschichte der Ersten Republik, dachte er vielleicht wirklich daran. »Wie ich sehe, sind die Vögel ausgeflogen.«

»Alle bis auf einen«, sagte die Lederjacke hinter ihm.

Marchmain drehte sich um und sah die Kreatur, die sein Lieutenant am Kragen gepackt hatte. Doch das Ding, das er hielt, glich weniger einem ausgewachsenen Vogel als vielmehr einem Spatzenküken, das von einem Kuckuck aus dem Nest geworfen worden war: federlos, verkrüppelt und blind. Nur dass diese Kreatur dem Ende ihres Lebens näher war als dem Anfang, viel näher sogar.

»Schafft ihn weg«, schnappte Marchmain angewidert.

Kapitel Vierundzwanzig

Lange nach deinem Tod, wenn die Würmer dein Hirn gefressen haben, werden die Kinder mit deinem Schädel Fußball spielen. Das hatte ein besonders grausamer Geschichtslehrer Stark in der Schule erzählt. Nun wusste er, dass das bereits geschehen war, und ein bösartiges Schicksal hatte seine Seele dazu verdammt, es mitzuerleben.

Der Raum zwischen seinen Ohren vibrierte wie die Kesselpauken bei einer Wagneroper. Seine Schädeldecke schmerzte und fühlte sich so weich an, als hätte man den Knochen chirurgisch entfernt, während dort, wo seine Augen hätten sein sollen, die Nervenenden brannten. Falls seine Augen tatsächlich noch dort sein sollten, dann gab es zumindest keinen Beweis dafür; er konnte nichts sehen. Die Welt war eine formlose schwarze Leere … obwohl ›leer‹ eigentlich der falsche Ausdruck war, wie Stark bemerkte, als er sich das Schienbein an etwas Hartem, Eckigem stieß. Auch stank es nach Schweiß, ein wenig wie in einem Krankenhaus und vage vertraut. Stark schmeckte etwas Metallisches im Mund.

Er versuchte, sich aufzusetzen, doch seine Hände und Füße waren gefesselt. Hinter seinem Rücken. Stark rollte sich auf die Seite und bemerkte, dass er auf einem rauen, kalten Boden lag: Stein oder unpolierter Beton. Neben ihm, ein Stück von der Wand entfernt, stand etwas Metallisches, eine Kiste oder eine Bank. Daran hatte er sich das Schienbein gestoßen.

Die Dunkelheit war real. Entweder das, oder mit seinen Augen war wirklich etwas Ernsthaftes passiert. Still war es jedoch nicht. Stark hörte Wasser, fließendes Wasser, doch nicht in der Nähe und nicht wie aus einem Wasserhahn oder in einem Rohr; das war etwas Größeres. Vielleicht befand er sich in der Nähe des Flusses. Aber da war noch etwas anderes in der Ferne: ein schwaches Summen und dann und wann ein lauteres, aber trotzdem fernes Grollen. Und in der Nähe vernahm er kaum hörbar eindeutig Stimmen.

Unter Schmerzen kroch Stark auf Knien und Ellbogen wie eine verkrüppelte Krabbe über den harten Boden in Richtung der Stimmen. Sie kamen von links, ein paar Meter von ihm entfernt, offenbar von der anderen Seite einer Tür; nur falls das wirklich eine Tür war, dann ließ sie noch nicht einmal den kleinsten Lichtstrahl durch. Stark glaubte, die Worte fast verstehen zu können. Zwei Stimmen. Stritten sie sich? Oder unterhielten sie sich nur? Dann verstummten die Stimmen.

Stark erstarrte. Hatten sie ihn gehört? *Wollte* er, dass sie ihn hörten? Die eine Stimme ertönte wieder. Stark versuchte, sich die Gesichter in der Krypta ins Gedächtnis zurückzurufen. Der Nordler war das nicht und auch nicht der Kerl, der wie ein Professor aussah, dafür klang die Stimme nicht kultiviert genug. Und dann konnte er sie einordnen: Das war der große, stämmige Kerl, der zunächst neben ihm gesessen hatte und dann aufgestanden war, um sich an die Versammlung zu wenden.

»Und ich sage immer noch, wir hätten Ransom nicht zurücklassen sollen.«

Die zweite Stimme war ebenfalls männlich, klang aber älter, gebildeter und auf seltsame Art vertraut, auch wenn der Kontext irgendwie nicht stimmte.

»Er hat sich geweigert mitzukommen. Was hätten wir

denn tun sollen? Ihn auch bewusstlos schlagen und tragen? Das hätte ihn umgebracht.«

»Er wird reden.«

»Nein, das wird er nicht. Er wird ihnen sagen, was immer er will, mehr nicht. Außerdem haben sie ihm schon alles angetan, was sie ihm antun konnten; ein weiteres Verhör wird er nicht aushalten.«

»Er wird sterben.«

»Mit ziemlicher Sicherheit, und ich denke, genau das ist auch seine Absicht.«

»Es gefällt mir trotzdem nicht. Und außerdem ... Warum haben wir *ihn* mitgenommen?«

Stark hielt den Atem an. Es konnte kein Zweifel daran bestehen, über wen sie nun sprachen.

»Weil es so ist, wie du gesagt hast: nur noch knapp 24 Stunden, und er taucht auf. Ausgerechnet jetzt. Wir müssen wissen, was er weiß.«

»*Falls* er etwas weiß ...«

»Stimmt, aber du musst zugeben, es ist ein bemerkenswerter Zufall, dass Mr Stark – falls er das denn wirklich ist – plötzlich unangekündigt auf unserer Türschwelle steht, und kurz darauf bekommen wir den ersten größeren Besuch seit Jahren.«

Es folgte ein offenbar bestätigendes Grunzen.

»Sollte er wirklich ein Spion sein, müssen wir es wissen. Anschließend können wir dann herausfinden, wie viel die Gegenseite wirklich weiß. Unsere Quellen haben uns davor bewahrt, heute Morgen wie die Ratten in der Falle zu sitzen; wir können von Glück reden, wenigstens eine Stunde Vorwarnzeit gehabt zu haben. Mehr als das können sie uns jedoch nicht geben.«

»Ist es möglich, dass wir ihm trauen können?«

»Möglich? Ja. Aber wie wahrscheinlich ist das? Es ist uns auch früher schon schlecht bekommen, wenn wir zu vertrauensselig gewesen sind. Warum hat er dir nicht von Anfang an gesagt, dass er ein ›Pipi‹ ist?«

»Da hast du Recht. Der Kanonikus hatte keine Ahnung. Ein paar der anderen glauben, dass du ein wenig zu weit gegangen bist, aber ich denke, unter den gegebenen Umständen hast du das Richtige getan ...«

»Das freut mich zu hören. Wir können es uns nicht leisten, Risiken einzugehen. Nicht jetzt. Sobald er aufgewacht ist, werden wir es herausfinden.«

»Was willst du, dass ich tue?«

»Knöpf ihn dir mal vor. Nichts allzu Hartes, für den Augenblick jedenfalls nicht. Hör dir mal an, was er zu sagen hat.«

»Und wenn er gar nichts sagt?«

»So oder so werden wir ihn zu Merlin bringen. Für 14.00 Uhr ist eine letzte Besprechung angesetzt. Merlin wird wissen, was zu tun ist.«

Es folgte eine deutliche Pause. Dann fuhr dieselbe Stimme fort: »Ich weiß, was *ich* tun würde.«

»Und das wäre?«

Wieder eine Pause. Was auch immer er tun würde, er zeigte es wohl lieber, als dass er es aussprach. Dann:

»Das soll wohl ein Scherz sein. Abgesehen von allem anderen ist es schlicht zu riskant.«

»So etwas ist immer mit Risiken verbunden. Die Frage ist nur, wer es macht. Schau dir an, was mit dem Amerikaner passiert ist.«

»Das war etwas anderes.«

Starks Gedanken überschlugen sich. Was hörte er da? Hatte es eine Razzia gegeben? In der Kirche? Den alten

Mann hatten sie irgendwo zurücklassen müssen, doch Stark hatten sie mitgenommen, bewusstlos und gefesselt. Und nun würden sie ihn zusammenschlagen, ihn verhören … oder Schlimmeres. Konnte es sein, dass sie ihm die Schuld am Tod des Amerikaners unter der Brücke gaben? Das wäre wirklich eine Ironie. Aber sie hatten jemanden mit Namen Merlin erwähnt. Fairweather lebte also doch nicht in einer Fantasiewelt: Der geheimnisvolle Mann war real.

Stark hatte keine Zeit, sich jetzt darüber den Kopf zu zerbrechen. Er musste hier raus. Er hatte es versaut. Vielleicht bestand noch immer die Chance, sie von seiner Echtheit zu überzeugen, vielleicht aber auch nicht. Eines war jedoch sicher: Er würde nicht wie ein Paket verschnürt hier herumliegen, um es herauszufinden. Wenn er wieder mit diesen Leuten sprach, dann nach seinen Bedingungen oder gar nicht. Er fragte sich, wie viel Zeit er noch hatte, und kam zu dem Schluss, dass sie nicht reichte. Er hatte nur einen Vorteil: Sie glaubten, dass er noch immer bewusstlos war. Und das wiederum bedeutete, dass sie ihn mit irgendwas betäubt hatten … Chloroform … Das war der Geruch, und das erklärte auch den Geschmack in seinem Mund.

»Soll ich ihn mir mal ansehen gehen?«

Starks Herz setzte einen Schlag lang aus, und er hielt die Luft an.

»Lass ihn noch eine Weile. Bei dem Zeug sollte er mindestens noch eine halbe Stunde außer Gefecht sein. Lass ihn ein wenig schwitzen; dann geh rein und versetz ihm einen sanften Tritt in die Eier. Ich sehe dich dann später.«

Stark atmete wieder. Stille. Was tat der Mann auf der

anderen Seite? Und auf der anderen Seite von was? Wo zum Teufel war er überhaupt? Zumindest nicht mehr in der Krypta, so viel stand fest. Es beruhigte ihn ein wenig zu wissen, dass er sich nicht länger in einer Untergrundkammer voller menschlicher Knochen befand, obwohl er dort vielleicht etwas hätte finden können, was ihm bei der Flucht geholfen hätte. Er hatte eine Vision, wie er seine Fesseln mithilfe eines uralten menschlichen Kieferknochens bearbeitete.

Aber wie auch immer, er musste irgendetwas finden, was ihm half. Seine Fesseln waren nicht so fest, dass sie schmerzten; offensichtlich verließ man sich voll und ganz auf das Chloroform, um ihn ruhig zu stellen ... und auf die Beule auf seinem Kopf. Hatte er vielleicht innere Verletzungen davongetragen? Eine Hirnblutung, die ihn erst in ein paar Tagen oder Wochen töten würde? *Aber nur wenn du bis dahin überlebst,* ermahnte er sich.

Stark musste erst einmal seine Hände freibekommen und dann die Füße losbinden. Seine Füße! Er hätte zu ihnen hinuntergeblickt, wären sie nicht noch immer hinter seinem Rücken gefesselt gewesen. Er trug seine schweren, schwarzen, halbhohen Budapester der Größe zehn. Größe zehn: Das war eine Nummer zu groß für ihn, aber er trug sie, weil er keine besseren Schuhe besaß. Die meisten seiner Kollegen beim Yard trugen glänzende schwarze Kunstlederschuhe, und Stark war immer der Meinung gewesen, dass man allein daran schon einen Polizisten in Zivil erkennen konnte. Seine Schuhe hingegen waren vollkommen anders.

Sie mochten ja die richtige Größe für das typische Streifenhörnchen sein, aber sie sahen nicht im Mindesten wie Polizeischuhe aus. Sie hatten Stark senior gehört, der sie täglich liebevoll poliert hatte. Nach dem Tod des alten Herrn hatte Harry sich genauso liebevoll um sie gekümmert und geduldig gewartet, bis er selbst in sie hineinwachsen würde. Das war jedoch nie geschehen. Aber vielleicht war es zumindest in einer Hinsicht ein Vorteil, dass er nie in die Schuhe seines alten Herrn hineingewachsen war. Jetzt musste er auf jeden Fall erst mal raus aus ihnen.

Stark rieb die schmerzenden Knöchel aneinander, und es gelang ihm, langsam die Ferse aus dem linken Schuh zu lösen; dann, noch langsamer, denn da hatte er die Schnürsenkel fester geschnürt, machte er das Gleiche mit dem rechten. Schweißperlen bildeten sich auf seiner Stirn, und das war erst die halbe Schlacht. Stark hatte darauf gehofft, ohne Schuhe wenigstens einen Fuß aus den Fesseln ziehen zu können. Die Idee war ja auch gut gewesen, doch nun schienen die Fesseln enger zu sein, als er zunächst geglaubt hatte. Er bog den Rücken durch, versuchte es und scheiterte, scheiterte erneut, und schließlich gelang es ihm, die gefesselten Hände an das Seil um seine Füße zu führen. Es war unmöglich, die Fesseln in dieser Position zu lösen, aber wenigstens hatte er so einen besseren Hebel. Mit einem kräftigen Ruck, der Stark das Gefühl vermittelte, er hätte sich jetzt auch noch einen Wirbel ausgerenkt, brachte er die rechte Ferse durch die Schlinge und schlussendlich den ganzen Fuß; nur die Socke verlor er dabei. Die Erleichterung, die Stark empfand, grenzte schon an Ekstase. Nun, da ein Fuß frei war, war es verhältnismäßig leicht, auch den anderen zu befreien, wenn auch nicht ganz so einfach, wie er gedacht hatte: Mit der verdammten Widerspenstigkeit, die allen leblosen Dingen zu Eigen war, verfing sich das Seil am Fußgelenk, bis es Stark gelang, es mit dem anderen Fuß stramm zu ziehen. Zu guter Letzt konnte er jedoch stehen.

Das bedeutete, dass er auch gehen konnte, obwohl seine Hände noch immer hinter dem Rücken gefesselt waren und nun ein langes Stück Seil von ihnen runterhing. Irgendwie gelang es Stark, seine Füße wieder in die Schuhe zu schieben. Er hielt den Atem an. Wie viel Lärm hatte er verursacht? Von jenseits der Tür war nichts zu hören. Die größere Frage war: Stellte die Tür den einzigen Ausgang dar? Die Hände auf den Rücken gebunden, war Stark wohl kaum in der Lage, irgendjemanden zu überwältigen. Seitwärts tastete er sich an der Wand entlang. Sie war kalt und bestand aus Stein ... nein, nicht aus Stein; dafür war sie zu glatt. Ziegel waren das auch nicht; die Fugen fehlten ... vermutlich Beton.

Daraus schloss Stark, dass er sich in einer Art Lagerhaus oder etwas Ähnlichem befinden musste. Aber warum war es hier so vollkommen dunkel? Mit ziemlicher Sicherheit war es noch Nacht – wie lange war er eigentlich bewusstlos gewesen? Doch warum war noch nicht einmal der schwache Lichtschein des Mondes oder einer Straßenlaterne zu sehen? Stand der Mond im Augenblick überhaupt am Himmel? Stark konnte sich nicht erinnern. Aber wie auch immer, die einzige Antwort auf seine Frage war, dass der Raum keine Fenster besaß und gut abgeschottet war. Stark bewegte sich in die Richtung, aus der die Stimmen gekommen waren, vorsichtig, denn er wollte nicht über etwas stolpern, was jene auf der anderen Seite in Alarm versetzt hätte ... falls sie denn noch da waren. Sollten sie weggegangen sein – und es war schon mindestens ein paar Minuten still –, würde er vielleicht fliehen können.

Dann, fast unmittelbar neben ihm, ertönte ein unerwartet lautes Quietschen und Kratzen. Stark erstarrte. Im selben Augenblick fühlte er zu seiner Linken kaltes Metall. Er befand sich rechts neben der Tür, durch die jedoch kein noch so winziger Lichtstrahl fiel. Das Geräusch ertönte erneut, jedoch nicht mehr so extrem. Irgendjemand bewegte etwas Metallenes und schabte dabei über den Boden. Dann war ein Husten zu hören, und wieder kehrte Stille ein. Es war also nur noch einer von ihnen da, der auf die Rückkehr des anderen wartete, um dann eine Entscheidung zu treffen, falls ›Merlin‹ das nicht für sie erledigte. Dann kam aus der anderen Richtung, irgendwo aus der Ferne, das gleiche Geräusch, das Stark auch vorhin schon einmal gehört hatte: ein langes, tiefes Grollen, das rasch wieder verstummte. Es kam ihm seltsam vertraut vor, dennoch konnte er es nicht zuordnen.

Stark tastete sich an der Tür vorbei und bemerkte dabei einen runden, metallenen Türknauf. Irgendetwas an der Luft im Raum verriet ihm, dass er nicht sonderlich groß war. Tastend erreichte er eine Ecke und machte sich an der Wand entlang auf den Weg zur anderen Seite. Vielleicht gab es irgendwo einen Lichtschalter. War die Tür wirklich so dicht, dann würde auch kein Licht *hinausdringen,* und mit Licht würde er wenigstens eine Vorstellung davon bekommen, wo er sich befand. Vielleicht gab es ja noch eine andere Tür; aber falls ja, dann wartete vermutlich auch dort jemand auf der anderen Seite.

Stark fand die Ecke knapp zwei Meter jenseits der Tür. Die folgende Wand entsprach genau der ersten: kahler Beton, gut fünf, sechs Meter lang, wie Stark schätzte. Dann folgte eine weitere, rechtwinkelige Ecke. Ob sich in der gegenüberliegenden Wand ebenfalls eine Tür befand? Und dann stieß Stark plötzlich gegen etwas. Es war hart, rund, bestand aus Metall und war an der Wand befestigt, allerdings nicht fest genug, als dass Stark es nicht fast heruntergerissen hätte. Nur indem er sich mit seinem ganzen Gewicht gegen den Gegenstand lehnte, hielt er ihn davon ab, mit einem katastrophal lauten Scheppern zu Boden zu fallen. Im selben Augenblick erkannte er, um was es sich dabei handelte: einen Feuerlöscher. Nicht nur einer, sondern eine ganze Reihe von ihnen, insgesamt vier Stück, und sie waren nicht an der Wand befestigt, sondern standen auf einer Art Regal. Wo auch immer Stark sich befinden mochte, seine Wärter hatten große Angst vor Feuer. Befand er sich in einem Lagerhaus voller leicht entflammbarer Waren? Und dann, unmittelbar hinter dem Regal, fand Stark das, worum er gebetet hatte: eine Tür.

Sie war genauso dicht wie die in der gegenüberliegenden Wand und besaß einen identischen Knauf. Die Frage war nur: War sie verschlossen? Und falls nicht, was – oder genauer: *wen* – würde er auf der anderen Seite finden? Stark legte das Ohr an das kalte Metall, konnte jedoch nichts hören außer dem schwachen Summen, das er schon die ganze Zeit hörte. Gleichzeitig drang erneut das Schaben des Gegenstands von jenseits der anderen Tür zu ihm herein. Stark wusste, dass es nicht mehr lange dauern würde, bis sie ihn holen kamen.

Er hatte keine andere Wahl. Mit dem Rücken zur Tür drehte er den Knauf und schob sie auf. Jeden Augenblick rechnete er mit einem Schrei, dass er entdeckt war, mit einer Flut von Licht und einem weiteren Schlag auf den Kopf. Stattdessen verwandelte sich plötzlich das Grollen aus einer fernen, heiseren Kehle in ein ohrenbetäubendes Donnern, begleitet von pfeifendem Wind in seinem Rücken, und Stark wusste sofort, warum ihm das Geräusch so vertraut erschienen war. Nun war ihm klar, wo er sich befand: in der U-Bahn, im Herzen der London Tube. Er hatte die Tür im selben Augenblick geöffnet, da ein Zug vorbeirauschte.

Nachdem Stark sich von dem Schreck erholt hatte, drehte er sich um. Eine Sekunde lang waren seine geweiteten Pupillen vom Licht verwirrt, das, wie sich rasch herausstellte, von einer Hand voll schwacher Glühbirnen stammte, die in Kopfhöhe entlang des Tunnels hingen. Je zehn Meter voneinander entfernt erhellten sie die Röhre in beide Richtungen. Die Tür, aus der Stark gekommen war, öffnete sich auf einen gut drei Meter langen Vorsprung an der Tunnelwand, von dem zu beiden Seiten Rampen sechzig Zentimeter auf den Tunnelboden runterführten. Offensichtlich gehörten der Raum, in den man Stark gesperrt hatte, sowie der dahinter entweder zu einem Notausgangssystem oder dienten als Lagerräume für Feuerbekämpfungsgerät. Und ebenso offensichtlich war, dass Stark keine Zeit hatte, herumzustehen und darüber zu spekulieren.

In welche Richtung sollte er gehen? Eigentlich egal, denn rechts wie links würde er früher oder später zu einem Bahnhof gelangen. Was ihm mehr Sorgen bereitete, war die Tatsache, dass jeden Augenblick ein Zug kommen konnte. War an den Seiten genügend Platz, um ihn vorbeizulassen? Vielleicht, vielleicht aber auch nicht. Und dann waren da noch die Strom führenden Gleise. Sie zu berühren bedeutete den sicheren Tod. Stark lauschte auf Geräusche, die auf einen näher kommenden Zug hindeuten könnten. Nichts. Wie oft fuhren sie auf dieser Strecke? Hätte er gewusst, um welche Linie es sich handelte, hätte ihn das schon weitergebracht. Auf einigen fuhren die Züge häufiger als auf anderen.

Stark war noch nicht einmal sicher, wie spät es war, und da seine Hände noch immer auf dem Rücken zusammengebunden waren, konnte er auch nicht auf seine Uhr schauen. Nachdenken. Er musste nachdenken. Er war gegen sieben Uhr Abends in St. Bride's eingetroffen. Das musste jetzt mindestens ein paar Stunden her sein, was, auf den Bahnverkehr bezogen, schon einmal keine schlechte Ausgangslage war. In der Rushhour rasten die Züge durchschnittlich alle drei Minuten durch die Tunnel, aber nicht mehr jetzt am späten Abend und schon gar nicht in der Nacht. Nach acht Uhr fuhren sie nur noch alle zehn Minuten und auf den weniger frequentierten Strecken sogar nur alle zwanzig, und Letztere waren heutzutage aus Kostengründen schon deutlich in der Überzahl. Aber wie auch immer, es ergab Sinn, sofort loszumarschieren, egal in welche Richtung.

Stark drehte sich nach links und ging, so schnell er konnte; zu laufen wagte er nicht aus Angst, mit gefesselten Händen zu stolpern und womöglich auf die elektrischen Gleise zu fallen. Doch auch als er schließlich den Tunnelboden erreichte, kam er langsamer voran, als er erwartet hatte. Die Schienen lagen auf schweren, in den Betonboden eingelassenen Holzschwellen, und Stark musste aufpassen, wo er hintrat. Nach ein paar Sekunden passte er seine Schrittlänge dem Schwellenabstand an, denn es fiel ihm leichter, auf den Schwellen zu gehen, als über sie zu stolpern. Allerdings zwang ihm das ein stetes, unnatürliches Schritttempo auf.

Die Krümmung der Wände bedeutete überdies, dass er sich ständig zur Seite lehnen musste, um sich nicht seinen ohnehin schon verletzten Kopf zu stoßen. Die ›Tube‹ oder ›Röhre‹ war weniger ein Spitzname als vielmehr eine Beschreibung. Stark erinnerte sich vage daran, im Rahmen einer Unterrichtsstunde über ›Heroische Arbeitertaten‹ einmal gehört zu haben, dass die meisten Züge tatsächlich durch riesige Röhren rasten, die ihrer Form wunderbar angepasst waren … Wunderbar? Wohl eher ›schrecklich‹, wenn man sich zufälligerweise mit einem dieser Züge in der Röhre befand. Das war nichts, woran Stark bis jetzt wirklich einen Gedanken verschwendet hatte, obwohl er schon viele Stunden seines Lebens auf U-Bahnsteigen verbracht hatte, aber wenn er es sich jetzt so überlegte … Sie füllten das Ding tatsächlich fast aus, wenn sie in den Bahnhof rollten. Stark bezweifelte, dass mehr als zehn Zentimeter Platz zwischen Zug und Tunnelwand waren. Jeder, der versuchte, sich an die Wand zu drücken, wenn ein Zug vorbeiraste, würde die Erfahrung als reichlich … unangenehm empfinden.

Stark hatte gehört, dass es am besten sei, sich flach zwischen die Gleise zu legen, wenn ein Zug heranrollte, doch bei diesen Geschichten handelte es sich wohl eher um Mythen, und er verspürte nicht das Bedürfnis, ihren Wahrheitsgehalt auf die Probe zu stellen. Vor allem wollte er dem Strom nicht zu nahe kommen. Misstrauisch schaute er sich die Gleise an. Insgesamt waren es vier. Stark vermutete, dass die äußeren, dickeren für die Räder gedacht waren, während die beiden inneren den Strom führten; sicher war er sich jedoch nicht. Das bedeutete, dass ein Mann, der sich zwischen sie legte, sich auf keinen Fall bewegen durfte, wenn er keinen Stromschlag bekommen wollte.

Vor ihm bog der Tunnel nach links ab. Einen Augenblick lang fragte sich Stark, ob er in die andere Richtung hätte gehen sollen, aber da er die U-Bahn nicht gut genug kannte, ergab es keinen Sinn umzukehren. Entsetzt fiel ihm auf, dass er noch nicht einmal wusste, wie weit die einzelnen U-Bahn-Stationen durchschnittlich voneinander entfernt waren. Eine Meile? Doch sicher weniger. Oder vielleicht mehr? Vermutlich hing das von der Umgebung ab, in der er sich befand: Im Stadtzentrum lagen die Stationen dichter beisammen. Wie lange war er schon unterwegs? Vier Minuten? Fünf? Er versuchte, die Sekunden zu zählen, stellte jedoch rasch fest, wie sinnlos das war. Wenn ein Zug kam, kam er eben. Und dann sah er es, undeutlich, vor ihm, einen schwachen, sich ausbreitenden Lichtschein, als der Tunnel wieder gerade wurde. Stark seufzte erleichtert. Ein Bahnhof. Das musste einfach einer sein.

Und es war auch einer. Stark konnte den Bahnsteig sehen und dahinter die Ausfahrt, die Stelle, an der der Tunnel sich wieder zur Röhre verengte ... der Röhre, in der er noch immer steckte! Der Bahnsteig war knapp fünfzig Meter entfernt, näher, als Stark zu hoffen gewagt hatte, aber nicht nahe genug, um ihn zu beruhigen. Nur war der Bahnhof nicht so gut beleuchtet wie gewöhnlich, und er schien leer zu sein. Vielleicht war es tatsächlich später, als Stark angenommen hatte. Sollte es schon nach Mitternacht sein, bestand die Chance, dass der Zug, den er gesehen hatte, der letzte für die Nacht war. In dem Fall musste er nur noch die Stufen hinaufstolpern und sich eine Entschuldigung für die Nachtwächter ausdenken. Das sollte ihm allerdings nicht allzu schwer fallen; schließlich war er Polizist. Erleichterung erfüllte ihn ... einen Augenblick zu früh.

Noch während Stark sich entspannte, ertönte erneut das unverkennbare Grollen hinter ihm. Es wurde rasch lauter, ein hartes, metallisches Geräusch, begleitet vom hohen Kreischen der Gleise. Stark fluchte, nahm die Beine in die Hand und rannte. Seine Hände wippten nutzlos hinter seinem Rücken, und das Seil schwang gefährlich hin und her. Jede Sekunde konnte er stolpern, um entweder vom Strom gegrillt oder Augenblicke später vom Zug überrollt zu werden. Warum wurde das verdammte Ding nicht langsamer? Schließlich rollte es auf einen Bahnhof zu. Und warum hatten sie die verfluchte Bahnhofsbeleuchtung gedämpft? Die einzige Lichtquelle, die er sehen konnte, war ein böses grünes Licht, das – so erkannte Stark mit Schrecken – auch noch ›Freie Fahrt‹ bedeutete. Er wollte nach hinten blicken, wagte es aber nicht. Der Bahnsteig war noch immer mehr als zehn Meter entfernt, und um alles noch schlimmer zu machen, führte keine Treppe hinauf. Stark würde hinaufklettern müssen.

Der Lärm war nun ohrenbetäubend. Stark überkam das panische Verlangen, mitten auf die Gleise zu springen und mit den Armen zu wedeln. Er wusste, dass das die Art von Verlangen war, die Menschen in den sicheren Tod trieb. Und dann sah er sie, unmittelbar neben dem Bahnsteig, vier Meter in den Tunnel hinein und direkt unter dem geisterhaften grünen Licht: eine Nische, gerade groß genug, um einem Mann Unterschlupf zu gewähren. Eine ›Zuflucht‹ nannten die Bahnarbeiter so etwas, und jetzt wusste Stark auch, warum.

Stark warf sich hinein und drückte sich mit dem Rücken gegen die Wand. Das Blut pochte in seinen Ohren, und er rang nach Luft. Und er hatte keine Sekunde zu früh Deckung gefunden, denn schon rauschte das vertraute, rot gestrichene Führerhaus aus dem Dunkel auf ihn zu und kreischte nur Zentimeter an seinem Gesicht vorbei.

Nur dass ... der Gedanke zwang Stark hinzusehen, obwohl er sich entsetzt abwenden wollte ... *es irgendwie nicht* ... er schnappte nach Luft, da der Fahrtwind ihm den Atem aus den Lungen riss ... *nur dass es irgendwie* nicht *vertraut war.*

Sein Herz raste weiter, und seine Brust pumpte Luft in kurzen, flachen Zügen, während er in entsetztem Staunen dem letzten Wagen hinterherblickte; plötzlich wusste er, was er gesehen hatte. Die Gesichter der Pendler im Zug. Nein, nicht die Gesichter. Ihre Kleidung. Und die Werbeplakate, die er nur kurz gesehen hatte, zu kurz, um etwas darauf erkennen zu können, aber lange genug, um ihre Existenz wahrzunehmen. Die Farben, das Licht, die Intensität der hellen weißen Neonröhren, nicht gelb, nicht flackernd ...

Und dann der Zug selbst: Seine Front war nicht schmutzig rot gewesen; das hatte sich Stark nur eingebildet, weil er es schlicht erwartet hatte. Das Ding hatte silbern geglänzt, mit leuchtend blauen Streifen wie auch der ganze Rest des Zuges. Und als er mit halsbrecherischer Geschwindigkeit wieder in der Dunkelheit verschwunden war, hatte das Heck genauso geglänzt wie die Front ... abgesehen von dem mit orangefarbener Sprühfarbe aufgetragenen Gekritzel, das genauso unvorstellbar war wie die Welt im Inneren der Wagen, Graffiti in meterhohen Buchstaben, die über Wand und Fenster reichten und sagten: LECK MICH AM ARSCH!

Harry Stark wusste, was er gerade zum ersten Mal in

seinem Leben mit eigenen Augen und aus allernächster Nähe gesehen hatte: einen Westminster-Zug. Irgendwie war er über die Mauer gekommen … oder besser gesagt: unter ihr hindurch.

Kapitel Fünfundzwanzig

Stark saß benommen auf einem U-Bahnsteig im Dunkeln. Oder zumindest im Halbdunkeln. Das war genau die richtige Beleuchtung für die Welt, in der er sich wiedergefunden hatte, eine Welt des Zwielichts. Eine Welt, in der er die ganze Zeit über gelebt hatte, ohne darüber nachzudenken. Seine Hände waren noch immer hinter dem Rücken gefesselt. Andernfalls hätte er seinen Kopf hineingelegt. Und er hätte gelacht. Oder vielleicht geweint.

Es hätte ihn nicht überraschen dürfen, sagte Stark sich selbst. Nicht wirklich. Es war ja nicht so, als hätte er nicht gewusst, dass Orte wie dieser existierten. Es war nur leichter für ihn gewesen, sie schlicht zu vergessen. Wie hatte der Autor J. B. Priestley es in den Zwanzigern noch mal gesagt? »Die Vergangenheit ist ein anderes Land.« Er hatte das über England gesagt, sich aber wohl nie vorgestellt, dass dieser Satz dereinst im wörtlichen Sinne wahr sein würde.

Oder dass er im übertragenen Sinne nun in großen blauen Emaillebuchstaben auf der weiß gefliesten Wand vor Harry Stark geschrieben stand: Worte zwischen Tafeln, die vor Luftangriffen warnten, welche schon vor langer Zeit geendet hatten, und dahinter vergilbte Revueplakate, die auf schmerzhafte Art daran erinnerten, wann hier die letzten Passagiere ausgestiegen waren. Harry Stark las die Worte, als wären sie eine uralte, finstere Beschwörungsformel: LEICESTER SQUARE.

Es war, als wäre der Platz noch immer da, oben über seinem Kopf. Es war, als müsse er nur zum Ende des Bahnsteigs gehen und mit dem Aufzug ins Theaterland fahren, in eine Welt heller Lichter und zügelloser Fantasien, das Herz einer geschäftigen Weltstadt, und nicht in das von Gras überwucherte Niemandsland, das sich tatsächlich dort befand, wo eine Betonmauer das Ende der Welt markierte.

Doch die Mauer war nicht das Ende der Welt. Das, was jenseits davon lag, entzog sich nur dem Blick und damit auch der allgemeinen Erinnerung. Der weiße Fleck auf der großen Karte in Starks Büro glich den unkarthographierten Meeresgebieten auf den Karten alter Seefahrer: Gebiete, von denen die Menschen in ihrer Fantasie geglaubt hatten, dass dort fremdartige Bestien und Meerjungfrauen hausten; Gebiete die man in reich verzierter Schrift mit den Worten ›Hier leben Drachen‹ gekennzeichnet hatte. Stark hatte nun einen dieser Drachen mit eigenen Augen gesehen, einen großen blau-silbernen Lindwurm, der sich unter den Straßen der Stadt entlangschlängelte, ohne dass die Menschen seiner Existenz gewahr wurden.

Stark war nicht auf der anderen Seite der Mauer; die ›andere Seite‹ war hierher gekommen, oder genauer gesagt, sie war schon immer hier gewesen, was bewies, dass die beiden Hälften der Stadt nie so gründlich geteilt worden waren, wie die Ärzte versucht hatten, den Patienten glauben zu machen. Wie eine Rückenmarksarterie bei siamesischen Zwillingen gehörte dieser U-Bahn-Tunnel zum Körper des einen, wurde aber vom anderen genutzt.

Stark stand auf und ging über den leeren Bahnsteig. Wären seine Hände nicht noch immer auf dem Rücken gefesselt gewesen, er hätte sich vorstellen können, selbst in dieser anderen, vergangenen Welt zu leben. Nicht in der, die nun auf der anderen Seite der Mauer existierte, sondern in jener, die schon lange verschwunden gewesen war, als man den Betonwall errichtet hatte. Sein Vater hatte diese Welt gekannt, und er hatte sie abgelehnt und den grausamen Schock des Neuen mit einer Tapferkeit ertragen, wie sie nur ein eisernes Herz besitzen konnte. Und dann hatte das Eisen Rost angesetzt.

Stark war so tief in Gedanken versunken, dass er sich erschrocken zurückwarf und mit der Schulter gegen etwas Metallisches stieß, als erneut ein Zug donnernd in die Station einfuhr – oder besser: als ein Zug mit derartiger Geschwindigkeit vorbeiraste, dass dem Fahrer vermutlich noch nicht einmal genügend Zeit blieb, um überhaupt zu bemerken, dass sich hier je ein Haltepunkt befunden hatte. Instinktiv kauerte sich Stark an die Wand, um nicht bemerkt zu werden, obwohl das vermutlich vollkommen überflüssig war.

Früher, so erinnerte sich Stark einmal gehört zu haben, waren die Westminster-Züge langsamer geworden, wann immer sie durch einen Südbahnhof gefahren waren. Angeblich hatten sie sogar die Türen geöffnet für den unwahrscheinlichen Fall, dass es einem ihrer ›Mitbürger‹ gelungen sein sollte, in die geschlossene Station einzudringen, und er nun versuchte, an den bewaffneten Wachen auf den Bahnsteigen vorbei auf den ›Freiheitszug‹

zu springen. Irgendwann hatte man dann eine einfachere Lösung für das Problem gefunden: Die Eingänge waren zugemauert und die Stationsschilder entfernt worden. Wachen waren nicht länger notwendig gewesen, und die Erinnerung an den unterirdischen Fluchtweg war im Süden wie im Norden rasch verblasst.

Sie haben uns vergessen, dachte Stark, *so wie wir sie vergessen haben. Der Unterschied ist nur, dass sie es sich leisten können.* In diesem Augenblick war er fest davon überzeugt, dass jene, die an die Wiedervereinigung glaubten, in einer Traumwelt lebten.

Stark drehte den Kopf, um zu sehen, gegen was er gestoßen war. Es waren zwei alte Verkaufsautomaten. Der eine versprach ›ganze anderthalb Pint Milch in jeder Tafel‹ Cadbury's Dairy Milk Chocolate; am anderen konnte man Streckenpläne eines U-Bahn-Systems ziehen, das sich deutlich von dem unterschied, das Harry kannte. Beide waren schon vor langer Zeit Vandalen zum Opfer gefallen, vermutlich bereits während des Krieges, als die Londoner hier unten Schutz gesucht hatten.

Die Klappe, die einst Schokoladentafeln ausgegeben hatte, war herausgebrochen worden, sodass nur noch ein verdrehtes, scharfkantiges Stück Metall übrig geblieben war. Genau daran hatte Stark sich gestoßen – eine schmerzhafte Angelegenheit –, aber es war genau das, was er unter den gegebenen Umständen brauchte. Stark drehte sich mit dem Rücken zu der Maschine, hob die zusammengebundenen Hände so hoch er konnte und rieb mit den Fesseln über die scharfe Metallkante. Das Kunststück war gar nicht so einfach, besonders da er nicht sah, was er machte. Seine Idee war, das Seil mit dem scharfen Metall durchzusägen, aber immer wieder rutschte er ab, schürfte sich das Handgelenk auf und fluchte laut. Doch er spürte, wie das Seil nach und nach dünner wurde, bis er die Hände gut zehn Zentimeter auseinander ziehen und den Rest leicht durchtrennen konnte.

Stark seufzte erleichtert wie ein Mann, der gerade dem Gefängnis entkommen war, als das Seil riss und er in der Lage war, die blutenden Hände nach vorne zu nehmen und sie sich anzuschauen. Jetzt musste er nur noch einen Weg nach draußen finden. *Nur noch* ... Fast hätte er lauthals gelacht! An diesem Punkt wurde ihm klar, dass er zwar mit ziemlicher Sicherheit wusste, wo er sich befand, jedoch nicht die geringste Ahnung hatte, wie er wieder an die Erdoberfläche gelangen sollte.

Stark war müde, hungrig, und er hatte Durst. Mehr aus Hoffnung denn aus Erwartung zog er an den Hebeln der Schokoladenmaschine, natürlich erfolglos; aber nach vierzig Jahren hätte die Schokolade wohl ohnehin nicht mehr geschmeckt. Das hielt Stark allerdings nicht davon ab, wütend auf die Maschine einzudreschen. Als er die zweite ebenso bearbeitete, zeitigte das zu seiner Überraschung sogar Ergebnisse. Ein vergilbter Streckenplan fiel vor ihm auf den Boden. Stark hob ihn auf. *Ein Souvenir,* dachte er mit einem ironischen Lächeln, als er ihn aufklappte und ein Plan der Londoner U-Bahn zum Vorschein kam, wie er ihn noch nie gesehen hatte: ein großes, weitläufiges Netzwerk, fast viermal so groß wie das, mit dem er seit seiner Kindheit vertraut war. Ein Stück die Wand hinunter hing ein ähnlicher Plan, doch einen in der Hand zu halten war etwas anderes.

Die schwarzen Buchstaben an der Wand deuteten darauf hin, dass der Leicester Square an der Northern Line lag. Die Northern Line kannte Stark, da er regelmäßig mit ihr fuhr. Sie war dreigeteilt, und alle Spuren liefen an der Old Street zusammen. Die Strecke, die Stark am besten kannte, verlief nordwestwärts über ›The Angel‹ nach Highgate, eine weitere Richtung Nordost bis nach Finsbury Park und die dritte südlich des Flusses via London Bridge bis zu dem großen Kreisverkehr, der schon seit dem Mittelalter als Elephant and Castle bekannt war. Doch einst, so sah Stark nun, hatte die südliche Spur weiter nach Süden geführt, bis hin zu den Vorstädten von Wimbledon und Morden tief im Südwesten.

Damals, vor dem Mauerbau, hatte die Linie einen vollkommen anderen Verlauf genommen. Südlich von Elephant and Castle hatte sie sich geteilt, einmal in Richtung Osten – das war die Linie, die Stark kannte – und einmal in Richtung Westen, hier zum Leicester Square und dem, was als das West End bekannt gewesen war. In Euston waren beide Linien dann wieder zusammengelaufen. Vermutlich fuhren auch dort noch U-Bahnen durch das Tunnellabyrinth unter dem Hauptbahnhof, von wo jene mit gültigen Visa und Reisepässen gen Liverpool und Manchester fahren konnten, vielleicht waren das sogar die gleichen Züge, die hier vorbeikamen.

Aber wie zum Teufel war er hierher gekommen?, fragte sich Stark. Die letzten paar hundert Meter waren klar, aber davor? Er blickte auf seine Uhr. Sie zeigte Viertel nach sechs. Morgens? Es musste so sein. Gegen sieben Uhr abends war er in St. Bride's erschienen. Das bedeutete, dass er länger außer Gefecht gewesen war, als er bis jetzt vermutet hatte. Vielleicht hatten sie ihn in der Nacht hier heruntergeschafft, als keine Züge fuhren. Vielleicht hatten sie von der anderen Seite Zugang zu ihren kleinen ›Höhlen‹. Das war fast sicher. Aber wie auch immer, nichts von alledem half Stark bei der Lösung des vorliegenden Problems. Durch die Tunnel konnte er nicht weitergehen. Die Züge fuhren wieder regelmäßig, schlimmer noch: Die Rushhour hatte begonnen.

Noch während ihm dieser Gedanke durch den Kopf ging, raste der dritte blau-silberne Drache durch die Station, dieser mit deutlich mehr Graffiti als die beiden davor: sinnlos aneinander gereihte grelle Buchstaben, die Stark für Verzierungen hätte halten können, wäre das Ganze nicht so anarchisch gewesen. *Ein kleiner Beweis dafür,* sinnierte er, *dass nicht alles erfunden ist, was man uns über die schlechten Seiten der anderen Gesellschaft erzählt.*

Auf jeden Fall bestätigte ihn der dritte Zug in seinem Glauben, dass es Wahnsinn gewesen wäre, durch die Tunnel zu gehen. Gab es hier vielleicht noch einen Ausgang? Stark kannte das Areal, auf dem sich einst der Leicester Square befunden hatte – wenn auch nur flüchtig. Tatsächlich war er erst gestern mit dem Amerikaner hindurchgefahren. Aber nichts deutete an der Oberfläche darauf hin, wo sich einst der Eingang zur U-Bahn-Station befunden hatte. Die Arbeiter, die ihn beseitigt hatten, hatten ihre Arbeit genauso gründlich gemacht wie die Bilderfälscher, die Trotzki aus den Fotos in den Geschichtsbüchern entfernt hatten.

Ein Streckenplan, selbst einer, den seine Regierung als aufrührerisch betrachtet hätte, würde Stark nicht bei der Flucht helfen. Jedenfalls nicht direkt. Stark unternahm eine Erkundungstour in jene Gänge, über denen ›Ausgang‹ stand, eine surreale Exkursion durch dunkle Hallen, die seltsam, fremd und auf unheimliche Art zugleich vertraut waren. Die schwache Beleuchtung auf den Bahnsteigen – einer Richtung Süden der andere Richtung Norden, wie Stark festgestellt hatte – reichte auch noch darüber hinaus, doch wo einst die Rolltreppen gewesen waren, fand sich nun nur noch Beton. Es gab keinen Weg hier hinaus. Jetzt nicht mehr. Nie mehr. Stark starrte auf die Manifeste der Teilung, die bis hierher unter die Erde reichten, und es fiel ihm schwer zu glauben, dass es je anders gewesen war.

Die einzige Alternative waren Schilder, die zur Piccadilly Line deuteten. Piccadilly, das wusste Stark, war der alte Name für das, was in seiner Stadt die Holborn Line genannt wurde, und zwar aus dem offensichtlichen Grund, dass sie nicht mehr bis zum Piccadilly Circus führte. Der Gang dorthin war nicht versperrt, die Piccadilly lag tiefer. Die Schilder führten zu alten Holzrolltreppen, doch es war schon Jahrzehnte her, seit sie zum letzten Mal in Betrieb gewesen waren. Damals hatten die Passagiere der tiefer gelegenen Linie durch die Anlagen der höheren gemusst, wenn sie zum Ausgang wollten.

Es bestand die vage Möglichkeit, dass die Piccadilly noch einen separaten Ausgang besaß, doch selbst wenn dem so sein sollte, war er ohne Zweifel ebenfalls versperrt. Aber egal, Stark hatte nichts zu verlieren. Außerdem empfand er es als unwiderstehlich, diese irreale, unterirdische Welt zu erkunden, die ihm so vertraut und fremd zugleich war. Stark fühlte sich wie ein Professor für Ägyptologie, der zum ersten Mal ein Pharaonengrab betrat.

Das Licht wurde mit jedem Schritt schwächer, und die in Holz gerahmten Werbeplakate neben der Rolltreppe verschwanden nach und nach im Dunkel. Stark kniff die Augen zusammen, um die jahrzehntealten Werbesprüche besser lesen zu können: Marken, die es auf der anderen Seite noch immer gab – Coca-Cola, Schweppes, Ford – gemischt mit anderen – Robinson's Barley Water, Rowntree's Fruchtpastillen –, von denen Stark annahm, dass sie entweder Pleite gegangen oder aufgrund ihrer geographischen Lage in volkseigene Betriebe übergegangen waren.

Hier und da verkündeten Poster Warnungen aus einer antiken Welt: Pomadige Offiziere – Army, Navy und Air Force – wedelten mit ihren Zigaretten und plapperten munter mit einer verführerischen Blonden. ›Sorgloses Gerede kostet Leben‹, mahnte der Text darunter. An diesen Slogan erinnerte sich Starks Mutter immer noch. Tatsächlich war er auch ein halbes Jahrhundert später noch verdammt nahe an der Realität ... zu nahe. Stark stieg weiter in die Dunkelheit hinab.

Als er das Ende der Rolltreppe erreichte, wurde es wieder heller. Ein blasses bläuliches Licht, ähnlich dem oben, erhellte den Gang. Das in Verbindung mit den weiß gefliesten Wänden vermittelte Stark das Gefühl, durch ein riesiges altes Schwimmbad zu gehen. Stark nahm den rechten Gang, über dem ›Piccadilly Line, Westen‹ stand, darunter eine Liste von Stationen, die nur in seiner Vorstellung existierten: Piccadilly Circus, Hyde Park Corner, Knightsbridge.

Das blaue Licht stammte von einer Reihe von Glühbirnen, die von der Decke über dem Bahnsteig baumelten; mehrere von ihnen waren kaputt. Offensichtlich versorgten die Notstromaggregate, die für das Licht an der Northern Line verantwortlich waren, auch diese Station mit Strom. Am westlichen Ende des Bahnsteigs befand sich jedoch kein großes schwarzes Loch, sondern gewaltige

Betonblöcke, die bis unter die Decke reichten. Das war's dann: die definitive Endstation.

Und dann sah er es. Die Betonmauer versperrte nur den westlichen Ausgang. Offensichtlich kamen die Züge der Holborn Line nicht mehr so weit, obwohl die Oberfläche sich noch immer auf der ›richtigen‹ Seite der Mauer befand, und wie Stark vermutet hatte, führte kein Weg hinauf, der sich nicht mit der Northern Line schnitt. Allerdings hätte ihn oben ohnehin nur der Grenzstreifen mit der Mauer und ihren Wachtürmen erwartet.

Der östliche Tunnel war jedoch offen. Wenn er ihm folgte, schloss Stark, würde ihm nicht nur kein Zug entgegenkommen, sondern irgendwann müsste er auch Covent Garden erreichen. Für seine Mitbürger war Covent Garden die Endstation der Linie, eine Station nach Holborn, die nur wegen des schäbigen, alten Opernhauses existierte, wo ständig Mussorgski und Brecht gespielt wurden, und wegen des alten Obst- und Gemüsemarkts.

Behutsam kletterte Stark vom Bahnsteig auf die Gleise. Wieder ging er über die Schwellen, nur dass er diesmal nicht in Eile war und deshalb keine Angst mehr hatte, das Gleichgewicht zu verlieren. Seine Hauptsorge war, ob die Antriebsgleise auch hier Strom führten oder ob der Strom nur bis zur nächsten Station reichte. Irgendwann im Laufe der außergewöhnlichen Operation der Teilung war offenbar auch die Stromversorgung neu geordnet worden. Wie zum Teufel man das gemacht hatte, konnte Stark noch nicht mal ahnen, aber es hätte ihn deutlich beruhigt, es zu wissen, besonders in Bezug auf die Gleise dicht bei seinen Füßen.

Und dann, plötzlich, hinter einer unerwarteten Biegung, kam der Bahnsteig in Sicht, auf dem es vor frühmorgendlichen Passagieren nur so wimmelte. Und da fuhr ein Zug ein. Stark hielt die Luft an und atmete erleichtert aus, als der vertraute, schmutzige, rote, aber nicht beschmierte Wagen zitternd zum Stillstand kam. Kurz glaubte er, ungläubiges Staunen auf dem Gesicht des Fahrers zu sehen, weil plötzlich ein Mann aus den unergründlichen Tiefen des toten Tunnels trat.

Dann tat der Fahrer, was neunzig Prozent seiner Landsleute unter diesen Umständen tun würde: Er wandte sich ab und stieg aus seiner Kabine. Er hatte die Endstation erreicht, und er hatte etwas gesehen, was er nicht hätte sehen sollen; also war es besser, gar nichts gesehen zu haben.

Stark seufzte. Er war zu Hause.

Kapitel Sechsundzwanzig

Übel, wirklich übel!«

Kate Stark strahlte. Sie wusste, was ›übel‹ im trendigen Nordlerslang bedeutete: ›cool, wirklich cool‹. Aber sie wusste auch, dass das, was sie Tommy Paine gerade in der Abgeschiedenheit des Mädchenklos erklärt hatte – während Sharon und Debbie sicherheitshalber draußen Wache standen –, für ihre Lehrer, das Establishment oder ihren zickigen großen Bruder, ja, tatsächlich für die ganze selbstgerechte, aufgeblasene Welt der so genannten Erwachsenen wirklich ›übel‹ war. Das machte es ja so aufregend.

»Und? Wie sieht's aus? Bringst du das?«, fragte Katy mit gespielter Gelassenheit.

»Ist das dein Ernst? Willst du das wirklich durchziehen?«

»So ernst war mir noch nie etwas in meinem ganzen Leben. Aber ich muss wissen, ob du dabei bist. Du und deine Jungs. Natürlich könnten wir Mädchen es allein über die Bühne bringen ...«

»Nein, nein, ich bin dabei. *Wir* sind dabei.« Das mussten sie. Ihr Stolz machte die Männer ja so berechenbar. »Es ist nur ... Ich meine ... Ist es wirklich ...«

»Das ist es.«

Katy steckte den Kopf aus der Kabine und zeigte Sharon an der Tür den erhobenen Daumen. Debbie und Sharon würden ihr ein Zeichen geben, wenn die Luft rein war, sodass Tommy wieder rauskonnte. Katy tat es regelrecht Leid, dass das alles so im Geheimen erledigt werden musste. Es hätte ihrem Ruf schier unglaublich gut getan, hätte man sie mit Tommy Paine aus dem Mädchenklo kommen sehen.

»Vergiss nicht. Wichtig ist vor allem eines«, sagte sie, packte Tommy am Arm und starrte in dessen große braune Augen, wo sie zum ersten Mal nicht Verachtung, Ablehnung oder Lust, sondern tief empfundene Bewunderung sah und – war das möglich? – echten Respekt. »Wir müssen auf exakt den richtigen Zeitpunkt warten. Erst wenn der Wagen vor dem alten Harkness höchstpersönlich ist, vor ihm, seiner bescheuerten Bande von Ministern und wie hieß der Kerl aus Moskau noch? Erst dann treten wir in Aktion und keine Sekunde früher.«

»Wow!«, sagte Tommy Paine. »Wow!«

Das war das Wichtigste, was irgendjemand je zu Katy gesagt hatte. In ihrem ganzen Leben.

Kapitel Siebenundzwanzig

Stark stand auf dem Bahnsteig und blinzelte wie eine schlafende Katze, der plötzlich die Sonne in die Augen schien, obwohl es nicht die veränderten Lichtverhältnisse waren, die solch eine Wirkung auf ihn hatten; es war der veränderte Fokus. Für ihn war die Welt auf der anderen Mauerseite nicht länger ›da drüben‹. Jetzt war sie auch ›da unten‹, direkt unter seinen Füßen.

Der ›Untergrund‹ besaß mehr Dimensionen, als er sich je vorgestellt hatte. Er fühlte sich wie Alice im Wunderland, die plötzlich durch den Kaninchenbau wieder in die reale Welt zurückgelangte. Nur das Stück Papier in seiner Hand bewies, das alles nicht nur ein Traum gewesen war: ein Plan der Londoner U-Bahn, wie ihn schon seit Jahrzehnten niemand mehr gesehen hatte. Darauf hatte Stark mit einem Bleistiftstummel zwei kleine, viereckige Kästchen südlich des Leicester Square gezeichnet. Dort war er gewesen. Wie er dorthin gekommen war, stand allerdings auf einem anderen Blatt Papier. Stark steckte den Plan in seine Jackentasche.

Nahezu niemand hatte sich die Gestalt angeschaut, die auf den Bahnsteig geklettert war. Vielleicht hatten die Leute Stark für einen Wartungsarbeiter gehalten; vielleicht hatten sie aber auch wie der Fahrer schlicht nichts davon wissen wollen. Heute war der Tag der Republik, ihr 40. Geburtstag. Das war kein Tag, um Fragen zu stellen, egal über was. Starks erster Instinkt war, so schnell wie möglich nach oben zu kommen, doch die 193 Stufen der Nottreppe waren noch weniger einladend als die überfüllten Lifte. Außerdem, wo wollte er eigentlich hin? Nach Hause? Egal wie bizarr das im Augenblick auch erscheinen mochte, nichts war natürlicher, als auf dem Bahnsteig zu bleiben und in den nächsten Zug zu steigen. Und genau das tat Harry Stark, auch wenn einige Leute den stinkenden, zerzausten Mann befremdet anstarrten, der sich zu den Wartenden gesellte. Stark war das egal. Im Augenblick wollte er einfach nur nach Hause in sein Bett.

Seine Hose war an den Knien zerrissen, seine Kleidung voller Staub und Dreck, und an seinen Handgelenken fand sich getrocknetes Blut. Er war dankbar für die Anonymität in der Menschenmenge. An der Station ›The Angel‹ wand er sich aus der Bahn und lief nach Hause. Er würde im Yard anrufen und Lavery seine Abwesenheit und seiner Mutter seine frühe Heimkehr erklären mussen. Stark hoffte nur, dass Katy nicht zu Hause war. Ihre Klasse würde zwar von der Schule aus an der Parade teilnehmen, doch bis dahin waren es noch Stunden. Was genau die Kinder dort machen sollten, daran konnte Stark sich nicht erinnern; aber er war im Moment auch nicht in der Stimmung, sich darüber Gedanken zu machen. Tatsächlich wollte er solchen Fragen im Augenblick eher aus dem Wege gehen – Antworten hatte er ohnehin nicht.

Der Amerikaner hatte Recht gehabt. Genau wie Charmian, dachte Stark. Niemand, der das DoSS aus erster Hand erlebt hatte, würde irgendeiner anderen staatlichen Behörde je wieder glauben. Jedenfalls nicht von selbst. Stark war versucht, Lavery zu befehlen, sich ein paar Uniformierte zu schnappen und mit ihnen in die Tunnel zu gehen, doch dann wäre er nicht besser gewesen als die DoSSer. Dass er das tun würde, genau davor fürchteten sich die Leute, die ihn gefangen genommen hatten.

Wie würden sie reagieren, wenn sie herausfanden, dass er weg war? Und was wäre, wenn er wieder in ihrer Mitte auftauchen würde? Falls er sie denn überhaupt finden konnte. Würde es einen Unterschied machen, wenn er den amerikanischen Journalisten ins Schlepptau nahm? Der Amerikaner schien zu glauben, dass jede antikommunistische Gruppe ihm automatisch aufgrund seiner Nationalität vertraute. Aber hatte er Recht? Vermutlich, aber nicht notwendigerweise.

Nicht jeder, der die Republik hasste, hielt das System im Norden für perfekt. In vielerlei Hinsicht mochte es besser sein, ja, ›freier‹ – was auch immer das bedeutete – und auf einem hohen materiellen Standard, dafür aber auch kälter und gieriger ... Stark kannte alte Leute, die sich noch an das Vereinigte Königreich von vor dem Krieg erinnerten und es nicht durch die rosarote Brille der Nostalgie betrachteten. Mit bitterem Stoizismus erinnerten sie sich durchaus noch an solche Dinge wie Massenarbeitslosigkeit und Armut in den Dreißigern. Der Krieg hatte die Dinge nicht verbessert – das glaubte niemand –, aber damals hatte es trotz der Schrecken und Verluste ein Gefühl der Zusammengehörigkeit und der Hilfsbereitschaft gegeben, das im Süden bis heute weiterlebte; vielleicht, so fügten die Zyniker hinzu, weil im Süden viele das Gefühl hatten, diese Zeit sei noch nicht wirklich vorbei.

Um im Alltag zurechtzukommen, mussten die Menschen einander helfen, und dafür mussten sie wissen, wem sie uneingeschränkt vertrauen konnten. In harten Zeiten war es für die Menschen beinahe selbstverständlich, auch mit weniger im Leben zurechtzukommen. Was kostete die Freiheit? Vielleicht hatte sie gar keinen Preis.

Wer auch immer Stark auf den Kopf geschlagen hatte, ohne ihn vorher auch nur anzuhören, würde seine Stimme bei freien Wahlen schon nicht bekommen.

Für das Amt würde er jedoch auch nicht stimmen. Nein, er würde durchziehen, was er einmal begonnen hatte. Nur um seines Vaters willen? Nein, auch für sich selbst, denn er war schon zu weit gekommen, es gab kein Zurück mehr. Stark würde diese Leute mit der Hilfe des Amerikaners wiederfinden, ihnen Fairweather vorstellen und den Dingen ihren Lauf lassen. Es war nicht länger so, als hätte Stark das Selbstvertrauen, die Nerven oder auch nur die Macht, den verborgenen Machtmissbrauch der arroganten Geheimpolizei zu enthüllen, es war nur, nur … Im Augenblick fühlte er sich einfach schrecklich müde.

Stark schloss die Tür auf und betrat das Haus. Stark stieg die Treppe schneller hinauf, als er für möglich gehalten hätte, wenn auch nur um seiner Mutter und ihren peinlichen Fragen aus dem Weg zu gehen. So viele Erinnerungen, so viele Widersprüche in einem so kleinen Haus. Unglücklicherweise trat seine Mutter jedoch ausgerechnet jetzt aus ihrem Zimmer und riss entsetzt die Augen auf.

»Harry«, sagte sie. »Du bist zurück. Mein Gott, was hast du gemacht?«

Stark schaute sie an. Kurz war er verwirrt.

»Mir geht es gut. Mach dir keine Sorgen. Es ist nur … nur eine Verkleidung, Polizeiangelegenheiten.« Noch während er das sagte, wurde ihm klar, wie armselig diese Entschuldigung war. »Ich brauche jetzt erst mal Schlaf.« Er hatte das Gefühl, als wäre er wieder sechzehn: ein missratener Teenager, der zu lange weggeblieben war und sich besoffen hatte, und jetzt war er wütend, rebellisch und beschämt zugleich, weil er seiner armen, verwitweten Mutter das angetan hatte. Alles war irgendwie falsch, falsche Zeit und falscher Ort.

»Du solltest besser ... Nun, das heißt ... Na ja ... Ich weiß nicht.« Seine Mutter war genauso verwirrt wie er. Ihr Leben sollte nicht so sein. »Du erinnerst dich doch an die Parade, oder? Du hast gesagt ...« Stark hatte keine Ahnung, was er gesagt haben sollte, und seine Mutter offenbar auch nicht. »Es ist wegen Katy, weißt du noch? Sie nimmt daran teil. Auf dem Motivwagen ihrer Schule. Sie stellen die Suffragetten dar. Emily Pankhurst. Wir haben gesagt, dass wir es uns ansehen würden. Du musst doch nicht arbeiten, oder? Du hast gesagt ...«

»Ich habe nicht ... Vielleicht. Ich muss erst im Büro anrufen. Ich werde später mit dir reden, Mum. Lass mich nur ...«

»Natürlich, Liebling, mach ein wenig die Augen zu. Ich weiß nicht, du siehst wirklich nicht sonderlich gut aus.«

Stark ging mit einem müden Lächeln an ihr vorbei und sah, wie sie ihm mit einem verlegenen antwortete, als wisse sie, dass alles in ihrem kleinen Leben eine einzige Lüge gewesen war, ein zweitklassiger Schundroman.

Stark trat sich die Schuhe von den Füßen, zog die Jacke aus und ließ sich aufs Bett fallen; dann hob er den Kopf, öffnete die Augen und griff nach dem Telefon. Eine eigene Nebenstelle zu haben galt als Luxus, doch ein Detective Inspector der Met brauchte eine, hatte er argumentiert. Es war wohl kaum angemessen, wenn er die Einzelheiten eines womöglich grausigen Falls am Hauptapparat im Flur diskutierte, wo seine Mutter und seine Schwester alles mithören konnten. Vermutlich hörten ohnehin schon genügend Leute seine Gespräche mit. Auch jetzt, als er den Hörer abnahm, glaubte er, ein Echo in der Leitung zu hören.

Sein erster Anruf galt Lavery. Er sagte ihm, dass er krank sei. Der Sergeant seufzte, als sei Krankheit etwas Erstrebenswertes.

»Das heißt, dass Sie die Parade verpassen werden.«

»Ich fürchte, ja. Sie ... äh ... kommen voran?« Stark versuchte, sich seine Skepsis nicht anmerken zu lassen, aber sein Sergeant war ohnehin niemand, der außer für ein gutes Pint für irgendetwas Begeisterung zeigte.

»Wir sind in Alarmbereitschaft versetzt worden«, berichtete Lavery. »Ich habe schon versucht, Sie zu erreichen. Sie sagen, es hätte nur was mit dem 40. Jahrestag zu tun. Sie wollen, dass alles perfekt läuft, besonders im gegenwärtigen Klima – wenn Sie wissen, was ich meine.«

Stark wusste es. Nördlich der Grenze berichtete man ausführlich über die Reformen in Moskau, während sie im ETV und der New Times kaum erwähnt wurden. Es war, als wollten Harkness und seine Kumpane im Politbüro der Sozialistischen Labour-Partei den Kopf in den Sand stecken und darauf hoffen, dass irgendjemand Josef Stalin von den Toten erweckte.

»Wie auch immer, der ganze Laden ist voll mit Kollegen vom Amt. Es scheint, als wollten sie ein paar Extrajungs in Zivil vor Ort haben, ›nur für den Fall‹. An Ihnen zeigen sie besonderes Interesse. Da war so ein Kerl namens Marchmain ... Soll ich ihm sagen, dass Sie nicht kommen können?«

Starks Hand verspannte sich um den Hörer. Dass jemand aus dem Amt speziell nach ihm fragte, war unter allen Umständen ungewöhnlich und unter den gegebenen sogar äußerst Besorgnis erregend.

»Nein. Das heißt, noch nicht. Wenn wirklich so ein Personalbedarf besteht … Ich werde mal sehen, wie ich mich später fühle, und mich dann wieder melden. Ich denke, ich werde es schon schaffen. Sagen Sie erst mal nichts. Vor dem Mittagessen rufe ich wieder an.« Die Parade würde wie immer um 15.00 Uhr beginnen.

»Ich würde mir nicht den Kopf zerbrechen, Boss. Wenn es nicht geht …« Lavery klang nicht überzeugt. Stark vermutete, dass sein Sergeant auch schon darüber nachgedacht hatte, sich krankzumelden, wäre er nicht schon im Büro gewesen.

Stark legte den Hörer auf und fühlte sich müder denn je. Einen Anruf musste er jedoch noch erledigen. Erneut hob er den Hörer ab, wählte die Nummer des Strand Palace Hotels und bat, ins Zimmer 405 durchgestellt zu werden.

»Ben Fairweather hier. Wer wünscht, sich ihm mitzuteilen?«

Stark seufzte. Offenbar hatte der Amerikaner noch nie etwas von Telefonüberwachung gehört. Nicht dass das einen Unterschied machte. Das Hotelpersonal wurde routinemäßig vom DoSS befragt und nach den Gesprächen und Bewegungen ihrer Gäste ausgehorcht.

Das hieß jedoch nicht, dass auch Stark sich wie ein Idiot benehmen musste. »Ich bin's. Lassen Sie's. Es ist nicht notwendig.« Er sprach rasch, plapperte fast, alles, um den Amerikaner davon abzuhalten, ihn beim Namen zu nennen, auch wenn er vermutete, dass der Mann nicht *so* dumm war.

»Es ist nur … Sie haben nach alten Melodien gefragt, als ich sie vergangene Nacht abgesetzt habe.« Stark hoffte, dass der Kerl ihn verstand. »Nun, heute Abend findet ein Konzert statt, und dem Programm nach scheint es sich genau um Ihre Art von Musik zu handeln. Wenn Sie mich begleiten wollen, könnte ich Sie mitnehmen. Können Sie um Mittag vor St. Paul's sein?«

»St. Paul's? Okay, wenn Sie das sagen. Aber ich dachte …«

»Mittag. Pünktlich«, unterbrach ihn Stark. Besaß der Mann keinen Verstand?

»Um Mittag? Heute? Aber das ist …«

»Eine Mittagsmesse. Ja. Ich seh Sie dann.«

Stark legte den Hörer auf. Er brauchte den verdammten Kerl dort, sonst niemanden, und hätte er ihn weiterplappern lassen, wären vermutlich noch Gott weiß wie viele andere Gäste uneingeladen erschienen.

Stark schloss die Augen, legte sich wieder aufs Bett und fühlte, wie die Erschöpfung förmlich aus ihm heraus und in die Matratze sickerte. Dann flog er plötzlich wieder in die Höhe. Er konnte nicht hier bleiben. Nicht jetzt. Natürlich bestand die Möglichkeit, dass nur zufällig jemand vom DoSS nach ihm persönlich gefragt hatte; doch Stark glaubte nicht an Zufälle, besonders nicht, wenn ›die Kollegen vom Amt‹ etwas damit zu tun hatten. Er brauchte dringend Schlaf, aber im Augenblick war sein Zuhause alles andere als der geeignete Ort dafür. Er musste einen anderen Schlafplatz finden, wo er sich ein, zwei Stunden ungestört hinlegen konnte. Charmian.

Stark wuchtete sich aus dem Bett, schlüpfte in seine Schuhe, schnappte sich sein Jackett und stolperte nach unten. Seine Mutter stand im Flur und arrangierte die vergammelten Blumen in der Vase neben dem Telefon. Ihr Gesicht war gerötet.

»Du bist wieder weg? Du bist doch gerade erst reingekommen. Ich dachte, du wolltest …«

»Schlafen. Das will ich auch immer noch, Mum, aber es ist etwas dazwischengekommen. Ich muss gehen.«

»Aber du bist dreckig. Du solltest dir wenigstens etwas anderes anziehen. Und was soll ich sagen, wenn jemand anruft?«

»Warum sollte denn jemand anrufen?«

»Ich ... Ich weiß es nicht. Es ist nur ... komisch, dass du einfach so rein- und wieder rausstürmst.« Die alte Frau wirkte verstört. Stark hauchte ihr einen Kuss auf die Stirn.

»Alles in Ordnung, Mum. Mach dir keine Sorgen. Es hat nur etwas mit der Arbeit zu tun. Ich werde es dir erklären. Später.«

»Vergiss die Parade nicht«, rief sie ihm hinterher, als er die Tür hinter sich zuschlug.

Mrs Stark blickte ihrem Sohn hinterher, schüttelte den Kopf und bückte sich dann nach einem Stück Papier, das ihrem Sohn aus der Tasche gefallen war, als er seine Jacke über die Schulter geworfen hatte. Sie blinzelte und schaute sich kurz das Artefakt einer Welt an, die sie fast vergessen hatte. Dann runzelte sie die Stirn und hob den Hörer wieder ab, den sie gerade erst aufgelegt hatte.

Die Stimme am anderen Ende der Leitung klang so beruhigend wie immer. »Ja, Mrs Stark, schön, von Ihnen zu hören. Wie kann ich Ihnen behilflich sein?«

»Es ist nur ... Ich mache mir Sorgen um Harry.«

»Ich bin sicher, dass es keinen Grund dafür gibt. Wir sind immer da, um zu helfen. Jetzt atmen Sie erst einmal tief durch, und dann erzählen Sir mir alles.« Die alte Dame konnte es nicht sehen, aber es hätte sie beruhigt, wenn sie gewusst hätte, dass Colonel Marchmain gerade lächelte.

Kapitel Achtundzwanzig

Arthur Harkness rückte seine schwere schwarze Hornbrille vor dem Spiegel zurecht und strich sich das silbergraue Haar zurück. Anschließend zog er seine Krawatte gerade, weinrot wie immer, die sich deutlich von seinem gebleichten Hemd und dem nüchternen schwarzen Anzug abhob. Er war ein Mann, der sich um sein Aussehen Gedanken machte. Das äußere Erscheinungsbild war von großer Bedeutung. Die Orientalen hatten schon Recht mit ihrem Konzept vom ›Gesicht wahren und verlieren‹. Das Gesicht zu wahren war alles, was zählte, daraus erwuchs Respekt. In der Politik wie im Leben war es nicht immer die Wahrheit, die einem vorgehalten wurde, doch die Menschen beurteilten die Leute nach dem, was sie sahen. Ließ man die Maske fallen, wusste Gott allein, was dann passieren würde.

Harkness gestattete sich ein schwaches Lächeln ob dieser unbewussten Bezugnahme auf den Herrn. Er war nicht umsonst als Sohn eines Vikars in einer strengen, gottesfürchtigen Bergbausiedlung in Yorkshire aufgewachsen. Diese Erziehung hatte ihre Spuren hinterlassen: die erbarmungslos langweilige Sonntagsschule genauso wie der eingefleischte Zynismus, der durch den Anblick von Generation auf Generation von guten Männern entstanden war, die ein frühes Grab gefunden hatten, weil sie in den Minen unter kaum besseren Bedingungen hatten schuften müssen als die Mulis, die ihre engsten Gefährten in den Schächten gewesen waren. Alles nur zum Wohle der verschnupften, großspurigen Gentry, der hochnäsigen Söhne von Earls und Herzögen, die ihr Vermögen ihren Vorfahren verdankten: Vorfahren, die kaum besser gewesen waren als Schutzgelderpresser von Mafiabossen, die sich Könige schimpften. Sie und die neuen Barone, die damit prahlten, sich von der Pike an hochgearbeitet zu haben, wobei sie doch nur über die Leichen der Armen und Gierigen gegangen waren, die sie mit falschen Versprechungen aus ihrem ländlichen Idyll in die Fabriken gelockt hatten. Oder in die Bergwerksschächte.

Harkness kannte die Schwächen des einfachen Volkes, und es war sein Job, diese Menschen vor sich selbst zu schützen, vor ihren primitiven Instinkten. Das war der Job jedes echten Bolschewiken: die Massen auf den Pfad der ›Gerechtigkeit für alle‹ zu führen, sie auf die Reise zu einem egalitären Sozialismus mitzunehmen, egal wie hart das manchmal auch sein mochte, und egal welche Opfer dies einigen – oder bisweilen auch allen – abverlangte.

Harkness machte diesen Job nun seit fast einem halben Jahrhundert: zuerst als junger Organisator in einer kommunistischen Partei, die am Rande der Legalität existiert hatte, dann, notgedrungen, in den Streitkräften, im Dienst der Kapitalisten zur Abwehr des größeren Übels des Faschismus, und schließlich, als die Plutokraten sich als Verräter erwiesen und ihre wahre Gesinnung gezeigt hatten, als Untergrundkämpfer, der bis zu jenem glorreichen Zeitpunkt für den verratenen Verbündeten gekämpft hatte, da die rote Fahne über Whitehall gehisst worden war. Er war dort gewesen und hatte es mit eigenen Augen gesehen, und die Tränen waren ihm über die Wangen gelaufen.

Dann das Mansion House: vernarbt, aber auf bemerkenswerte Weise nur leicht von dem Inferno beschädigt, das in seinem Umfeld getobt hatte. Damals war es noch immer das Heim des Lord Mayor von London gewesen, ein absurder, pseudoaristokratischer Titel, den abwechselnd je einer der Plutokraten getragen hatte. Der Lord Mayor hatte über das geherrscht, was sie die City genannt hatten, und damit über die Finanz- und Warenmärkte der halben Welt. Nun war das Mansion House sein Zuhause; sein offizielles Zuhause zumindest, denn Harkness betrachtete sich selbst als bescheiden. Noch immer besaß er ein kleines Anwesen außerhalb der Stadt, ein einfaches Bauernhaus im Wald von Kent. Zu den – in seinen Augen übertriebenen – Sicherheitsmaßnahmen gehörte allerdings auch die Abschottung von mehreren hundert Hektar Land im Umkreis, wo sich nur ausgewählte Politbüromitglieder niederlassen durften. Aber das war nun mal der Preis, den man zahlen musste, wenn man der Öffentlichkeit diente.

Man hatte Harkness allerdings nicht zum mächtigsten Mann des Staats gesalbt. In den ersten fünfzehn Jahren der Republik hatte er sich durch die Kader nach oben gearbeitet. So hatte er eine führende Rolle bei der (zugegebenermaßen) trickreichen Infiltration der alten Labour Party gespielt, die sich dann kurz darauf mit den Kommunisten zu der Art von natürlicher Regierungspartei vereint hatte, wie die neue Geopolitik sie erforderlich gemacht hatte. Arthur Harkness war auch ein leidenschaftlicher Apologet des antikapitalistischen Schutzwalls gewesen. Traurigerweise war seine eigene Heimatgrafschaft unter der Herrschaft der neuen Inkarnation des alten Regimes geblieben, aber wie alle Yorkshiremen war Harkness Pragmatiker. Vielleicht würde der Traum von der Weltrevolution eines Tages Realität werden, doch bis dahin galt es, das zu tun, was die deutschen Genossen Realpolitik nannten, und Harkness war verdammt gut darin. Tatsächlich sogar so gut, dass er in Kürze sein fünfundzwanzigjähriges Jubiläum als Parteichef würde feiern können und somit auch, per definitionem, als Staatschef.

Harkness gefiel die Vorstellung, dass er seinem Land und dem Sozialismus gut gedient hatte. Tatsächlich hatte man ihm das auch wiederholt gesagt, und zwar nicht nur seine Getreuen, sondern auch die Führer der Bruderstaaten, deren Macht die Sicherheit des sozialistischen Systems garantierte. Es war schlicht undenkbar, dass sie ihn im Stich lassen würden, noch undenkbarer sogar als der umgekehrte Fall. So funktionierte die Welt einfach nicht, und Arthur Harkness war fest entschlossen, dafür zu sorgen, dass sich auch nichts daran änderte. Er verachtete diese pathetischen, von Gier getriebenen Kommentatoren aus dem Norden, die behaupteten, er hätte aus dem Mansion House eine ›Bastion des ewig gestrigen, kommunistischen Konservativismus‹ gemacht. Lasen diese Leute keine Bücher? Hatten sie denn überhaupt keine Ahnung von Politik? Kommunismus und Konservativismus waren zwei vollkommen gegensätzliche Konzepte, und das für alle Ewigkeit. Einige Dinge änderten sich schlicht nicht, und das war ein Prinzip, das Harkness bis zum Äußersten zu verteidigen gedachte, und kein unberechenbarer Weichling, der gerade im Kreml an die Macht gespült worden war, würde daran etwas ändern. Vielleicht hatten sie ja vergessen, was mit Chruschtschow passiert war, und der hatte noch Glück gehabt.

Nein, wenn er wie jetzt in den Spiegel blickte, konnte er stolz den Kopf heben. Die Hand voll Dissidenten und

Möchtegern-Unionisten waren genauso unbedeutend wie die Royalisten und fast genauso dumm. Das Amt für Staatssicherheit tat, was in seiner Charta stand: Es sorgte für die Sicherheit des sozialistischen Staates. Heute war der größte Tag seiner jungen Nation. Vierzig, sagte sich Harkness, war für einen Mann ein reifes Alter, sein ›bestes Alter‹, wie es häufig hieß, und für einen Staat galt das Gleiche. Harkness gefiel dieser Vergleich, und so hatte er ihn auch gegenüber anderen im Politbüro erwähnt. Daher würde es ihn nicht wundern, wenn er bei der Parade Plakate in dieser Richtung sehen würde. Die Menschen mochten so etwas: Ideen, die von oben durchsickerten.

»Das Leben beginnt mit 40.« So würde es auch für die Englische Demokratische Republik sein. Jene, die behauptet hatten, die Teilung würde niemals von Dauer sein, hatten das schon seit langem akzeptieren müssen; selbst die Nordler hatten gelernt, damit zu leben. Es war nun schon fünf Jahre her, seit er zu einem Staatsbesuch in Durham gewesen war. Wie jeder ausländische Würdenträger war er durch die Hauptstadt des Nordens geführt worden, und er hatte sogar einen Blick auf seine alte Heimatstadt werfen können, die man extra für seinen Besuch aufgetakelt hatte. Insgesamt hatte man ihm alle Ehren zuteil werden lassen. Natürlich hatte es Demonstranten gegeben, aber nur ein paar wenige, und Harkness hatte zufrieden beobachtet, wie die Nordpolizei sie außer Sichtweite gehalten hatte. Seine eigenen Leute hätten es kaum besser machen können, und das hatte er auch öffentlich gesagt, obwohl er sich insgeheim gedacht hatte, dass ein anständiger und gut geführter Staat jede noch so kleine öffentliche Missfallenskundgebung beim Besuch eines ausländischen Würdenträgers erbarmungslos unterdrücken musste.

Es klopfte an der Tür. »Herein«, rief Harkness.

»Genosse Generalsekretär«, sagte der Beamte, der verängstigt den Raum betrat. Harkness mochte es, wenn man ihn mit seinem Titel als Parteichef ansprach. Immerhin war es das Amt, dem Respekt gebührte, nicht der Mann. Außerdem betonte diese Anrede die Einheit von Partei und Staat. »Die Gästedelegation ist bereit für die einleitenden Gespräche.«

Harkness nickte schroff. Er sah keinen Grund für diese Gespräche. Es war natürlich eine Formalität, Routine bei solchen Besuchen, dass die Führer der Bruderstaaten sich vor Beginn der öffentlichen Feiern unter vier Augen miteinander unterhielten. Aber was gab es da, abgesehen von Glückwünschen, zu sagen? Außerdem war der neue Mann im Kreml nicht gerade ein fröhlicher Geselle. ›Geschäftsmäßig‹ war das Attribut, mit dem man ihn am häufigsten beschrieb, doch so weit es Harkness betraf, hatten sie nichts Geschäftliches zu besprechen.

Ökonomische und militärische Beziehungen waren alles, worüber man je gesprochen hatte. Innere Angelegenheiten standen nicht auf der Tagesordnung. Jedenfalls nicht mehr, seit man 1968 in Paris und Amsterdam die Kontrolle verloren hatte, sodass die Niederlande und Frankreich die Hilfe der Bruderstaaten benötigt hatten, um den weiteren Weg hin zum sozialistischen Ideal zu sichern. Dass hier in England so etwas geschehen würde, war einfach unvorstellbar. Arthur Harkness hatte alles fest im Griff, und das sollte auch so bleiben. Es würde noch sechs Stunden dauern, bis sie gemeinsam auf dem Podium stehen und die Parade abnehmen würden. Harkness beabsichtigte nicht, die Zeit bis dahin mit sinnlosem Gerede zu verbringen, geschweige denn, sich unter Druck setzen zu lassen.

»Sagen Sie ihnen, sie sollen warten«, erwiderte er.

Kapitel Neunundzwanzig

Auf den Straßen, die zum Kanal hinunterführten, ging es geschäftiger zu als üblich. Ein Bus reihte sich an den anderen und brachte Fabrikarbeiter aus Dagenham zur Parade. Dort entluden sie ihre Fracht und ließen die ›Freiwilligen‹ laufen oder die U-Bahn nehmen. Das fügte sich hervorragend in das beabsichtigte Bild von Spontaneität ein, obwohl niemand – auch nicht die Fernsehteams aus dem Norden – sich davon täuschen ließ. Stark ging an Reihen grantiger Männer mittleren Alters vorbei, die ihre ›selbst gemachten‹ Plakate hinter sich her schleppten: ›Nie mehr Krieg‹ in schwarzen Buchstaben auf Rot, ›Die DER – Bollwerk des Friedens und des Sozialismus‹, ›40 Jahre Fortschritt‹, ›40: für eine reife, sozialistische Gesellschaft‹. Einige hatten eine alte Karikatur dabei: ein dick durchgestrichenes Babyface mit Zigarre und Bowlerhat, eine Anspielung, vermutete Stark, auf die offizielle Ablehnung des neuen Churchill-Films aus Hollywood. Ein dicker Mann, der eines dieser Bilder trug, bemerkte Starks Blick und hob zwei Finger in der antiken Geste, die ›fick dich‹ bedeutete und die der alte Oger einst versucht hatte, in ein Siegeszeichen zu verwandeln: ›V for Victory‹.

Ganze Belegschaften waren von ihren Fabrikdirektoren, Partei- und Gewerkschaftsführern hierher beordert worden, die auf diese Weise ihre Treue zur Partei bekunden und sich so ein weiteres ungestörtes Jahr als Lehnsherren selbst solch abgelegener Gebiete wie Yeovil und Yarmouth sichern wollten. Die Arbeiter selbst betrachteten den verschwendeten Feiertag eher philosophisch; für sie war es ein Ausflug in die große Stadt, während jene Londoner, die die Möglichkeit dazu hatten, an die Küste flohen. Im April war es zwar noch nicht warm genug, um in Margate oder Southend im Meer zu plantschen, doch ein Nachmittag mit Schinken und ein paar Flaschen selbst gebrauten Biers bei Verwandten auf dem Land – wo man sich noch immer daran erinnerte, dass morgen der Tag des heiligen Georg war – war einfach eine viel zu schöne Aussicht, als dass man sie hätte verpassen wollen.

Am Eingang zu Charmians Wohnblock drückte Stark die Klingel ihrer Wohnung. Er hoffte einfach, dass sie zu Hause war. Dabei fiel ihm ein, dass er noch nicht einmal wusste, ob sie auch tagsüber arbeitete. Er blickte auf seine Uhr. Es war 7.40 Uhr. Aber er hätte sich keine Sorgen machen müssen. Charmians Stimme tönte sofort blechern aus der Sprechanlage.

»Charmian, ich bin's, Harry.«

»Harry?« Sie klang ehrlich überrascht.

»Hör zu: Ich muss zu dir raufkommen. Nur kurz. Ich bleibe nicht lange. Es ist wichtig.« Wie sollte er ihr sagen, dass er ein Bett brauchte?

»Harry Stark! Was? Ich meine, natürlich. Aber ...« Der Türöffner summte. »Komm rauf«, sagte sie. »Dritter Stock, Nummer 302.«

Die Tür der Erdgeschosswohnung öffnete sich einen Spalt, als Stark an ihr vorüberging und zwei Stufen auf einmal die Treppe hinaufstieg. Charmian stand auf dem Absatz im dritten Stock und wartete auf ihn. Sie hatte den Mantel an.

»Ich wollte gerade gehen«, sagte sie. »Du siehst furchtbar aus.« Stark blickte an sich hinunter und erkannte, dass sie Recht hatte; er hätte zumindest die zerrissene Hose wechseln können.

»Du hast Recht. Ich bin ein Wrack. Hör zu: Ich brauche einen Platz, wo ich mich hinlegen kann, nur für ein, zwei Stunden. Ich werde dir keinen Ärger machen.« Deutlich sah er die Sorge in ihrem Gesicht.

»Ich habe dir doch gesagt: Ich will weg. Jetzt. Und ich nehme Lisa mit.«

Stark hatte das kleine Mädchen an Charmians Seite bis jetzt nicht bemerkt das sich den Mantel halb über die Schulter geworfen hatte. Offensichtlich hatten die beiden sich auf den Aufbruch vorbereitet, aber es sah so aus, als hätte Starks Ankunft sie noch angetrieben.

»Charmian, bitte hör mir zu. Wenn dir die letzte Nacht was bedeutet hat, aber auch wenn nicht, du musst mir glauben. Es ist wichtig.«

Charmian seufzte verzweifelt. »Komm eine Minute rein«, forderte sie ihn auf und ging durch eine gelb gestrichene Tür. »Bleib hier, Lisa«, sagte sie an das Mädchen gewandt, das nur mit den Schultern zuckte und tat, wie ihr geheißen. Stark schaute sich um: Er stand in einem ordentlichen kleinen Flur mit überfüllten Bücherregalen. Er hätte nie gedacht, dass Charmian so eine Leseratte war, doch andererseits war es schon seltsam, wie wenig die Menschen generell übereinander wussten.

»Was stimmt mit deinem Zuhause nicht? Was ist passiert, Harry?« Charmian hatte die Hände in die Hüften gestemmt und blickte Stark wütend an. »Was hast du angestellt? Ich habe dir doch gesagt, dass du dich von ... von solchen Sachen fern halten sollst.«

»Tut mir Leid. Ich weiß. Ich werde es dir erklären, aber nicht jetzt. Wenn du rauswillst, dann lass mich wenigstens ein paar Stunden hier bleiben. Um Mittag bin ich weg.«

»Warum? Wo willst du hin? Was hast du vor, Harry?«

»Das ist ... Das ist eine lange Geschichte. Ich kann sie dir erzählen, aber dazu braucht es Zeit; außerdem kenne ich sie selbst noch nicht ganz.«

Die junge Frau vor ihm wischte sich eine Locke aus der Stirn und richtete den Finger auf Starks Brust. So benimmt sie sich auch, wenn es im Pub an der Zeit ist, die Gäste rauszuschmeißen, dachte Stark. Schon komisch, wie eine derart zierliche Frau plötzlich solch eine Autorität ausstrahlen konnte.

»Jetzt hörst du erst mal zu, Harry Stark. Du darfst hier bleiben, aber nur unter einer Bedingung: Du wartest, bis ich wieder zurück bin. Keine Abenteuer mehr. Um Himmels willen, vor allem nicht an einem Tag wie diesem. Die DoSSer sind überall. Was auch immer du im Schilde führen magst, es kann warten. Bleib mindestens einen Tag. Ich werde Lisa an die Küste bringen, nach Margate zu ihrer Tante. Sie wird dort übers Wochenende bleiben. Am späten Nachmittag werde ich wieder zurück sein. Aber wenn du hier bleiben willst, dann musst du mir versprechen, bis dann zu warten. Abgemacht? Das meine ich ernst, Harry. Ich werde es dir nie verzeihen, wenn du dieses Versprechen brichst.«

Stark verließ der Mut, aber er nickte langsam und sagte: »Abgemacht. Ich verspreche es dir.«

»Sag es, Harry.«

»Ich verspreche dir, hier zu bleiben, bis du wieder zurück bist.«

»Guter Junge, Harry.« Plötzlich lächelte Charmian, ein unerwarteter Sonnenstrahl inmitten eines sich zusammenbrauenden Sturms. Sie stellte sich auf die Zehenspitzen und hauchte Stark einen Kuss auf die Nase. »Wer weiß«, sagte sie, »vielleicht lohnt sich das Warten ja für dich.«

Als sie fünf Minuten später die Tür hinter sich schloss, lag Stark auf einem zerschlissenen Chintzsofa, ein Kissen unter dem Kopf, die Schuhe seines Vaters auf dem Boden daneben und eine alte Wolldecke auf dem Bauch. Er schloss die Augen und versank in einen gesegneten Schlaf, doch nicht, bevor er den Wecker auf 11.00 Uhr gestellt hatte, den er auf Charmians Kommode gefunden hatte. Knapp über zwei Stunden. Das musste reichen. Es brach Harry Stark das Herz, die Frau zu belügen, in die er sich gerade verliebte; aber er hoffte, dass sie ihn verstehen würde. Er hatte eine Verabredung, die er einhalten musste.

Kapitel Dreißig

Die St. Paul's Cathedral im Regen war ein desolater Anblick und wie so vieles andere in Harry Starks Leben auch nur der Schatten eines Ortes in seiner Vorstellung, auf traurige Art vertraut. Wie viele Londoner auf beiden Seiten der Mauer besaß auch er nahezu atavistische Erinnerungen an die große barocke Kuppel, größer als alle in der einstigen Christenheit mit Ausnahme der Peterskirche, wie sie auf nahezu ätherische Art und Weise über dem Rauch und den Flammen des Blitzes schwebte.

Doch das war in der ersten Phase des Krieges gewesen, vor dem ›Großen Verrat‹, wie man es ihnen in der Schule beigebracht hatte. Damals hatte die Regierung dieses Bild der Unverwundbarkeit zu einer Ikone des Empires hochstilisiert, und die Brandbomben, die ihr Ziel gefunden hatten, waren von der Zeit gelöscht worden. Den zweiten Blitz hatte die Kuppel nicht überlebt, als die Junkers und Heinkels von MIGs ersetzt worden waren und ironischerweise auch von ›Fliegenden Festungen‹, zur Verfügung gestellt von den Amerikanern, bevor man den Spieß umgedreht hatte.

Doch Stark hatte keine Zeit, über die Ironie des Schicksals zu sinnieren. Er war spät dran, Besorgnis erregend spät. Die große Uhr der Kathedrale stand still wie schon seit vierzig Jahren, doch ein Blick auf seine Armbanduhr verstärkte das üble Gefühl in Starks Magen. Er verfluchte seine eigene Schlampigkeit. Der Wecker, den er gestellt hatte, hatte ihn nicht im Stich gelassen. Im Gegenteil: Er hatte ihn mit einem Klingeln wie ein Presslufthammer geweckt; allerdings war es ihm nicht gelungen, Stark so weit in die Realität zurückzuholen, dass er wusste, wo er war und was er tun sollte. Stattdessen hatte Stark schlicht nach dem Ding geschlagen und es durch den Raum geschleudert; anschließend hatte er sich wieder gequält aufs Sofa geworfen und den Kopf im Kissen vergraben. Tatsächlich war er derart fest entschlossen, die

Realität nicht auf solch schreckliche Art in seinen dahindämmernden Geist eindringen zu lassen, dass er fast wieder in die einladenden Arme eines quälenden Albtraums zurückgesunken wäre, als er plötzlich in die Höhe flog und entsetzt feststellte, dass es bereits 11.20 Uhr war, und er hatte Fairweather gesagt: Mittag.

Stark war sofort zur U-Bahn gestürmt – bis nach St. Paul's waren es nur vier Stationen mit einmal Umsteigen –, doch als er an der Station ›The Angel‹ angekommen war, hatte ein Schild verkündet, dass die Tube wegen Überfüllung vorübergehend geschlossen sei. »Das ist wegen der ganzen Leute für die Parade, Kumpel«, hatte ihm der Mann am Fahrkartenschalter erklärt. »In 'ner halben Stunde oder so is' sie wieder auf.« Aber Stark hatte keine halbe Stunde. Er rief im Strand Palace Hotel an, doch Zimmer 405 antwortete nicht. Der Busverkehr war auf ein Minimum reduziert worden, um die Straßen freizuhalten, und so blieb Stark nichts anderes übrig, als zu Fuß zu gehen. Die Hälfte des Weges musste er rennen, vor allem, als die Uhr zwölf zeigte und er sich noch immer auf der Farringdon Road befand. Als er schließlich die Stufen der Kathedrale erreichte, war es schon Viertel nach.

Stark ignorierte die hölzernen Zuschauertribünen für die Parade und stieg die rußgeschwärzten Stufen hinauf. Eine Statue von Lenin, des Geburtstagskinds höchstpersönlich, stand mit zum Gruß erhobener Hand an jener Stelle, von der man einst eine Königin zwangsweise entfernt hatte. Viktoria? Elisabeth? Manche sagten Anne, doch Stark konnte sich an keine Anne erinnern. Er stieß die Lattentür auf, die den verbrannten Eingang verschloss. Der Innenraum der Kathedrale war riesig, schmutzig, und jedes noch so kleine Geräusch hallte von den Wänden wider. Der Marmorboden war verdreckt von Regenwasser, das durch Löcher in der improvisierten Persenning rann und von den verrosteten Eisenträgern der zerbrochenen Kuppel troff.

Eine unheimliche Stille herrschte in dem alten Gotteshaus. Heute würde hier kein Konzert stattfinden, bemerkte Stark mit einem Hauch von Verärgerung. Es war schlicht die erstbeste Entschuldigung gewesen, die ihm am Telefon eingefallen war, doch nun stellte sich heraus, dass das vielleicht ein Fehler gewesen war, sollte jemand zugehört haben. Das Mittelschiff der Kathedrale, dessen Dach noch weitgehend intakt war, wurde von örtlichen Musikgruppen häufig genutzt, um alles Mögliche aufzuführen, von Schostakowitsch bis Tschaikowsky. Die Partei prahlte gerne damit, die Kultur zu fördern – vorausgesetzt natürlich, die entsprechende künstlerische Aktion war vorher genehmigt worden. St. Paul's war ein beliebter Aufführungsort, besonders für weltliche Stücke. Stark erinnerte sich vage daran, dass sein Vater ihn einmal mit hierher genommen hatte, um sich eine Aufführung der Nußknacker-Suite der ›Woolwich Arbeitersymphonie‹ anzusehen. Die Architektur war ihm jedoch besser im Gedächtnis geblieben als die Musik.

Auch jetzt beeindruckte sie ihn, und zwar nicht nur aufgrund ihrer Größe, sondern auch wegen der Relikte einer Vergangenheit, die andernorts zur Vergessenheit verdammt war. An den Wänden zeigten verdreckte Marmorskulpturen in heroischem Stil die letzten Augenblicke und noblen Posen einer Militäraristokratie, die von Starks Welt genauso weit entfernt war wie von den römischen Statuen, die ihnen als Vorlage gedient hatten. Ein kalter, nasser Wind aus dem regendurchtränkten Himmel pfiff zwischen ihnen hindurch und ließ Stark schaudern.

Ein paar Sekunden lang war Stark inmitten der Stille derart in seinen Gedanken versunken, dass der plötzliche Klang einer menschlichen Stimme ihn erschrocken herumwirbeln ließ. Da war niemand. Aber er war sicher, dass dort jemand gesprochen hatte, und fast genauso sicher, dass dieser Jemand seinen Namen genannt hatte. Fairweather musste noch immer hier sein. Aber wo? Solch dumme Spielchen waren typisch für den Amerikaner. Vermutlich versteckte er sich hinter einer der schwarz-grauen Säulen und wartete nur darauf, sich wieder auf Stark zu stürzen.

Doch Stark brachte es einfach nicht über sich, nach ihm zu rufen. Nicht nur, dass es dumm gewesen wäre, den Namen des Amerikaners zu erwähnen – eigentlich war er sicher, nicht verfolgt worden zu sein, aber wer konnte das schon mit Gewissheit sagen –, es wäre auch einer Entweihung dieses Ortes gleichgekommen. Außerdem konnte sich Stark noch nicht einmal vorstellen, wie laut ein Ruf inmitten dieses riesigen Gebildes widerhallen würde. Das machte es ja auch so schwer zu sagen, woher das Geräusch gekommen war.

Starks Blick flog zu den Überresten der gigantischen Kuppel über seinem Kopf hinauf. Sein Vater hatte ihm als Kind einmal erzählt, dass Sir Christopher Wren ein derart begnadeter Architekt gewesen sei, dass es ihm gelungen war, eine vollkommen perfekte Galerie am Fuß der Kuppel zu bauen. Stand jemand auf dieser Galerie und flüsterte gegen die Wand, konnte man seine Worte im ganzen Rund vernehmen. Deshalb nannte man sie die Flüstergalerie. Diese Magie funktionierte vermutlich nicht mehr und hatte wahrscheinlich auch nie für die ganze Kathedrale gegolten; dennoch war die Akustik hier reichlich seltsam. Genauer gesagt: Das war genau die Art von bizarrer, legendärer Touristenattraktion, die dem Amerikaner gefiel. Auch war die Galerie der ideale Ort, um jeden Besucher der Kathedrale unauffällig zu beobachten. Vielleicht war der Amerikaner doch nicht so dumm, wie es den Anschein hatte.

Und tatsächlich: Im selben Augenblick, da er diesen Gedanken hatte, sah Stark, wie eine Gestalt von dem Geländer über ihm zurücktrat. Er wollte dem dummen Bastard zurufen herunterzukommen. Das war nicht der richtige Zeitpunkt für eine Sightseeingtour oder um Spielchen zu spielen. Widerwillig blickte Stark zu der Tür zu seiner Rechten, über der ein altes, kaum noch lesbares Schild verkündete: ›259 Stufen. Kein Lift‹, und daneben ein neueres mit der Aufschrift: ›Kein Eingang. Zutritt streng verboten. Einstürzendes Mauerwerk‹. Er ging hinein.

Stark war zunächst gerannt, wurde nach 150 Stufen jedoch langsamer. Die Stufen waren flach, aus Holz und mit Schutt und liegen gelassenen Werkzeugen übersät, hier ein Pinsel, da ein Meißel. Als er schließlich die Gänge unmittelbar unter der Kuppel erreichte, war er leicht benommen vom raschen Aufstieg über die enge Wendeltreppe. Doch erst auf dem letzten, schmalen Absatz, von wo aus es auf die eigentliche Galerie ging, überkam ihn der Schrecken, und Übelkeit brach in Wellen über ihn herein. Seine Augen, die sich rasch an die Dunkelheit im Treppenhaus gewöhnt hatten, brannten ob des grellen weißen Himmels, der durch die wenigen Überreste des einstigen Meisterwerks zu sehen war, und gleichzeitig öffnete sich vor seinen Füßen ein bodenloses Nichts, das ihn stärker anzog, als es die Schwerkraft je vermocht hätte. Es drängte ihn, lockte ihn, verführte ihn, sich über das schmale Geländer in die einladenden Arme der Unendlichkeit zu stürzen. *Mach,* drängte es. *Tu es. Du willst es doch!* In einem Augenblick blanken, unerwarteten Entsetzens kniff Stark die Augen zusammen, wirbelte herum und drückte sich an die glatte, abweisende Wand.

Er hatte auch früher schon Anfälle von Höhenangst gehabt, doch nichts Vergleichbares, und er hatte nie damit gerechnet, dass ihm so etwas *in* einem Gebäude passieren würde. Doch die riesigen Ausmaße der Kathedrale und die Tatsache, dass es nach oben mindestens genauso weit war wie nach unten und dass man dazu noch den Himmel sehen konnte, hatten das Gefühl schier unvorstellbar verstärkt. In Starks Kopf drehte sich alles, und sein Herz raste wie wild. Stark biss sich auf die Lippe. Langsam, beschämt ob seiner irrationalen Furcht und wütend, weil der Amerikaner ihn vermutlich beobachtete und sich köstlich amüsierte, öffnete Stark die Augen, löste den Blick von dem verschimmelten Putz und zwang sich, sich umzudrehen.

Doch nur, um herauszufinden, dass sein Albtraum Realität war. Dort, auf der anderen Seite der geborstenen Kuppel, stand die große Gestalt des Amerikaners in schwarzem Mantel und Hut und beugte sich übers Geländer. Aber sie beugte sich nicht nur einfach hinüber. Sie hob sich in die Höhe oder wurde gehoben, fast bis zu jenem Punkt ohne Wiederkehr, da die Schwerkraft das Kommando übernehmen und ungeachtet des menschlichen Wahnsinns oder irrationaler Todeswünsche den letzten, tödlichen Befehl erteilen würde. Und dann war er verschwunden. Ein Schrei von einer halben Sekunde, der eine Ewigkeit zu dauern schien. Er hallte von den großen Marmorsäulen zu der zerstörten Kuppel hinauf, gefolgt von einem schrecklichen, dumpfen, endgültigen Krachen. Starks Mageninhalt folgte ihm auf den Fuß.

Würgend lag Stark auf dem Holzboden der Galerie, während die Flüssigkeit, die er erbrochen hatte, zwischen den dünnen Stangen des Geländers hindurchsickerte, an das er sich verzweifelt klammerte. Nur vage registrierten Starks Sinne eine weitere Gestalt an der Stelle, wo gerade noch der Amerikaner gewesen war: eine kleine, stämmige Gestalt, die sich rasch zurückzog und im gegenüberliegenden Ausgang der Galerie verschwand. Der Amerikaner war nicht gesprungen; er war gestoßen worden! Vermutlich war er überrascht und über das Geländer gehoben worden, bevor er gewusst hatte, wie ihm geschah.

Stark schluckte sein Entsetzen mit der Galle hinunter, rappelte sich auf, zog seine Makarov aus dem Schulterholster und tat sein Bestes, die Galerie entlangzurennen. Den Blick stur auf die Wand neben sich gerichtet, wagte er es nicht, nach unten zu schauen, wo ihn ein schrecklicher Anblick erwartete; ein Anblick, der die bösartige Anziehungskraft der Tiefe so weit verstärken würde, dass er ihr nicht mehr würde widerstehen können. Es fiel ihm leichter, als er gedacht hatte. Das hier war sein Job; er rannte einem mutmaßlichen Mörder hinterher.

Erst als er sich dankbar in die Dunkelheit hinter der Tür stürzte, weg von dem tödlichen Strudel aus Licht und Raum auf der Galerie, erkannte er seinen Irrtum. Die Tür führte nicht wie erwartet zu einer weiteren Treppe, sondern in einen Gang, der um die Galerie herum zu der Treppe verlief, über die Stark raufgekommen war. Hätte er sich schlicht umgedreht und gewartet, wäre ihm der Killer in die Arme gelaufen. Nun jedoch hörte er sich rasch entfernende Schritte auf den hölzernen Stufen unter sich. Er rannte ihnen hinterher.

Aber es war zu spät, und er wusste es. Vorsichtig trat Stark mit der Waffe in der Hand aus dem Treppenhaus. Es war möglich, dass, wer auch immer den Amerikaner getötet hatte, nun ihm auflauerte und sich hinter einer der Säulen oder im Schatten der Statuen versteckte; aber er bezweifelte es. Am anderen Ende des Hauptschiffs sah er die Holztür offen stehen, und er war sicher, sie geschlossen zu haben. Der Killer war auf die Straße geflohen, wo sich inzwischen sicherlich schon die Zuschauer für die Parade sammelten. In der Kirche gab es kein Leben mehr, nur noch Tod. Widerwillig richtete Stark den Blick auf das gebrochene Häuflein Mensch unter der Kuppel. Die großen, in Stein unsterblich gemachten Männer schauten ihn verächtlich von ihren Sockeln herab an und verspotteten ihn mit der Grausamkeit der Unverwundbaren. Asche zu Asche. Sie wussten es bereits.

Doch der Amerikaner hatte es auch gewusst, oder? Er hatte gewusst, was für ein Risiko er eingegangen war. Stark musste erkennen, dass er selbst das Risiko bei weitem nicht so hoch eingeschätzt hatte. Er hätte nie geglaubt, dass das DoSS bei all seiner Brutalität es wagen würde, einen Amerikaner im eigenen Revier umzubringen. Wie war er bloß darauf gekommen? Hatte die ganze Sache nicht genauso angefangen?

Noch immer vorsichtig und mit sich überschlagenden Gedanken und sich drehendem Magen näherte sich Stark der Leiche. Der Körper des großen Mannes war so verdreht, als hätte er versucht, sich des Bodens zu erwehren, als er auf ihn aufgeschlagen war. Das einst so prachtvolle Bodenmosaik besaß nun eine Verzierung aus zersplitterten Knochen und dickem Blut. Stark griff nach unten und tat das, von dem er wusste, dass kein Polizist geschweige denn ein Detective Inspector es je tun sollte: Er beeinflusste die Beweise, indem er den Kopf des Mannes drehte ... und schreckte entsetzt zurück.

Das blutverschmierte, zerschmetterte Gesicht, dessen Nase nur noch eine fleischige Masse war, war ihm erschreckend vertraut. Aber es war nicht das von Benjamin T. Fairweather. In Größe und Gestalt war der Tote dem Amerikaner bemerkenswert ähnlich; selbst die Haarfarbe stimmte – sofern man das unter den Umständen sagen konnte –, doch da endete die Ähnlichkeit auch schon. Dieser Mann war älter, das Gesicht abgehärmter und die Haut heller. Und doch kannte Stark ihn, dessen war er sicher. Er konnte ihn nur nicht einordnen.

Und dann fiel es ihm ein. Langsam erschien das Bild eines großen Mannes vor seinem geistigen Auge, eines Mannes von fast mönchischer Haltung in einer schwarzweißen Umgebung; eine Figur, die aus der Dunkelheit herausragte, überraschend, doch nicht bedrohlich. Eine unerwartet sanfte Gestalt, die zugleich kalt und scharfsinnig wirkte. Sie rieb irgendetwas wie besessen. Die Hände. Hände voller Tinte. Michael: Das war sein Name. Das war der Mann aus der Krypta von St. Bride's, der sich mit dem Drucken auskannte und vielleicht ein wenig zu viel für den rührigen kleinen Kanonikus übrig hatte.

Vorsichtig legte Stark den Kopf des Mannes wieder auf den Boden. Aber wer und warum ...? Und was hatte Michael hier gemacht? War er gezielt ermordet worden? Und falls ja, von wem? Mit ziemlicher Wahrscheinlichkeit vom DoSS. Erst jetzt fiel Stark auf, dass er die fliehende

Gestalt nahezu sofort erkannt hatte, obwohl sie nur wenige Sekunden zu sehen gewesen war: Es war ein Mann namens Edwards gewesen, ein ehemaliger Ringer, der unter den Schlägern des Amts für seine Brutalität berüchtigt war. Edwards tötete mit Freundlichkeit, pflegten jene zu scherzen, die ihn kannten: Er umarmte einen förmlich zu Tode.

Aber wo war Fairweather? War er, wie Stark ursprünglich gefürchtet hatte, pünktlich erschienen und, der weisen Tradition ihres Handwerks folgend, nach fünfzehn Minuten wieder ins Hotel zurückgegangen, um auf eine erneute Kontaktaufnahme zu warten? Stark konnte es nur vermuten. Nach wie vor zitternd und noch immer vorsichtig machte sich Stark auf den Weg das Hauptschiff hinunter. Der Mord musste gemeldet werden, dic Leiche untersucht. Stark würde sich eine Telefonzelle suchen, Lavery anrufen und dafür sorgen, dass Kemp sich um den Fall kümmerte. Und dann würde er im Hotel des Amerikaners anrufen und sich darüber Gedanken machen, was zum Teufel er tun sollte. An der Tür warf er einen Blick auf die sich langsam sammelnde Menschenmenge und steckte die Waffe weg, bevor er sich wieder in die Welt der Lebenden begab.

»Hey, Harry«, rief eine Stimme aus dem Nirgendwo, »das Konzert ist wohl abgesagt worden, hm?«

Kapitel Einunddreißig

Der Mann war plötzlich hinter der Nordecke der Kathedrale hervorgetreten und kam nun auf Stark zu. Eine Zigarette hing lässig in seinem Mundwinkel.

»Hey, Harry, was soll die Eile? Sie sind nicht gerade Mr Pünktlichkeit. Ich bin ein wenig um Ihre schöne, alte Kirche geschlendert. Es wäre schon nett, wenn sie eines Tages mal wieder in ihrer alten Pracht erstrahlen würde, was meinen Sie?«

»Sie haben das Richtige getan«, sagte Stark. »Ich hätte mich nicht verspäten dürfen. Gehen wir.«

»Warum wollen Sie nicht hier bleiben? Sie sehen aus, als hätten Sie ein Gespenst gesehen.«

Stark schüttelte den Kopf. Er wusste nicht, wie viel er dem Amerikaner von dem erzählen sollte, was gerade geschehen war, aber er wusste, dass das hier weder die richtige Zeit noch der richtige Ort dafür war.

»Nein, nicht hier.«

Sie gingen über den Paternoster Square, eine trostlose Fläche neben der Kathedrale mit einem verfallenen Bankhaus – das hier als einziges Gebäude die Bombenangriffe von 1940 überstanden hatte –, in dem heute das Ministerium für Religiöse Angelegenheiten untergebracht war. Es war nicht weit bis nach St. Bride's, doch Stark hatte Fairweather nicht in der Nähe dieses Ortes treffen wollen. Irgendetwas war dort passiert, nachdem man ihn bewusstlos geschlagen hatte. Deshalb beabsichtigte er, sich St. Bride's mit Vorsicht zu nähern.

Als Stark und Fairweather den Kirchhof hinter dem

alten Gemeindehaus betraten, erkannten sie mit einem Blick, dass hier etwas Grausames geschehen war: Der kleine Stand, an dem der Kanonikus seine schlecht gedruckten Prospekte verkauft hatte, war nur noch ein Trümmerhaufen. Der Vorhang dahinter, der den Eingang zur Krypta verbarg, war heruntergerissen worden und lag im Dreck. Die beiden Männer blickten einander stumm an.

Es war niemand zu sehen. Durch den schmalen Eingang hindurch, der den Glockenturm von der Fleet Street trennte, sahen sie nur die Rücken von Menschen, die sich offenbar schon früh einen guten Platz für die Parade gesucht hatten. Stark ging voran die Treppe hinunter. Zu seiner Überraschung fand er die Taschenlampe am gewohnten Platz in ihrer Halterung. Er nahm sie an sich. Die Männer, die hier eingedrungen waren, hatten die schwere Türe am Ende der Stufen in der Mitte gründlich zertrümmert; einige größere Holzsplitter hingen noch immer an den Scharnieren.

Der kleine Raum, der als Gebetsraum gedient hatte, war voller Knochen, die man aus den Stapeln an der Wand gerissen hatte, und der improvisierte Altar lag umgestürzt in der Ecke; das Altartuch war zerrissen und voller Flecken von etwas, das durchaus Blut hätte sein können.

»Heilige Scheiße«, sagte Fairweather. »Hier hat sich der Widerstand versammelt? Ich nehme an, Ihre Freunde haben ihnen einen Besuch abgestattet.«

»Das sind nicht meine Freunde«, erwiderte Stark. *Ebenso wenig wie der andere Haufen,* fügte er in Gedanken hinzu. Manchmal war es nicht einfach zu wissen, wer Freund war und wer Feind, doch nach dem Vorfall in der Kathedrale blieb Stark keine großartige Wahl mehr. Er dachte an den Kanonikus und fragte sich, wie der Kirchenmann den Tod seines Freundes Michael aufnehmen würde. Er glaubte, es zu wissen. Dann dachte er an den Leichnam, der noch immer in der Kirche lag. Vor lauter Überraschung, Fairweather plötzlich gesund und munter vor sich zu sehen, hatte er vergessen, Lavery anzurufen, und stattdessen auf Autopilot geschaltet. Nun, dieser Anruf würde warten müssen. Es gab ohnehin nichts, was Michael wieder zurückbringen konnte. Stark stieß einen leisen Fluch aus. Irgendjemand würde für all das hier bezahlen.

»Das war ein Fehler, ein dummer Fehler. Hier ist niemand Wichtiges hergekommen. Zum Beispiel dieser Merlin nicht, wer auch immer er sein mag. Ich denke, die meisten, die sich hier versammelt haben, waren kleine Fische; nur der Priester kam jeden Tag hierher und der alte Mann, der hier lebte …«

Die Worte blieben Stark im Halse stecken. Ohne einen zweiten Blick auf das fleckige Altartuch zu werfen, ging er den schmalen Gang entlang voraus. Auch die Glühbirne in der zweiten Kammer war zerbrochen worden. Stark konnte von Glück sagen, dass er die Taschenlampe gefunden hatte. Doch der Schutt, der in ihrem Licht zum Vorschein kam, war ernüchternd: Die alten Druckmaschinen waren in Stücke geschlagen worden, und überall lagen Papierfetzen. Stark hob einen davon auf. Wie es der Zufall wollte, war es ein ›Winkie‹ – oder der Rest von einem –, der die Bevölkerung dazu aufrief, die Parade zu boykottieren. Stark warf ihn beiseite. Er hatte nur noch eines im Kopf: den alten Mann, Ransom. Der Mann, der für ihn gebürgt hatte. Hatten sie ihn deshalb zurückgelassen?

In dem Raum, wo das Treffen stattgefunden hatte, waren die Stühle umgeworfen worden, mehrere von ihnen waren zerbrochen. Die Gewalt, die das Überfallkommando gegen leblose Gegenstände ausgeübt hatte, war exzessiv. Es war die Gewalt von Männern, die frustriert gewesen waren, weil sie hier keine Menschen angetroffen hatten, die sie hätten verprügeln können ... aber da war noch das blutige Altartuch.

Von hinten ertönte plötzlich ein Ruf.

»Halt! Wer ist da? Zeigen Sie sich. Staatssicherheit.«

Scheiße, dachte Stark. »Scheiße«, sagte der Amerikaner.

»Warten Sie«, sagte Stark und dachte rasch nach. »Es muss noch einen anderen Weg hier raus geben. Die Leute, die mich verschleppt haben, sind geflohen und noch rechtzeitig hier rausgekommen.« *Die meisten wenigstens,* dachte er.

Der Versammlungsraum besaß keinen weiteren Ausgang, also drehte Stark sich herum und schleppte den schlaksigen Amerikaner förmlich hinter sich her. Er versuchte, sich an irgendetwas zu erinnern, was auf einen weiteren Ausgang hindeuten könnte. Was hatte der Kanonikus noch einmal gesagt? Das hier sei ein Labyrinth, hatte er erklärt, ein Labyrinth von Tunneln, die bis in römische Zeit zurückreichten. Nicht alle von ihnen seien bereits erkundet worden, hatte er gesagt, einige seien blockiert, andere nicht sicher. Und zumindest ein paar Dinge, die er gesagt hatte, entsprachen nicht der Wahrheit. Es gab noch einen anderen Weg hinaus, einen Ausgang, der genau für solch einen Notfall gedacht war, wie er gestern Abend eingetreten war, und offensichtlich hatte das DoSS diesen Ausgang noch nicht gefunden. Aber wo war er? Stark hörte Schritte, die sich ihnen vorsichtig näherten, und dann wieder den strengen Ruf: »Zeigen Sie sich. Staatssicherheit.«

Instinktiv wandte sich Stark nach links. Das war nur eine Vermutung. Eine begründete Vermutung, sollte er sich später erinnern. Unterbewusst war ihm eingefallen, dass der Kanonikus etwas von alten Lagerhäusern am Fluss erwähnt hatte und von den Tunneln, die zu ihnen führten: Tunnel aus römischer Zeit, die später von Schmugglern genutzt worden waren. Sie mussten tiefer hinuntersteigen, das war der Schlüssel.

Stark schaltete die Taschenlampe aus, signalisierte dem Amerikaner, still zu sein, und tapste einen Tunnel hinunter. Nach gut zehn Metern war er zu Ende. Eine Wand. Oder eine T-Kreuzung? Stark wagte es, die Lampe wieder einzuschalten. Nach rechts führte ein Gang, der dem ähnlich sah, den sie gekommen waren. Auch hier lagen Knochen an der Wand gestapelt. Zur anderen Seite führte ebenfalls ein Gang, nur ohne Knochen. Drei Meter weiter schien er bereits zu Ende zu sein, doch bei genauerer Untersuchung war er das nicht: Ein weiterer Tunnel führte im rechten Winkel von ihm weg, doch dieser war kaum einen Meter hoch. Stark zog Ben Fairweather hinter sich her, bückte sich und leuchtete mit der Taschenlampe in den niedrigen Gang. Der Tunnel führte steil nach unten, sodass man unmöglich sagen konnte, wie weit er ging. Es war reines Glücksspiel, aber was hatten sie schon zu verlieren? Sicher, Stark hatte nichts getan, oder jedenfalls hatte niemand Beweise, dass er gegen das Gesetz gehandelt hatte. Er könnte sich den DoSSern oder wer auch immer sie verfolgte zeigen und eine Erklärung mit der Begründung verweigern, er sei im Polizeiauftrag unterwegs. Die Anwesenheit eines amerikanischen Journalisten zu rechtfertigen dürfte ihm allerdings schwerer fallen. Aber wie auch immer, seine Weigerung, sich zu erklären, würde rasch gegen ihn ausgelegt werden, und er verspürte nicht die geringste Lust, sich einem Verhör in den Kellern des Barbican auszusetzen. Es würde nicht lange dauern, bis sie auf den Gedanken kommen würden: ›wie der Vater, so der Sohn‹. Und dann?

Stark quetschte sich in den Tunnel und bedeutete dem Amerikaner, ihm zu folgen. Doch Fairweather war wie erstarrt, nachdem er erst einmal begriffen hatte, was hier los war. Erst ein weiterer Ruf irgendwo aus dem Labyrinth hinter ihnen schien ihn zu überzeugen. Stark legte den Finger auf die Lippen und winkte dem Amerikaner erneut. Soweit er sehen konnte, war der Tunnel gut gebaut oder zumindest keine Sackgasse. Die Wände waren feucht, hier und da grün von Schimmel, aber fest und sicher, fast als wären sie aus Quadern gebaut und nicht aus der Erde gegraben worden. Erst ein Blick zurück auf Fairweathers Gesicht machte Stark auf die Gefahr aufmerksam: Der Amerikaner war sichtlich verängstigt. Er verzog das Gesicht, rollte mit den Augen und deutete auf die Wände. Stark verstand sofort: Der Mann litt unter Klaustrophobie.

Daran konnte man jetzt auch nichts mehr ändern. Abgesehen davon war der Tunnel schlicht so eng, dass man sich nicht umdrehen konnte. Wenn sie umkehren wollten, müssten sie ein beachtliches Stück rückwärts gehen. Das an sich verstärkte Fairweathers Unwohlsein natürlich noch. Außerdem stank es hier. Die trockene, staubige Atmosphäre der Krypta war einer anderen Art von Dunkelheit gewichen. Der Schleim an den Wänden wurde mit jedem Meter dicker und schien an manchen Stellen sogar zu fluoreszieren. Überdies mussten Stark und Fairweather inzwischen kriechen, da der Gang immer niedriger geworden war. Am schlimmsten war jedoch der Geruch. Der trockene Mief der Knochenkammern war schon lange einer ätzenden Fäulnis gewichen. Auch führte der Tunnel nicht länger abwärts, sondern verlief gerade. Vor ihnen war ein dumpfes, fernes Grollen zu hören, allerdings konstant, nicht wie das der U-Bahn. Aber wichtiger noch war die Tatsache, dass von hinten kein Geräusch ertönte. Entweder hatten ihre Verfolger den Fluchtweg noch nicht entdeckt oder sich eines Besseren besonnen. Aber wie auch immer, Stark beschwerte sich nicht. Noch nicht. Er spürte ein Ziehen an seinem Fuß.

»Wie ... Wie weit geht das noch? Ich halte das nicht mehr lange aus. Ich habe das Gefühl, als würden die Wände mich zerquetschen.« Die Stimme des Amerikaners war nur ein Flüstern, doch Stark hörte deutlich die Angst darin, obwohl er noch nicht einmal den Kopf weit genug drehen konnte, um das Gesicht des Mannes zu sehen.

»Warten Sie hier. Nur eine Sekunde«, sagte er. »Ich werde ein Stück weiterkriechen und mal sehen, ob ich herausfinden kann, wie weit es geht.« Oder ob es noch enger werden würde, doch das sprach er wohlweislich nicht aus. Allerdings würde das wohl kaum passieren. Schließlich hatte man ihn bewusstlos hier durchgeschleppt. Auf jeden Fall erklärte das sowohl den Zustand, in dem sich seine Kleidung befunden hatte, als auch warum man den alten Ransom nicht hatte mitnehmen können. Dieser Tunnel konnte unmöglich noch enger werden, es sei denn natürlich, Stark irrte sich, und das hier war *nicht* der Fluchtweg der Dissidenten, sondern einfach nur irgendein antikes Loch, das nirgendwohin führte.

»Nein, es ist … Es ist schon okay. Ich kann …« Der Amerikaner tat sein Bestes.

»Vertrauen Sie mir. Nur ein paar Sekunden.« Stark begriff, dass Ben Fairweather eine Krise durchmachte: Er wollte nicht weitergehen, wollte aber auch nicht im Dunkeln allein bleiben, noch nicht einmal für ein paar Sekunden. An die Möglichkeit, wieder zurückkriechen zu müssen, wollte er vermutlich noch nicht einmal denken. Doch Stark hatte eine Idee. Die Tiefe, in der sie sich nun wahrscheinlich befanden, in Verbindung mit dem Gestank konnte nur eines bedeuten: Der Gang musste irgendwohin führen, und Stark glaubte zu wissen, wohin.

Er krabbelte, so schnell er konnte, weiter. Seine Ellbogen schmerzten nun fast ebenso sehr wie seine ohnehin schon gequälten Knie. Inzwischen sah er wohl nicht nur wie ein Penner aus, sondern roch auch so. Und dann, plötzlich, war der schmale Tunnel zu Ende, und knapp zwei Meter entfernt fiel das Licht der Taschenlampe in eine große Höhle.

»Kommen Sie«, rief Stark zurück und lächelte bei der Vorstellung, wie erleichtert der verängstigte Amerikaner sein musste. So hatte er sich das glamouröse Leben eines Korrespondenten im Kalten Krieg wohl kaum vorgestellt. »Wir sind draußen.«

›Draußen‹ war ein relativer Begriff.

»Willkommen«, sagte Stark, als er dem Amerikaner auf die Beine half. »Willkommen in einem der Wunder des 19. Jahrhunderts: den Kanälen von London.« Diese Worte sind wohl nur selten zu hören, dachte Stark, und noch seltener, wenn überhaupt, werden sie mit solch einem großen Seufzer der Erleichterung ausgesprochen. Der schmale Tunnel war weniger als einen halben Meter über dem Boden herausgekommen oder genauer, über einer großen, gebogenen Straße aus schmutzigen gelben Ziegeln, die sich in beide Richtungen erstreckte und durch deren Mitte ein nicht gerade wohlriechender Kanal führte.

»Das ist ja fantastisch.« Fairweather starrte auf die Aussicht, die sich ihm im Schein der Taschenlampe bot. »Wie alt, haben Sie gesagt, ist das hier?«

»Ungefähr 130 Jahre«, antwortete Stark. »Ich bin mir nicht ganz sicher, aber ich glaube, das meiste davon wurde in den sechziger Jahren des 19. Jahrhunderts gebaut, nach der großen Choleraepidemie. In der Schule hat man uns allerdings erzählt, sie hätten erst ein Kanalsystem gebaut, als der Gestank der Themse so penetrant geworden war, dass sich die Parlamentsabgeordneten in Westminster davon gestört fühlten.«

Fairweather warf ihm einen Blick zu, der sagte: »Das ist genau die Art von Geschichten, die euch eure Lehrer hier drüben erzählen.« Vielleicht war das ja wirklich so; Stark hatte nie richtig darüber nachgedacht. Bis jetzt. Aber auch jetzt interessierte ihn weniger der Grund für den Bau des Kanals, als vielmehr, dass hier nicht nur menschliche Ausscheidungen, sondern auch die Menschen selbst unter den Straßen von London transportiert wurden.

»Wir werden nach rechts gehen«, sagte Stark. »Den Weg müssen sie auch genommen haben.« *Und mich haben sie dabei bewusstlos mitgeschleppt,* fügte er in Gedanken hinzu.

»Sind Sie sicher?«

»Das ist nur logisch. Der Hauptkanal folgt dem Fluss. Deshalb haben sie ja die Siegespromenade gebaut ... die

Viktoria-Promenade«, korrigierte er sich, und zum ersten Mal in seinem Leben betrachtete er den alten Namen als richtig. »Wo die Stadt zum Fluss hin abfiel, haben sie große Rampen aufgeschüttet und den Kanal darunter versteckt, und irgendwo da drüben«, vage deutete er in eine Richtung, »führt die District Line von Blackfriars nach Charing Cross. Aber wenn ich mich richtig erinnere ...« Er hielt mitten im Satz inne und kramte in seinen Taschen. »Scheiße. Ich habe den Plan verloren ... Die alte Northern Line, die, die noch immer von Westminster-Zügen befahren wird, muss sie im rechten Winkel schneiden.

Das heißt, es muss hier unten noch eine andere Station mit Namen Charing Cross geben. Eine Geisterstation, nur einen Halt hinter dem Phantom Leicester Square. Wenn wir von der Krypta nach Süden gekrochen sind, abwärts in Richtung Fluss, dann müssen wir jetzt nach rechts, und irgendwann wird der Kanal die U-Bahn kreuzen. Das muss die Verbindung sein. Jedenfalls ergäbe das Sinn«, sagte er und fügte beiläufig hinzu: »Falls hier überhaupt irgendetwas Sinn ergibt.«

Der Amerikaner zuckte mit den Schultern. »Voran, Macduff.«

Stark setzte sich in Bewegung. Sorgfältig achtete er darauf, wo er auf den schlüpfrigen Ziegeln hintrat, und ließ den Lichtstrahl die Wände rauf und runter wandern. Der Tunnel war über drei Meter hoch und fast fünf Meter breit. Stark fühlte sich wie ein Archäologe in seiner eigenen Stadt. Hatten sich so seine Vorfahren zur Zeit der Königin Viktoria gefühlt, als der große Isambard Kingdom Brunel den ersten Tunnel der Welt unter einem Fluss hindurch gebaut hatte? Die ersten Züge waren von Pferden gezogen worden, die über Spiralrampen in die von Gaslampen erhellten Tunnel geführt worden waren. Nach gut vierzig Jahren hatten sich Huren und Straßenräuber hier unten angesiedelt, und irgendwann war dieser erste Tunnel nur eine weitere Röhre der ständig wachsenden Tube geworden. Stark war schon oft hindurchgefahren; doch dabei in einem ratternden Zug zu sitzen war eine vollkommen andere Erfahrung, als zu Fuß zu gehen. Der Tunnel wiederum, in dem er erst vor ein paar Stunden verwirrt und verängstigt gehockt hatte, war eine wesentlich modernere Konstruktion.

Das nennt man wohl eine steile Lernkurve, dachte Stark. Je mehr er von der Komplexität dieser unterirdischen Welt kennen lernte, desto mehr verachtete er die Arroganz der Männer, die tatsächlich geglaubt hatten, eine Stadt einfach teilen zu können, die organisch gewachsen war. Über wie vielen Karten hatten sie gehockt? Wie viele Entscheidungen hatten sie getroffen, um hier eine Arterie, dort eine Vene zu durchtrennen? Über der Erde wirkte die Mauer uralt und undurchdringbar; vielleicht weil sie dort war, sichtbar, Tag für Tag. Man gewöhnte sich an alles. Selbst die größten und grausamsten Absurditäten empfand man mit der Zeit als normal, ewig und unabänderlich.

Doch jenseits dieser philosophischen Betrachtungen nagte irgendetwas an Starks Selbstvertrauen. Er hatte Fairweather gesagt, er sei absolut sicher, dass sie in die richtige Richtung gingen, doch aus irgendeinem Grund, den er sich selbst nicht erklären konnte, nahm diese Gewissheit mit jedem Schritt ab. Stark blickte zu der Gestalt zurück, die ihm folgte, und kam zu dem Schluss, dass nun vielleicht die Zeit für etwas mehr Kameradschaft gekommen war. Er lächelte und nannte den Mann zum ersten Mal beim Vornamen. »Alles in Ordnung, Ben?«

Fairweathers schiefe Brille warf seltsame Schatten auf sein im Licht geisterhaft weißes Gesicht; die Nase hatte er ob des alles durchdringenden Gestanks ständig gerümpft. Er sah weniger skeptisch als vielmehr unsicher aus, ob das alles hier so eine gute Idee war. Stark empfand einen Hauch von Mitleid für ihn, aber nicht allzu viel. Immerhin war es der Amerikaner gewesen, der ihn überhaupt erst in diese Lage gebracht hatte. Fairweather hatte sich das selbst eingebrockt, und wenn ihn das jetzt nervös machte – sein Pech.

In diesem Augenblick erkannte Stark, was hier nicht stimmte. Wenn seine Vermutungen richtig gewesen waren – und das mussten sie –, dann war ›rechts‹ ihre einzige Option gewesen. ›Rechts‹ musste Westen sein, und dorthin mussten sie, wenn sie nach Charing Cross wollten. Aber das Wasser – wenn man es denn so nennen konnte –, neben dem sie hergingen, floss in die falsche Richtung: Es floss mit ihnen, anstatt ihnen entgegenzukommen. Kanäle flossen wie Flüsse bergab, zumindest bis sie zu einer Pumpstation kamen. Und bergab, also mit dem Fluss, bedeutete Osten, Richtung Themsemündung und Nordsee. Das alles ergab irgendwie keinen Sinn … jedenfalls so lange nicht, bis sie auf etwas anderes stießen, das ebenfalls keinen Sinn ergab: eine T-Kreuzung, wo der Kanal, dem sie folgten, sich im rechten Winkel in einen anderen ergoss.

Stark blieb stehen und blickte nach links und rechts wie ein Schüler, der eine Straße überqueren wollte, dann schaute er zu dem Amerikaner, der zwei Schritte hinter ihm stand. Fairweather blickte ihn mit einem Gesichtsausdruck an, den Stark fast als selbstgefällig bezeichnet hätte, wäre der Amerikaner nicht so offensichtlich konsterniert gewesen.

»Okay, und wo jetzt lang, Sherlock?«, fragte Fairweather.

Kapitel Zweiunddreißig

Der Motivwagen ist absurd, dachte Kate Stark: ein lächerlicher Miniaturpalast von Westminster oder zumindest der Palast, den Kate auf alten Fotos gesehen hatte. Diese merkwürdig übertriebene, aber trotzdem noch beeindruckende neogotische Extravaganz aus dem 19. Jahrhundert, die Kate im realen Leben nur dann und wann in der BBC gesehen hatte, wann immer man dort Bilder der Ruinen gezeigt hatte. Manchmal hatte sie auch aus dem Büro ihres großen Bruders einen Blick auf den verkohlten Stumpf des alten Uhrenturms erhascht.

Sie war fest davon überzeugt, dass selbst die dämlichste, politisch korrekte Marionette den billigen Propagandatrick durchschauen würde, den Palast aus schwarzer Pappe zu bauen. Und dann waren da noch die Fotos der echten Suffragetten, einschließlich der heiligen Emily Pankhurst, obwohl Kate beim besten Willen nicht wusste, welche davon das war. All diese Frauen in ihren rüschenbesetzten Kleidern und mit den großen Hüten sahen aus, als kämen sie von einem anderen Planeten. »Wenn heutzutage jemand so etwas tun würde«, hatte Kate Sharon erklärt, »ich meine, sich ans Mansion House anketten, dann würde es ihnen genauso ergehen wie diesen Weibern damals: Man würde sie einsperren und den Schlüssel wegwerfen. Und wir sollen ihr dankbar dafür sein, was sie getan hat. Ha! *Ha!*«

Aber heute war ohnehin alles zum Lachen, zumal sie allesamt lächerliche, schlecht gemachte, eklig synthetische Versionen antiker Klamotten trugen. Dank der Schulleitung, die sie gebeten hatte, alles mitzubringen, was sie zu Hause finden konnten, hatten sie wenigstens ein paar Änderungen vornehmen können. Trotzdem sahen sie noch immer so dämlich aus, als hätte man sie in Bettlaken gehüllt, um römische Togen zu simulieren. Kate verzichtete allerdings darauf, diesen Vergleich laut auszusprechen, sonst kamen die Erwachsenen für nächstes Jahr noch auf dumme Ideen.

Der Geier kreiste zwischen ihnen hindurch, sein Gesicht eine Maske aus Stolz, Sorge und Wut. Das war sein großer Augenblick, seine Chance, die Parteiführung zu beeindrucken, damit sie seine Bewerbung als Lehrer für Theoretische Geschichte am Attlee College akzeptieren würden. Alles wäre besser als diese frechen Kinder. Aber zuerst musste er sicherstellen, dass sie eine gute Vorstellung ablieferten.

Insgesamt fuhren zwanzig von ihnen auf dem Wagen, zehn Jungen und zehn Mädchen. Das dargestellte Thema mochte ja der Sieg der Suffragetten sein, dennoch war das Ganze eine recht sexistische Angelegenheit: Die Rolle des Arbeiters beim Kampf um das Wahlrecht für seine Waffenschwestern musste entsprechend gewürdigt werden. Anderenfalls würden die Menschen dumme Fragen stellen, wie zum Beispiel, warum es keine weiblichen Politbüromitglieder gab. Den Frauen standen sämtliche Türen offen; dass viele von ihnen nicht die Bürde der höchsten Staatsämter auf sich nehmen wollten, war ihre freie Entscheidung. Aber wie auch immer, auf jeden Fall war das ein Thema, über das der Geier nicht mit seiner Klasse hatte diskutieren wollen, und er wollte verdammt sein, wenn er es ausgerechnet auf dem Motivwagen zur Sprache bringen würde. Er wusste, was das für ihn bedeutet hätte.

Nein, die Jungen wurden auf den unteren beiden Absätzen des Wagens aufgestellt. Sie trugen einfache, gute, zeitlose Arbeiterkleidung: graue Flanellhosen und Hemden mit hochgekrempelten Ärmeln, nicht viel anders als das, was ihre Väter auf der Arbeit oder im Pub anzogen.

Die Mädchen waren natürlich etwas vollkommen anderes, doch die Schule hatte ihre Sache gut gemacht, und mehrere der Mädchen hatten auf den Speichern und in den Schränken ihrer Eltern und Großeltern tatsächlich genügend Sachen gefunden, die mit ein paar Veränderungen ausreichend edwardianisch aussahen – in diesem Kontext gestattete sich der Geier, die alte, royalistische Bezeichnung der Epoche zu verwenden. Wenigstens, so dachte er zufrieden, war die Kleidung dieser Zeit ausgesprochen sittsam. Er wusste, wie altmodisch einige der älteren Politbüromitglieder waren … ›altmodisch‹ im moralisch bewundernswerten Sinne natürlich.

Zum Glück blickte das Stark-Mädchen nicht so mürrisch drein wie sonst, im Gegenteil: Sie hatte sogar ein Funkeln in den Augen, als würde sie das Ganze tatsächlich genießen. Vielleicht war es ihm ja doch gelungen, wenigstens einen Hauch von Interesse an Gesellschaftsgeschichte in ihr zu wecken. Vermutlich war ihre Freude jedoch eher auf die Tatsache zurückzuführen, dass sie den Tag in Gesellschaft dieses anderen Schlingels und Halunken, Tom Paine, verbringen würde. Der Geier hatte es sich zweimal überlegt, ob er die beiden an der Parade teilnehmen lassen sollte, ganz zu schweigen davon, dass er sie nun auch noch auf der Seite des Wagens platziert hatte, die der Parteiführung zugekehrt war. Aber sie waren die Bestaussehenden in der Klasse, und er wusste, dass die Parteiführer den Anblick starker, gesunder, junger Menschen bevorzugten, und das bedeutete attraktiv. Stark fummelte an ihrem und an den Kostümen der anderen Mädchen herum, und der Geier hatte zufrieden beobachtet, dass sie mehrmals und ohne Ermahnung den Höhepunkt ihres kleinen Mimenspiels geprobt hatten, wenn die Jungen bewundernd zu den Mädchen hinaufblickten, während diese die Ketten ›zerrissen‹, mit denen sie sich an den ›Palast‹ gebunden hatten. Ja, dachte er, wenn die musikalische Begleitung jetzt auch noch punktgenau spielte, würde das wirklich nett werden. Seltsamerweise dachte Kate Stark in diesem Augenblick genau das Gleiche.

Es war erst kurz nach Mittag, und schon war es an der Zeit für sie, ihre Positionen einzunehmen. Vier Stunden vorher waren sie an der Schule gewesen. Die Kunstklasse hatte letzte Hand an den Wagen gelegt, die Darsteller hatten ihre Kostüme angezogen, und schließlich waren sie zum Tower Hill gefahren, um sich dort aufzustellen. Die Metropolitan Police war in voller Stärke ausgerückt – in Uniform hieß das –, lenkte den Verkehr von der Aufstellzone weg und wies den Teilnehmern ihre Plätze zu.

Die Schulen kamen im hinteren Teil der Parade, was bedeutete, dass sie zur Seite treten mussten, als das Militär heranrollte. Obwohl die Parade erst in zwei Stunden beginnen würde, hatten die Wachbataillone der Rot-Weißen Armee bereits in der ersten Reihe Aufstellung genommen, und ihre Banner mit der roten Rose und dem Georgskreuz flatterten in der leichten Brise am Tower Hill. Ein historisch bewanderter Zuschauer mochte sich vielleicht denken: wie Heinrich V. kurz vor dem Aufbruch nach Frankreich. Die Boten der modernen Zeit, T-72-Panzer und von schweren Dieselschleppern gezogene Scud-Raketenwerfer, standen auf der Wapping High Street, geschützt vor den Blicken unautorisierter Beobachter. Das waren die Waffen, die sich die Militärattachés aus Durham und Washington besonders gründlich anschauen würden.

Der Zugweg stand fest. Es war der gleiche wie jedes Jahr, nur ein wenig länger, da dies der 40. Geburtstag der Republik war. Es ging vom Tower Hill durch die City of London, via Cannon Street vorbei an St. Paul's, über den Ludgate Circus, die Fleet Street und The Strand auf den Stalingrad Square, wo die Parteiführer auf dem mit Rosen verzierten Podium vor dem Admirality Arch den Salut entgegennehmen würden. Anschließend ging es dann Whitehall hinunter, in feierlichem Schweigen an der Gedenktafel für die Erste Republik vorbei und den zerstörten Monumenten des kapitalistischen Imperialismus auf der ›anderen Seite‹. Erst auf der Siegespromenade würden die Triumphmärsche wieder ertönen, wenn es an Scotland Yard vorbeiging.

Hinter dem Militär kamen die Freiwilligenbrigaden der Volksmiliz, dann, nach Industriezweigen unterteilt, die Abordnungen der staatlichen Gewerkschaften mit einigen fahrbaren Maschinen. Jedes Kombinat verwahrte extra für die jährliche Parade bestimmte, blank polierte Exemplare der verrosteten Schrotthaufen, mit denen sie ihre tägliche Arbeit verrichten mussten. Ihnen folgten rustikal gekleidete Repräsentanten der landwirtschaftlichen Genossenschaften. ›Last, but not least‹, wie der Fernsehkommentator immer zu sagen pflegte, kamen die jungen Leute, die Hoffnung auf eine sozialistische Zukunft: die Sozialistische Pfadfinderschaft, Mädchen und Jungen mit scharlachroten Halstüchern und roten Rosen in den Knopflöchern, die man extra zu diesem Zweck aus den Blumenkollektiven der Niederlande importiert hatte. Und zu guter Letzt die Schüler.

Alle Schulen im Land trugen jährlich einen Wettbewerb aus, wem die Ehre zuteil wurde, einen besonderen Motivwagen bereitzustellen; in anderen Worten: Wer eine noch einigermaßen funktionierende Zugmaschine fand, das Ganze mit genug rotem Krepp und genügend Pappmaché beklebte, um den Rost zu verdecken, und irgendein Statement über die Tugenden des Erwachsenwerdens im besten Gesellschaftssystem der Welt abgab, hatte gewonnen. Diejenigen Lehrer, die die besten Wagen vorbereiteten, durften mit einer Beförderung rechnen. Die Zyniker behaupteten, das sei auch richtig so: Schließlich hatten sie das Unmögliche geschafft.

Tatsächlich war das, was der Geier am meisten fürchtete, vielleicht noch immer unmöglich: dass ›seine Truppen‹, dieser zusammengewürfelte Haufen von Sechzehnjährigen in den Kleidern ihrer Großeltern, sich auch noch für die nächsten drei Stunden so kooperationsbereit wie jetzt zeigten. Denn wenn er auf jene Art von Disziplinarmaßnahmen zurückgreifen musste wie im Klassenzimmer – Brüllen und besonders im Falle des Paine-Jungen Androhung von Arrest oder gar körperlicher Gewalt –, dann würde alles den Bach hinuntergehen, und er könnte der netten, ruhigen Stelle in der Parteischule Adieu sagen.

Der Geier sah, wie Kate Stark dem Paine-Jungen kichernd etwas ins Ohr flüsterte, während ihre unerträgliche Freundin Sharon in Erwartung irgendeines Scherzes mit den Augen rollte. Er warf ihnen einen seiner vernichtendsten Blicke zu.

Zu seiner Überraschung reagierte die Stark nicht mit ihrem üblichen Schmollmund, sondern lächelte ihn süß, ja, fast mitfühlend an.

Kapitel Dreiunddreißig

Einen Augenblick lang war Stark ehrlich verblüfft. Er war sich so sicher gewesen. Alles hatte so offensichtlich gewirkt, so leicht. Abgesehen von dem Gestank hätte das Ganze ein schöner Sonntagnachmittagsspaziergang sein können. Verglichen mit dem winzigen Tunnel, durch den sie gekrochen waren, war der Kanal die reinste Autobahn, und Stark kannte den Weg … oder zumindest hatte er geglaubt, dass er ihn kannte.

Jetzt war er nicht mehr so sicher. Es gab einen deutlichen Unterschied zwischen den beiden Tunneln, die sich hier kreuzten. Der, durch den sie gekommen waren, besaß einen breiten Laufweg neben dem eigentlichen Kanal, während der, in den er nun überging, mehr wie ein Ei geformt war. Wäre genauso viel durch diesen Tunnel hindurchgeflossen wie durch den ersten, hätten sie bis zu den Knöcheln im Dreck waten müssen – wohl kaum ein angenehmer Gedanke –, doch zum Glück war dem nicht so. Der schnell dahinfließende Strom floss in einem neuen Kanal nach links. Offensichtlich ging es dort flussabwärts, neben der Themse her.

Und dann wusste Stark plötzlich, wo sie waren. Der Tunnel von St. Bride's hatte sie nicht auf direktem Weg in die viktorianischen Kanäle geführt, sondern in ein weit älteres, natürliches Wassersystem, das jedoch schon vor langer Zeit von Menschenhand gezähmt worden war. Bei den Laufwegen, über die sie gegangen waren, handelte es sich um die irgendwann zugepflasterten Ufer des Fleet River. Der alte Fluss, das wusste Stark wie nahezu jeder Londoner, hatte der Straße seinen Namen gegeben, die zu ihm führte; doch Stark hatte wie die meisten seiner Mitbürger nur eine vage Vorstellung davon, wo er wirklich entlangfloss. Aber das ergab Sinn: Der Fleet River floss zur Themse und mündete im rechten Winkel in sie hinein, oder zumindest hatte er das getan, bevor die Promenade errichtet worden war und der Kanal ihn unterbrochen hatte. Und außerdem war da Tageslicht.

Auf der gegenüberliegenden Tunnelwand, ein paar Meter flussabwärts von wo sie standen und gut einen Meter über dem Kanalboden, befand sich eine breite Öffnung. Plötzlich ergab das alles wieder einen Sinn: Der vergrabene Fleet River floss in den Hauptkanal, und die Öffnung auf der anderen Seite war ein Überlauf, der dem alten Fluss gestattete, bei Flut oder schwerem Regen wie früher in die Themse zu fließen.

Stark drehte sich zu Fairweather um, doch der Amerikaner stand bereits neben ihm und starrte aus dem unterirdischen Labyrinth zu dem trüben Frühlingslicht, das auf den alten Fluss fiel. Als Stark bemerkte, wie intensiv der

Amerikaner zu der Öffnung starrte, folgte er dessen Blick und erkannte, dass dies nicht nur eine visuelle Bestätigung der richtigen Richtung war. Knapp hundert Meter hinter der Öffnung verlief ein Metallbogen, der nur die Unterseite der Blackfriars Bridge sein konnte. Hätten sie zwei Tage früher hier gestanden, hätten sie eine in Sackleinen gewickelte Leiche darunter baumeln sehen.

»Okay«, sagte Fairweather. »Ich nehme an, jetzt bestehen keine Zweifel mehr daran, wo wir uns befinden. Jetzt könnten wir wohl da raus ...« Ein Hauch von Optimismus lag in seiner Stimme.

»Das würde uns allerdings nicht viel nützen, jedenfalls nicht, wenn wir die Leute finden wollen, hinter denen wir her sind. Außerdem ist es heutzutage vermutlich ungefährlicher, durch den Kanal zu waten, als ein Bad in der Themse zu nehmen«, fügte Stark in der Hoffnung hinzu, dass sein gelassener Tonfall Fairweathers Selbstvertrauen wecken würde.

Sie bogen nach rechts gegen den neuen Strom ab. Das war eine deutlich unangenehmere Erfahrung, da das Kanalwasser aufgrund der Tunnelform immer wieder über ihre Füße schwappte. Einmal sah es so aus, als würde die stinkende Brühe zum Leben erwachen, doch es waren nur ein paar Ratten, die ihren Weg kreuzten.

Eines bereitete Stark immer noch Sorgen: Wie sollten sie wissen, wann sie an der Stelle waren, wo der Kanal die tiefer gelegene Westminster-Spur der Northern Line kreuzte? Wenigstens würde er wissen, wann sie zu weit gegangen waren. Irgendwo jenseits von Charing Cross würden nicht nur die U-Bahn-Tunnel, sondern auch der Kanal mit Beton versperrt sein. Aber war das überhaupt möglich? Vermutlich nicht ganz. Aber sie konnten ein Eisengitter montiert und die Röhre so weit verengt haben, dass sie für Menschen kaum noch passierbar war. Ein Flüchtling musste schon wirklich verzweifelt sein, bevor er sich in so etwas hineinwagte.

Doch Stark hätte sich keine Sorgen machen müssen, obwohl der Amerikaner es zuerst entdeckte.

»Harry, hier oben, an der Wand, rechts. Vielleicht hundert Yards vor uns.«

Instinktiv fand Stark die richtige Stelle mit der Taschenlampe. Seltsam, dass die Nordler und Amerikaner dieselben antiquierten Maßeinheiten verwendeten.

»Sie haben Recht«, sagte er. »Ich hätte nicht gedacht, dass es so offensichtlich sein würde.«

Tatsächlich hätte es gar nicht offensichtlicher sein können. Es handelte sich um eine echte Tür, wenn auch nur halb so hoch wie normal, knapp zwei Meter vom Laufsteg entfernt. Sie zu erreichen würde auch nicht schwer sein. Schmale, gemauerte Stufen mit einem Eisengeländer führten zu ihr hinauf. Das konnte unmöglich vor anderthalb Jahrhunderten gebaut worden sein. Aber wie alt die Tür auch immer sein mochte, sie wurde offenbar regelmäßig benutzt, denn sie ließ sich leicht nach innen öffnen.

Dahinter erstreckte sich ein mannshoher, schmaler Gang knapp sechs Meter bis zu einer Wendeltreppe, die nach unten führte. Daneben befand sich ein Schacht, der offenbar für einen Lift gedacht war, den es jedoch schon längst nicht mehr gab. Nur ein paar Kabel waren von ihm übrig geblieben, die nun in die Dunkelheit hinabbaumelten.

»Und das hat man in viktorianischer Zeit gebaut?« Fairweather war entweder skeptisch oder beeindruckt.

»Nein. Natürlich nicht. Das Material hat man damals

noch gar nicht verwendet. Schauen Sie sich doch einmal um. Die Wände sind aus Beton und nicht aus Ziegeln. Das hier stammt aus dem 20. Jahrhundert.« Stark blickte nach oben. Treppe und Aufzugschacht gingen auch nach oben, doch im Licht der Taschenlampe konnte man erkennen, dass die Öffnung schon nach wenigen Metern mit Schutt verstopft war. »Das muss aus dem Krieg übrig geblieben sein. Ein anderer Grund fällt mir dafür nicht ein. Vermutlich ist er auf Straßenhöhe blockiert.«

»Wissen wir denn, auf welcher Höhe die Straße liegt?«

Stark war nicht mehr annähernd so sicher wie noch vorhin. »Ich nehme an, dass wir uns in der Nähe von Charing Cross befinden. Das hier führt wohl zu dem Raum, in dem ich aufgewacht bin, zwischen hier und …«, kurz blieb ihm das unvertraute Wort im Halse stecken, »… und Leicester Square.«

»Sie nehmen es an? Wissen Sie es denn nicht? Himmel, Harry, wir könnten uns hier unten verirren.«

»Ist schon okay. Wenigstens kennen wir den Weg zurück.« Stark sah dem Amerikaner deutlich an, dass ihn das nur wenig tröstete.

»Jetzt klettern wir also runter. Stimmt's?«

Stark nickte. Ihnen blieb wohl keine andere Wahl.

Die Treppenstufen bestanden aus Beton und waren spiralförmig angelegt. Alles sah nach typischer Kriegsarchitektur aus: schlicht, aber praktisch und alles andere als hübsch. Eines deutete in Starks Augen jedoch eindeutig darauf hin, dass die Treppe regelmäßig benutzt wurde: Der Schutt, der oben alles verstopfte, war hier beiseite geräumt worden, als wolle jemand es vermeiden zu stolpern, sollte er einmal in Eile sein. Nichtsdestotrotz waren die beiden vorsichtig. Schweigend achteten sie auf jeden ihrer Schritte. Stark war froh, dass die Batterien der Taschenlampe bis jetzt so gut durchgehalten hatten.

Nach gut dreißig Stufen ging ein kurzer Gang vom Treppenschacht ab, an dessen Ende im Lampenschein wieder eine Metalltür zu sehen war. Stark überlegte, ob er in die gleiche Richtung führte wie der zum Kanal, doch die Wendeltreppe hatte seinen Orientierungssinn verwirrt. So ging er zu der Tür und lauschte auf Geräusche von der anderen Seite. Nichts. Er blickte zu Fairweather, der jedoch nur mit den Schultern zuckte. Stark öffnete die Tür, und ein blendend helles Licht schien ihnen entgegen.

Einen Augenblick lang konnte Stark nur blinzeln. Dann erkannte er, dass er in einen leeren, eckigen, kleinen Raum blickte mit einem Tisch und vier Stühlen und einer Leuchtröhre an der Decke. Auf der anderen Seite befand sich eine weitere Tür. Stark durchquerte den Raum und öffnete die Tür, ohne weiter darüber nachzudenken.

Der Raum dahinter war dunkel, und kein Lichtschalter war in greifbarer Nähe. Stark leuchtete mit seiner Taschenlampe hierhin und dorthin. Der Raum war ihm seltsam vertraut, und insgeheim hatte er das sogar erwartet. Auf einem Regal auf der anderen Seite standen unförmige, alte Feuerlöscher, und daneben befand sich noch eine Tür, von der Stark wusste, das sie in einen Tunnel führte, wo Züge aus einer anderen Welt unter den Straßen seiner Stadt hindurchrasten. Trotzdem öffnete er sie, um sicherzugehen.

»Das ist es. Hier hat man mich festgehalten.«

Der Amerikaner nickte und beobachtete ihn aufmerksam. Stark hatte die Tunneltür nur ein winziges Stück geöffnet und rasch wieder geschlossen.

»Aber wo sind sie?«

»Ich weiß es nicht. Ich habe gedacht …« Eigentlich wusste Stark gar nicht, was er gedacht hatte. Dass sie noch immer hier hockten, Karten spielten und auf die Rückkehr ihres entflohenen Gefangen warteten, sodass dieser sich bei ihnen entschuldigen konnte? Und doch war es genau das, was Stark tun wollte. »Es soll ein Treffen stattfinden. Mit Merlin. Um 14.00 Uhr. Das haben sie gesagt.«

»Aber sie haben nicht gesagt, wo?«

»Nein. Ich habe nur angenommen … Ich weiß es nicht … Ehrlich gesagt bin ich nicht sicher, was wir jetzt tun sollen.«

»Wirklich nicht, Harry? Wir können nur eines tun: weiter runtergehen.«

Fairweather hatte natürlich Recht. Die Treppe im Schacht führte weiter nach unten. Wofür auch immer die Treppe gebaut worden war, hierfür mit Sicherheit nicht – diese beiden Räume mit ihrem Zugang zur Northern Line waren eher ein Nebenprodukt. Die Treppe diente dem Zugang zu etwas, das deutlich tiefer lag.

Stark ging voran. Wie immer leuchtete er die Stufen mit der Taschenlampe aus. Er hatte begonnen, die Stufen zu zählen, zwar nicht von Anfang an, aber es waren schon mindestens dreißig, seit sie den Schacht wieder betreten hatten. Und dann, plötzlich, war die Treppe zu Ende.

Sie befanden sich am Boden des Schachts, doch es ging scheinbar noch tiefer hinab: In einem Drahtkäfig befand sich ein Aufzug, der jedoch offensichtlich schon seit vielen Jahren außer Betrieb war. Im Licht der Taschenlampe war eine verrostete und verbogene Gittertür zu sehen, doch der Aufzug dahinter war voller Spinnweben. Gegenüber der Lifttür führte ein weiterer Betontunnel tiefer in die Erde hinein. In einer Hinsicht unterschied sich dieser Tunnel jedoch deutlich von den bisherigen: Am Ende des sanften Gefälles war ein schwacher Lichtschein zu sehen, und da war noch etwas anderes: ein Geräusch. Das Geräusch menschlicher Stimmen. Schwach, aber unverkennbar. Sie stritten sich.

Stark schaltete die Taschenlampe aus und steckte sie weg. Gemeinsam schlichen er und Fairweather, so leise sie konnten, durch den Tunnel nach unten. Das Licht wurde heller. Vor sich sahen sie etwas, was ein gut beleuchteter Raum aus Beton zu sein schien, nicht unähnlich dem weiter oben, nur mit Stahlträgern in der Decke.

»Ich glaube, ich weiß, wo wir sind«, sagte Stark plötzlich leise.

»Schön. Da bin ich aber froh.«

»Nein, ich meine, ich weiß, was das ist.«

»Eine U-Bahn-Röhre außer Betrieb. Das haben sie doch schon gesagt.«

»Ja und nein. Das hier ist etwas anderes. Es liegt viel zu tief, und Decken und Wände sind verstärkt. Das ist ein alter Bunker.«

»Ein Luftschutzbunker?«

»Ja, aber kein öffentlicher. Die normale Bevölkerung musste sich mit den U-Bahn-Tunneln zufrieden geben. So etwas hier hat man für Politiker und Militärs gebaut. Während des Krieges hat es im Gebiet von Whitehall alle möglichen Arten von Schutzräumen und Tunneln gegeben. Die meisten von ihnen lagen an dem, was heute die Grenze ist. Ich dachte, man hätte sie alle zugeschüttet.«

»Nun, diesen offenbar nicht. Sie gehen voran«, flüsterte Fairweather.

Stark blieb stehen. Wie er seinen ehemaligen Entführern gegenübertreten und sie davon überzeugen wollte, dass er auf ihrer Seite stand, war etwas, über das er sich bis jetzt nur oberflächlich Gedanken gemacht hatte. Der Amerikaner sollte ihm dabei als ›Botschafter von der anderen Seite‹ dienen und zugleich eine ordentliche Berichterstattung garantieren, falls es das war, was sie wollten. Aber diese Männer waren bewaffnet und vielleicht sogar gefährlich. Es war unmöglich zu sagen, wie sie auf die Gegenwart eines Fremden an diesem Ort reagieren würden – an einem Ort, den sie vermutlich für vollkommen sicher hielten. Aber würden sie auf einen Polizisten nicht ohnehin recht aggressiv reagieren?

Der ›Raum‹ war mehr eine Kreuzung mit Ausgängen auf allen Seiten. Er war leer. Die Stimmen kamen von links, klangen aber noch immer fern. Stark drehte sich zu Fairweather um.

»Zeigen Sie ihnen, dass Sie aus eigenen, freien Stücken wieder zurückgekommen sind und ohne einen Polizeitrupp im Rücken«, flüsterte der Amerikaner. »Sie werden Ihnen wohl mindestens die Chance geben, sich zu erklären, und dann können Sie mich als Beweis holen, dass Sie es ehrlich meinen. Sollten sie anders reagieren, kann ich mich immer noch auf sie stürzen, von der Flanke sozusagen.«

Stark nickte unsicher. Das war wohl kaum die beste Polizeitaktik, aber andererseits war das hier ja auch kein üblicher Polizeieinsatz. *Das Amt macht solche Sachen,* dachte Stark, und das war nicht gerade beruhigend.

Vorsichtig bewegte er sich auf den Ausgang zur Linken zu. Er führte in einen knapp drei Meter langen Gang ähnlich dem Eingang eines U-Bahnsteigs, nur dass die Wände aus Beton bestanden und nicht gefliest waren. Die

Stimmen waren nun lauter zu hören, und eine dominierte die anderen. Stark erkannte sie sofort als die aggressivere der beiden, die sein Schicksal diskutiert hatten. Wieder glaubte er, sie schon einmal gehört zu haben, allerdings in solch einem anderen Kontext, dass er sie nicht einordnen konnte. Und dann fiel es ihm plötzlich ein, begleitet von einer derart absurden Vision, dass er fast lauthals aufgelacht hätte.

Als er diese Stimme das erste Mal gehört hatte, war sie nicht feindlich oder aggressiv, sondern eher unterwürfig, schmeichlerisch und ein wenig höhnisch gewesen. Jetzt sah er ihn deutlich vor sich: eulenhaft, aufgedunsenes Gesicht, wie er eine schmierige Haarsträhne von seinen dicken Brillengläsern zurückschob ... Das war der Bibliothekar aus dem Lesesaal der British Library. Der Kerl am Ausgabeschalter. Der, der so hilfsbereit, wenn auch ein wenig *zu* interessiert an Starks Anfragen gewesen war.

Und vor diesem Mann hatte er Angst gehabt? Alleine die Vorstellung kam ihm nun absurd vor, wenn auch nur kurz. Körperliche Kraft war nicht alles. Kleine Männer mit Brillen, die unter anderen Umständen vielleicht Hühnerzüchter oder Architekten geworden wären, waren unter den richtigen Umständen und mit der entsprechenden Macht ausgestattet schon für den Tod von Millionen verantwortlich gewesen. Stark dachte an Himmler und Berija. Doch diese Leute hier standen angeblich auf der richtigen Seite ... aber war dem wirklich so?

Begierig darauf, eine Identität bestätigt zu bekommen, der er sich schon sicher war, ging Stark zum Ende des kleinen Tunnels und hockte sich hin. Wenn möglich wollte er erst einmal wissen, wie viele da drin waren und wo, bevor er sich ihrer Gnade auslieferte. Was er sah, verblüffte ihn.

Unter den gegebenen Umständen hätte das keine Überraschung sein dürfen, aber das war es. Er hatte einen weiteren Raum erwartet, doch was er sah, war eine U-Bahn-Station, allerdings eine U-Bahn-Station, wie er noch nie eine gesehen hatte. Zum einen befanden sich hier keine Fliesen an den Wänden. Sie bestanden ausnahmslos aus blankem Beton, als hätte sich gerade erst eine Bohrmaschine hindurchgefräst und kurz vor den ersten Passagieren sei die Arbeit zum Erliegen gekommen. Der Bahnsteig war da, allerdings fehlten sowohl Sitze als auch Bänke. Stattdessen standen dort Kastenbetten in einer Reihe wie Kojen auf einem Schiff oder in einem U-Boot. Hier und da standen Maschinen auf Tischen und an den Wänden, die wie militärisches Kommunikationsgerät aussahen, nur dass sie alles andere als modern waren, selbst nach südenglischem Standard: schwere Röhrenempfänger und alte Tastfunkgeräte.

Auf halbem Weg den Bahnsteig hinunter saß eine Gruppe von Leuten wie Kartenspieler um einen hölzernen Tisch. Stark hatte sich hinter eines der Kastenbetten gekauert und konnte so nur ein paar von ihnen sehen, aber das Profil des Bibliothekars war deutlich zu erkennen. Er wedelte mit dem Finger, wie er es sonst wohl tat, wenn jemand in den heiligen Hallen der British Library zu laut wurde.

Der ›Museumsmann‹, wie Stark ihn nun bezeichnete, redete laut, und er redete über ihn, Harry Stark. »Du hast natürlich Recht, Merlin. Es war ein Fehler. Es war natürlich schon ein Fehler, ihn überhaupt mitzunehmen. Wir hätten ihn den DoSSern überlassen sollen. Wenn du

Recht hast – und ich weiß, ich weiß, das hast du meistens –, dann war er keine Bedrohung, und er ist es vermutlich immer noch nicht. Wenn du sicher bist, dass du weißt, wo er ist … Nun, was sagst du, Merlin? Ziehen wir es durch?«

Stark lächelte vor sich hin. Einer Sache war er sich vollkommen sicher: Was auch immer sie für Informationen haben mochte, sie hatten mit Sicherheit nicht die leiseste Ahnung, wo er sich im Augenblick befand. Es tat allerdings gut zu hören, dass ihr geheimnisvoller Merlin ihn nicht zu einer Bedrohung erklärt hatte. Stark war derart erleichtert, dass er fast laut geseufzt hätte. Er riss sich zusammen. Jetzt oder nie. Zeit aufzustehen, ihnen gegenüberzutreten und herauszufinden, ob sie gemeinsame Ziele hatten. Wenn er dabei noch Beweise bekommen würde, um ein paar Mörder zur Strecke zu bringen, umso besser. Aber so oder so war es an der Zeit, sich dem Erbe seines Vaters zu stellen.

Und dann hörte Stark eine andere Stimme. Zu seinem großen Erstaunen erkannte er auch diese. Auch sie hatte er zum letzten Mal in einem vollkommen anderen Zusammenhang gehört. Das war erst wenige Stunden her, aber das konnte nicht sein. Wider besseres Wissen stand er auf. Er brauchte eine bessere Sicht, und plötzlich war ihm egal, ob er sich so zu erkennen gab. Ein Irrtum war unmöglich. Dort, ihm gegenüber, auf der anderen Seite des Tisches, die Ärmel hochgekrempelt und wie ein General bei einer Einsatzbesprechung, saß Merlin. Und Merlin war …

»Charmian?«

KONTRAPUNKT

Der alte Mann stand inmitten der qualmenden Ruinen des Empires, das er so sehr geliebt hatte, und sah sich vor seinem geistigen Auge wie der letzte Krieger auf dem Schlachtfeld des Armageddon.

Doch das Empire war noch nicht gänzlich tot. Man hatte ihm ja vielleicht das Herz herausgerissen, doch die Glieder zuckten noch. Der Kampf konnte und würde weitergehen.

Der König lag im Sterben. Georg VI., der widerwillige Monarch, der durch die Schwäche und Eitelkeit seines älteren Bruders auf den Thron gezwungen worden war, der nun im Exil in der Karibik lebte, stand mit einem Bein schon im Grab. Seine ohnehin schon labile Gesundheit war den Strapazen des Krieges erlegen. Er würde seinen letzten Zusammenbruch nicht überleben. Doch die beiden Prinzessinnen, Elisabeth und Margaret, befanden sich bereits in Sicherheit im fernen Kanada. Diesmal würde es keine Krönung in der Westminster Abbey geben – die großen gotischen Erker und eleganten Türme aus dem 18. Jahrhundert waren nur noch Schutt und Asche –, aber irgendeine Kirche in Ottawa würde es auch tun.

Irgendwie würde ein neues, elisabethanisches Zeitalter

anbrechen, genährt auf den fruchtbaren Böden nicht nur von Kanada, sondern auch von Australien, Indien und Afrika. Eines Tages – egal, wie weit dieser Tag auch entfernt sein mochte – würden die treuen Söhne des Empires ihr Mutterland wieder für sich beanspruchen. Der alte Mann hoffte nur, dass er noch leben würde, um es zu sehen.

Denn er hatte weder die Absicht, sich vom Feind gefangen nehmen zu lassen, noch sich das eigene Leben zu nehmen, wie manche fürchteten. Nein, er hatte Fehler begangen, aber hauptsächlich den, dass er erst auf die harte Tour hatte lernen müssen, dass selbst das unnachgiebigste Objekt zu guter Letzt mit ausreichend Gewalt in Bewegung gesetzt werden konnte. So sei es. Er würde sich bewegen, wenn er musste. Ausgerechnet in dieser, der dunkelsten Stunde seines Landes war er fest überzeugt davon, dass nur er und nur er allein die zerbrochenen Überreste zusammenhalten konnte. Ohne ihn wäre alles verloren; der Leim würde seine Klebekraft verlieren.

Er versuchte, die nagenden Zweifel zu unterdrücken, ob sein langjähriger Verbündeter den Atem für die kommende Auseinandersetzung hatte. Es hatte Jahre gedauert, bis er die Amerikaner zum Kriegseintritt überredet hatte, und es wäre ihm nie gelungen, wenn die Japaner nicht Pearl Harbor angegriffen hätten. Selbst dann noch war es schwierig gewesen, doch der bösartige österreichische Gefreite hatte wenigstens dieses eine Mal Wort gehalten und in Unterstützung seiner Verbündeten am folgenden Tag den Vereinigten Staaten den Krieg erklärt. Der alte Mann bezweifelte, dass Washington sich ansonsten im europäischen Krieg engagiert hätte.

Als sie jedoch erst einmal in die Kämpfe eingetreten

waren, war es etwas vollkommen anderes gewesen. Die Landung an den Stränden der Normandie war ein titanisches Unterfangen gewesen, das Großbritannien allein nie zuwege gebracht hätte; doch die Kämpfe in Frankreich und den Ardennen hatten sich als zäher erwiesen als erwartet. Der prophezeite ›Sonntagnachmittagsausflug‹ nach Berlin hatte sich als reine Fantasie erwiesen, besonders im Vergleich zu der unerwarteten Geschwindigkeit der sowjetischen Dampfwalze, die man kaum noch als Militärmaschinerie, sondern vielmehr als Naturgewalt bezeichnen konnte.

Sie hatten zugeschaut, wie die Sowjets nicht nur die Nazis, sondern auch den Widerstand niedergewalzt hatten, allen voran den der Polen, um deretwillen England einst in den Krieg gezogen war. Den entscheidenden Hinweis, das etwas nicht stimmte, hatte man im Juli 1944 bekommen, als die Polen in Warschau sich angesichts der Roten Armee gegen die Nazis erhoben hatten. Doch anstatt den Vormarsch zu befehlen, um die Freiheitskämpfer zu unterstützen, hatte Stalin der Roten Armee befohlen, an den Ufern der Weichsel anzuhalten, bis der Aufstand niedergeschlagen war; so hatte er das Land darauf vorbereitet, dass er nun der neue Herr war. Ein ausländisches, totalitäres System wurde sofort durch ein anderes ersetzt.

In Washington und Whitehall hatte man die Köpfe zusammengesteckt und das Undenkbare gedacht. Doch das hatte der alte Mann auch vorher schon getan, im Juli 1941, als er, der bekennende Paternalist und Sprössling der alten Aristokratie, den ›Beistandspakt‹ mit Josef Stalin unterzeichnet hatte, dem königsmordenden Bolschewiken. »Die Not macht seltsame Bettgefährten und aus anständigen Frauen Huren«, hatte er damals im Privaten gescherzt. Mit einem Teufel war er im Bett gewesen, und dann war die Zeit gekommen, es mit dem anderen zu versuchen.

Natürlich nicht mit dem widerlichen kleinen Österreicher, doch in seiner eigenen Armee gab es mehr als genug fähige Kommandeure, die mit ihm fertig werden und ihre Truppen gen Osten wenden konnten. Sobald sie die Rheinbrücken überquerten, würden sie ehemalige Feinde als Verbündete begrüßen – und alles in der Hoffnung, ihr Land zu retten, ihren Kontinent und nicht zuletzt auch ihre eigene Haut. Das war der Plan gewesen, doch die Flut der Geschichte war ein roter Tsunami, der über sie hinweggefegt war, vor allem, nachdem eine kommunistische Revolution in Frankreich den Westalliierten den Boden unter den Füßen weggezogen hatte.

Selbst die so genannten Superwaffen hatten sie im Stich gelassen. Wie sich herausgestellt hatte, war das dümmlich ›Manhattan-Projekt‹ genannte Experiment von Spionen geradezu überlaufen; nicht von Nazispionen, nach denen die Sicherheitskräfte gesucht hatten, sondern von kommunistischen Sympathisanten. Nicht die Laboratorien in Berlin oder Dresden waren den Männern in Los Alamos dicht auf den Fersen gewesen, sondern die in Moskau und Nowosibirsk.

Natürlich hatten die Eierköpfe schließlich ihr Ziel erreicht, doch zu spät und beide Seiten gleichzeitig. Stalins Panzer hatten bereits die Erde von Kent und Sussex aufgewühlt, als ihn die Nachricht eines erfolgreichen Atomtests in der Wüste von New Mexico erreicht hatte und nur eine Stunde später die eines weiteren erfolgreichen Versuchs in der ebenso großen Ödnis von Kasachstan. Die letzte Trumpfkarte hatten offenbar beide Spieler in der Hand.

Die Welt veränderte sich rasend schnell. Der alte Mann konnte nur hoffen, dass er und Englands ansonsten führerlose Besitzungen sich weiterhin auf jene verlassen konnten, die die ersten Rebellen des Empires gewesen und seine einzigen Verbündeten waren. Im Augenblick mussten sie jedoch nur ein ganz bestimmtes, persönliches Versprechen erfüllen.

Die Stunde war gekommen. Die verwüstete Parklandschaft war ein Vorteil; Bäume wären nur Hindernisse gewesen. Ohne sie war die lange gerade Straße südlich des James Parks zu einer Rollbahn verbreitert worden, genauso nützlich wie The Mall, die zum Buckingham Palace führte, aber weniger offensichtlich und deshalb kaum feindlichem Feuer ausgesetzt. Die Straße war unter dem Namen Birdcage Walk bekannt – König James I. hatte hier in der Nähe eine Voliere besessen –, nun, jetzt würde sie diesem eingesperrten Vogel dabei helfen, in die Freiheit zu fliegen. Das Flugzeug wartete bereits in knapp fünfzig Yards Entfernung. Der alte Mann erkannte es sofort: eine Martin A-23 Baltimore, das experimentelle Modell eines dreisitzigen, amerikanischen Jagdbombers, den die RAF unter den strengen Bestimmungen des Leih-Pacht-Abkommens bestellt hatte und den nun auch das US Army Air Corps flog.

Eine erneute Welle von Geschützdonner ließ den alten Mann erzittern. Er konnte nicht anders, als die Tatsache mit Verachtung zu betrachten, dass nur eine kleine amerikanische Truppe in der Stadt geblieben war, und die verteidigte auch lediglich ihre eigene Botschaft. Der Rest hatte sich nach Norden zurückgezogen, ›um sich neu zu gruppieren‹, hatte man dem alten Mann versichert. Er selbst tat nun ja nichts anderes. Sie hatten ihn schon lange ge-

drängt, die Stadt zu verlassen. Dennoch besaß das Ganze den üblen Geschmack der Flucht. Würde seine Flucht denselben Nachgeschmack in den Mündern jener hinterlassen, die er zurückließ?

Hätte er die kleine, schlanke Gestalt gesehen, die ängstlich und voller Ehrfurcht ob der Zerstörung um sie herum aus den rußgeschwärzten Bunkertüren trat, die er gerade eben erst benutzt hatte, er wäre vielleicht noch ein paar Minuten geblieben, um es ihr in der Hoffnung zu erklären, dass sie es vielleicht anderen erklären würde.

Doch das tat er nicht. Sein Blick war auf das Flugzeug gerichtet und auf die beiden Männer, die ihm entgegenkamen. Kurz zuckte er zusammen. Die Uniformen waren ihm nicht vertraut. Dann erinnerte er sich: Der neue Präsident hatte das Army Air Corps in US Air Force umbenannt. Ein neuer Name für ein neues Zeitalter. Jetzt trugen sie auch entsprechend neue Uniformen. Das war typisch für diese ungleiche Partnerschaft: Die britischen Streitkräfte hatten kaum genug Munition, während die Amerikaner neue Uniformen kauften.

Das Empire besaß jedoch noch immer Stil. Der alte Mann steckte die Hand in seinen Mantel und fand, wonach er gesucht hatte. In Zeiten wie diesen war ein wenig Theater angebracht. Als der Air-Force-Offizier sich ihm in der typischen gelassenen Art der Amerikaner näherte, zog der alte Mann seine letzte Havanna aus der Tasche und bat den Offizier um Feuer. Das sollte etwas sein, woran der Mann sich erinnerte; etwas, das er noch seinen Enkeln erzählen würde.

Deshalb war es auch eine riesige Überraschung für ihn, als der Colonel kein Feuerzeug, sondern einen halbautomatischen Colt zog. Der Pilot hinter ihm tat es ihm gleich.

»Es tut mir wirklich Leid, Sir«, sagte der Colonel. »Aber der Plan ist geändert worden.«

Hinter dem Sockel der Clive-Statue spähte die unbedeutende kleine Gestalt von Martha Woolcott über die Überreste des Bronzebildnisses des ersten großen Helden des Empires und traute ihren Augen nicht. Doch das, was in den nächsten Minuten geschah, sollte sich auf ewig in ihre Netzhaut einbrennen.

Kapitel Vierunddreißig

Du bist ein Narr, Harry. Ein Narr.«

Der Tunnel hallte von ihren Worten wider. Der leere, hohle, klaffende Tunnel einer U-Bahn ohne Züge in einer Station ohne Namen, die ins Nichts führte.

»Ich habe dir gesagt, du sollst bleiben, wo du bist. Warum tust du nicht einfach mal das, was man dir sagt?«

Stark konnte nichts darauf erwidern.

Der Museumsmann warf ein: »Das ist absurd. Wir sollten jetzt überhaupt nicht mit solchen Leuten reden. Wir sollten ...«

»Halt den Mund, Malcolm«, schnappte Charmian. Es konnte kein Zweifel daran bestehen, wer hier das Sagen hatte. »Ich habe dir gesagt, dass du das nicht tun sollst, Harry«, fuhr sie fort, als hätte der eulengesichtige Mann überhaupt nichts gesagt. Du hast keine Ahnung, in was du hier geraten bist, und ich habe dir gesagt, dass das auch besser für dich ist.«

»Ich kann nicht ...«, stammelte Stark schließlich. »Ich kann einfach nicht glauben, dass du ...«

»Genau das ist dein Problem, Harry: Du glaubst zu wenig ... und gleichzeitig zu viel.«

Stark hatte eine Rede für Merlin vorbereitet, Worte, die

er im Kopf zusammengefügt hatte, um mit dem Mann zu reden, der die Mission fortführte, die sein Vater begonnen und vor seinem eigenen Sohn verborgen hatte: ein Appell, dass sie zusammenarbeiten sollten, dass Harry alles wagen würde, um der gesetzlosen Herrschaft des Amts ein Ende zu bereiten, ein Appell zu glauben, dass das System von innen heraus reformiert werden könne. Dabei hatte er keine Ahnung gehabt, ob er selbst daran glaubte. Die Rede war für die Diskussion mit einem Unbekannten gedacht gewesen, doch nun war sie wohl kaum angemessen für das Gespräch mit einer Frau, mit der er fast intim geworden wäre.

So sagte er stattdessen schlicht: »Ich möchte genauso wenig eine Lüge leben wie mein Vater.« Der Museumsmann rollte mit den Augen. Stark ignorierte ihn. Das zumindest entsprach der Wahrheit.

»Ich bin der Sohn meines Vaters. Ich habe es vielleicht ja nicht gewusst, aber jetzt schon. Und ich will Gerechtigkeit für die Art, wie er gestorben ist. Das hat er sich verdient. Gleiches galt für den Mann, der dich treffen wollte, der, den wir gefunden haben – unter der Blackfriars Bridge, aufgehangen wie ein Stück Fleisch und mit weggeblasenem Schädel.«

Charmian hatte die Augen geschlossen. Stark hatte das Gefühl, dass er zu ihr durchdrang. Immerhin kannte er sie. Oder? Wusste er eigentlich überhaupt etwas über sie?

»Es gibt eine Möglichkeit, eine Möglichkeit, das zu tun. Es ist riskant, aber es ist mein Risiko, und ich bin bereit, es auf mich zu nehmen. In Moskau verändern sich die Dinge, und sie können sich auch hier verändern; das müssen sie. In der Vergangenheit haben sie es vertuschen können, doch das ist nun vorbei oder wird es zumindest bald sein. Und ich habe einen Kontakt, einen Amerikaner«, Stark bemühte sich, sich nicht umzuschauen, um zu sehen, ob der Amerikaner herausgekommen war, »einen Kontaktmann in den amerikanischen Medien, der all das publizieren wird. Er wird das System als das enthüllen, was es ist. Wir werden vielleicht nicht gewinnen, aber wir können auch nicht verlieren, nicht vom Standpunkt der Geschichte her gesehen jedenfalls.« Das war nicht schlecht, sagte er sich selbst, und selbst später betrachtete er es noch als die überzeugendste Rede, die er unter den Umständen hatte zustande bringen können.

Doch als Charmian die Augen wieder öffnete, wirkte sie schier unendlich müde. »Mein Gott, Geschichte! Geschichte! Du verstehst es einfach nicht, Harry. Das habe ich dir schon gesagt. Und ich glaube nicht, dass dein amerikanischer Freund die Wahrheit veröffentlicht, selbst wenn er sie kennen würde. Die Medien auf der anderen Seite mögen ja von sich behaupten, dass sie frei sind, aber frag sie mal, ob sie das selbst glauben. Frag ihre Reporter mal nach den Eigentümern, mächtigen Männern mit mächtigen Interessen. Und die meisten von ihnen sind an der Erhaltung des Status quo interessiert, des Status quo, den sie selbst geschaffen und 40 Jahre lang behütet haben.

Es gibt keine absoluten Wahrheiten, Harry, nur die Wahrheit der Sieger; Gleiches gilt für die Gerechtigkeit. Das weißt du, Harry, so wie du auch weißt, wer Churchill getötet hat, wenn du darüber nachdenkst.«

»Was hat das denn damit zu tun? Jeder weiß, wer ...«, und dann hielt er inne. »Du meinst diesen Film, Löwenherz. Du meinst, dass sie darin die Wahrheit sagen, ja? Willst du mir damit etwa sagen, dass er tatsächlich unter den Ketten eines Stalinpanzers gestorben ist? Ist es das?

Selbst wenn dem so wäre, welchen Unterschied macht das schon?«

Der Museumsmann schnaufte. Charmian warf Stark einen Blick zu, den er nur als mitleidig deuten konnte, doch ihre Stimme war kalt. »Ich meine nichts dergleichen.

In einem Punkt hast du Recht: Wenn er von einem sowjetischen Panzer zermalmt worden wäre, würde das kaum einen Unterschied für die letzten vierzig Jahre machen. Aber das ist er nicht. Und die Art, wie er wirklich gestorben ist, ist bedeutsamer, als du denkst, für die Gegenwart wie für die Zukunft.«

»Ich weiß nicht, wovon du redest.«

»Nein, weil du deinen Verstand nicht benutzt. Churchill hat keinen Selbstmord begangen; er wurde getötet, ermordet könnte man sagen. Aber nicht von den Sowjets, sondern von den Amerikanern.«

»Wa…? Aber warum? Wie?«

»Wie? Das hätte nicht einfacher sein können. Sie haben den Plan geändert. Roosevelt war tot, und die neuen Leute in Washington fühlten sich nicht auf die gleiche Art verpflichtet. Da beide Seiten außerdem Nuklearwaffen hatten, würde es die Sache vereinfachen, wenn es nur zwei, statt drei Atommächte gab – besonders wenn die potenzielle dritte Atommacht von einem alten Mann regiert wurde, der unablässig nach Rache schrie. Ohne Churchill und ohne das Britische Empire war es verdammt einfacher, die eine alte Welt in zwei neue zu teilen.«

»Das ist Wahnsinn. Das ist …«

»Oh, aber es ist wahr, Harry, nur allzu wahr. Denk einmal darüber nach. Denk einmal darüber nach, wie unangenehm es gewesen wäre, wenn er überlebt hätte. Er hatte nicht die Absicht, zu kapitulieren oder das Empire aufzugeben, nur weil die Hauptstadt gefallen war, ebenso wenig wie die Russen aufgegeben haben, als Napoleon in Moskau einmarschiert ist.

Er hätte die junge Prinzessin Elisabeth in Kanada zur Königin von England und Kaiserin von Indien krönen lassen und von Nordamerika aus den Kampf in globalem Maßstab weitergeführt. Das hätte weitere zehn, zwanzig, dreißig, vielleicht sogar vierzig Jahre Krieg bedeutet.«

»Aber genau das haben wir doch gehabt. Den Kalten Krieg.«

»Kalt, Harry. Sehr kalt. Kleine Kriege von Satellitenstaaten in Afrika südlich der Sahara, um die sich niemand wirklich kümmert. Das sind Waffentests mit menschlichen Versuchskaninchen. Das war nur Show. Das Wichtige hat man damals schon erledigt. Denk darüber nach.

Seit vierzig Jahren ist die Welt in zwei Hälften geteilt: Europa, das asiatische Festland und Nordafrika unter sowjetischem Einfluss. Nachdem England aus dem Spiel war, sind Indien, Hongkong, Singapur, der Irak, Palästina, Transjordanien und Ägypten unter die Kontrolle Moskaus gefallen: Man hat ihnen die ›Unabhängigkeit‹ mit kommunistischen Regierungen gegeben.

Der Rest, Kanada, Australien, Südafrika, Rhodesien bis hin zum Sudan, wurde von amerikanischem Geld und amerikanischer Militärmacht abhängig, ganz zu schweigen von den Westindischen Inseln einschließlich der Bermudas, der Bahamas, Barbados und Jamaikas. Alle haben sie sich mit Kuba und den Vereinigten Staaten in der Karibischen Gemeinsamen Wohlfahrtszone zusammengeschlossen: ein sich gegenseitig schützender Ring von Satellitenstaaten.

Das Ganze war von Anfang an so geplant, ein Deal zwischen Washington und Moskau, der in derselben Minute abgeschlossen wurde, da sie erkannt haben, dass sie beide über Atomwaffen verfügten und sonst niemand. Und dieses Abkommen hat ihnen bis jetzt ja auch gut gedient.«

In Starks Kopf drehte sich alles. Er fragte sich, ob Fairweather irgendwas davon mitbekam – wo immer er auch sein mochte – und was er wohl daraus machte.

»Ich … Ich versteh das nicht. Und was hat sich geändert?«

»Alles. Die Unruhen in China. Die ökonomische Lage. Ist es dir noch nicht aufgefallen, Harry? Der Kommunismus funktioniert nicht. Das hat er nie. Die Russen haben das inzwischen erkannt. Die eiserne Hand ist eine tote Hand. Das Ganze geht nicht an den Nähten auseinander, sondern fällt vielmehr vor Rost in sich zusammen.

Jedermann weiß, dass wir dringend Veränderungen brauchen, außer dem alten Harkness und seiner geriatrischen Bande. Wir müssen etwas tun, um den Ball hier ins Rollen zu bringen, um die Sowjets dazu zu bewegen abzuziehen; aber wir werden verdammt noch mal nicht die Yankees hier reinlassen. Sie haben unsere Geschichte schon einmal umgeschrieben; das werden sie nicht noch einmal tun.«

»Das ist verrückt, das alles ist vollkommen verrückt. Willst du mir etwa damit sagen, das DoSS hat deshalb diesen Mann, diesen Bloom, umgebracht? Das ergibt keinen Sinn.«

Der Museumsmann lachte Stark nun fast aus. Charmian – Merlin – wirkte verzweifelt.

»Nein. Das ergibt keinen Sinn, nicht wahr? Siehst du es denn nicht, Harry? Die DoSSer haben ihn nicht umgebracht. Das waren wir.«

Die Worte trafen Stark wie ein Schlag.

»Es ist nicht so, wie es klingt, Harry. Das war Selbstverteidigung. Nun, zumindest eine Art davon. Wir haben ihn so aufgehangen, ohne Gesicht, um die verdammten Yankees zu verwirren, sodass es so aussah, als sei das DoSS dafür verantwortlich. Wir wollten Leute wie dich abschrecken – wie *dich,* Harry, hörst du zu? –, übereifrige Cops, die es mit der Untersuchung übertreiben. Du hättest die Sache auf sich beruhen lassen sollen, wenn alles nach DoSS stinkt. Weißt du denn gar nichts?«

»Aber warum? Was meinst du mit ›eine Art Selbstverteidigung‹?«

»Ich meine damit, dass dein ›Opfer‹ in Wahrheit ein Killer war, ein ausgebildeter Meuchelmörder, der vortäuschte, dem Englischen Widerstand helfen zu wollen, um es im Falle eines sowjetischen Abzugs für sie einfacher zu machen. Er sollte herausfinden, was wir geplant hatten und wie viel wir über unsere eigene Geschichte wissen. Als er es herausgefunden hat, hat er versucht, unseren wertvollsten Posten zu töten …«

»Er hat versucht, dich zu töten?«

»*Mich?* Nein, nicht mich. Ich habe dir doch gesagt, dass dieser so genannte Kalte Krieg in den vergangenen vierzig Jahren von den Oligarchen auf beiden Seiten choreographiert worden ist …«

»Was hat dieser Amerikaner also versucht zu verändern?«

»Verändern? Nichts. Die Amerikaner versuchen wie immer, ihre Schäfchen ins Trockene zu bringen und sich das größte Stück vom Kuchen zu sichern. Sollte das kommunistische Reich tatsächlich in sich zusammenfallen, ist Washington fest entschlossen, nichts davon auf den Boden fallen zu lassen. Wir sind schlicht das erste Tortenstück. Kannst du dir eine Welt mit nur einer Supermacht vorstellen?«

Stark schüttelte den Kopf. Und dann, nach kurzem Nachdenken: »Wäre es andersherum gewesen …«

»Dann wäre es kaum besser geworden. Dieses System stinkt zum Himmel. Es ist böse, repressiv und korrupt. Sich der Kontrolle der amerikanischen Konzerne zu unterwerfen ist allerdings auch nicht die Antwort. Wir können unser Schicksal nur selbst in die Hand nehmen, wenn wir sie beide loswerden. Darum geht es heute.«

»Heute? Was meinst du mit ›heute‹? Und außerdem, das ist alles … alles graue Theorie, Spekulation. Ihr habt keine Beweise.«

Charmian schwieg einen Augenblick und blickte zu dem Museumsmann und den anderen. Alle waren sie ausgesprochen angespannt. Harry sah deutlich, dass sie sich nicht gerade über seine Gegenwart freuten. Charmian hatte sie jedoch unter Kontrolle, aber nur fast. Und was war mit Fairweather. Stark konnte ihn jetzt wohl kaum holen. Das hier waren nicht gerade die Verbündeten, die er sich auf seiner Suche nach ›Gerechtigkeit‹ für Bloom erhofft hatte. Aber wenn man ihnen glauben konnte, war Bloom selbst ein Killer gewesen. Stark konnte nur hoffen, dass der Amerikaner genug gehört hatte, um sich rasch zurückzuziehen. Aber wohin? Stark konnte sich nur schwer vorstellen, dass Fairweather denselben Weg wieder zurück nahm.

»Für dich mag es ja wie Spekulation klingen, Harry«, sagte Charmian gerade, »aber wir haben einen Zeugen.«

»Was?« Charmian hatte seine Aufmerksamkeit wieder.

Auf dem hinteren Teil des Bahnsteigs bewegte sich eine kleine, schmale Gestalt. Sofort stellten sich zwei der stämmigeren Männer vor sie.

»Es ist wahr, fürchte ich«, sagte eine dünne, fast ätherische Stimme. Sie sprach mit einem Akzent, den Stark nur aus alten Vorkriegsfilmen kannte. »Ich war da, wissen Sie? Ich habe es gesehen.«

»Es ist schon okay, Miss Woolcott, wir wissen schon. Es gibt keinen Grund für Sie, sich deswegen Sorgen zu machen.« Die Stimme des Museumsmanns klang wieder so vornehm wie damals, als Stark sie zum ersten Mal am Schalter der Bibliothek gehört hatte, fest, aber beruhigend. Dann nahm sie einen schroffen Tonfall an. »Hughes, Jenkinson. Kümmert euch um die alte Dame. Sie fühlt sich noch immer nicht gut.« Dann wandte er sich an Stark. »Sie kann von Glück reden, dass sie noch lebt, nachdem dieser Yankee-Bastard einen Schuss auf sie abgefeuert hat.«

Zuerst hatte Stark die Eigentümerin der dünnen Stimme nicht sehen können, doch dann erhaschte er einen Blick auf silbernes Haar und ein schmales, wohlwollend lächelndes Gesicht. Die alte Frau war offenbar aus einem Sessel aufgestanden – ein *Sessel,* ausgerechnet hier! –, den man am hinteren Ausgang platziert hatte. Stark trat ein paar Schritte vor, um sie besser sehen zu können.

Sofort sprangen die zwei großen, jungen Männer – einen davon erkannte Stark anhand der Stachelhaare wieder – drohend auf ihn zu. Das war ein tödlicher Fehler. Der plötzliche Schrei der alten Dame erschreckte alle gleichermaßen.

»Okay, Jungs. Keiner rührt sich, niemand, keinen Finger, dann passiert der alten Dame nichts.«

Zu seinem Entsetzen erkannte Stark den amerikanischen Akzent im selben Augenblick, da er Benjamin T. Fairweather sah. Sein Engel Gabriel, der Überbringer großer Kunde, hatte sich in Luzifer mit einer Pistole in der Hand verwandelt, die er der verängstigten, verwundeten alten Dame an die Schläfe drückte.

Kapitel Fünfunddreißig

Geht einfach zurück, alle, zu Harry da drüben. Er ist genauso überrascht wie ihr. Schaut ihn euch nur einmal an.«

Fairweathers Stimme klang plötzlich auf subtile Art anders. Während Stark sie zuvor als eine nervöse Mischung aus Prahlerei und Selbstzweifel empfunden hatte, klang sie nun kalt, ruhig, selbstbewusst, unzweifelhaft autoritär und ganz und gar unbeeindruckt von der Übermacht, der er gegenüberstand. Das war kein Mann, der es gewohnt war, sich harte Fragen von Herausgebern gefallen lassen zu müssen; das war ein Mann, der es gewohnt war, harte Fragen zu *stellen* und harte Mittel zu benutzen, um die Antworten darauf zu erhalten. Wie hatte er nur glauben können, dass dieser Mann ein Journalist war?

Es war die Mischung aus offensichtlicher Naivität und handwerklichem Geschick gewesen, die der Mann an den Tag gelegt hatte. Sein Talent, stets zur richtigen Zeit am richtigen Ort zu sein, und seine Art, die stets suggerierte, dass er mehr wusste, als er sagte … und das tat er wirklich. Der Mann war ein Profi, und er, Harry Stark, war im Vergleich dazu nur ein armseliger Amateur, den man immer nur angelogen hatte. Wenn auch nur die Hälfte von dem stimmte, was Charmian gesagt hatte, dann war er von diesem amerikanischen Spion genauso benutzt und missbraucht worden wie von seinem Land, seinem echten Land, nicht nur von diesem armseligen, von Fremden besetzten Rest. Er war von den Supermächten missbraucht worden wie ein Spielzeug, das man jederzeit wegwerfen konnte.

Während Stark Charmian seine idiotische Rede gehalten hatte, fest davon überzeugt, dass sein amerikanischer Verbündeter ihm den Rücken deckte, hatte Fairweather ihn in Wahrheit schon im Stich gelassen und seine eigenen Ziele verfolgt, die einzigen, die für ihn zählten. Und diese Ziele waren die gleichen wie die des ›armen Bastards‹ unter der Blackfriars Bridge, der ohne Zweifel dieselbe Spionageschule in Langley, Virginia, durchlaufen hatte. Alles war so einfach, so offensichtlich. Da niemand auch nur vermutet hatte, dass er in der Nähe war, und während alle ihre Aufmerksamkeit auf Starks kleine Vorstellung gerichtet hatten, war der Amerikaner über den zweiten ›Bahnsteig‹ gegangen – den, an dem die Züge in die andere Richtung gehalten hätten – und ihnen in den dummerweise ungeschützten Rücken gefallen. Stark lockerte die Makarov in seinem Schulterholster, doch noch während er das tat, fiel ihm auf, dass er keine Ahnung hatte, was er damit tun sollte.

»Du verdammter Yankee-Abschaum … Ich werde …«

Das war einer der beiden jungen Männer, die als Leibwächter für die alte Dame abgestellt worden waren, doch sein Versuch, seinen Fehler wieder gutzumachen, wurde von einem lauten Schrei der alten Dame unterbrochen. Fairweather hatte ihren Arm mit der linken Hand gepackt, und Stark, der am weitesten von dem Geschehen entfernt war, konnte nun sehen, dass dieser Arm in einer Schlinge hing und dick verbunden war.

»Hör auf damit. Komm nur einen Schritt näher, und ich werde etwas tun, das wir alle bereuen werden. Tötet mich, und ihr tötet sie.«

»Warum zum Teufel sollten wir dir nicht einfach das Hirn wegblasen, Yankee?« Das war Malcolm, der Museumsmann. Seine Stimme war nur noch ein hasserfülltes Knurren. »Du wirst sie doch ohnehin umbringen. Dein Kumpel hat das ja auch schon versucht. Und wenn du das tust, erwartet dich das gleiche Schicksal.« Ruhig zog er eine antik aussehende Pistole und richtete sie auf den Amerikaner.

»Weißt du, ich denke nicht«, erwiderte Fairweather. »Und das weißt du auch, nicht wahr? Weiß er das, Miss Merlin? Oder haben Sie hier nicht mehr das Sagen?«

Charmian war in den Hintergrund getreten, doch nicht ohne Stark vorher einen bösen Blick zuzuwerfen; sie stand nun am Rand des Bahnsteigs. Blitze flogen förmlich aus ihren Augen, doch sie ließ sich nicht dazu herab zu antworten.

»Sie erliegen da einem Irrtum«, fuhr Fairweather fort. »Ich weiß nicht, was mit meinem Kollegen passiert ist – er war schon immer ein Hitzkopf –, aber ich hege nicht die geringste Absicht, dieser netten alten Dame hier etwas anzutun. Wir, das heißt ich und meine Landsleute, wollen ihr nur helfen, ihr Gedächtnis zurückzubekommen. Sie soll verstehen, was wirklich vor all diesen Jahren geschehen ist, und nicht mehr an die verrückte, verdrehte Version glauben, die sich irgendwie ihren Weg in ihren alten grauen Kopf gebahnt hat.

Die Geschichtsversion, über die ihr alle euch so unendlich aufregt, ist schlicht Müll. Ihr wisst das; sie weiß das. Zur Hölle, jeder weiß das. Oder zumindest wird das bald jeder wissen. Es gibt sogar einen Film darüber. Und alle Welt weiß, dass die Kamera niemals lügt. Mit dem richtigen Manager könnte die alte Schachtel hier sogar ein Star werden. Also zieh dich zurück, Malcolm, oder wie auch immer du heißt.«

Der Museumsmann blickte zu Charmian und funkelte Stark an. Charmian nickte jedoch, und Malcolm senkte die Waffe.

»Das gefällt mir schon besser«, sagte Fairweather. »Engländer und Amerikaner sind wieder Verbündete wie in der guten, alten Zeit. Jetzt tut einfach, was ich euch sage, und alles wird wieder in Ordnung kommen.

Zunächst einmal: Miss Woolcott und ich werden von hier verschwinden, ruhig und friedvoll, aber nicht über diesen gottverlassenen Weg, den wir hier runtergekommen sind. Das ist ein alter Hochsicherheitsbunker. Zur Hölle, vielleicht hat Eisenhower persönlich ihn benutzt … Ist es das, Miss Merlin? Sie sitzen da, wo der alte Ike gesessen hat?«

Charmian ignorierte ihn. »Nun, ich nehme an, es gibt noch einen anderen, leichteren Weg hier hinaus. Zumindest wäre da noch der Weg, über den unser Freund Harry rausgekommen ist. Allerdings gefällt mir die Vorstellung nicht, ständig Zügen ausweichen zu müssen, und ich bin mir eigentlich sicher, dass das nichts für unsere Miss Woolcott ist, jedenfalls nicht in ihrem gegenwärtigen Zustand.«

Die alte Dame wimmerte. Fairweather übte offensichtlich immer mal wieder Druck auf ihren verletzten Arm aus. Nichtsdestotrotz meldete sie sich mit dieser dünnen, ätherischen Stimme aus einer anderen Zeit.

»Ich weiß, was ich gesehen habe, Sir, und diese Menschen hier wissen es auch, und ihr Schläger werdet auch nichts daran ändern.«

»Sicher, Ma'am, sicher. Und niemand wird Sie zwingen, aber ich werde Sie nun mit Nachdruck bitten, mich zu begleiten. Sind wir erst einmal aus dieser kommunistischen Kolonie raus, werden sie die Chance bekommen, es der ganzen Welt zu sagen.«

»Und wie wollen Sie das schaffen, selbst wenn wir Ihnen zeigen, wie Sie wieder nach oben kommen?« Charmian hatte ihre Stimme wiedergefunden. Sie klang kalt, gedemütigt und wütend.

»Hey, machen Sie sich darüber mal keine Sorgen, Miss Merlin. Wir haben unsere eigenen Mittel und Wege. Für besondere Gäste der Regierung der Vereinigten Staaten, heißt das. Wenn Sie einmal einen Antrag stellen, werde ich vielleicht sehen, was ich für Sie tun kann.«

Charmian spie auf den Bahnsteig. Der Amerikaner schüttelte den Kopf.

»Manieren. Manieren. Aber womöglich wären Sie trotzdem so nett, mir den Ausgang aus diesem kleinen Labyrinth zu zeigen, ja? Wir werden jetzt ganz ruhig ...«

Und dann brach die Hölle los.

Es waren die Hunde, die sie als Erstes hörten: ein plötzliches Bellen und Jaulen, als hätte man eine ganze Meute gleichzeitig von der Leine gelassen, ein Heulen und Knurren, das von den Tunnelwänden noch verstärkt wurde.

Dann traf sie das Licht. Ein blendendes weiß-blaues Licht erfüllte plötzlich die ganze unterirdische Welt mit seinem Glühen, begleitet von dem Knacken und Knurren der Megaphone.

»Amt für Staatssicherheit. Bleiben Sie, wo Sie sind. Bewegen Sie sich nicht. Ich wiederhole: Dies ist das Amt für Staatssicherheit. Bewegen Sie sich nicht.«

Alle bewegten sich: duckten sich oder sprangen in Deckung. Als Stark sich auf den Boden warf, erhaschte er einen Blick auf Fairweather und die alte Dame, die sich an die Wand drückten. Der Amerikaner hatte die Pistole noch immer auf ihren Kopf gerichtet, und eine Silhouette, die offenbar der Museumsmann war, richtete ihre Waffe aus.

Dann folgte eine Explosion, und das Licht wurde schwächer, sodass eine geisterhafte Cartoonwelt aus umherhuschenden Schatten entstand. Stark wurde von den Beinen gerissen, und seine eigene Waffe, die er nicht richtig festgehalten hatte, wurde ihm aus der Hand geschlagen und flog im hohen Bogen über die Bahnsteigkante. Er konnte nichts anderes tun, als verwirrt in den Schutz der Dunkelheit zu kriechen.

Kapitel Sechsunddreißig

Die Operation war mit der Präzision eines Uhrwerks durchgeführt worden. Das einzige Problem war, dass diese Art von Präzision heutzutage nicht ausreichte, besonders wenn jemand Sand ins Getriebe gestreut hatte. Die Entdeckung, dass einer seiner eigenen, niederen Überwachungsbeamten für diesen Abschaum von Dissidenten gearbeitet hatte, war eine Tatsache, die Marchmain tiefer geschockt hatte, als er sogar sich selbst gegenüber eingestehen wollte. Dass dieser Mann insgeheim auch noch homosexuell gewesen war, hatte die Sache nur noch schlimmer gemacht. So viel zum Thema Sicherheitsüberprüfung. In Zukunft würde Marchmain dafür sorgen, dass bei den Sicherheitsüberprüfungen solcher Kandidaten auch Scheren zum Einsatz kamen – *stumpfe* Scheren am besten.

Die schon länger vorbereitete Razzia in St. Bride's hatte ihn davon überzeugt, dass sie einen Maulwurf im Barbican hatten. Den Rest des Morgens hatte er sich mit den Berichten über die Bewegungen und Telefonate eines jeden eingeschlossen, der Kenntnis von der Aktion gehabt hatte. Ein Name stach dabei hervor: Michael Connacht, der eigentlich Nachtschicht gehabt hatte. Er hatte zu Hause angerufen und seinem Mitbewohner eine Nachricht auf dem Anrufbeantworter hinterlassen, er solle den Durchlauferhitzer einschalten, weil er heute ein frühes Bad nehmen wolle.

Das war zwar kein schlüssiger Beweis, aber unter den gegebenen Umständen mehr als genug, um Marchmains Verdacht zu erregen. Sofort verdonnerte der Colonel Connacht zu vier Stunden Extradienst und gab ihm unter anderem den Auftrag, DI Starks Telefonnummer zu überwachen. ›Gib einem Mann genug Leine‹, hieß es ... und tatsächlich: Pflichtbewusst meldete Connacht Starks Telefonat mit dem Amerikaner an Marchmain – der zu diesem Zeitpunkt schon zwei Berichte darüber gehört hatte – und fragte seinen Vorgesetzten dann vierzig Minuten später, ob er wegen Magenbeschwerden abgelöst werden könne. Nur die Befriedigung ob der baldigen Lösung eines Problems ließ Marchmain seinen Zorn beherrschen, als er Edward Edwards den Befehl erteilte, Connacht zu folgen, ihn zu observieren und sich ›um ihn zu kümmern‹. Die gewählte Methode empfand er als ein wenig abenteuerlich, aber nicht ohne Finesse. Hätte es keine Zeugen gegeben, hätte man es als etwas melodramatischen Selbstmord hinstellen können. Marchmain hatte keine Ahnung, was der

Maulwurf gesagt hätte, wäre es ihm gelungen, Kontakt zu Stark aufzunehmen, doch im Augenblick war ihm das auch egal. Die Hauptsache war, dass er keine Chance gehabt hatte, die Operation des Colonels zu ruinieren.

Und die Operation verlief nun wirklich so, wie sie geplant war. Die Bleistiftkritzelei auf Harry Starks zufällig weggeworfenem alten U-Bahn-Plan, die seine Mutter so pflichtbewusst, patriotisch und besorgt einem Offizier übergeben hatte, war ursprünglich noch nicht genug für Marchmain gewesen. Tatsächlich hatte er selbst so einen Plan noch nie gesehen, aber natürlich die vom Amt produzierte Version davon – ohne die Werbung –, und er wusste, wo und wann die Westminster-Züge unter ›demokratischem Boden‹ hindurchfuhren.

Das Ganze war nichts, was ein sicherheitsbewusster Mann wie er billigte, doch die jährlichen Tribute der anderen Londoner Transportgesellschaft wurden von den so genannten Wirtschaftsgurus im Zentralkomitee als ausreichend ›interessant‹ betrachtet, um jedwede anderen Bedenken beiseite zu wischen. Tatsächlich hatte auch kein Republikflüchtling mehr versucht, auf diese Art zu entkommen, seit man die alten Stationen versiegelt und die Ausgänge an der Oberfläche beseitigt hatte; die Orte, ja, selbst die Existenz der Stationen war aus der öffentlichen Erinnerung verschwunden.

Trotzdem hatte Marchmain den Plan einem seiner ältesten Mitarbeiter gezeigt, einem Mann kurz vor der Pension, der während des Krieges bei der Militärpolizei gedient hatte – eine Tatsache, die ihn bei seiner anschließenden Karriere kaum ausgebremst hatte. Er hatte ihn gefragt, ob ihm das etwas sagen würde. Der alte Mann hatte den Colonel ein wenig überrascht angeschaut und dann seinem Vorgesetzten mit offensichtlicher Freude wichtige Informationen zukommen lassen, womit er so spät in seiner Laufbahn wohl nicht mehr gerechnet hatte.

»Sicher kann ich allerdings nicht sein, Sir.« Vorsicht war immer weise, besonders wenn man sich dem Pensionsalter näherte. »Und ich verstehe auch nicht wirklich, was die kleinen Quadrate bedeuten, aber die Lage entspricht ungefähr der eines alten Hochsicherheitsbunkers. Gut möglich, dass es sich sogar um den handelt, den einst General Eisenhower benutzt hat.«

Marchmains Augen hatten geleuchtet und gleichzeitig vor Sorge gebrannt. Abgesehen von dem bekannten Tunnel der Northern Line waren die meisten Tunnel, die zwischen den beiden Sektoren verliefen, entweder zugemauert worden oder eingestürzt. Doch im Krieg hatte die Stadt sich unter der Erde in eine Honigwabe verwandelt, und nach 1949 hatte man alle Mühen darauf gerichtet, den Übergang von einer Hälfte der Stadt in die andere zu verhindern. Dass die Dissidenten Verstecke dort unten hatten, war mehr als wahrscheinlich; es war vollkommen sicher. Marchmain hatte erst diesen Morgen einen Bericht über unidentifizierte Individuen erhalten, die unter St. Bride's herumgeschnüffelt hatten und einfach ›verschwunden‹ waren. Er hatte schon vermutet, dass es dort unten etwas gab; deshalb hatte er ja auch befohlen, die Krypta abzusperren und zu überwachen. Dass die Kirche jemanden schicken würde, hielt er für unwahrscheinlich. Sicherheitshalber hatte er die Wohnung des verantwortlichen Kirchenmannes stürmen lassen und ihn im Bett mit einem anderen Mann gefunden. Beide saßen sie nun in Zellen und warteten auf eine Anklage wegen ›moralischen Fehlverhaltens‹.

Trotzdem gefiel ihm die Sache nicht. Alles deutete darauf hin, dass die Leute, mit denen Stark sich eingelassen hatte, ein Versteck besaßen, von dem er nichts wusste, und das gefährlich nahe am Stalingrad Square, wo ausgerechnet heute die Parade vorüberzog. Marchmain hatte Stark absichtlich an der langen Leine gelassen. Dabei war ihm durchaus bewusst gewesen, dass der Polizist auf diese Art jederzeit zu einer unberechenbaren Gefahr werden konnte – auch wenn er dafür eine Rückversicherung hatte, eine psychologische zumindest. Der Colonel war dieses Risiko jedoch in der Hoffnung eingegangen, dass er so den seltsamen Mord unter der Blackfriars Bridge lösen und den falschen amerikanischen Journalisten sowie die Dissidentenbande mit ihrem mysteriösen ›Merlin‹ in die Finger bekommen konnte. Der Mord hatte ihm ganz und gar nicht gefallen, weniger wegen der Brutalität als vielmehr aufgrund der Signale, die er aussandte. Irgendjemand versuchte hier, alles in Nebel zu hüllen. Marchmain wollte wissen, wer und warum.

Es gab eindeutig eine Zusammenarbeit zwischen dem verrückten Rand der Dissidentenbewegung und den amerikanischen Nachrichtendiensten, und dieser so genannte Journalist, der den Namen Benjamin T. Fairweather verwendete, war offensichtlich ein Agent. Vermutlich ein besserer Agent, als er zunächst geglaubt hatte, dachte Colonel Marchmain. Dass er sich am Anfang so einfach hatte observieren lassen, war wohl nur ein Bluff gewesen, um das Vertrauen des hoffnungslos naiven Detective Inspectors zu gewinnen. Ob – und wenn ja – wie sehr Stark eine aktive Rolle bei dem Ganzen spielte, das hatte Marchmain noch nicht entschieden; doch er durfte nicht ausschließen, dass er einem falschen Bild seines Vaters nachgeeifert hatte, egal ob andere ihm dieses Bild nun vorgetäuscht oder er sich selbst etwas vorgemacht hatte.

Nach nur wenigen Minuten – ein Anruf des Amts für Staatssicherheit beim Bauministerium war selten genug, um sofortige Aufmerksamkeit zu erregen – hatte Marchmain Zugriff auf alte Pläne aus dem Jahr 1942 für einen Bunker, von dessen Existenz er noch nicht einmal etwas geahnt hatte. Fast hätte er wie ein Hund geknurrt. Auch wenn man das als Teil seines Berufsbildes betrachten mochte, waren neue, nachrichtendienstlich bedeutsame Entdeckungen ein Anathema für Marchmain. Er arbeitete auf die Allwissenheit hin, und jede neue Entdeckung war Beweis für die Unerreichbarkeit dieses Ziels.

Doch was ihn am meisten an diesem neuen Einblick in die unterirdische Geographie beunruhigte, war das Timing. Es konnte unmöglich ein Zufall sein, dass der Detective Inspector und sein neuer amerikanischer Freund etwas ausgerechnet an dieser Stelle fanden, wo heute ein solch bedeutender Feiertag begangen wurde. Was auch immer da unten vor sich ging, verlangte nach Marchmains sofortiger Aufmerksamkeit.

Innerhalb von nur vierzig Minuten war eine kleine Streitmacht auf dem Bahnsteig der U-Bahn-Station von Covent Garden versammelt: zwanzig Männer, einschließlich zweier Techniker mit schweren Bogenlampen auf dem Rücken, sowie vier Hundeführer, deren große, wilde Tiere gut genug ausgebildet waren, dass sie noch nicht einmal das Fell sträubten, als es im Lift abwärts ging. Die Öffentlichkeit hatte die plötzliche Schließung der Station wegen ›technischer Störungen‹ mit der üblichen Resignation hingenommen; niemand machte offen seinem Ärger Luft, bestimmt nicht an wichtigen Feiertagen.

Vom Bahnsteig aus hatte ein rasch herbeigeschaffter, älterer Angehöriger des London-Transport-Kombinats Marchmain und seine Männer durch einen Gang hinter dem Schacht des Hauptaufzugs und zu einer Tür geführt, die offensichtlich schon seit Jahrzehnten nicht mehr geöffnet worden war. Der U-Bahn-Mann sagte, er sei sicher, er könne den Schlüssel irgendwo finden, obwohl er nicht genau wusste, wo; in den Schränken hingen mehrere Schlüsselbunde, und einer von ihnen würde sicherlich ...

Marchmain schoss das Schloss auf. Die Tür schwang auf und gab den Blick in den Vorraum eines Lifts frei, der neben dem Hauptschacht verlief. An der Wand befand sich ein antiker roter Schalter, wie er für Notabschaltungen benutzt wurde. Der Colonel nickte einem seiner Männer zu, der ihn daraufhin betätigte. Entgegen allen Erwartungen ertönte ein leises Summen, und das Licht im Lift ging an. Trotzdem führte Marchmain seine Männer und die Hunde hintereinander die Treppe runter.

Unten betraten sie etwas, das auf den ersten Blick wie eine U-Bahn-Station aussah. Sie besaß keinen Bahnsteig, nur zwei parallele Gleise, und auf einem davon stand ein einzelner Wagen mit Fahrerhaus an beiden Enden. Der Wagen war alt – aber vermutlich nicht viel älter als einige der Schrottkarren, die durch die Tunnel der Hauptstadt rollten –, aber mit Spinnweben übersät, und auf der Tür prangte der rot-weiß-blaue Union Jack und darunter die drei Buchstaben: H. M. G., His Majesty's Government, Seiner Majestät Regierung.

»Vorsichtig, Sir«, sagte einer der Techniker. »Der Schalter, den wir oben umgelegt haben, hat vielleicht auch die Gleise wieder mit Strom versorgt.«

Marchmain blickte ihn skeptisch an, allerdings hörte er auch ein leises Summen.

»Vielleicht funktioniert er noch«, sagte der Techniker und deutete auf den Wagen. »Ich könnte ihn mir einmal ansehen, wenn Sie wollen.«

Marchmain schüttelte den Kopf. So unterhaltsam die Idee auch sein mochte, er wollte verdammt sein, wenn er mit diesem imperialen Vehikel in die Schlacht ziehen würde.

»Vorrücken durch den Tunnel«, befahl Marchmain. »Lichter dämpfen, gerade genug, dass Sie wissen, wo Sie hintreten. Und halten Sie sich von den Mittelschienen fern, nur für den Fall. Die Bogenlampen sind allerdings bereitzuhalten und auf meinen Befehl hin simultan zu aktivieren.«

Der Befehl kam, nachdem sie gut 250 Meter im Tunnel waren, als der erste Hund, ohne Maulkorb, aber an der Leine, plötzlich nach vorne zog und dann zu bellen begann. Die anderen stimmten sofort mit ein. Der schwache Lichtschein von etwas, das wie ein Bahnsteig aussah, war bereits zu sehen, und beim ersten Bellen hörte Marchmain auch Stimmen. Der Tunnel vor ihnen wurde mit Licht geflutet, und die Männer des Amts hoben wie befohlen ihre Megaphone und automatischen Waffen.

Marchmain war auf Ärger vorbereitet, aber er kannte auch den Schockeffekt von gleißendem Licht und unverhohlener Autorität. Allerdings, so musste er zugeben, war er nicht auf den Wahnsinnigen vorbereitet, der sich plötzlich ins Schussfeld warf und mit seiner Pistole direkt auf die Lichtquelle feuerte. Einer der Lampenträger brach in einem Glasregen zusammen, während der andere sich instinktiv duckte, sodass sein Lichtstrahl über den Bahnsteig tanzte, als wären sie in einer Disko.

In dem tanzenden Licht konnte Marchmain Menschen sehen, die panisch in Deckung sprangen. Er befahl, eine Salve abzufeuern, aber trotz der Tatsache, dass sie schon einen Verlust zu beklagen hatten, nur in die Luft, zur Warnung. Er wollte Gefangene machen und tödliche Schüsse wenn möglich vermeiden.

Und dann befahl er seinen Männern aufzuhören. Als der Lichtstrahl sich wieder stabilisierte, nachdem der auf dem Boden kauernde Träger seinen Mut und sein Gleichgewicht wiedergefunden hatte, war eine außerordentliche Vignette zu sehen: Ein großer Mann hielt eine kleine, ältere Frau. Zuerst hatte es den Anschein, als wolle er sie beschützen, doch dann sah Marchmain die Pistole an ihrer Schläfe. Dieses seltsame Paar bewegte sich auf die Bahnsteigkante zu, mitten ins Sichtfeld von Marchmains bewaffneten Männern. Erst da erkannte Marchmain den Mann als Benjamin Fairweather.

»Warten Sie! Nicht schießen!«, rief Fairweather in unverkennbar amerikanischem Akzent. »Ich denke, wir können verhandeln.«

Über was der Amerikaner glaubte, verhandeln zu können, sollte Colonel Marchmain nie erfahren. Just in diesem Augenblick schien er das Gleichgewicht zu verlieren, obwohl es rückblickend auch sein konnte, dass die kleine alte Frau ihm mit ihren zugegebenermaßen eingeschränkten Kräften einen Stoß versetzt hatte. Marchmain konnte nur zusehen, wie sie an der Bahnsteigkante ins Wanken gerieten und dann noch immer in dieser seltsamen Umarmung quer auf die Gleise stürzten. Sie mussten beide Gleise gleichzeitig berührt haben, auch wenn eines vermutlich schon tödlich war, denn ein blau-weißer elektrischer Blitz zuckte über den Boden und kurz über die Wand, begleitet von dem Gestank verbrannten Fleisches.

Dann herrschte Stille. Marchmain ließ seinen Blick über den verlassenen Bahnsteig schweifen und fluchte. Die Ratten hatten sich verkrochen, aber er bezweifelte, dass sie weit kommen würden. Trotzdem befahl er seinen Männern, rasch zum Bahnsteig vorzurücken, um Nebengänge und potenzielle Fluchtwege abzusuchen. Sie sollten alles tun, um eine Flucht zu verhindern, während er selbst zu den qualmenden, verkohlten Überresten ging, die auf den Gleisen lagen.

Es war kein schöner Anblick. Die Spannung hatte ihre Muskeln verkrampfen lassen, die Wangen zu einem schrecklichen Grinsen zurückgezogen und das Fleisch teils schwarz verbrannt. Marchmain bedauerte, dass der Amerikaner auf diese Art gestorben war; er hätte es vorgezogen, sich länger mit ihm zu unterhalten, und zwar wann und wo er wollte.

Was die alte Dame betraf, so konnte er sich nur wundern. Was hatte sie zu ihrer Tat getrieben, und wer zum Teufel war sie?

Kapitel Siebenunddreißig

In der verhältnismäßigen Sicherheit der wiederhergestellten Dunkelheit hielt Stark kurz inne, um wieder zu Atem zu kommen; seine Brust pumpte vor Erschöpfung. Hinter ihm hallte noch immer eine Kakophonie von Waffenfeuer und Rufen wider. Aus dem Nichts neben ihm kam ein überraschend nahes Flüstern. »Harry? Bist du das?«

»Charmian?«

»Sag mir dir Wahrheit, Harry. Du hast sie doch nicht hierher geführt, oder?«

»Natürlich nicht.«

»Du hast den Amerikaner mitgebracht.«

Sie konnte ihn nicht sehen, doch Stark ließ den Kopf hängen und schüttelte ihn dann. »Ich weiß, das war dumm. Du musst mir glauben. Ich hatte keine Ahnung von dem, was du mir da hinten gesagt hast. Ich habe gedacht ... Churchill war doch angeblich Amerikas größter Freund und Verbündeter.«

»Das hat er auch gedacht. Wie zum Teufel sind also die verdammten DoSSer hierher gekommen?«

»Ich habe keine Ahnung. Ehrlich nicht. Tatsächlich weiß ich noch nicht einmal, wo wir sind; ich kann es nur vermuten. Ist das wirklich wahr, was der Amerikaner gesagt hat? Dass das hier Eisenhowers Bunker war, meine ich.«

»Soweit wir wissen, ja. Angesichts des Layouts ergäbe das auch Sinn.«

»Des Layouts?«

»Komm. Du wirst schon sehen. Es ist sinnlos, noch länger hier rumzuhängen. Ich weiß nicht, was da hinten passiert ist, aber ich gehe davon aus, dass es nicht mehr lange dauern wird, bis sie uns hinterherkommen werden. Malcolm ist schon vorgegangen. Er wird sich von nichts aufhalten lassen.«

»Malcolm? Der Museumsmann? Aber was hast du ...? Wo gehen wir eigentlich hin?«

Doch Stark bemerkte, dass Charmian sich bereits zurückzog. Er folgte ihr, so gut er konnte.

»Schschsch, versuch, nicht gegen mich zu stoßen«, ermahnte ihn Charmian. »Und sei vorsichtig. Halt dich an der Seite. Wir wissen nicht, ob es ihnen gelungen ist, die Gleise auf dem ganzen Weg mit Strom zu versorgen.«

»Den ganzen Weg wohin?«

»Den ganzen Weg zu Churchills Bunker. Das hier war eine Privatbahn, Teil eines ganzen Netzwerks von Tunneln, deren Bau man in den dreißiger Jahren begonnen hat. Nach Kriegsausbruch hat man die Bauarbeiten dann massiv beschleunigt. Sie haben bis 1949 ununterbrochen daran gearbeitet, weil sie eine höllische Angst davor gehabt haben, dass die Gegenseite als Erste über Nuklearwaffen verfügen konnte.«

»Aber ich dachte, all diese Tunnel seien zugeschüttet worden.«

»Die meisten, ja. Aber größtenteils haben sie ihre Aufmerksamkeit auf jene Passagen gerichtet, die auf die andere Seite der Mauer hinüberführten. Doch die Stadt war auch damals schon eine lebendige Einheit, und es ist nicht leicht, jede Verbindung zu kappen.«

Stark nickte stumm vor sich hin; die gleiche Analogie war auch ihm eingefallen. Sie gingen recht schnell, die linke Hand an der Tunnelwand zur Orientierung. Charmian schien genau zu wissen, wo sie hinwollte.

»Ursprünglich führte der Tunnel wohl bis zur Marsham Street.«

»Wo liegt denn die Marsham Street?«

»Auf der anderen Seite natürlich. Dort war das Westminster-Hospital und ist es immer noch, soweit ich weiß. Dort gab es sichere Räumlichkeiten für die Behandlung von VIPs.«

»Aber jetzt …?«

»Jetzt führt der Tunnel nur vor einen Trümmerhaufen. Vergiss nicht, dass man das ganze Gebiet des Bunkers mit der Lupe abgesucht hat für den Fall, dass dort irgendwo eine Leiche liegen sollte – *seine* Leiche.«

»Aber sie haben sie doch verbrannt, oder ist das auch wieder ein Mythos?«

»Nein. Er ist verbrannt worden, aber nicht von seinen Getreuen. Das waren die Amerikaner mit Benzin aus dem Flugzeug. Die Maschine hätte ihn in den Norden bringen sollen, von wo aus er nach Kanada wollte. Aber sie blieben nicht lange genug, um sicherzustellen, dass der Job auch erledigt war. So ist vermutlich die Selbstmordgeschichte entstanden. Das war ausgesprochen praktisch. Churchills Waffe war ein 45er Colt, die gleiche Waffe, wie sie so ziemlich jeder amerikanische Offizier benutzte.«

»Aber jetzt …?«

»Jetzt ist das schon lange her. Sie wissen, dass die Leiche nie gefunden worden ist. Zeit, die Geschichte in eine angenehmere Form zu bringen. Besonders wenn es keine Zeugen mehr gibt, die das Gegenteil belegen könnten. Du musst dich für eine verdammte Menge verantworten, Harry Stark.«

»Ich weiß«, war alles, was Stark sagen konnte, während er hinter Charmian hertrottete. Sie hatten bereits Schutt unter den Füßen, was das Gehen erschwerte.

»Ich würde immer noch vorsichtig sein, aber ich glaube nicht, dass wir uns noch über die stromführende Schiene Sorgen machen müssen«, sagte Charmian. »Hier gibt es Unmassen von Staub und Steinen, fast als wäre irgendwann einmal das Dach eingestürzt.«

»Bist du sicher, dass nichts passieren kann?«

»Natürlich nicht. Das hier ist keine öffentliche U-Bahn-

Linie. Wir haben geglaubt, dass noch nicht einmal das DoSS von ihrer Existenz wusste.«

»Wo kommen wir raus?«

»Wo? Das ist keine Frage des ›Wo‹, Harry. Das ist eine Frage des ›Ob‹, nun, da wir nicht mehr zurück können. Wir werden den Kampf zum Feind tragen.«

»Was?«

»Wo, glaubst du, ist Malcolm hingegangen? Es gibt noch einen anderen Ausgang, das stimmt, eine Nottreppe zur Oberfläche, eine von mehreren an unterschiedlichen strategischen Punkten. An der Oberfläche waren sie als Kabelschächte getarnt, aber nun sind sie natürlich versiegelt.« Sie hielt kurz inne und lauschte in die Dunkelheit hinein. »Wenn wir Licht hätten, wäre das nicht schlecht.«

»Hier«, sagte Stark. »Die gehört ohnehin euch.« Er hatte die Taschenlampe in seiner Jacke fast vergessen.

Charmian schaltete sie ein und richtete den Strahl nach unten, um nur ihre unmittelbare Umgebung zu erhellen. Hinter ihnen befand sich ein einzelner Tunnel, ein vier Meter breites, kreisförmiges Bohrloch. Vor ihnen bog er nach links ab, aber es gab auch kleinere, rechteckige Passagen, die von ihm ab führten.

»Gut«, sagte Charmian. »Ich habe mir schon gedacht, dass wir hier sind. Die meisten Tunnel unter Whitehall waren nur für Fußgänger gedacht. Dieser hier führt zum Beispiel zum ›Bund‹ – das war der Kodename für die alte Telefonzentrale unter der Northumberland Avenue. Da geht es zum alten Verteidigungsministerium, und vermutlich gibt es dort auch eine Verbindung nach Downing Street und schlussendlich zu den alten Parlamentsgebäuden. In beiden Richtungen kommst du allerdings nur bis zu einem gewissen Punkt. Der Gang da ist nicht viel anders«, sagte sie und deutete auf denjenigen, der mehr oder weniger geradeaus führte. »Früher führte er direkt zur Admiralität.

Den Betonklotz dort haben sie nie vollständig zerstören können. Das war die ›Zitadelle‹ der alten Militärs. Die Büros im Bogen selbst waren nur für die Amtsschimmel. Die Lamettaträger bevorzugten etwas Festeres über ihren Köpfen. Natürlich kommt man heutzutage noch nicht einmal mehr in die Nähe davon. Wie es aussieht, hat man zur gleichen Zeit Beton dort reingegossen, als man die Mauer errichtet hat. Aber ich weiß eigentlich gar nicht, warum ich dir das erzähle, Harry. Ich habe versucht, dich da rauszuhalten. Doch jetzt muss ich es wissen: Stehst du auf unserer Seite oder nicht?«

»Ja«, sagte Stark, ohne zu zögern, »ich stehe auf eurer Seite.« Er meinte das nun ehrlicher denn je zuvor. Der Amerikaner hatte ihn benutzt, doch in der Folge davon hatte sich Starks Blick nicht nur einmal, sondern zweimal geklärt.

»Gut«, sagte Charmian. »Ich hoffe, das meinst du auch so. Dann komm. Wir wollen Malcolms Version der Pulververschwörung doch nicht verpassen.«

Stark folgte ihr durch den Tunnel. Das Licht der Taschenlampe leuchtete den Boden gut zehn Meter vor ihnen aus. Schließlich teilte sich der Tunnel wieder, und beide Gänge waren voller Schutt. Stark sah den Umriss eines Mannes, der vor einer fest montierten Leiter kniete.

»Was meinst du mit ›seine Version der Pulververschwörung‹?«, fragte Stark.

»Nun, wir wollen natürlich nicht die Parlamentsgebäude in die Luft jagen. Das haben die Sowjets schon für uns erledigt. Aber unterhalb der Ausstiegsluke oben an dieser

Leiter, fast dreißig Meter über uns, ist genug TNT, um ein recht großes Loch in ihre verdammte Feier zu reißen. Es mag ja nicht nahe genug am Podium sein, um die Bastarde um die Ecke zu bringen, aber es wird die Kerzen auf der Geburtstagstorte ausblasen.«

»Das soll wohl ein Scherz sein.«

Charmian wirbelte herum und leuchtete Stark direkt ins Gesicht. »Sehe ich so aus, als würde ich scherzen? Du hast gesagt, du stehst auf unserer Seite. Warum, glaubst du wohl, haben wir all die ›Winkies‹ verteilt und die Leute gedrängt, die Parade zu boykottieren?«

»Aber …«, stammelte Stark. »Aber …« Erst langsam wurde ihm das ganze schreckliche Ausmaß dessen bewusst, was er gerade gehört hatte. »Meine kleine Schwester nimmt an der Parade teil.«

Kapitel Achtunddreißig

Tom Paine blickte Kate Stark auf die Art an, von der sie immer geträumt hatte, dass er das tun würde: nicht nur mit Lust – dafür war später immer noch Zeit – , sondern mit Respekt und einem gewissen Maß an Beklommenheit, als wäre dies eine Frau, die man niemals als selbstverständlich betrachten durfte.

Auf jeden anderen, der es nicht besser wusste, hätte seine Reaktion wohl keineswegs so anerkennend gewirkt: Er drehte sich herum und wackelte kurz mit dem Hintern in Kates Richtung. Die Mädchen neben ihr johlten vor Lachen.

»Das reicht«, sagte der Geier. »Vergesst nicht, dass alle uns zusehen.« Doch dieses eine Mal klang seine Stimme nicht ganz so böswillig. Alles in allem betrachtet, benahmen sich die Kinder weit besser, als er erwartet hatte. Die Herumalberei war ein wenig lästig, aber das war immer noch besser als offener Ungehorsam, was genau das war, wovor er sich gefürchtet hatte. Sie hatten fast das Ende von The Strand erreicht und würden gleich auf den Stalingrad Square einbiegen, und alles war perfekt gelaufen.

Bis jetzt hatten sie ihr kleines Spiel vier Mal aufgeführt: am Tower zu Beginn der Parade, am Mansion House für die zurückgebliebenen Zentralkomiteemitarbeiter, die aus Fenstern winkten, von denen abwechselnd rote Flaggen und englische Kreuze herunterhingen, vor St. Paul's und dann am Aldwych, wo die Fleet Street in The Strand überging. Bei jeder dieser Gelegenheiten hatten die Kinder nicht einen einzigen Fehler gemacht: Die Mädchen hatten mit ihren Ketten gerasselt und dann das Suffragettenlied gesungen, während die drei Jungen mit Bowlerhats sie verächtlich angeschaut und Papierfetzen über sie geschüttet hatten, bis die anderen Jungen in den Arbeiterkleidern sich neben die Mädchen gestellt und ihnen geholfen hatten, die Ketten abzunehmen. Diese hatten sie dann triumphierend der Bowlerbrigade entgegengehalten, die daraufhin ihre Köpfe in den Händen vergraben hatten. Das sei alles symbolisch, hatte Mrs Churikov von der Theatergruppe dem Geier versichert, alles im Einklang mit dem neuesten Stil in der symbolischen Ausdrucksform des Klassenkampfes. Der Geier empfand das als ein wenig überdreht, doch hier ging es nicht um Geschmack, hier ging es um Beförderung.

»Okay, alle miteinander«, verkündete er, als der Wagen

auf den Platz rumpelte. »Jetzt kommt der wichtige Teil. Ihr werdet vor den Führern unserer Nation auftreten und vor unseren mächtigsten Verbündeten. Macht eine gute Show daraus.«

Kate Stark und Tom Paine lächelten sich wissend an.

Auf dem Podium wurde Arthur Harkness, um die Wahrheit zu sagen, das Ganze allmählich leid. Normalerweise blühte er angesichts dieser rituellen Beweihräucherung auf, obwohl man schon einmal ein Auge zumachen musste, wenn einige der Jubelrufe der vorbeiziehenden Massen ein wenig *zu* gezwungen klangen. Aber es war ein schwieriger Tag gewesen, ganz und gar nicht die große Geburtstagsparty, die er sich vorgestellt hatte.

So unglaublich das einst auch gewesen sein mochte, es waren die Russen gewesen, die ihn verärgert hatten. Nicht nur, dass ihre Delegation unter diesem verdammten neuen Mann sich geweigert hatte, auf die vollkommen unnötigen Gespräche zu warten, anschließend hatten sie ihn auch noch behandelt, als hätten sie *ihm* eine Audienz gewährt und nicht umgekehrt. Natürlich war das kein vollkommen neues Phänomen. Breschnew hatte genauso sein können ... das hieß, wenn er bemerkte, dass noch jemand anders im Raum war. Und auch Chruschtschow hatte seine arroganten Momente, nur dass er dafür die Quittung bekommen hatte. Harkness war mehr als dankbar dafür, dass seine politische Erinnerung auf diesem Level nicht bis zu Stalin zurückreichte, egal wie sehr er den alten Knaben auch bewunderte.

Aber dieser Haufen hatte den Nerv gehabt, ihn einschüchtern zu wollen. In seinem eigenen Haus! Und das nicht nach dem Regelbuch, sondern indem sie es aus dem

Fenster geworfen hatten. Die Hälfte von dem Zeug, das er zu hören bekommen hatte, war die Art von Unsinn, von der er hoffte, dass seine Gerichte noch immer automatisch eine fünfzehntägige Haft anordneten, wenn jemand es öffentlich aussprach.

Und nun war er auch noch gezwungen, direkt neben dem Mann zu stehen, und das für drei Stunden! Nicht dass er die Parade mehr genießen würde als Harkness. Aber warum war er dann nicht einfach gegangen und hatte Harkness seine eigene Party genießen lassen? Nein, das war wohl nicht möglich. Auch der Neue wusste, welch katastrophales Signal es aussenden würde, wenn die mächtigsten Verbündeten der Englischen Demokratischen Republik sich von deren vierzigster Geburtstagsfeier entfernen würden. Immerhin hing die Existenz dieses Staates von diesen Verbündeten ab.

Trotzdem, bis jetzt war alles recht gut gelaufen, und je schneller die Sache vorbei war und die so genannten ›besten Freunde der englischen Arbeiterklasse‹ in ihre Heimat verschwanden, desto besser. Damit wäre das zumindest erledigt.

Kapitel Neununddreißig

Was zum Teufel macht er hier?«

Der Museumsmann war nicht glücklich. Auch jetzt noch fiel es Stark schwer, dem Mann mit Gleichmut zu begegnen, wenn er das aufgequollene Gesicht und die verschwitzte Haarsträhne betrachtete.

»Jedes Mal, wenn er auftaucht, gibt es Ärger.«

Das war eine Analyse, der Stark selbst kaum hätte widersprechen können. Vor ein paar Minuten noch hätte er es versucht und alles getan, um sich bei diesem Patrioten für seine Leichtgläubigkeit zu entschuldigen. Doch das war, bevor er erfahren hatte, dass Malcolm – und Charmian – beabsichtigten, willkürlich Gewalt anzuwenden. Bevor ihm klar geworden war, dass dadurch auch seine kleine Schwester in Gefahr schwebte – seine kleine Schwester, um derentwillen er halb bewusst, halb unbewusst überhaupt erst auf die Idee gekommen war, die Grundfesten seiner Existenz infrage zu stellen. Natürlich war das nur eine vage Möglichkeit. Die Wahrscheinlichkeit, dass Katys Wagen just in dem Augenblick am Podium vorbeifuhr, da dieser Hitzkopf die Explosion auslöste, war ausgesprochen gering, aber es war ein Risiko, das Stark nicht bereit war einzugehen.

»Ich weiß«, sagte Charmian. »Ich weiß, wie du dich fühlst, Malcolm, aber er sagt, er habe versucht, das Richtige zu tun. Und ich habe mit ihm auf eine Art gesprochen, wie du es nicht getan hast, und das bevor er irgendetwas hiervon wusste, einschließlich meiner Beteiligung, und ich glaube ihm. In vielerlei Hinsicht bist du eher ein Führer als ich, aber du weißt selbst, dass deine Schwäche in deinem Urteilsvermögen liegt. Deshalb hast auch du dafür gestimmt, dich meinem Urteil anzuschließen.«

Die Antwort war ein gedämpftes Murmeln, das Stark als widerwillige Zustimmung interpretierte.

»Ich glaube immer noch …«

»Er sagt, er tue das für seinen Vater.«

Stark blickte von einem zum anderen. Die wachsende Spannung zwischen den beiden war ihm nicht entgangen.

»Du weißt, was ich von seinem Vater halte.«

»Das heißt nicht …«

»Wartet mal«, mischte sich Stark ein. »Was meinst du damit?«

»Nur, dass der Bastard …«

»Er meint damit«, warf Charmian ein und seufzte, »dass dein Vater für einige unserer Leute eine eher kontroverse Gestalt ist, Harry. Ja, er hat einen Großteil der ursprünglichen Organisationsarbeit geleistet. Es gibt Leute wie zum Beispiel den alten Ransom, die ihn fast wie einen Heiligen verehren. Aber es gibt auch andere … die glauben, dass er nicht der Märtyrer war, der er hätte sein sollen.«

»Er war ein Doppelagent«, knurrte der Museumsmann.

»Was?«

»Das ist, was er glaubt, Harry. Das musst du respektieren. Dafür kämpfen wir. Das ist aber nicht, was die meisten Leute glauben. Tatsache ist jedoch, dass ein paar Leute seine Aufrichtigkeit infrage stellen. Einen Tag, nachdem er verschwunden ist, hat es Verhaftungen in ganz East London gegeben. Die meisten von uns stimmen darin überein, dass es Zufall war oder dass er unter der Folter zusammengebrochen ist. So etwas passiert. Aber es gibt ein paar, und Malcolm ist einer von ihnen, die glauben, dass er ein DoSS-Spitzel war.«

»Ich glaube das einfach nicht.«

Der Museumsmann trat zurück und deutete auf die kleine schwarze Box auf dem Boden, von der ein Draht die Leiter hinaufführte. Stark schaute sie sich an und dann in die Dunkelheit hinauf, wo die Leiter verschwand.

»Wohlan denn, Mr Stark«, schnaufte der Museumsmann. »Beweisen Sie, dass Sie das Herz am rechten Fleck haben. Schicken Sie Ihren Freunden da oben einen Geburtstagsgruß.«

Stark blickte ihn entsetzt an und erkannte im selben Augenblick sein Dilemma. Er sah, wie der Mann vor ihm verächtlich die Lippen hochzog und Charmian ihn anstarrte.

»Das ist einfach nicht richtig«, sagte er. »Und das wisst ihr auch. Ihr spielt ihnen nur in die Hände, indem ihr radikale Gegenmaßnahmen provoziert.«

»Oder wir lösen eine Revolution aus«, erwiderte der Museumsmann.

»Da oben sind unschuldige Leute.«

»Kollaborateure.«

»Nein, nur einfache Menschen, die versuchen, ihr Leben zu leben. Sie sind ja vielleicht nicht so tapfer wie ihr, aber sie haben sich keines Verbrechens schuldig gemacht.«

»Das ist ein Krieg, Harry«, sagte Charmian, »und in einem Krieg muss man mit Verlusten rechnen.«

»Aber keine Schulkinder. Keine Kinder wie meine kleine Schwester, die alles hassen, was die Politik ihnen in den Rachen stopft. Sie sind die Zukunft, oder sie könnten es zumindest sein, wenn man ihnen die Chance dazu gibt.«

»Gib ihnen die Chance, und sie werden schlicht Konsumentenfutter für Onkel Sam werden«, spie Malcolm. »Entweder das eine oder das andere System wird sie versklaven.«

»Und das soll dagegen helfen?« Hilflos blickte Stark vom einen zum anderen. Das Gesicht des Museumsmanns war eine gleichgültige Maske, die nur Risse bekam, wenn seine Verachtung durchschimmerte. Charmian beobachtete Stark aufmerksam, den Blick fest auf seine Augen gerichtet, wie damals im Pub, als er zum ersten Mal das Gefühl gehabt hatte, Kontakt zu einem anderen Menschen aufgenommen zu haben.

»Das ist es, was wir geplant haben, Harry«, sagte sie,

»und wie auch immer: Jetzt ist es zu spät.« Doch Stark sah deutlich einen Schatten der Unsicherheit über ihr Gesicht huschen.

In der Ferne hallte das Heulen eines Hundes von den Tunnelwänden wider, und von oben ertönte der unverkennbare Jubel der Menge. Sie sangen, ›For he's a jolly good fellow‹, das traditionell zu Ehren des Generalsekretärs gegen Ende der jährlichen Parade zum Besten gegeben wurde. Das bedeutete, dass nur noch wenige Wagen fehlten. Das schwere Gerät und die schweren Waffen waren bereits vorbeigerollt, wie auch die Bauern und Gewerkschaftsabordnungen, die sich vermutlich schon auf das billige Bier freuten, das man ihnen im Hackney Park zur Verfügung stellte, angenehm weit von der Grenze entfernt. Das Finale bildete für gewöhnlich die ›Spaßabteilung‹; es war mehr als wahrscheinlich, dass sich Kate und ihre Mitschüler gerade irgendwo über ihnen befanden. Das Hundegebell wurde lauter. Charmian schaltete die Taschenlampe aus. Am entfernten Ende des Tunnels sahen sie einen tanzenden Lichtschein, doch die Wahrscheinlichkeit, dass die DoSSer die richtige Richtung einschlugen, stand zwei zu eins. Stark traf die einzige Entscheidung, zu der er fähig war.

»Hierher!«, rief er so laut er konnte. »Schnell! Hier ist eine Bombe!«

Im selben Augenblick wurden sie in eine Flut von Licht gehüllt. Der Museumsmann zog seine Pistole und kauerte sich auf den Boden. Stark trat ihm die Waffe aus der Hand. Malcolm warf ihm einen hasserfüllten Blick zu und ließ sich zurückfallen ... zur Leiter und dem elektrischen Schalter, der in der Welt über ihnen ein Inferno entfachen würde. Bewaffnete Männer sprangen auf sie zu.

Einer von ihnen hatte offensichtlich das Kommando; er hielt die typische Makarov in der Hand.

»Tu es!«, schrie Stark, und diese Worte sollten auf ewig immer wieder zu ihm zurückkehren. »Jetzt, oder es ist zu spät!«

Doch entgegen Harry Starks Erwartungen tat der DoSS-Colonel das Undenkbare: Er zögerte. Plötzlich wurde Charles Marchmain sich in aller Klarheit bewusst, dass er vor der schwersten Entscheidung seiner professionellen Laufbahn stand. Eine Bombe ergab auf verrückte Art Sinn. Von dem Augenblick an, da er den Bunkerplan gesehen hatte, hatte er schon so etwas vermutet. Seine Pflicht war offensichtlich. Aber seine Pflicht wem gegenüber? Und was zu tun? Es gab noch eine Alternative: Er konnte gar nichts tun.

Nichts zu tun bedeutete, diesem Verrückten eine Chance zu geben. Sein Augenblick der Unsterblichkeit, indem er einen – zwar vermutlich unbedeutenden – Schlag gegen das kommunistische System führte. Die Reaktion darauf war so unausweichlich wie vorhersehbar. Der Reformprozess, falls man davon in diesem traurigen, kleinen Land überhaupt sprechen konnte, würde über Nacht zum Erliegen kommen. Es würde keinerlei Fortschritt mehr geben; stattdessen würde man mit aller Kraft zurückrudern. Der so genannte ›Wind der Veränderung‹ würde verschwinden, und Arthur Harkness und seine senile Bande würden sich in ihr Mansion House zurückziehen und auf absehbare Zukunft die Fensterläden schließen.

Für sie und für die alte Garde der Apparatschiks würde das eine Rückkehr zur guten alten Zeit bedeuten, der totalitären, uneingeschränkten Diktatur. Der Staat würde schier unglaublich gestärkt werden und mit ihm die

Organe, die ihn beschützten. Natürlich würden sie einen Sündenbock brauchen, den brauchten sie immer; doch Charles Marchmain wollte verdammt sein, wenn er das sein würde. Er zog den Abzug.

Ein paar unbegreiflich in die Länge gezogene Mikrosekunden lang starrte Stark wie festgefroren auf das Bild vor ihm, als hätte sich der Metabolismus der Teilnehmer auf wundersame Art in den von Ameisen oder Reptilien verwandelt, Wesen, für die die Zeit keine Konstante war, sondern von äußeren Umständen abhing. Selbst der Museumsmann, dessen Leben am seidenen Faden hing, obwohl es schon vorüber sein sollte, schien wie gelähmt zu sein, als glaube er, nicht mehr die Kraft zu besitzen, den Knopf zu drücken und so die Gelegenheit zu nutzen, für die er bereit war, das größte Opfer zu bringen.

Und dann war er tot. Die Entscheidung war ihm abgenommen worden, und sein Blut floss über die Schuhe von Harry Starks Vater. Und die DoSSer kamen auf ihn zu, die Männer vom Amt, und ihnen voran schritt der Mann, der solch eine quälend lange, halbe Ewigkeit gebraucht hatte, den Abzug zu ziehen: ein dünner, fast hagerer Mann mit schmalem Schnurrbart. Er kam auf ihn zu, und anstatt das zu tun, was Stark erwartet hatte – einen Schlag auf den Kopf bis hin zu einer Kugel in die Stirn –, legte er ihm die Hand auf die Schulter und sagte:

»Gute Arbeit, DI Stark. Das könnte Ihnen einen Orden einbringen.« Und dann, als wäre es ihm gerade erst eingefallen, fügte er hinzu:

»Ihr Vater wäre stolz auf Sie gewesen.«

Kapitel Vierzig

Die Party war vorbei.

Benommen und verwirrt wanderte Stark über den mit Müll von der Parade übersäten Strand zum Stalingrad Square. Rote Banner und rote Kreuze auf Weiß flatterten in der sanften Brise. Zertrampelte Rosen, die man nicht mehr wiederverwenden konnte, lagen im Rinnstein. Stark hatte schon in den Jahren zuvor bemerkt, dass die Stimmung nach der Parade der nach dem Geschlechtsverkehr glich: Es herrschte eine entspannte Mattigkeit vor, durchsetzt mit dem Wissen, dass man das Ganze erst nach angemessener Zeit würde wiederholen müssen.

Die Menschen zündeten sich Zigaretten an, scherzten miteinander und machten sich auf den Weg in die Pubs. Keiner von ihnen konnte wissen, was für ein Drama sich gerade erst unter ihren Füßen abgespielt hatte. Wie alles in ihrem Leben war es nah und doch so fern zugleich. Wenn die Atmosphäre ein wenig lebhafter war als in den vergangenen Jahren, dann bemerkte Stark das erst später, als er auf diesen Tag zurückblickte.

Die letzte Stunde war so etwas wie ein Traum für ihn gewesen … Waren das nicht eigentlich die ganzen letzten drei Tage gewesen? Irgendwie hatte er zwischen der Welt und seinen schlimmsten und besten Vorahnungen festgehangen. Einige Dinge entzogen sich jedoch immer noch seinem Verständnis. Zum einen war da die Tatsache, dass Charmian Goldsmith verschwunden war – Merlin, wie er widerwillig den Inquisitoren des Amts gesagt hatte –, als der Colonel mit Namen Marchmain neben ihn getreten war, während das Blut der Leiche noch immer über seine Füße gesickert war.

Sie hatte sich in Luft aufgelöst, war im Erdboden versunken oder wahrscheinlicher in den Tunneln untergetaucht, die sie als voller Schutt und absichtlich versperrt beschrieben hatte. Wege, von denen sie behauptet hatte, sie führten nirgendwohin; aber sie hatte so viele Dinge behauptet. Die Männer vom Amt schienen sich deswegen keine Sorgen zu machen. Man würde sich schon um alles kümmern, hatte Marchmain gesagt, und Stark sah vor seinem geistigen Auge schon Betonmischer auf dem Stalingrad Square, die über Tage, wenn nicht gar Wochen dort bleiben würden.

Er war mit seinen ›Kollegen‹ in Covent Garden wieder an die Oberfläche zurückkehrt. Sie hatten ihn förmlich eskortiert, als wäre er nicht nur einer von ihnen, sondern ein von allen verehrtes Vorbild. Oben hatte Marchmain ihm die Hand geschüttelt und ihm versprochen, ›in Kontakt zu bleiben‹, ein Versprechen, das den gewohnten moralischen Schauder auslöste, der Stark jedes Mal über den Rücken lief, wenn er es mit dem ›Schwert und Schild der Partei‹ zu tun hatte.

Er hatte sich von Marchmain verabschiedet wie von einem alten Freund, den er bald wiederzusehen erwartete. Anschließend war er aus Gründen, die er später weder sich selbst noch anderen erklären konnte, zum Yard gewandert. Vielleicht war es das unausgereifte Verlangen, das letzte Kapitel eines Falles zu schreiben, von dem er fast wünschte, er hätte ihn nie geöffnet; oder vielleicht war es auch die Tatsache, dass sein Zuhause plötzlich nicht mehr wie früher war. Vielleicht lag es aber auch an irgendeiner programmierten Subroutine in seinem Hirn, die wusste, dass es nichts Besseres zur Bewältigung eines Traumas gab, als sich in den Ritualen der Routine zu verlieren.

Aber was auch immer der Grund sein mochte, nichts hatte ihn auf das zufällige Zusammentreffen mit seinem übergewichtigen, faulen Sergeant vorbereitet, der plötzlich unter dem Gerüst des Politbüropodiums hervortrat.

Laverys Gesicht war kreideweiß, und seine Hände zitterten. »Boss«, sagte er. »Gott sei Dank. Ich habe nicht damit gerechnet, dass Sie noch auftauchen würden, aber vermutlich hat man Sie gerufen.

Ist das nicht schrecklich? Was für eine üble Tat. Das so etwas Furchtbares ausgerechnet in unserer Schicht passiert ... Und dann auch noch heute!«

Einen Augenblick lang starrte Stark ihn an, als käme Lavery vom Mars, bis er sich daran erinnerte, dass er und nicht sein Sergeant gerade eine andere Welt besucht hatte. Der Sergeant war hier gewesen, auf dem Platz, mit beiden Beinen auf dem Boden und ohne auch nur zu ahnen, dass dieser Boden jeden Moment unter ihm hätte nachgeben können.

Doch das, wovon auch immer er sprach, musste tatsächlich geschehen sein. Hatte sich hier irgendeine Katastrophe ereignet, die gar nichts mit der Grausamkeit zu tun hatte, die Stark gerade noch hatte verhindern können? War es möglich, ja, vorstellbar, dass alles umsonst gewesen war? Plötzlich rissen Stark die Nerven, und er bellte den Mann an: »*Was?* Von was zum Teufel reden Sie da?«

Lavery sprang verängstigt einen Schritt zurück.

»Tut mir Leid, Sir. Ich dachte, Sie wüssten es. Alle haben es gesehen ... Es war mitten auf dem Platz, am Ende der Parade. Genau vor dem Podium. Diese Schulkinder, die, die wie die Suffragetten angezogen waren ... Es war furchtbar.«

Stark spürte, wie ihm das Blut aus dem Gesicht wich. Er hatte noch immer keine Ahnung, wovon der Mann da redete, nur die düstere Vorahnung, dass er doch zu spät gewesen war. *»Was?«* Er kreischte nun fast. »Was zum Teufel ist hier passiert?«

»Es war genau ... genau, als sie vor den Würdenträgern vorbeigezogen sind: Harkness, die Genossen aus den Bruderstaaten, alle ... Die Mädchen waren kostümiert und an ein Geländer gekettet wie Emily Pankhurst«, Stark spürte einen Kloß im Hals, als er sich daran erinnerte, wie Katy sich über die ›blöden Kostüme‹ beschwert hatte, »und ich glaube, sie sollten diese Ketten mithilfe der Jungs zerreißen. Ich weiß nicht, aber die Musik legte einen Zahn zu und ...«

»Was, verdammt?«

»Die Mädchen ... Sie haben ihre Hemden aufgerissen, und ... und sie hatten nichts drunter! Und die Jungen haben sich umgedreht und ... und ihre Hosen fallen gelassen und ihre nackten Hintern dem Podium entgegengestreckt. Es war schrecklich!«

Stark spürte, wie seine Beine weich wurden, und die Tränen rannen ihm über die Wangen: Freudentränen, Tränen der Erleichterung. Er lachte laut auf, und Lavery konnte nur noch staunen.

»Ist das alles, was Sie tun können, Boss? Lachen? Können Sie sich das überhaupt vorstellen? Der Genosse Harkness, wie er ausgesehen hat?«

»Ja.« Stark schnappte nach Luft. »Und ob ich das kann. Ich wünschte nur, ich wäre dabei gewesen.«

Lavery blickte ihn an und schüttelte entsetzt den Kopf; doch dann, langsam, ganz langsam, bekam dieses Entsetzen etwas Spöttisches, und ein breites Grinsen erschien auf dem Gesicht des Sergeants.

»Wissen Sie, Boss«, sagte er. »Sie hätten wirklich da sein sollen. Wirklich.«

»Und was ist mit den Russen? Der neue Macker im Kreml, der mit dem komischen Muttermal auf der kahlen Stirn. Was war mit ihm?«

»Wissen Sie«, sagte Lavery, der nun zum ersten Mal darüber nachzudenken schien, »ich glaube fast, er hat gelächelt.«

Stark riss die Augen auf, richtete sich zu voller Größe auf und legte seinem Sergeant die Hand auf die Schulter. »Vielleicht«, sagte er, »aber nur vielleicht, wird doch noch alles in Ordnung kommen.

Was sagen Sie, Lavery? Lust auf ein Pint?«

ANMERKUNG DES AUTORS

Das unterirdische London ist eine komplexe und faszinierende Welt. All die Tunnel und anderen Orte, die ich in diesem Buch erwähnt habe, sind im Wesentlichen real, obwohl ich mir einige Freiheiten in Bezug auf die Geographie genommen habe.

Mein Bunker zwischen Charing Cross und dem Leicester Square basiert auf mehreren Bunkern, die tatsächlich zwischen 1941 und 1942 gebaut worden sind. Das bemerkenswerteste Überbleibsel aus dieser Zeit befindet sich in der Nähe der Goodge Street (nur ein paar hundert Meter von der Stelle entfernt, die ich im Roman beschrieben habe). General Eisenhower, der Oberkommandierende der Alliierten Streitkräfte in Europa, machte es zu seinem Hauptquartier für den Notfall. Der Bunker spielte zum letzten Mal im Jahre 1956 eine militärische Rolle, als er als vorübergehende Unterkunft für 8000 Mann diente, die in den desaströsen Sueskrieg ziehen sollten. Heute ist er vom U-Bahn-Netz getrennt und dient einer Privatfirma als unterirdisches Sicherheitslager. Die ursprünglichen Ausgänge kann man noch immer in der Chenies Street sehen, unweit der Tottenham Court Road.

Das geheime System von Regierungstunneln unter

Whitehall ist ebenfalls real. Ihr Bau wurde in den Dreißigern begonnen, in den ersten Jahren des Zweiten Weltkriegs forciert und auch noch im Kalten Krieg fortgesetzt. Obwohl ihre Existenz weithin bekannt ist, sind die Einzelheiten nach wie vor streng geheim; sicher ist jedoch, dass die Tunnel das Parlament mit No. 10 Downing Street, dem Verteidigungsministerium und mehreren unterirdischen Kommunikationszentralen in der Nähe des Trafalgar Square verbinden. Auch Churchills Bunker gehört zu diesem Netzwerk. Ein Teil davon ist seit 1983 für die Öffentlichkeit zugänglich: der so genannte ›Cabinet War Room‹. Es heißt außerdem, dass ein Tunnel unter der Mall bis zum Buckingham Palace führt, sodass die Monarchin und ihr Premierminister sich im Krisenfall treffen können, ohne öffentliche Straßen benutzen zu müssen.

Während der Kosovo-Krise und des Irak-Krieges gab man diskret zu, dass bestimmte strategische Besprechungen auf allerhöchster Ebene in einem modernen Bunker unter Whitehall mit Namen COBRA stattgefunden haben, ein recht glamouröses Akronym für das eher schlichte ›Cabinet Office Briefing Area‹.

Unter St. Bride's findet sich in der Tat eine mit Knochen gefüllte Krypta, die mindestens bis ins sechste Jahrhundert zurückreicht, vielleicht auch noch weiter, und tatsächlich ist sie erst nach den Bombenangriffen von 1940 entdeckt worden. Die Krypta kann nach Terminabsprache besucht werden und gewährt dem Besucher einen seltenen Einblick in die Stadtarchäologie. Sie ist noch nicht vollständig ausgegraben worden, allerdings deutet nichts darauf hin, dass sie eine Verbindung zum Kanalsystem besitzt.

Der Fleet River, der sich auf allen Darstellungen Londons vor dem 18. Jahrhundert findet (besonders erwähnt sie Samuel Scotts Gemälde von 1750, das in der London's Guildhall Art Gallery hängt), war eine wichtige Wasserstraße, bis seine zunehmende Verschmutzung die Behörden dazu zwang, ihn einzumauern und schließlich ins Kanalsystem zu integrieren.

Londons Hauptkanäle sind hauptsächlich von Joseph Bazalgette in den Jahren zwischen 1859 und 1865 entworfen und gebaut worden, und zwar als Folge der Choleraepidemie und einer derart hohen Umweltverschmutzung, dass die Parlamentarier im Jahre 1858 tatsächlich gezwungen waren, ihre neuen Gebäude aufgrund des Gestanks vom Fluss zu verlassen. Das neue Kanalsystem wurde mit dem gewaltigen Projekt verbunden, die alten Flussufer durch die Viktoria-Promenade zu ersetzen: eine Leistung, die damals als ein ingenieurtechnisches Wunder galt.

Gleichzeitig die U-Bahn zu bauen war ein Geniestreich. Unglücklicherweise war der Bau der District Line an der Promenade noch nicht weit genug fortgeschritten, sodass alles wieder rückgängig gemacht werden musste und die Linie erst vier Jahre später wieder neu angelegt werden konnte. Manche Dinge ändern sich nie.

Weiterführende Lektüre:

Campbell, Duncan – War Plan UK: the truth about civil defence in Britain (London 1982)

Trench, Richard and Hillman, Ellis – London under London (London 1993)

Halliday, Stephen – Making the Metropolis: creators of Victorian London (London 2003)

Arnold, Dietmar und Ingmar (Photographien: Salm, Frieder) – Dunkle Welten: Bunker, Tunnel und Gewölbe unter Berlin (Berlin 1998)
Clayton, Anthony – Subterranean City: beneath the streets of London (London 2000)
Harrison, Michael – London beneath the pavement (London 1971)

Eine mysteriöse schottische Sekte, ein berühmter Schriftsteller – und ein jahrhundertealtes Geheimnis

Michael Peinkofer
DIE BRUDERSCHAFT
DER RUNEN
Historischer Roman
672 Seiten
ISBN 3-404-15249-2

Als ein Mitarbeiter des Schriftstellers Sir Walter Scott unter mysteriösen Umständen stirbt, ist dies der Auftakt zu einer höchst beunruhigenden Reihe von Ereignissen. Sir Walter stellt Nachforschungen an und stößt auf eine Mauer des Schweigens. Was verheimlicht der königliche Inspector, der eigens aus London geschickt wurde? Was für ein jahrhundertealtes Geheimnis hüten die Mönche von Kelso? Und was hat es mit der ominösen Schwertrune auf sich, auf die Sir Walter und sein Neffe Quentin bei ihren Ermittlungen stoßen? Ein Schicksal, dessen Ursprung Jahrhunderte zurückreicht, nimmt seinen Lauf ...

Bastei Lübbe Taschenbuch